LOUISA MASTERS

EIN DÄMON FÜRS HERZ

Teufel sind auch nur Menschen 1

Aus dem Englischen von
Johanna Hofer von Lobenstein

SECONDCHANCES

Die englische Ausgabe erschien 2020 unter dem Titel
»Demons Do It Better«.

Deutsche Erstausgabe 2021

Second Chances Verlag, Inh. Jeannette Bauroth,
Eisenbahnweg 5, Steinbach-Hallenberg

Umschlaggestaltung: Frauke Spanuth, Croco Designs
unter Verwendung von Motiven von Konstantin Yuganov,
Georgi, lumikk555, Naufal, korrakot sittivash, Lukas Gojda,
alle stock.adobe.com

Lektorat: Annika Bührmann
Korrektorat: Andrea Groh
Satz & Layout: Judith Zimmer

ISBN: 978-3-96698-707-3

Auch als E-Book erhältlich!

www.second-chances-verlag.de

Kapitel 1

Ich starre das Gebäude an. Von außen ähnelt es den anderen Bürogebäuden hier in der Straße: Stahl. Beton. Langeweile. Wie das letzte, in dem ich gearbeitet habe. Und das vorletzte auch.

Und doch soll hier angeblich alles anders sein. Jedenfalls der Anzeige zufolge:

OFFICE MANAGER (M/W/D) GESUCHT: ABWECHSLUNG UND ABENTEUER GARANTIERT

Das Inserat war wie ein goldener Sonnenstrahl an meinem ansonsten grauen, eintönigen Tag. Ich bin schon eine ganze Weile Office Manager. Und obwohl die Jobs auf meinem Gebiet häufig als »aufregend« oder »herausfordernd« beschrieben werden und ein »dynamisches Umfeld« versprechen, bedeutet das im normalen Sprachgebrauch nichts anderes als »Du machst genau das gleiche langweilige Zeug wie immer bei einem Unternehmen, das coole Sachen macht, mit denen du null zu tun hast« oder »Du erledigst den Job von zwei Leuten« oder »Deine Vorgesetzten sind Arschgeigen, Idioten oder beides«. Aber den Begriff »Abenteuer« habe ich tatsächlich noch nie in einer Annonce für meine Tätigkeit gelesen, also bin ich neugierig geworden.

Außerdem habe ich Langeweile. In meinem derzeitigen Job bei einem »aufregenden« Technologie-Unternehmen besteht die »Herausforderung« darin, dass ich einem Team von schnöseligen Marketing-Beratern zuarbeite, die ständig vergessen, mich rechtzeitig auf Deadlines hinzuweisen. Praktisch bedeutet das, dass ich immer »in einem dynamischen Umfeld« arbeite. Wenn die Arbeit doch nur ein einziges Mal dynamisch wäre, weil wirklich viel passiert, und nicht, weil ein aufgeblasener Fatzke zu beschäftigt damit war, mich Kaffee holen zu schicken, um daran zu denken, dass er bis Ende der Woche einen bestimmten Bericht benötigt.

Im Übrigen, nur damit das klar ist: Den Kaffee hat er nie bekommen. Ich fühle mich auch nicht schuldig deswegen, denn über den Bericht hat er mich erst informiert, als er ihn zwei Stunden später brauchte.

Insofern, ja … ich bin bereit für eine Veränderung. Abenteuer, das klingt genau richtig. Solange man es am Schreibtisch oder auf der Couch erledigen kann, meine ich. Virtuelle Abenteuer. Die suche ich.

Also stehe ich jetzt hier und glotze das Gebäude an. Es ist nicht weit von meiner Wohnung entfernt, acht Blocks nur.

Will ich wirklich ein Abenteuer? Ich bin ja sonst kein besonders abenteuerlustiger Typ. Mein Name ist Sam Tiller. Ich bin vierunddreißig Jahre alt, genau eins neunundsechzig groß, hab braune Haare und Augen. Als ich jünger war, war ich der twinkigste Twink, den man sich denken kann – bis mir das irgendwann zu anstrengend wurde. Ich wollte lieber zu Hause auf der Couch in meiner Jogginghose Take-out essen, als meine Eier in hautenge Jeans zu quetschen, nur damit im Club irgendein Depp mir beim Anfassen auf den Fuß tritt, ohne es zu merken.

Okay, das Anfassen vermisse ich schon.

Seufzend betrete ich das Gebäude. Ein Vorstellungsgespräch kann ja nicht schaden, nicht wahr? Ich bin nicht mal sicher, was das Unternehmen eigentlich tut. CSG. Eine generische Website, die geradezu überquillt vor passendem Fachjargon – aber ohne konkrete Informationen zu ihren Produkten oder Dienstleistungen. Vielleicht ist das tatsächlich ein aufregender Job? Vielleicht gibt es hier sogar Leute, die keine Deppen sind und mich trotzdem vernaschen wollen?

Natürlich nicht während der Arbeitszeit. Auch ich habe meine Prinzipien.

Die Fahrt im Lift nach oben scheint endlos. Es sind noch zwei weitere Personen in der Kabine, und ich glaube, die sind das Einzige, was mich davon abhält, kehrtzumachen. Ich möchte einfach nicht der Typ sein, der ohne Grund im Fahrstuhl hoch- und wieder runterfährt und dem dann die Security auf den Hals gehetzt wird.

Das hatte ich schon mal. Macht keinen Spaß. Lange Geschichte.

Als die Türen auf meiner Zieletage aufgehen, bin ich bereit. Ich habe mich erfolgreich selbst überzeugt, dass es super wird. Episch geradezu.

Also marschiere ich mit forschem Schritt aus dem Fahrstuhl.

Und erstarre.

Da sind Tiere. Gigantische Hunde. Drei Stück. Sie spazieren hier einfach so frei herum. Okay, spazieren ist das falsche Wort. Sie laufen eher zielstrebig durch den Empfangsbereich auf eine Tür am hinteren Ende des Raums zu. Aber … sie sind wirklich groß. Also, bis knapp unter meine Achsel. Ich bin zugegebenermaßen kein Riese, aber trotzdem. Ob das hier so eine Art Rettungsorganisation für Wildtiere ist? Die Frage bleibt: Wieso haben sie dann solche großen Hunde im Hauptquartier?

Die Hunde verschwinden durch die Tür, und ich schüttle kurz den Kopf und steuere den Empfang an. Die Empfangsdame schreibt etwas auf einen Notizblock, ich warte – Moment mal.

Was zum Teufel? Hat sie da etwa …? Sind das Hörner zwischen ihren Haaren?

Verdammt. Ich halluziniere wohl. Das ist mir zwar noch nie passiert, aber …

Jetzt schaut sie auf und bemerkt mich. Sie wirkt überrascht. Ich atme einmal tief durch, kneife die Augen zusammen, und als ich sie wieder öffne, sind die Hörner verschwunden. Die Empfangsdame lächelt mich an.

»Was kann ich für Sie tun?«, fragt sie freundlich.

Ich muss schlucken. »Äh, ja. Ich, äh, habe einen Termin. Mit …« Ach du Schande. Wie hieß er noch mal? Die Hunde und die eingebildeten Hörner haben mich ganz durcheinandergebracht. Wie hieß dieser Typ denn nur? »Harold!«

Sie tippt etwas in den Computer, dann lächelt sie erneut. »Er ist sofort bei Ihnen. Nehmen Sie bitte Platz.«

Ich laufe in Richtung Wartebereich, komme aber gar nicht dazu, mich zu setzen, denn schon tritt ein großer Mann herein und sagt: »Ich bin Harold. Folgen Sie mir.«

Ich also hinterher, durch eine Tür, dann durch ein Großraumbüro. Ich habe etwas Mühe, mit ihm Schritt zu halten. Also, dieses Büro ist schon seltsam. Da sind noch mehr große Hunde, und … ist das etwa ein Tiger da hinten am Fenster?! Nein. Das muss ein Stofftier sein.

Bevor ich noch entscheiden kann, ob es ein riesiges Stofftier ist oder ob die hier wirklich ein Raubtier im Büro haben, führt Harold mich in einen kleinen Besprechungsraum und schließt die Tür hinter uns. Ich habe mich kaum hingesetzt, als er auch schon anfängt, mich mit Fragen zu bombardieren.

Wir sprechen über meine Berufserfahrung.

Nein, ich habe kein Problem damit, eher für ein Team zu arbeiten als für eine Einzelperson. »Sie sind keinem von denen unterstellt«, knurrt er. »Offiziell bin ich Ihr Vorgesetzter.«

»Das ist gut«, antworte ich. »Dann kann ich mich auf Sie berufen, wenn sie unrealistische Erwartungen haben.«

Er nickt, und ich habe das Gefühl, dass er angetan ist, auch wenn er das gleiche mürrische Gesicht macht wie vorher.

Dann spricht er über meine Aufgabe. »Sie arbeiten einem Team von fünfzehn Personen zu. Was im Einzelnen zu tun ist, kommt über ein automatisiertes System per E-Mail. Sie verteilen die Aufgaben an die Teammitglieder, gemäß ihrer Fähigkeiten und Verfügbarkeit. Wenn etwas gebraucht wird, zum Beispiel Ausrüstung oder zusätzliches Personal oder so, läuft das über Sie als Schnittstelle. Und Sie sorgen dafür, dass die Mitarbeiter ihre Berichte abgeben und ihre Stunden eintragen.«

Diesen Job kann ich im Schlaf. Wo ist denn da die Action? Das Abenteuer? Ich bin schwer enttäuscht.

»Das ist kein Job mit geregelten Arbeitszeiten und Wochenenden. Es kann passieren, dass zu ungewöhnlichen Zeiten oder am Wochenende neue Aufträge reinkommen. Die müssen sofort an einen der Mitarbeiter weitergeleitet werden – Sie sind also im Prinzip rund um die Uhr auf Abruf. Davon abgesehen und außer in Notfällen ist es uns aber nicht wichtig, wann Sie arbeiten, solange die Aufgaben pünktlich erledigt werden. Sie können sich die Zeit selbst einteilen. Es ist nur wichtig, dass Sie für das Team erreichbar sind.«

Hm, das ist schon ungewöhnlicher für einen Bürojob. Allerdings klingt es immer noch nicht besonders aufregend.

Überhaupt ... was genau tut dieses Unternehmen eigentlich? Ist es ein Klempner-Notdienst? Vielleicht ein Escort-Service? Ich sollte nachfragen.

»Das ... « Ich räuspere mich kurz und fahre fort: »Das hört sich gut an. In der, äh, Anzeige war von Abenteuer die Rede. Und es stand nicht drin, was das eigentlich für eine Firma ist.«

Jetzt lächelt er zum ersten Mal und sieht dabei ein bisschen gefährlich aus. »Das Abenteuer besteht eher aus den

Kollegen. Aber machen Sie sich keine Sorgen, es ist nichts Illegales. Wir sind eine Regierungsbehörde.«

Ich blinzle ihn an. »Ach ja?« Haben Regierungsorganisationen nicht normalerweise tolle Logos und komplizierte Rekrutierungsverfahren?

»Ja. Sie arbeiten einem Team von Agenten zu. Uns werden ungewöhnliche oder potenziell gefährliche Ereignisse gemeldet, und Ihr Team geht den Meldungen nach und veranlasst gegebenenfalls weitere Aktionen.«

Ahaaaaaa …

»Was für Aktionen?« Also für ein Team von Auftragskillern will ich ja lieber nicht arbeiten, auch wenn es Regierungsbeamte sind.

Er lacht. »Keine Auftragsmorde. Nur Verhaftungen. Meist ist das aber gar nicht notwendig. Die Kollegen gehen oft Hinweisen nach, die sich dann als falsch erweisen, oder sie helfen Personen, denen nicht bewusst ist, dass sie Anspruch auf finanzielle Unterstützung oder Hilfsprogramme haben. Sie werden sich vermutlich ziemlich häufig um Anmeldungen für Kurse und Weiterbildungen kümmern müssen.«

Jetzt bin ich verwirrt. Ein potenziell gefährliches Ereignis, das damit endet, dass jemand die Abendschule besucht?

»Und, wie klingt das für Sie?«

»Super«, ist meine ehrliche Antwort. Ich meine, abgesehen davon, dass ich immer noch nicht verstehe, was diese Firma eigentlich tut. Andererseits – wäre das wirklich so anders als damals, als ich noch bei KPMG gearbeitet habe?

»Wann könnten Sie denn anfangen?«

Bitte?

»Ich … Sie bieten mir den Job an?« Einfach so?

»Wenn Sie ihn wollen.« Er beäugt mich. »Es gibt noch eine weitere Sache, die Sie wissen sollten. Aber wenn Sie den Job nicht wollen, kann ich Ihnen auch nicht sagen, was das ist.«

Tja, das macht mich jetzt überhaupt nicht neugierig. Sie vielleicht? Wieso sollte das irgendjemanden neugierig machen?

Ich schlucke heftig. »Der Job klingt gut, Sir, und ich bin auf der Suche nach etwas Neuem, auch wenn es dann doch wieder das Gleiche in einem neuen Arbeitsumfeld ist. Aber jetzt haben Sie mich ernsthaft nervös gemacht.«

Wieder dieses Grinsen. »Sie gefallen mir. Wenn Sie die Nerven behalten, können Sie es beim CSG weit bringen.«

Wenn ich die Nerven behalte …? Das klingt ja nicht gerade vertrauenerweckend. »Die Nerven behalten?«, frage ich, und meine Stimme wird noch nicht mal schrill dabei. »Äh. Wofür steht CSG eigentlich?«

Er stützt die Ellbogen auf den Tisch und beugt sich vor. Ich beuge mich auch vor, weil ich das Gefühl habe, dass er es von mir erwartet.

»Sind Sie religiös?«

Ich lehne mich wieder zurück. Wenn das hier so eine Art Kult sein sollte – aber nein, er sagte ja, es sei eine Regierungsbehörde.

»Nicht wirklich«, sage ich dann vorsichtig. »Ich meine, ich bin katholisch aufgewachsen, aber wir waren eher Feiertagskatholiken. Und seit meiner Jugend gehen die Kirche und ich getrennte Wege.« Seit mir klar geworden ist, dass ich schwul bin, aber das geht ihn ja nichts an.

»Gut. Sie sind also mit der Doktrin vertraut?«

Jetzt muss ich lachen. »Ja, ich kenne die Doktrin. Die einzige vernünftige Schule in unserer Wohngegend war katholisch, also haben meine Eltern mich dort hingeschickt.« In Wirklichkeit war es einfach die nächstgelegene Schule, und sie haben mich dort hingeschickt, damit ich laufen konnte und sie keine Zeit mit Fahrdiensten verschwenden mussten. Aber das geht ihn auch nichts an.

»Das meiste davon ist Unfug.«

Jetzt wird es wirklich seltsam. »Ja, so viel hatte ich mitbekommen.« Geht es hier immer noch um das Vorstellungsgespräch oder um seine persönlichen Ansichten? Will er mich vielleicht zu seiner Religion bekehren?

»Als ich vorhin sagte, dass wir eine Regierungsbehörde sind, haben Sie gar nicht gefragt, welche Regierung.«

Jetzt stockt mir der Atem. Ach du Scheiße. Ach du Scheiße, ist er ein Agent aus dem Ausland? Werde ich gerade rekrutiert, mein Land zu verraten?

Warum passiert das eigentlich mir?

Ich meine, jetzt mal ehrlich. Wieso ich? Ich bin eine Bürokraft ohne nennenswertes Privatleben.

»Ich bin ehrlich gesagt gar nicht darauf gekommen, dass man da nachfragen muss«, krächze ich, und er grinst wieder.

»Entspannen Sie sich, Junge. Wir arbeiten mit der vollen Erlaubnis und dem Wissen der amerikanischen Regierung. Na ja … der Personen, die davon wissen müssen, jedenfalls. Sie müssen nichts Illegales tun.«

Und wieso fühle ich mich jetzt kein Stück besser?

Mir schwirrt der Kopf. Das ist … ich hätte es wissen müssen. Ein Bürojob mit Abenteuer, das ist ein Widerspruch in sich. Wahrscheinlich ist das hier ein Streich. Vielleicht eine von diesen komischen Reality-TV-Sendungen.

Ich stehe auf. »Danke vielmals für Ihre Zeit, ich muss dann mal wieder.«

Harold öffnet den Mund, um etwas zu erwidern, aber ich habe mich schon zur Tür umgedreht. Zwei große Schritte, ich reiße die Tür auf, schaue aus dem Augenwinkel in das Großraumbüro, während ich die Tür hinter mir schließe …

Mist.

Was ist denn das?

Ich erstarre. Wortwörtlich. Ich kann mich nicht rühren. Ich kann noch nicht mal wegschauen. Wie gebannt starre ich den Mann an, der knappe fünf Meter vor mir steht, an der Stelle, wo vor einer Sekunde noch einer dieser großen Hunde war.

Ich bin nicht irre. Bin ich nicht. Keine Halluzinationen. Ich doch nicht.

Aber … wo ist dann der Hund geblieben? Und wo kommt dieser Mann her?

Ich spüre eine Hand auf meiner Schulter. Harold schiebt mich mit festem Griff zurück in den Konferenzraum und drückt mich wieder auf den Stuhl. Dann stützt er sich auf den Tisch und sieht mir in die Augen.

»Wir sind keine Menschen. Es gibt Spezies, die Sie vielleicht paranormal nennen würden. Wir haben unsere eigene Regierung – das Community of Species Government. CSG. Und das Agententeam, dem Sie zugeteilt werden, hat die Aufgabe, Leute zu finden, denen nicht bewusst ist, dass sie keine Menschen sind, und ihnen zu helfen, ihren Platz in unserer Gesellschaft zu finden.«

Ich blinzle. Mein Mund steht immer noch offen. Ich bin ziemlich sicher, dass ich aussehe, als wäre ich nicht ganz richtig im Kopf. Habe ich gerade wirklich mit angesehen, wie sich ein Hund in einen Menschen verwandelt hat? »Wie bitte?« Oh nein. Kann Harold sich etwa auch in einen Hund verwandeln?

Er seufzt und setzt sich ebenfalls wieder. »Alles okay? Brauchen Sie vielleicht ein Glas Wasser?«

Ich kneife die Augen zusammen und atme einmal tief durch. Als ich sie wieder aufmache, bin ich … ruhig. So ruhig wie schon lange nicht mehr.

»Das müssen Sie mir erklären. Was hat denn das Ganze mit Religion zu tun?« Denn er hätte das nicht angeschnitten, wenn es nicht wichtig wäre.

Jetzt lächelt er, dieses Mal von Herzen. Er sieht aus, als wäre er zufrieden, dass ich den Zusammenhang hergestellt habe. »Gott gibt es wirklich«, verkündet er. »Aber nicht als allmächtiges Wesen, und von dem Kram in der Bibel stimmt nicht besonders viel.«

»Okay.« Ich warte ab.

»Eine Sache haben die Menschen richtig verstanden: Gott ist ein Titel und kein Name. Es ist sogar richtig, dass es nur einen Gott gibt. Also immer nur einen auf einmal. Gott ist das Staatsoberhaupt auf der spirituellen Ebene. Und gegenwärtig heißt sie Malia.«

Wow. Gott ist eine Frau. Nehmt das und verschluckt euch daran, ihr patriarchalischen Eisenfresser.

»Ist es … eine vererbliche Position, oder wird man gewählt?«, frage ich schwach, und er nickt anerkennend.

»Weder noch. Es ist … also, Magie gibt es wirklich, verstehen Sie?«

»Aha.« Ach du meine Güte.

»Gott wird auf magische Weise ins Amt berufen. Wir studieren den Prozess schon lange, aber wir sind immer noch nicht ganz sicher, wie er funktioniert. Es scheint so zu sein, dass die Macht der Person verliehen wird, die zur gegebenen Zeit am besten für die Rolle geeignet ist.«

Moment mal …

»Also gibt es keine feste Amtszeit für … Gott?« Ich bin wider Willen fasziniert.

Harold schüttelt den Kopf. »Nein. Malia ist jetzt seit etwa tausendfünfhundert Jahren im Amt, aber es hat auch schon welche gegeben, die nur ein paar Jahre Gott waren. Die längste Amtszeit dauerte … aber ich schweife ab. Wenn Sie das alles wirklich interessiert, kann ich Ihnen ein paar Quellen nennen, wo Sie sich schlaumachen können.«

Ich nicke. Was bleibt mir auch sonst übrig?

»Also, Gott ist das Staatsoberhaupt auf der spirituellen Ebene.«

Das hat er eben schon gesagt. Was bedeutet das? »So etwas wie die Nachwelt oder so?«

Er zuckt die Achseln. »Ja und nein. Es ist keine körperliche Dimension. Wenn man ein Wesen ist, das keinen physischen Körper braucht, muss man nicht erst sterben, um dort hinzugelangen.«

Ich halte den Mund, um nicht mit den eine Million Fragen herauszuplatzen, die mir dazu einfallen.

»Aber die meisten Spezies können nicht dorthin kommen, bevor sie ihre Körper abgelegt haben, also ist Nachwelt nicht ganz falsch. Oder Vorwelt, denn bevor man sich für die nächste Runde in einem neuen Körper bewirbt, ist man ja auch da.«

»Reinkarnation gibt es also auch wirklich.«

Er verdreht die Augen. »Natürlich. Eine unsterbliche Seele ist doch viel zu wertvoll, um sie an ein einziges Leben zu verschwenden. Was sollte man denn danach machen? Rumsitzen und sich selber toll finden? Ich weiß ja nicht, wie es Ihnen dabei gehen würde, aber mir wäre im Handumdrehen stinklangweilig. Ich bin jetzt zum neunten Mal in einem neuen Körper hier. Ich halte es einfach nicht besonders lange ohne körperliche Annehmlichkeiten aus. Essen. Sex. Selbst einen Haufen zu machen kann ein echt gutes Gefühl sein, wenn Sie verstehen, was ich meine.«

Das verstehe ich total, also nicke ich zustimmend. Außerdem, was soll ich denn sonst tun? Reinkarnation, weil man gerne mal wieder ein großes Geschäft machen will? Na bitte. Sei's drum.

Ich habe das Gefühl, wir kommen wieder vom Thema ab. »Warum wissen denn die Menschen nichts davon?« Ich meine, es müsste doch wenigstens Gerüchte geben?

Harold schnaubt. »Moment, dazu komme ich gleich. Also, Gott ist verantwortlich für die spirituelle Ebene. Allerdings war es von der Magie nie vorgesehen, auch die physische Ebene so aufzuteilen und zu regieren. Also wird auch dafür ein Regierungsoberhaupt besetzt.«

Das gibt mir zu denken. »Ein Gott der Erde?«

»Nicht ganz. Gott ist der Titel, den das Oberhaupt der spirituellen Ebene trägt. Das Oberhaupt der physischen Ebene nennt man …«

Es macht Klick. »Teufel?«

»Fast. Luzifer. Der ›Teufel‹ ist ein Konstrukt der Menschen. Der gegenwärtige Luzifer ist ein umgänglicher Typ, der gerne Rollerblades fährt und puzzelt. Vor etwa achttausendsiebenhundert Jahren gab es mal einen Clanführer hier auf der Erde, ich habe vergessen, wo genau. Jedenfalls hat dieser kleine, aufstrebende Clanführer irgendein Abkommen gebrochen oder so, und der damalige Luzifer war gezwungen, ihn zu bestrafen. Das hat dem Kerl nicht gefallen, und weil er ein ganz besonders hinterlistiges kleines Miststück war, hat er Gerüchte in die Welt gesetzt, dass der Luzifer mit Schimpf und Schande zur Erde geschickt und aus der spirituellen Ebene verbannt wurde. Darauf haben sich noch ein paar andere machthungrige Parteien gestürzt, denen der Luzifer nicht erlaubt hatte, bei ihren Nachbarn einzufallen, und von da aus hat es sich verselbstständigt. Keine hundert Jahre später war die gesamte Menschheit davon überzeugt, dass der Luzifer ein abgrundtief böses Wesen ist, das sie dazu bringen will, ihre Seelen aufzugeben. So ein Blödsinn. Was sollte er denn mit all den Seelen anfangen? Man braucht doch nie mehr als eine pro Körper, und Sklaverei auf der spirituellen Ebene ist unmöglich, also …«

Bilde ich mir das nur ein, oder ist Harold auf einmal total gesprächig? Wo ist denn der einsilbige Typ von vorhin geblieben, der mich kaum eines Blickes gewürdigt hat?

»Also will der Teufel unsere Seelen gar nicht?«, frage ich vorsichtig, und er guckt mich an, als wäre ich etwas dämlich.

»Es gibt keinen Teufel. Aber ja, kein Bedarf an Seelen. Tja, und dann wurde es erst richtig hässlich, als die Artenkriege begannen.«

Ach, bin ich froh, dass ich sitze. »Die Artenkriege?«

Er nickt. »Im Grunde genommen hat damals die Menschheit alle anderen Spezies bekämpft. Anfangs war es noch nicht so. Bei einigen Arten gab es ein paar Untergruppierungen, die dachten, es wäre in ihrem Interesse, den Luzifer zu stürzen.« Er unterbricht nachdenklich, dann fährt er fort: »Aber nur die Menschen glaubten, der Luzifer wäre ›der Teufel‹. Keine andere Spezies hat sich diesen Quatsch je einreden lassen. Ich frage mich immer, warum.«

Soll ich … das etwa kommentieren? Keine Ahnung, was ich dazu sagen soll.

Er schüttelt den Kopf. »Die Artenkriege haben als eine Art Handgemenge zwischen allen Parteien begonnen, aber dann haben die Menschen ihre Religionen mit ins Spiel gebracht und erklärt, dass alle anderen Spezies abartig und Werkzeuge des Teufels sind. Knapp hundert Jahre später waren es dann die Menschen gegen alle anderen, und wir mussten ums nackte Überleben kämpfen.«

Oh nein. Manchmal kann man sich wirklich für die Menschheit schämen.

»Das verstehe ich jetzt nicht ganz. Sind Sie denn nicht weit in der Überzahl? Wenn alle Spezies sich zusammenschließen gegen uns, äh, die Menschen. Warum ist denn nicht schon längst alles wieder so wie früher?«

Sein Lächeln ist ein bisschen traurig. »In Wirklichkeit sind es die Menschen, die in der Überzahl sind. Alle anderen Arten mit hoher Intelligenz leben länger als Menschen, und im Ausgleich dazu ist es für uns schwerer, uns fortzupflanzen. So kommt es, dass wir weniger sind.«

Ja. Das leuchtet ein.

»Es war ziemlich aussichtslos – aber dann hat die Magie sich eingeschaltet. Eines Tages wurde es dunkel, dunkler als die dunkelste Nacht, und als das Licht zurückkehrte, war ein neuer Luzifer im Amt, und die Menschen hatten uns vergessen.«

»Vergessen?!«

Er zuckt die Achseln. »Ich war nicht dabei. Das habe ich auch nur erzählt bekommen. Unsere Geschichte besagt, dass an diesem Tag all unseren Arten ein kleines bisschen innere Magie verliehen wurde, auch denen, die vorher keine besaßen, damit wir uns unsichtbar machen konnten. Aber es schien gar nicht so, als würden die Menschen überhaupt nach uns suchen. Es hat bis heute Tausende von Anlässen gegeben, bei denen die Wahrheit ans Licht hätte kommen können, bei archäologischen Ausgrabungen zum Beispiel – und doch passiert es irgendwie nie.«

»So hat sie also ihre Hörner verschwinden lassen!«, wird mir plötzlich klar. Es mag ja eine riesige Enthüllung sein, dass die ganze Menschheitsgeschichte eine Lüge ist, die nie aufgedeckt wurde, aber ich bin gerade einfach nur erleichtert, dass ich nicht halluziniert habe.

»Wer?«

Ich erkläre es ihm, und er nickt. »Ja. Das hier ist eigentlich ein geschützter Raum für uns, wir tarnen uns also nicht. Ich hatte nur vergessen, Bescheid zu sagen, dass heute ein Mensch zu Besuch kommt.«

Was eine sehr wichtige Frage aufwirft. »Harold. Wieso ausgerechnet ich? Ich meine, wieso überhaupt einen Menschen einstellen? Das hier ist kein so ausgefallener Job, dass ihn außer mir niemand machen könnte. Und wenn Sie jemanden anderen einstellen würden, müssten Sie mir das alles gar nicht erst erklären.«

Er weicht meinem Blick aus.

Erwischt.

»Harold?«

»Oh, wissen Sie.« Er lacht nervös. »Es ist nicht so wichtig. Ich dachte einfach, es wäre eine nette Abwechslung, mal einen Menschen einzustellen.«

Man muss kein Hellseher sein, um zu erkennen, dass das glatt gelogen ist.

Ich sage nichts und sehe ihn einfach an, bis er schließlich nachgibt.

»Es ist so. Hier kommt das Abenteuer ins Spiel. Das Team, dem Sie zuarbeiten – also, es sind wirklich nette Leute. Es ist nur so, dass die meisten von ihnen Höllenhunde sind. Wir versuchen normalerweise, nicht allzu viele Höllenhunde in ein Team zu stecken, weil sie als Gruppe ein bisschen anstrengend werden können. Ungebärdig. Ich bin nicht mehr sicher, wie diese Rotte sich zusammengefunden hat, aber mittlerweile ist es nicht mehr denkbar, sie zu trennen.«

»*Ungebärdig?* Wie Kleinkinder?«, frage ich ungläubig. »Und was genau meinen Sie mit *nicht denkbar, sie zu trennen*?« Aber dann fällt mir wieder ein, dass ich mit eigenen Augen gesehen habe, wie ein Hund sich in einen Menschen verwandelt hat, und das war kein Witz. Definitiv nicht.

»Sie lassen es nicht zu.« Er grinst plötzlich. »*Wir* lassen es nicht zu, besser gesagt.«

Hä? Oh.

»Sie sind ein Höllenhund? Aber wenn der Teufel nicht existiert, gibt es auch keine Hölle. Was soll also der Name?«

Er verdreht die Augen. »Damals während der Kriege haben die Menschen es als Schimpfwort gebraucht. Sie haben uns als Diener des Teufels bezeichnet und all solchen Mist, der niemanden außer ihnen interessiert hat. Die damalige Spezies-Anführerin hatte einen etwas eigenen Humor, also hat sie unsere Subspezies offiziell umbenannt, um die Menschen zu ärgern.«

Ach.

Du.

Scheiße.

»Sie hat Ihre Gattung umbenannt, weil sie es lustig fand? Und das hat sich gehalten?«

»Sicher.« Er zuckt die Achseln. »Sie müssen doch zugeben, dass es witzig ist.«

Ich will nicht zugeben, dass ich den Witz nicht verstehe. Aber mir wird langsam klar, warum man Höllenhunde als ungebärdig bezeichnen könnte.

Ich schlucke einmal heftig. Ich wollte eine Veränderung. Eine Herausforderung. Aber mit Kollegen zu tun zu haben, die offensichtlich alle meine Vorgänger vergrault haben?

»Wenn ich einen Menschen einstelle, erhoffe ich mir davon, dass sie sich benehmen«, fährt Harold eilig fort. »Und ich denke, Sie werden gut mit ihnen fertig.«

»Was haben sie denn getan, um meine Vorgänger zu vertreiben?« Wissen ist Macht, oder?

»Oh, nichts Schlimmes«, beeilt er sich, mir zu versichern. »In der Hauptsache waren sie etwas zu anhänglich. Die meisten Bürokräfte vor Ihnen hatten Familien, die ein Problem damit hatten, wenn ständig ohne Vorwarnung Höllenhunde bei ihnen vorbeikamen. Wir haben es auch mit Singles versucht – aber es liegt nun mal in unserer Natur, übertrieben fürsorglich und neugierig zu sein, und zwei haben gekündigt, weil ihr Liebesleben darunter gelitten hat. Und der dritten Person war das ständige Bedürfnis nach Aufmerksamkeit und Bestätigung zu viel.«

Höllenhunde klingen eigentlich so ähnlich wie Golden Retriever.

Ich reibe mein Gesicht und denke darüber nach. Ich brauche wirklich eine Veränderung. Und abgesehen von den Hunde-Kollegen klingt der Job wie für mich gemacht. Trotzdem bin ich unsicher …

»Was ist, wenn sie mich auch verrückt machen und ich kündige?«

Harold zuckt die Achseln. »Dann kündigen Sie eben. Und ich denke ernsthaft darüber nach, diese Bande umzubringen, weil ich dann noch eine Bewerbungsrunde über mich ergehen lassen muss. Langsam weiß ich mir wirklich nicht mehr zu helfen.«

So ist das also. Ich bin der absolute Bodensatz.

»Nein, ich meine … ich bin doch ein Mensch. Und jetzt weiß ich alles über alle hier«, erkläre ich mit einer Geste in die Runde.

»Oh. Na ja, denken Sie doch mal darüber nach. Was würde wohl passieren, wenn Sie anfangen, es herumzuerzählen?«

Ah. Wie recht er hat.

»Genau. Kein Mensch würde Ihnen glauben, außer vielleicht ein paar verrückte Verschwörungstheoretiker. Selbst wenn Sie ein Video machen würden, während sich ein Kollege verwandelt, würde man Ihnen vorwerfen, es manipuliert zu haben.«

»Also dürfte ich einfach kündigen.«

»Klar. Ich wäre ziemlich sauer, da ich extra eine Genehmigung einholen musste, um überhaupt ein Vorstellungsgespräch mit Ihnen führen zu dürfen. Aber wenn Sie kündigen wollen, ist das Ihre Sache.«

Ich beiße mir auf die Lippe.

Er beobachtet mich.

Dann nicke ich. »Ich bin dabei.«

Kapitel 2

»Ich bin dabei«, ächze ich. »Was habe ich mir nur dabei gedacht?« Die Barkeeperin wirft mir einen skeptischen Blick zu. Das kann man ihr nicht vorwerfen, denn ich sitze schon seit einer halben Stunde am Tresen und murmele in meinen Drink.

Ich bin auf halbem Weg nach Hause hier hängen geblieben, also nicht besonders weit gekommen. Denn plötzlich ist mir klar geworden, dass ich gerade bei einer Interspezies-Regierungsbehörde angeheuert habe, und das hat mich umgehauen. Ehrlich gesagt bin ich sogar ein bisschen stolz darauf, dass ich es geschafft habe, mich so lange zusammenzureißen. Ich war ganz ruhig, während Harold mir zu all den Arten, mit denen ich zu tun haben werde, Kurzbeschreibungen gegeben hat. Es gibt zwei Subspezies von Gestaltwandlern, außerdem Vampire, Dämonen, Sukkuben, Inkuben und Zauberer. Dann hat er mir eine Reihe von Web-Archiven genannt, in denen ich weiter recherchieren kann, damit mir beim Umgang mit den Kollegen keine peinlichen Schnitzer passieren.

Selbst als er mir Tipps gegeben hat wie »Tragen Sie kein intensives Rasierwasser, wenn Gestaltwandler anwesend sind« und »Fragen Sie nie einen Dämon nach seinem Zweitnamen«, bin ich nicht nervös geworden. Nur als er sagte »Reiben Sie nie Ihren Hals in Gegenwart eines Vampirs, es sei denn, Sie möchten zu einem Biss einladen«, habe ich ein bisschen gezittert, aber ich habe mich total zusammengerissen, als er mir beiläufig riet: »Wenn ein Inkubus oder Sukkubus Sex mit Ihnen haben will, sollten Sie von Anfang an Grundregeln festlegen, denn Sie vergessen alles, sobald sie einmal losgelegt haben.« Ehrlich gesagt klang Letzteres sogar ganz spannend.

Von daher – keine Ahnung, woher jetzt plötzlich diese Panik kommt. Ich dachte, dass es am besten wäre, wenn ich mich erst mal hinsetze und mir zur Beruhigung einen Drink genehmige. Die Bar lag auf dem Weg. Ich war schon öfter hier, denn sie ist, wie gesagt, nicht weit weg von meiner Wohnung und damit praktisch für Grindr-Dates, bei denen ich noch nicht sicher bin, ob ich sie mit nach Hause nehme oder nicht. Ich bin aber kein Stammgast oder so.

Ich bin gerade echt hin- und hergerissen: Soll ich Harold anrufen und höflich absagen? Schon beim Gedanken daran fühle ich mich wie ein Idiot, denn schließlich ist es doch genau das, was ich gesucht habe: ein Ausweg aus meiner alltäglichen, langweiligen Existenz. Den Job kann ich im Schlaf und mit Handfesseln erledigen (also im übertragenen Sinne), und das Gehalt wäre super – sehr viel besser als bei meiner jetzigen Stelle. Außerdem wäre es ein neues Umfeld, und es gäbe viele aufregende und interessante neue Dinge zu lernen und zu erleben.

Andererseits würde ich mit *Vampiren* und *Höllenhunden* zusammenarbeiten. Von der Sache mit den Dämonen gar nicht zu reden. Wenn es den Teufel nicht gibt, können die Dämonen auch nicht seine Gehilfen sein, und dennoch ist es immer noch ein Begriff, bei dem sich mir armem Menschlein ein paar negative Assoziationen aufdrängen. Und dann Harolds warnender Hinweis zur »Ungebärdigkeit« der Höllenhunde in meinem Team – das bereitet mir mehr und mehr Sorge.

Ich seufze und lasse den Kopf ein paarmal auf den Tresen fallen. Vielleicht hilft es, wenn ich mein Gehirn ein bisschen durch…

Dann trifft meine Stirn auf etwas Weiches, Lebendiges.

Ich zucke so heftig zurück, dass ich vom Barhocker falle. Mit den Armen rudernd frage ich mich bereits, wie schmerzhaft es sich anfühlen wird, wenn ich auf den Boden knalle, aber in der nächsten Sekunde hat mich schon jemand am Hemdkragen gepackt und mich auf den Hocker zurückgehievt.

Ich sinke auf dem Tresen zusammen, etwas außer Atem vom Adrenalinschub.

»Sorry. Ich wollte dich nicht erschrecken.«

Ich setze mich auf und sehe mir den Mann an meiner Seite an – mein Retter und gleichzeitig der Grund dafür, dass ich gerettet werden musste.

Ich muss den Kopf in den Nacken legen, denn der Typ ist ein Riese. Ich meine ... im Vergleich zu mir sind ja viele Leute groß, aber der Fremde neben mir ist weit über eins neunzig, und er hat einen unglaublichen Körper. Breite Schultern. Breite Brust. Muskeln, wo man hinschaut. Der Kerl ist ein Panzer.

Ich reiße mich vom beeindruckenden Anblick seines Oberkörpers los, um mir den Rest anzusehen. Sein Gesicht ist wunderschön symmetrisch, und seine Haut hat einen wunderbaren Bronzeton. Tief liegende dunkle Augen. Blauschwarze Haare, gerade so lang, dass man sehen kann, wie seidig sie sind. Dieser Mann sollte Model sein und Zeitschriften schmücken. Und doch bin ich nicht ganz sicher, ob ich vor ihm zurückschrecken sollte – er hat mich zwar vor einem Sturz bewahrt, aber entweder ist er stocksauer, oder er hat von Natur aus den missmutigsten Gesichtsausdruck, den ich je gesehen habe. Die finstere Miene und sein dunkler Blick, im Zusammenhang mit seiner Größe und Figur – das hier ist ein verdammt Furcht einflößender Kerl.

»Äh, ist schon gut.«

»Ich dachte nur, du solltest diesem hübschen Gesicht keinen dauerhaften Schaden zufügen.«

Ding! Das war doch nicht etwa mein Schwulenradar? Ich sehe ihn mir noch mal näher an. Er ist immer noch gigantisch und immer noch genauso Furcht einflößend, und doch ist da etwas in seinen dunklen Augen und der Art, wie er sich neben mir an den Tresen lehnt, dazu die komplett offene Körpersprache, das mich vermuten lässt, dass er nicht ernsthaft vorhat, mich zu ermorden.

Und in dem Fall …

»Wirklich lieb von dir«, murmele ich und drehe mich mit einem Lächeln zu ihm um. Eine Ablenkung könnte genau das sein, was ich jetzt brauche. Um den Kopf frei zu bekommen. Den Körper zu erfrischen. »Darf ich dir zum Dank einen Drink bestellen?«

Jetzt verzieht sich sein Gesicht zu einem Schmunzeln, fast schon einem Lächeln, und ich bekomme eine Ahnung davon, wie atemberaubend er aussehen könnte, wenn er nicht von Natur aus einen so übellaunigen Gesichtsausdruck hätte. Also, nicht falsch verstehen: Er sieht auch mit dem bösen Blick superscharf aus. Man könnte sagen, es macht ihn noch ein bisschen sexyer. Aber es lenkt doch davon ab, was für ein klassisch perfektes Gesicht er hat.

»Nein, denn ich hatte selber gerade vor, dich einzuladen, als du begonnen hast, dich zu verstümmeln.« In seiner Stimme schwingt eine Frage mit. Ein Hauch von Akzent lässt vermuten, dass er nicht von hier ist oder dass seine Eltern keine Muttersprachler sind. Ich winke ab.

»Probleme bei der Arbeit.« Das ist nicht falsch, und die ganze seltsame Geschichte brauche ich ihm nicht wirklich zu erzählen. »Wir bestellen einfach und einigen uns später, wer was bezahlt.«

Er rutscht auf den Barhocker neben mir, und die Bedienung ist sofort bei uns. Ich meine, es ist nicht viel los, unter der Woche um drei Uhr nachmittags, aber so schnell war sie definitiv nicht, als ich noch alleine hier saß. Er ignoriert ihr Flirten aber, und schon fühle ich mich besser. Kann sein, dass ich ihr ein kleines, selbstgefälliges Grinsen zuwerfe, als sie losläuft, um unsere Bestellung zu holen. Dann bin ich eben ein bisschen kleinlich, na gut.

»Ich bin Sam«, stelle ich mich vor und gebe ihm die Hand. Er umschließt sie mit seiner riesigen, warmen Pranke, schüttelt meine Hand einmal, dann lässt er sie wieder los, und seine Finger gleiten mit einem sanften Streicheln an meiner Handfläche entlang.

Oh, wow.

»Gideon«, erwidert er.

»Und, Gideon? Was führt dich denn an einem Arbeitstag hierher? Denkst du auch gerade über einen Jobwechsel nach?«

Er schüttelt den Kopf. »Nein. Meinen Job verlasse ich nur auf einer Bahre, mit den Füßen voran. Aber manchmal habe ich irgendwie zu viel im Kopf, und dann muss ich mal raus, um nachzudenken.«

»Verstehe.« Das leuchtet ein, auch wenn er es irgendwie sehr speziell ausgedrückt hat. Also so speziell, dass es ein bisschen nach Serienkiller klingt. »Oft ist ein bisschen Abstand zu den Kollegen gut, damit ich nichts tue, was ich später bereuen würde.«

Er schnaubt und nickt der Bedienung zu, die gerade unsere Getränke bringt. »Nur leider bin ich in diesem Szenario eher der ›Kollege‹. Mein Team hat mir geraten, mal kurz rauszugehen, bevor sie sich gezwungen sehen, mich umzubringen und auf meinem Grab zu tanzen.«

Ich muss laut auflachen. »Haben die das so gesagt, oder hast du es umformuliert?«

Er hebt die Hand wie zum Schwur. »Originalzitat. Also dachte ich, es ist für alle besser, wenn ich spazieren gehe, und dann hab ich die Bar gesehen, also …« Er zuckt die Achseln.

Ich hebe mein Glas. »In meinen Augen ein glücklicher Zufall.« Wir stoßen an, trinken, und dann sprechen wir wieder über mich (Jobangebot, unsicher, ob ich es annehmen soll), seine Schwester (sie hat gekündigt, weil sie ihr keine Kaffeesahne mit Haselnussgeschmack besorgen wollten – immer noch keine Ahnung, warum sie sich die nicht einfach selbst mitbringen konnte), Musik, die Tatsache, dass er selten fernsieht, und ob es wirklich ein schlechtes Omen ist, einer schwarzen Katze über den Weg zu laufen. Er hat eine sehr offene Art und einen etwas brummigen Charme, von dem ich mich extrem angezogen fühle. Man merkt deutlich, dass er wenig Geduld hat. Er gibt sich alle Mühe, mich davon zu überzeugen, dass ich unrecht habe, als ich davon schwärme, wie toll »Game of Thrones« ist, und ich bin sicher, dass er mich am liebsten einen Idioten schimpfen würde, weil ich so viel Begeisterung für eine erfundene Welt empfinde. Aber er lässt mich trotzdem weiterplappern – und er lächelt nicht direkt, aber seine Miene ist auch nicht so Furcht einflößend, wie sie es ohne Zweifel sein könnte.

Während wir reden, berühren wir uns die ganze Zeit. Also beiläufig, und ganz harmlos. Meine Hand auf seiner. Er tätschelt meinen Arm. Ich umfasse sein Knie, während ich erkläre, dass schwarze Katzen wirklich *anders* sind. Er fasst mich an den Schultern und besteht darauf, dass es nicht so ist. Und auf einmal sind wir uns supernahe gekommen, und mir sind Katzen, schwarz oder andersfarbig, plötzlich völlig egal. Ebenso die halb leeren Gläser auf dem Tresen – war das wirklich schon die dritte, oder gar die vierte Runde?

Gideon sieht mich aus seinen dunklen Augen unverwandt an, und jetzt lächelt er nicht mehr. Seine großen

Pranken liegen immer noch auf meinen Schultern, ich spüre die Wärme seiner Handflächen durch mein Hemd, und ich will nichts lieber, als sie auf meiner Haut zu fühlen.

»Ich wohne nur ein paar Blocks entfernt«, flüstere ich. So lange will ich ehrlich gesagt gar nicht mehr warten, aber ich will mehr als ein paar Minuten auf der Toilette. Ich will seinen ganzen Körper mit den Händen und dem Mund erforschen.

Er lächelt wieder. Es ist kein fröhliches Lächeln. Es ist intensiv und sexy und lässt mich erschauern.

»Lass uns gehen.«

Er legt Geld auf den Tisch und zieht mich vom Barhocker und zur Tür, bevor ich protestieren kann. »Danke«, sage ich noch leise, denn ich entscheide mich, die Einladung anzunehmen, dann treten wir auf die Straße. »Ähm, hier entlang.« Der Arbeitstag neigt sich dem Ende zu. Mir war gar nicht klar, wie lange wir uns unterhalten haben. Der Bürgersteig ist viel voller als vorhin. Gideon bleibt an meiner Seite, eine große Hand an meinem Rücken und seine lange Gestalt dicht an mich gepresst. Erstaunlich, wie viel unbehelligter man so durchs Gedränge kommt – die Menschen weichen ihm einfach aus.

Das ist ein weiterer Grund, warum ich gern größer wäre. Zu schade, dass ich wohl nicht mehr wachsen werde.

Ich schaue zu ihm hoch. »Treibst du viel Sport? Oder bist du einfach von Natur aus so gebaut?« Mit anderen Worten: Habe ich auch nur den Hauch einer Chance, jemals selbst so eine Figur zu haben? Größer werde ich sicher nicht mehr, aber vielleicht muskulöser?

Das hämische Gelächter in meinem Kopf ignoriere ich.

Gideon sieht mich mit leerem Blick an, und ich schüttle den Kopf. »Ist egal.« Wir biegen von der belebten Durchgangsstraße in eine etwas ruhigere Straße ein. »Es ist gleich da vorne.«

»Sowohl als auch.«

Ich lege wieder den Kopf in den Nacken. »Bitte?«

»Sowohl als auch. Ich treibe viel Sport, aber in meiner Familie sind alle Männer so gebaut wie ich.«

Oh. Bei der Vorstellung eines Raums voller harter, muskulöser, unglaublich heißer Männer, die alle aussehen wie Gideon, wird mein Lächeln zur Grimasse. »Das klingt nett.«

Das klingt nett? Oh Mann, etwas Blöderes ist mir wohl nicht eingefallen. Ich eile voraus und schließe die Eingangstür auf. Gideon ist sofort an meiner Seite und schiebt mich ins Haus.

»Beeil dich«, raunt er mir zu, in einem Ton, der direkt an meinen Schwanz gerichtet zu sein scheint.

Ich gehorche.

Ehrlich gesagt kann ich mich nicht erinnern, diese Treppen je so schnell hochgelaufen zu sein, noch nicht mal damals, als ich eine Lebensmittelvergiftung hatte und mich beeilen musste, um die Toilette noch zu erreichen. Ich komme vor meiner Wohnung zu stehen und lasse vor lauter Aufregung die Schlüssel fallen. »Verdammt!«

Gideon bückt sich und hebt sie auf. »Welcher Schlüssel?«

»Ahhh …« Ich reiße ihm den Schlüsselbund aus der Hand, und schon stolpern wir durch die Tür, werfen sie hinter uns zu, dann werde ich dagegen geschoben. Gideon hebt mich mit den Händen unter dem Hintern hoch, und jetzt fühlt es sich an, als wollte er mich mit seinem sexy Mund verschlingen.

Einen Moment lang verliere ich mich in dem Kuss. Na gut, länger als einen Moment, viel länger. Lippen, Hände, Hitze, Nässe, Kribbeln, Härte … nichts anderes zählt mehr, nur noch das gegenseitige Reiben aneinander und das Ertasten seines Körpers durch seine Kleidung.

Kleidung.

Weg damit. Ich will Haut spüren.

Ich reiße mich so weit von ihm los, dass ich hervorbringen kann: »Runter mit dem Hemd.«

»Alles, was du willst«, verspricht er mir und beugt den Kopf herunter, um an meinem Hals zu saugen, bis meine Nervenenden sprühen und meine Augen sich wie von alleine schließen. »Du auch.«

»Schlafzimmer«, keuche ich mit dem letzten Fünkchen Verstand. »Wir brauchen noch …«

Er hebt den Kopf und sieht sich um. Mit einem Wimmern nehme ich sein Gesicht in beide Hände und gebe ihm noch einen tiefen, nassen Kuss. Meine Beine sind um seine Hüften geschlungen, und ich fühle seinen Schwanz an meinem pochen.

»Schlafzimmer«, stimmt er mit tiefer, grollender Stimme zu. »Sonst vögele ich dich gleich hier und pfeif auf die Folgen.«

Keine Ahnung, wieso, doch ich weiß, dass er das nicht ernst meint. Aber es gibt ja trotzdem keinen Grund, uns beide weiter auf die Folter zu spannen. »Da hinten. Den Flur runter.« Blindlings winke ich in die richtige Richtung und mache mich darauf gefasst, ihn vorübergehend loslassen zu müssen, damit wir uns dort hinbewegen können.

Und das Nächste, was ich weiß, ist, dass ich mit schnellen Schritten zu meinem Schlafzimmer getragen werde. Das muss ich sagen: Ins Schlafzimmer getragen zu werden, mit der Aussicht, gleich so richtig rangenommen zu werden, ist so was von sexy. Besonders wenn der Kerl, der mich trägt, das ohne jegliche Anstrengung tut. Ich meine, dass er riesig ist und ich nicht, ist schon klar, aber ich bin immerhin ein erwachsener Mann. So mühelos sollte es für ihn auch wieder nicht sein, oder?

Ach, ist ja auch egal.

Ich lasse mich aufs Bett zurückfallen und ziehe ihn mit hinunter. Nicht, dass ich besonders fest ziehen müsste. Ah, so ist es besser. Jetzt kann er mich anfassen, mit diesen riesigen, heißen, starken Händen …

Ich schiebe ihn zurück und setze mich auf, packe sein Hemd und zerre an den Knöpfen. Er hilft mir, und dann haben wir beide kein Hemd mehr an, unsere Hosen und Unterwäsche fliegen beiseite, und endlich sind wir beide nackt und reiben uns aneinander, während wir unsere Hände auf Entdeckungsreise schicken. Seine Haut ist überall so warm, fast schon heiß, und bis auf die Brustbehaarung seidenweich. Er ist geradezu absurd in seiner Perfektion, als wäre er gerade einer Gesundheitszeitschrift für Männer entsprungen – einer mit sexy Fotos –, dank der dunklen Körperbehaarung, den harten Nippeln und den schönen, von Venen durchzogenen Armen. Seine Muskeln zucken, wo immer ich ihn berühre, und ich fühle mich unglaublich mächtig, weil ich in der Lage bin, das auszulösen.

Ich spüre seinen harten Schwanz an meinem Oberschenkel, und, wow, was für ein Durchmesser. Bei der Vorstellung, ihn in mir zu spüren, zuckt mein Hintern, aber es ist kein unangenehmes Zucken. Ich nehme ihn in die Hand, und Gideon stöhnt, als würde das Geräusch direkt aus seiner Lunge gepresst.

»Bitte sag, dass du Bottom bist«, flüstert er, eine riesige Hand schon an meiner Pobacke, während er mit dem Finger meine Ritze entlangfährt.

Mich überläuft ein Schauer. »Aber ja.«

Da ist es wieder, das Lächeln, das auch zu einem plündernden Eroberer passen würde. Wieso ist das so sexy? »Gleitgel?«

Ich zwinge mich, ihn loszulassen, und krame in meinem Nachttisch nach Gleitgel und Kondomen. Ich nehme ja PrEP, aber ich weiß nicht, was er …

»Die brauchen wir nicht«, sagt er und wirft die Kondome wieder auf den Nachttisch. Er nimmt wohl auch PrEP.

Dann öffnet er das Gleitgel und drückt etwas davon auf seine großen Finger. Ich lege mich mit angezogenen Knien auf den Rücken, stemme die Füße auf die Matratze und spreize die Beine. Normalerweise mag ich es nicht, Fremden beim Sex ins Gesicht zu schauen, aber ihn will ich unbedingt sehen, wenn er sich endlich gehen lässt.

Und schon fühle ich seine Finger an meinem Eingang. Er bereitet mich gründlich und ausdauernd vor und dehnt mich sanft und ausgiebig. Anfangs ist es schon mühsam, auch nur seine Finger in mich aufzunehmen. Bei mir ist es bereits eine Weile her, und, wie ich schon ungefähr ein Dutzend Mal erwähnt habe, ist er überall ziemlich überdimensioniert. Sein konzentrierter Gesichtsausdruck ist überraschend zärtlich, und ich bin drauf und dran, ihm das zu sagen, als er meine Prostata findet und mein ganzer Körper plötzlich wie elektrisiert ist.

»Ahhh.« Oh Gott, es ist wirklich lange her, viel zu lang. Es ist einfach nicht das Gleiche, wenn ich es mir selbst mache. »Bin so weit«, keuche ich. Ich will ihn, und zwar sofort.

Er zögert.

»Jetzt, Gideon. Mach schon!«

Er zieht die Finger heraus, legt sich meine Beine über die Schultern, und dann, ohhhhh …

Meine Augen verdrehen sich, und ich beiße die Zähne zusammen. Das Gefühl, wie sein dicker Schaft in mich eindringt, ist unglaublich toll und gleichzeitig unbequem. Das ist er wahrscheinlich gewohnt, denn er wartet unbeweglich, obwohl er schon tief in mir drin ist, bis sich meine Muskeln entspannt haben und ich zu ihm aufsehe. Er beobachtet mich, und wieder trägt er die grimmige Miene wie eine Maske.

»Okay?«, fragt er, sichtlich mühevoll.

»Unglaublich«, flüstere ich. »Komm schon. Fick mich.«

Und das tut er dann auch. Fest, schnell und schweißtreibend. Ich höre mich selbst aufschreien, keine Ahnung, was ich überhaupt sage. Alles, was zählt, ist Gideon, in mir, auf mir, sein Körper unter meinen Händen, und wie er immer wieder in mich reinstößt, bis sich auf einmal all meine Muskeln anspannen und mein Gehirn sich abschaltet.

Langsam komme ich wieder zu mir. Quer über meinem Bauch fühle ich ein heißes, schweres Gewicht. Ich liege seitlich auf dem Bett, und neben mir ist eine lange, warme Präsenz zu spüren – Gideon. Das wird dann wohl sein Arm sein. Ich kann froh sein, dass er so geistesgegenwärtig war, sich nicht auf mich fallen zu lassen. Von einem großen, starken Kerl durchgevögelt zu werden, ist zwar super, aber wenn so ein Kerl auf dir zusammenbricht und dich einquetscht, ist das weniger super.

Ich muss lächeln, als ich an die Nummer denke, die wir gerade geschoben haben. Der Mann weiß wirklich, was er tut. Ob er wohl noch eine Runde in sich hat?

Mein Magen knurrt, und ich hebe den Kopf, um auf die Uhr zu sehen. Vielleicht können wir in die zweite Runde gehen, nachdem wir etwas gegessen haben. Ich hatte gar nicht mitbekommen, wie spät es schon ist. Großartiger Sex führt bei mir anscheinend dazu, dass ich jegliches Zeitgefühl verliere.

»Was machst du?«, brummt Gideon, als ich mich unter seinem Arm herauswinde.

»Auftanken für Runde zwei«, teile ich ihm mit, dann zucke ich leicht zusammen. »Nachdem ich mich abgeduscht habe.« Ich klebe überall, und das Sperma trocknet langsam zu einer ekligen Kruste.

Er rollt sich auf den Rücken, legt die Hände hinter den Kopf und sieht mich an. Seine Beine hängen übers Bett herunter, was albern aussehen sollte, aber an ihm tödlich sexy ist. »Was essen wir denn?«, fragt er, und ich zwinge mein

Gehirn, nicht mehr seinen Waschbrettbauch anzustarren und stattdessen den Inhalt meiner Küche Revue passieren zu lassen.

»Take-out. Es sei denn, du möchtest warten, bis ich aus meinem welken Gemüse eine Suppe gekocht habe.« Es wäre nicht mal richtige Suppe, nur zu Brei zerkochtes Gemüse. Bevor ich die Welt der Kochrezepte entdeckt habe, habe ich meine eigenen erfunden. Keins davon ist besonders gut.

»Dann lieber Take-out. Ich bestelle was, während du duschen gehst.« Er setzt sich auf, und das Spiel seiner Muskeln bringt mein Blut in Wallung – oben und unten. »Wo ist denn mein Handy?«

»Äh, Klamotten. Auf dem Boden«, presse ich hervor, dann flitze ich ins Bad, um mich davon abzuhalten, ihn zu fragen, ob ich sein Sixpack ablecken darf. Ich bin ganz sicher, dass er nichts dagegen hätte, aber wir bekommen bestimmt nichts zu essen, wenn wir gleich wieder damit anfangen.

Nach einer kurzen Dusche komme ich aus dem Bad. Das Schlafzimmer ist leer, aber ich höre Gideon im Wohnzimmer telefonieren. Als ich reinkomme, blickt er auf.

»Perfektes Timing. Sag mal deine Adresse.« Ich teile sie ihm mit, und er gibt sie weiter, dann legt er auf. »Es gibt Chinesisch.«

»Das hört sich gut an«, sage ich und gehe zum Tresen, der die Küche vom Rest des Raumes abtrennt. »Etwas zu trinken?«

»Einfach Wasser.«

Ich hole ihm eins, mir auch, dann sehe ich zu, wie er durch den Raum schlendert, während er trinkt. Er hat seine Hose wieder angezogen, sich aber nicht die Mühe gemacht, sein Hemd überzuziehen, und es ist alles andere als eine Strafe, schweigend den Anblick zu genießen.

»Schön hast du's hier«, sagt er schließlich, während er vor der Schiebetür zu meinem winzigen Balkon stehen bleibt.

»Danke. Ich … äh, also mit meinem Gehalt hätte ich mir die Wohnung niemals leisten können, aber ich … habe eine Erbschaft gemacht, mit der ich sie kaufen konnte.« Oh, Shit, wozu musste ich das jetzt ausplaudern? Meine Güte, zu viele Informationen. Der Kerl ist hier, um Sex zu haben, und nicht, um sich meine Lebensgeschichte anzuhören.

»Was machst du denn beruflich?«, fragt er höflich. »Du hast gesagt, du hast Probleme im Job, oder?«

Na gut, über irgendetwas muss man ja reden, bis das Essen kommt. Mit einem Seufzer erkläre ich: »Na ja, Probleme ist vielleicht zu viel gesagt. Eher Langeweile, und ich habe die Leute dort so was von satt. Ich bin Office Manager. Heute hatte ich ein Vorstellungsgespräch wegen eines neuen Jobs, und jetzt weiß ich nicht, was ich tun soll.«

Er lehnt sich an die Küchenzeile, sodass seine ganze bronzefarbene Haut verlockend vor meiner Nase schimmert. Es juckt mir in den Fingern. »Ist es nicht gut gelaufen?« Jetzt runzelt er die Stirn, und obwohl ich das Gefühl habe, dass er versucht, ein mitfühlendes, einfühlsames Gesicht zu machen, sieht es eher beängstigend aus. Jedenfalls würde es vermutlich so aussehen, wenn ich nicht so von Lust übermannt wäre.

»Doch, doch«, muss ich zugeben. »Es ist gut gelaufen. Auf eine Art.« Seltsam war es, aber nicht wirklich schlecht. »Sie haben mir einen Job angeboten. Aber es ist … ein vollkommen anderes Arbeitsumfeld, und ich bin nicht mehr sicher, ob ich es machen will.«

Jetzt hat er wieder den ungewollt finsteren Gesichtsausdruck, den ich schon kenne, und ich sehe nur an dem weichen Ausdruck um seine Augen und einem Zucken um die Mundwinkel, dass er belustigt ist. »Das klingt, als hättest du einfach kalte Füße, Sam. Du hast doch eben gesagt, dass du nicht mehr mit deinem bisherigen Job zufrieden bist.

Dass du dich langweilst. Ein ganz neues Umfeld wäre doch zumindest eine Abwechslung.«

»Ja. Ich bin nur … äh, nervös, denke ich.« Warum, kann ich ihm natürlich nicht erzählen. Er würde sicher denken, ich hätte sie nicht mehr alle. Ehrlich gesagt bin ich nicht mehr sicher, ob ich womöglich tatsächlich irre bin. Vielleicht habe ich mir das alles nur eingebildet?

Er zuckt die Achseln. »Veränderung macht die meisten Menschen nervös. Du musst einfach abwägen, ob es die Sache wert ist.«

»Guter Hinweis«, murmele ich nachdenklich. Es ist ja nicht so, dass mein ganzes restliches Leben von dieser Entscheidung abhängt. Ich kann jederzeit kündigen, wenn es mir nicht gefallen sollte. Und es bringt mich auf jeden Fall aus meinem gegenwärtigen Sumpf von Arbeitsplatz heraus. Außerdem klingt es, als könnte es Spaß machen. So wie etwas aus einem Film oder einem Buch. Ich meine … ich würde mit Höllenhunden und Vampiren zusammenarbeiten. Wie cool ist das denn. »Tja, wahrscheinlich sollte ich annehmen. Besser als mein jetziger Job ist es allemal.«

»Inwiefern?« Er hebt die Augenbrauen, und ich überrasche mich selber damit, dass ich ihm ein paar der nervigeren Geschichten erzähle, die mir meine Kollegen zugemutet haben. Dann kommt unsere Bestellung, und wir setzen uns auf die Barhocker am Küchentresen, um zu essen. Gideon hat auch ein paar Geschichten auf Lager, zum Beispiel den Kollegen, der sich geweigert hat, seine »Glücksbringersocken« zu wechseln, bis das ganze Büro gestunken hat, oder die beiden Mitarbeiter, die eine Affäre hatten und dachten, keiner bekommt es mit, obwohl sie jeden Nachmittag zur gleichen Zeit im Materiallager verschwanden, um dort lautstark ihrer Lust zu frönen. Ich lache immer noch bei der Vorstellung, als ich meinen leeren Eierreis-Karton abstelle.

»Fertig?«, fragt er, und wieder erhasche ich einen Anflug dieses Nicht-Lächelns, das ich so verdammt sexy finde.

»Gestärkt und bereit für die nächste Runde.«

*

Am Montagmorgen bleibe ich nicht mehr stehen, um die Fassade anzustarren. Das brauche ich nicht, denn ich bin *null* nervös. Ich werde diesen Job mit links machen.

Der Sex mit Gideon war genau das, was ich für mein Selbstbewusstsein brauchte. Die ganzen Zweifel in meinem Oberstübchen (und anderenorts) sind wie weggefegt, und ich fühle mich selbstbewusst und stark. Nie wieder lasse ich so viel Zeit ohne Sex mit einem Partner vergehen. Gideon ist, nachdem wir uns gegenseitig einen geblasen haben, gegangen, und das anschließende Endorphin-High hat bis zum nächsten Morgen angehalten. Diesen Kerl werde ich in guter Erinnerung behalten, und das nicht nur, weil ich durch ihn meinen Vorrat an mentalen Wichsvorlagen aufstocken konnte.

Also. Neuer Job, ich bin bereit! Vampire, Höllenhunde und Dämonen – macht euch auf etwas gefasst, denn jetzt komme ich!

Ich rausche durch die Lobby und, siehe da, der Lift wartet schon. Ganz sicher ein gutes Omen! Ja! Ich quetsche mich zu den Dutzend anderen, und ausnahmsweise bleibe ich mit dem Kopf nicht unter der Achsel einer anderen Person stecken. Das ist der beste Montagmorgen aller Zeiten und ein weiteres Zeichen dafür, dass es richtig war, diesen Job anzunehmen.

Ein paar neugierige Blicke begleiten mich, als ich aussteige. Vermutlich erkennen die anderen Mitarbeiter, dass ich ein Mensch bin, und fragen sich, was zur Hölle ich beim CSG will – auch wenn Harold gesagt hat, dass es außer mir noch andere Menschen in ihrer Community gibt. Mit einem zuversichtlichen Lächeln trete ich an den Empfang. Und schon tritt Harold ein und ruft mir zu: »Wunderbar, Sie sind pünktlich. Hier entlang. Wir besorgen Ihnen einen Ausweis, dann können Sie sich an Ihrem Arbeitsplatz einrichten und das Team kennenlernen.«

So vergeht der Vormittag in hektischer Betriebsamkeit. Ich bin so etwas wie ein Kuriosum – es scheint, dass ich der einzige Mensch bin, der je hier gearbeitet hat, obwohl einige der Kollegen menschliche Partner oder Eltern haben. Ich werde angestarrt, es wird getuschelt, gekichert, und ein besonders charmanter Typ faucht mich an.

»Hat er mich wirklich angefaucht?«, frage ich Harold. Wir haben gerade das Security-Büro verlassen, wo mir eine reizende Assistentin versichert hatte, dass sie noch nie ein so furchtbares Passfoto geschossen hat. Ob ich vielleicht ein bisschen Puder möchte, um die Fältchen zu überdecken und meine Haut strahlender zu machen?

Hier zu arbeiten wird nicht ganz einfach für mein Ego sein. Ich pflege meine Haut wirklich *sehr* gut, danke auch, und sie sieht genauso strahlend und taufrisch aus wie die eines Fünfundzwanzigjährigen.

Wenn das Licht stimmt, jedenfalls.

»Machen Sie sich um ihn keine Sorgen«, antwortet Harold gut gelaunt. »Hier ist ein Fauchen gleichbedeutend mit einem Hallo. Aber vielleicht ist es besser, wenn Sie nicht zu viel alleine herumlaufen, bis alle sich an Sie gewöhnt haben.«

Na prima. Keine Ahnung, zu welcher Spezies der Typ gehört; die redselige Fotografin hat mir jedenfalls – neben den diversen Beleidigungen – erzählt, dass sie eine felide Gestaltwandlerin ist. Mir ist nicht ganz klar, was felide bedeuten soll. So etwas Ähnliches wie Katzen?

Ich frage Harold.

»Ja, klar. Feliden verwandeln sich in Katzen. Ich hatte Ihnen ja gesagt, dass unsere Spezies ursprünglich nicht Höllenhunde genannt wurde, oder? Wir waren früher einfach kanide Shifter. Höllenhunde klingt aber viel besser, finden Sie nicht auch?«

»Ja, ja, genau. Natürlich.« Mit Irren sollte man nie streiten. Obwohl es sich irgendwie cool anhört. »Also ist es so etwas wie ein übergeordneter Gattungsbegriff? Für mehrere Unterkategorien? Rassen? Gibt es verschiedene Arten von Höllenhunden und feliden Gestaltwandlern?« Ich habe schon auf den Websites, die er mir empfohlen hatte, nachgelesen. Aber dort werden bestimmte Grundkenntnisse vorausgesetzt, wie zum Beispiel Fakten wie diese, und ich will ja wirklich niemandem zu nahe treten, indem ich den falschen Begriff benutze.

Er hält inne und sieht mich an, als wäre ich ein bisschen zurückgeblieben. Genau – das wäre jetzt so ein Fall, wo alle Bescheid wissen, nur ich nicht. »Nein, nein. Sie denken, dass wir uns in Tiere verwandeln können, oder? Es ist nicht wie in einer bekloppten Werwolf-Legende oder so. Wir sind eine vollkommen andere Spezies als die Spezies, die es im Tierreich gibt.«

»Ohhh.« Ich nicke. Also kann ich es vergessen, mich auf irgendwelchen Wildtier-Websites über meine Kollegen schlauzumachen. »Äh, was ist denn mit … also neulich war doch da ein Tiger im Büro?«

Er setzt sich wieder in Richtung meines Arbeitsplatzes in Bewegung. »Das war Tony. Wirklich lebensecht, oder? Er ist das Maskottchen der Buchhaltung.«

Das …

Okay, in Ordnung, sei's drum. *Na logisch* hat die Buchhaltung einen echt aussehenden, lebensgroßen Spielzeugtiger als Maskottchen.

»Er ist wirklich toll«, presse ich hervor, aber an Harolds Gelächter kann ich erkennen, dass ich nicht so überzeugend rüberkomme, wie ich gehofft habe.

»Keine Sorge«, beruhigt er mich. »Sie werden hier super reinpassen.«

Na dann.

Wir biegen um die Ecke und betreten ein weiteres Großraumbüro. Nur etwa die Hälfte der Schreibtische ist besetzt. Die Anwesenden laufen herum und unterhalten sich in Grüppchen, aber das Büro würde ich bei Weitem nicht als voll besetzt bezeichnen. Vielleicht sind die anderen im Einsatz?

Harold führt mich zu einer Schreibtischgruppe. Sie besteht aus drei Reihen mit je fünf Schreibtischen, von denen etwa acht besetzt sind. Die meisten Kollegen sind gigantisch. Also viel größer als ich. Selbst die Frauen. Eine Sache, die ich online zweifelsfrei recherchieren konnte, ist, dass Höllenhunde und Dämonen die beiden am größten gewachsenen Spezies sind – beide Arten durchschnittlich größer als Menschen. Vampire, Inkuben und Sukkuben sowie die feliden Gestaltwandler sind etwa gleich groß wie Menschen. Natürlich bin ich Glückspilz ausgerechnet bei einem Team gelandet, das hauptsächlich aus riesigen Höllenhunden besteht, und das, obwohl ich sogar für einen Menschen ziemlich klein bin.

»Alle mal herhören!«, bellt Harold. Also im übertragenen Sinne. »Ich habe euch schon öfter, als es mir lieb ist, gesagt, dass das eure letzte Chance ist. Wenn ihr es nicht schafft, diesen Office Manager pfleglich zu behandeln, werde ich Schritte einleiten müssen, die euch nicht gefallen werden. Das ist Sam. Ja, er ist ein Mensch. Ihr werdet ihn respektvoll behandeln. Er hat eine Menge Erfahrung, die euch allen das Leben leichter machen kann, also versucht bitte, euch nicht wie ein Haufen Idioten zu benehmen.«

Er dreht sich zu mir und zeigt auf den Schreibtisch neben uns. »Das ist Ihr Schreibtisch. Hier sind Ihre vorläufigen Passwörter.« Er greift in seine Tasche und zieht einen zerknitterten Umschlag hervor. Ich nehme ihn, sehr zufrieden mit mir, denn meine Hand zittert nicht. Hat der Typ in der nächsten Reihe *sich gerade die Lippen geleckt und den Bauch gerieben*? »Dann lasse ich Sie sich mal einarbeiten.« Er klopft mir auf den Rücken, wirft noch einen warnenden Blick in die Runde, dann schlendert er davon und lässt mich mit *denen* alleine.

Ich lächle so strahlend wie möglich, denn ich werde den Teufel tun und mich von einem Haufen Kleinkinder in Erwachsenengestalt einschüchtern lassen. Harold hat gesagt, dass die meisten Vorgänger gekündigt haben, weil die Teammitglieder so geklammert haben.

»Hat jemand etwas Dringendes, das ich erledigen soll?«, frage ich. In einer Stunde soll ich das System erklärt bekommen, aber wahrscheinlich komme ich auch so klar. Ich hatte vor, mich mit allem vertraut zu machen, und dann das Intranet und die Apps zu studieren.

Der Kerl, der sich die Lippen geleckt hat, kommt herüber und schnüffelt an mir. »Sieht so aus, als hätten sie uns Frischfleisch gebracht.« Es klingt bedrohlich.

Ich lache.

Aber da bin ich der Einzige.

»Ähm …« Ich versuche, mir das Grinsen zu verkneifen. »Das war ein Witz, oder? Sehr lustig. Also, ich musste darüber lachen.« Ich meine, jetzt mal ehrlich. Frischfleisch?

Und Tatsache, die drohende Miene weicht einem Lächeln. »Du bist ja hart im Nehmen, für einen Menschen.«

»Wenn du meinst. Wer bist du denn?« Ich schiebe ihn sanft beiseite, setze mich an meinen Schreibtisch und schalte den Computer ein.

»Jim. Äh, wenn du Zeit hast – ich bräuchte etwas Recherche für ein paar alte Fälle.«

»Sicher. Du müsstest mir nur zeigen, wie ich Zugriff auf die Akten bekomme.«

Er zieht sich einen Stuhl heran, und die anderen gehen wieder an ihre Arbeit. Ich will nachher noch eine richtige Vorstellungsrunde drehen und allen erklären, wie ich am liebsten arbeite. Es ist aber ganz gut, wenn sie gleich sehen, dass ich mich nützlich machen kann, bevor ich etwas einfordere.

Jim zeigt mir, wie man alte Fallakten einsehen kann und wie die Suchfunktion funktioniert, dann geht er wieder an seinen Schreibtisch und schickt mir eine Liste der Dinge, nach denen er sucht. Es ist ziemlich einfache Arbeit, ideal zum Einarbeiten. Ich bin fast fertig, und es wird bald Zeit für meine Einweisung durch einen der anderen Verwaltungsangestellten, als es plötzlich still wird.

Ich schaue auf und sehe, dass die Leute um mich herum alle zum hinteren Flur starren. Natürlich drehe ich mich auch um, um zu sehen, was so interessant ist.

Dann klappt mir die Kinnlade runter.

An der Tür zum Flur steht Gideon und unterhält sich mit einem anderen Mann.

Genau. Der Gideon, mit dem ich erst vor ein paar Tagen einen unglaublich heißen One-Night-Stand hatte. Der mich so gut wie überredet hat, diesen Job anzunehmen. Ob er Bescheid wusste? Ich kann mich ehrlich gesagt nicht erinnern, ob ich etwas erzählt habe, woraus man hätte schließen können, um welchen Arbeitgeber es geht. Ich habe versucht, nicht ins Detail zu gehen. Wer hätte mir auch glauben sollen, wenn ich davon anfangen würde, dass ich bald für nichtmenschliche Spezies arbeiten werde?

Außer einer von ihnen natürlich. Denn in seinen schönen blauschwarzen Haaren sehe ich ganz deutlich Hörner.

Die waren vor ein paar Tagen ganz sicher nicht da, aber noch während ich das denke, fallen mir kleine Erinnerungsfetzen ein. Wie ich meine Hände in seine Haare graben wollte und Gideon meine Handgelenke festgehalten und ans Bett gepresst hat. Wie ich seinen Kopf an mich gezogen habe, um seine Lippen besser zu erreichen, und Gideon sich zurückgelehnt und die Position gewechselt hat. Anscheinend reicht die Magie, von der die Hörner verborgen werden, nicht bis zu Berührungen.

Und überhaupt: Ich habe einen Dämon gevögelt! Ich hätte nicht gedacht, dass ich das je von mir sagen würde. Schon der Gedanke daran bringt einen Adrenalinschub, und mein Schwanz zuckt.

Ich stehe halb auf, unsicher, ob ich hingehen und ihn begrüßen soll. Er sieht die Bewegung und schaut zu mir herüber, sieht ein zweites Mal hin, dann funkelt er mich mit dem vernichtendsten Blick an, den ich je in meinem Leben gesehen habe.

Ich setze mich wieder hin.

Für mich war Gideons ungewollt finstere Miene unglaublich attraktiv. Dahinter verbarg sich ein charmanter, ziemlich direkter, aber hauptsächlich liebenswerter, sexy Mann, der mich, um mal ein Klischee zu benutzen, total umgehauen hat. Dieser Blick dagegen – da ist nichts unterschwellig Sanftes. Keine Wärme in seinen Augen. Kein winziges Zucken um den Mund.

Er ist ganz offensichtlich alles andere als begeistert, mich zu sehen.

Ich drehe mich wieder zu meinem Monitor, unsicher, wie ich mich verhalten soll. Also, ihn zu begrüßen ist schon mal nicht angesagt, aber … was mache ich denn jetzt? Soll ich ihn ignorieren? So tun, als ob wir uns nicht kennen? Muss ich ihn etwa jeden Tag sehen? Oh Gott, ist er am Ende Teil meines Teams?

Jim rollt auf dem Bürostuhl zu mir herüber. »Entspann dich. Der tut dir nichts. Er ist einfach immer im Stinkstiefel-Modus.«

Ist ja super. Jetzt haben die anderen auch etwas mitbekommen.

»Äh.« Ich räuspere mich. »Wer, äh, wer ist das?« Bitte sag nicht, dass er in diesem Team ist, *bittebitte nicht.*

»Das ist Gideon Bailey. Er gehört zum Sonderermittlerteam des Luzifers. Du wirst nicht viel mit ihm zu tun haben. Mit keinem von ihnen. Die sitzen einen Stock höher. Er ist nur hier, weil Alistair ihnen einen Fall übergibt.«

»Ah. Also geht es nicht nur um mich?« Natürlich hatte ausgerechnet ich aus Versehen etwas mit dem größten Arsch des ganzen Ladens.

Jim zuckt die Achseln. »Na ja, seine Meinung von Menschen ist nicht gerade die beste, und das sagt er auch ganz offen. Aber er ist eigentlich zu allen unfreundlich, also hat es wahrscheinlich nichts mit dir zu tun.«

Ach du Scheiße. Ich hatte Sex mit jemandem, der keine Menschen mag? Das kann ja wohl nicht ernsthaft mein Leben sein. Ich meine, ihm musste doch klar sein, dass ich ein Mensch bin, oder etwa nicht? Alle anderen scheinen es doch auch zu merken.

Vielleicht sollte ich mal mit ihm reden. Um reinen Tisch zu machen und sicherzugehen, dass es am Arbeitsplatz nicht zwischen uns steht. Obwohl ich zugeben muss, dass ich echt enttäuscht bin, dass zwischen uns nichts mehr laufen wird.

Ich werfe noch einmal einen Blick über die Schulter. Sein Blick ist scharf wie ein Laser, und es sieht nicht so aus, als ob er jemals wieder mit mir sprechen wird. Ich bin ja schon öfter böse angeguckt worden in meinem Leben. Aber das hier ist mit weitem Abstand das Mieseste, was ich je erleben musste.

Ein letzter verächtlicher Blick, dann dreht er sich auf dem Absatz um und geht.

Und ich bleibe zurück und fühle mich wie ein Stück Dreck, das er von seiner Schuhsohle gekratzt hat.

Kapitel 3

FÜNF JAHRE SPÄTER

Meistens liebe ich meinen Job, denn er ist fantastisch. Außer wenn mir gerade nach Alleinsein zumute ist. Denn das kann man so gut wie vergessen, wenn man mit Höllenhunden zu tun hat. Vor allem mit dem, der sich gerade unter meinem Esszimmertisch »versteckt«.

Mein bester Freund kann eine echte Nervensäge sein.

»Ich schwöre bei allen Unheiligen: Wenn du nicht sofort unter dem Tisch hervorkommst und dich aus dem Staub machst, zerre ich dich zu einem menschlichen Tierarzt, lasse dich kastrieren und vergifte dich mit deinen eigenen Hoden!« Das sind natürlich nur leere Drohungen – er müsste nichts weiter tun, als sich wieder zurückzuverwandeln, bevor wir beim Tierarzt ankommen, und schon hätte er seine Kastration erfolgreich verhindert. Ich hoffe einfach, dass es ausreicht, um ihn unter dem Tisch hervor und aus meiner Bude raus zu bekommen. Das Schlimmste an diesen Shiftern ist, dass verschlüsselte Smartphones das Einzige sind, was sie *nicht* aufbekommen.

Im Ernst. Das habe ich mir nicht ausgedacht. Bevor es Gesichtserkennung gab, habe ich einen Shifter durch ein Dutzend sicher verschlossene Türen laufen sehen, als wären die Schlösser gar nicht da, nur um dann zwanzig Minuten lang vergeblich zu versuchen, sein Handy zu entsperren, damit er Bescheid sagen konnte, dass er da war.

An diesem Tag habe ich viel gelacht.

Anders als jetzt.

Jetzt habe ich einen blöden Shifter am Hals, der keinerlei Gefühl für persönliche Privatsphäre hat. Ich wollte heute einfach mal alleine sein und einen Abend für mich haben.

»Zwing mich nicht, dich noch mal zu warnen, Alistair«, knurre ich, auch wenn es ein Witz ist im Vergleich zu dem Knurren, das er von sich geben kann. Aber es scheint seine Wirkung zu zeigen, denn er kommt endlich unter dem Tisch hervorgekrochen und sieht mich mit Hundeblick an. Ja, Höllenhunde können so süß sein wie jeder andere Hund auch. Also, wie jeder Hund mit einer Risthöhe von einem Meter zwanzig, der so aussieht, als wäre er gerade einem Albtraum entsprungen, um dich zu verschlingen.

Ich bleibe hart und schüttle den Kopf. »Verwandle dich, und dann raus mit dir.«

Der Höllenhund winselt, und im nächsten Moment ist da ein … keine Ahnung, wie ich es nennen soll, auch wenn ich es schon seit Jahren immer wieder sehe. Es ist kein Lichtblitz, denn da ist nichts Helles. Es ist vielmehr eine Art Verzerrung des Lichts. Jedenfalls steht da einen Augenblick später anstelle des Hundes ein eins fünfundneunzig großer, breitschultriger, unglaublich muskulöser Mann in Chinos und Polohemd.

Bevor ich Alistair kennengelernt habe, war mir nicht bewusst, dass Höllenhunde so eine Schwäche für Abercrombie und Ralph Lauren haben. Also mich hat das jedenfalls überrascht. Wenn man mich gefragt hätte, was ein Höllenhund in Menschengestalt gerne trägt, hätte ich eher Biker-Kluft vermutet. Ketten, Leder und so.

Aber als ich das einmal zu Alistair gesagt habe, musste ich mir eine Strafpredigt dazu anhören, wie verletzend Stereotypisierungen sein können.

»Zeit zu gehen«, verkünde ich und zeige auf die Tür.

Alistair seufzt und lässt den Kopf hängen.

»Und zwar jetzt.«

Er schmollt. »Aber Sam …«

»Nein. Nein, nein und nochmals nein.«

»Aber ich hatte einen fürchterlichen Tag, und ich habe dir noch gar nicht davon erzählt.«

»Zum millionsten Mal: Ich bin nicht dein Therapeut.« Alistair hat die fixe Idee, dass ich, nur weil ich ein Mensch bin, Ratschläge aus einer anderen Perspektive geben kann. Das hat sich im Büro herumgesprochen, und inzwischen bin ich so etwas wie der inoffizielle Kummerkasten für alle. Das ist der Grund, warum bei mir zu jeder Tages- und Nachtzeit Höllenhunde, Dämonen und Inkuben ein und aus gehen.

Er schnaubt entrüstet, dreht sich zur Tür, macht sechs Schritte und lässt sich dann auf die Couch fallen.

»Ich habe den tollsten Mann im Universum kennengelernt«, verkündet er. Ich sehe mich um. Habe ich vielleicht Selbstgespräche geführt? Ich hatte ihm doch gerade gesagt, dass er gehen soll, oder etwa nicht?

»Mir egal. Geh nach Hause.« Ich rühre mich nicht vom Fleck. Wenn ich jetzt auch nur ein Jota nachgebe, nimmt er das als Zeichen weiterzureden.

»Er sieht gut aus, ist lieb, intelligent und hat den schärfsten kleinen Körper …« Natürlich lässt Alistair sich nicht bremsen, nachgeben hin oder her. »… und er hat mich gefragt, ob ich mit ihm nach Hause komme, und ich war schon halb durch die Tür, als sein Freund um die Ecke kam und einen Tobsuchtsanfall bekommen hat. Und darum sitze ich jetzt frustriert hier rum, statt den perfekten Mann zu vögeln.« Er seufzt abgrundtief. »Warum seid ihr Menschen nur solche Mimosen?«

Ich blinzle. Ich wollte, das wäre eine ungewöhnliche Frage, aber das ist leider nicht der Fall.

»Menschen sind keine Mimosen. Der arme Kerl war kurz davor, betrogen zu werden. Was zum Teufel ist daran so schwer zu verstehen?«

Alistair verdreht die Augen. »Er hat so ein unglaubliches Theater gemacht …«

»Jetzt reicht's aber«, unterbreche ich ihn. »Es war doch sein gutes Recht, sauer zu sein. Sein Freund war drauf und dran, ihn zu betrügen. Du bist doch selbst so besitzergreifend; du solltest verstehen können, dass man sich nicht gerne betrügen lässt.« Ich habe schon erlebt, dass Alistair sauer wurde, nur weil jemand sich einen Stift von ihm geliehen hat.

»Das werde ich nie verstehen. Mich wird nie jemand betrügen«, erklärt er. »Wer würde denn nicht alles in seiner Macht Stehende tun, um mich zu behalten?«

»Ich zum Beispiel. Womit wir wieder beim Ausgangspunkt des Gesprächs sind – würdest du jetzt bitte gehen?«

Er lacht. »Danke, Sam. Du schaffst es immer, mich aufzuheitern.« Er legt die Füße auf den Couchtisch. »Was wollen wir denn zu Abend essen?«

Ich gebe auf und lasse mich neben ihn plumpsen. »Du hast nicht vor zu gehen, oder?«

»Nö.« Er dreht den Kopf zu mir und lächelt. »Wenn ich schon keinen Sex bekomme, bist du die nächstbeste Option.«

Na super. Ich ziehe eine Grimasse. »Pizza?« Kochen werde ich jetzt nicht auch noch.

»Na klar. Ich bestelle schon mal.« Er zieht das Handy hervor und reicht es mir, und ich muss leise lachen.

»Warum nutzt du denn nicht einfach die Gesichtserkennung? Das wollte ich dich die ganze Zeit schon fragen.« Ich nehme das iPhone und tippe den Code ein, den er mir nennt. Keine Ahnung, warum Shifter solche Probleme damit haben. Es ist ein totales Rätsel. Weder der Code noch der Fingerabdruck funktioniert bei ihnen. Und doch können sie jederzeit alle möglichen Apps nutzen – sobald das Handy entsperrt ist. Zum Glück hat die Erfindung der Gesichtserkennung es ihnen etwas einfacher gemacht.

»Ich hab's schon eingerichtet«, sagt er bekümmert, nimmt das Gerät wieder und ruft die App vom nächsten Pizzadienst auf. »Aber ich will es nicht nutzen, wenn es nicht unbedingt notwendig ist. Für den Fall, dass es erkennt, was ich mache, und sich weiterentwickelt, um mich auszuschließen.«

Ich habe schon den Mund geöffnet, um ihm zu sagen, wie absurd das klingt, aber dann lasse ich es. Wer weiß? Vielleicht hat er ja recht. Immerhin ist es auch komplett unverständlich, warum es sich nicht entsperren lässt, selbst wenn er den richtigen Code eintippt.

Wie dem auch sei, ich habe nicht die Energie, darüber zu streiten. Stattdessen schalte ich den Fernseher ein und frage mich, wie ich es mal wieder geschafft habe, mit einem Höllenhund zu Abend essen zu müssen, wenn ich doch einfach nur alleine sein wollte.

Überraschenderweise nervt Alistair heute kaum. Nein, eigentlich ist es gar nicht so überraschend. Alistair kennt mich inzwischen ganz gut. Wir diskutieren nur ein paarmal darüber, was wir sehen wollen, er schnappt nicht und knurrt auch nicht drohend, als ich nach dem zweiten Stück Pizza greife; obwohl er ein bisschen brummig aussieht, als ich ein drittes Stück stibitze. Und er bleibt auch nicht allzu lange. Davon abgesehen, dass er sich durch die abgeschlossene Tür hereingeschlichen hat und dann dachte, er könnte meinem gerechten Zorn entgehen, indem er sich verwandelt und unter meinem Tisch versteckt, ist Alistair eigentlich ganz okay als Freund.

Dummes Zeug. Er ist der beste Freund, den ich je hatte.

Ich schließe die Tür hinter ihm ab. Das wird weder Alistair noch irgendwelche anderen Gestaltwandler-Kollegen davon abhalten, hereinzukommen; und darum stelle ich vorsichtshalber einen Stuhl davor – dann machen sie wenigstens genug Krach, um mich zu wecken. Sie haben ja keine Ahnung, wie verstörend es sein kann, morgens in die Küche zu kommen und dort einen Höllenhund beim Pancakes-Backen vorzufinden, während ein Inkubus durch alle Kabelsender surft und sich über die schlechte Auswahl beschwert.

Ich bin so froh, dass ich diesen Job angenommen habe.

Das war anfangs nicht immer der Fall. Nach dem ersten Tag und der Beinahe-Konfrontation mit Gideon, nach der ich mich wie ein Stück Dreck fühlte, hat es ein paar Streiche für den Neuen gegeben.

Ich wette, Sie haben noch nie einen riesigen Plüschhund in der Dusche vorgefunden. Oder ein Dutzend Plüschhundewelpen in der Geschirrspülmaschine gehabt. Und Ihr Google Home wurde sicher auch noch nie programmiert, jedes Mal laut zu heulen, wenn Sie es ansprechen.

Das waren nur einige der Willkommensgeschenke von meinem Höllenhunde-Team.

Ehrlich gesagt hätte ich wahrscheinlich dankend abgelehnt und mir etwas anderes gesucht, wenn Harold mir gleich verraten hätte, dass Gestaltwandler mühelos durch verschlossene Türen gehen können oder dass sie versuchen würden, mich dazu zu bringen, sie offiziell zu adoptieren. Aber als ich so richtig begriffen hatte, *wie* anstrengend sie wirklich sind, hatte ich mich schon richtig gut eingewöhnt. Und es ist eigentlich ganz schön, sich so gebraucht zu fühlen. Ich lebe schon ziemlich lange alleine. Und ehrlich gesagt mag ich es sogar, mich pro forma darüber zu beschweren, wie anhänglich mein Team ist.

Etwa zwei Jahre nachdem ich beim CSG angefangen hatte, wurde ich von Harold und seinem Chef Geoffrey gefragt, ob ich zu einem der Notfallteams wechseln will. Ich arbeite schnell, effektiv und kann selbst mit den nervigsten

Agenten fertig werden. (Dafür gibt es übrigens eine inoffizielle Medaille, die vom Büropersonal verliehen wird. Ich habe sie in den letzten fünf Jahren dreimal gewonnen.) Ein Notfallteam besteht im Grunde aus denjenigen, die Notrufe aus der Community entgegennehmen. Ich habe höflich abgelehnt. Man verdient besser, und der Job genießt ein höheres Ansehen, aber mein Team hat so gemeutert, dass ich nicht die Nerven dafür hatte.

Die Sache ist die: Harold und Geoffrey haben mich morgen wieder zu einem Meeting einbestellt. Das ist der eigentliche Grund, warum ich einen ruhigen Abend allein verbringen wollte. Mit Harold treffe ich mich zwar ständig und auch mit Geoffrey ab und zu, aber das einzige Mal, als ich mit beiden gleichzeitig zu tun hatte, haben sie mir den anderen Job angeboten. Also – könnte sein, dass sie es morgen wieder tun. Und vielleicht wäre ich dieses Mal tatsächlich interessiert.

Verstehen Sie mich bitte nicht falsch. Ich mag mein Team wirklich und hänge auch an ihnen. Aber fünf Jahre im gleichen Job, selbst wenn er interessant und aufregend ist, sind mehr, als ich je bisher hatte, und ich bin bereit für etwas Neues. In zwei Wochen wird eine Stelle in einem der Notfallteams frei, und mir würde etwas mehr Action schon Spaß machen.

Darüber wollte ich heute Abend eigentlich in Ruhe nachdenken: Ob ich den Job wirklich wollen würde, wenn sie ihn mir anbieten sollten. Vielleicht ist das auch voreilig.

Aber so oder so werde ich erst morgen mehr wissen.

*

Mittlerweile ist es Vormittag, und ich bin immer noch unschlüssig. Leicht verunsichert verlasse ich das fast leere Großraumbüro und steuere den Besprechungsraum an, der für das Meeting mit Harold und Geoffrey reserviert ist.

Aber die sind gar nicht da. Stattdessen sitzen sechs Leute am Tisch, von denen ich zumindest einen die letzten fünf Jahre aktiv gemieden habe.

»Oh.« Ich bleibe im Türrahmen stehen. »Sorry. Ich muss wohl den falschen Raum erwischt haben.« Ich schaue prüfend auf die Nummer an der Tür. 3.6. So stand es in der Einladung im Kalender.

»Sam Tiller?«, fragt der unscheinbare, schlanke Mann am Kopfende.

»Äh, ja. Entschuldigung, kennen wir uns?« Oh Gott, oh Gott, oh Gott. Er kennt meinen Namen und sieht irgendwie vertraut aus, aber ich bin nicht sicher …

Aber natürlich bin ich doch sicher. Gideon plus fünf andere kann nur eines bedeuten.

»Nein, noch nicht.« Er steht auf und kommt mit ausgestreckter Hand auf mich zu. Aus der Nähe sehe ich, dass er ein Shifter ist, und der Größe nach zu schließen, vermutlich einer von der feliden Sorte. Ich schüttle ihm die Hand. »Ich bin Percy Caraway.«

Jepp. Der Luzifer persönlich. Anders als die menschlichen Gesichter der Weltpolitik taucht er nicht im Fernsehen auf. Es gibt keine Fotoshootings, und seine Auftritte in der Öffentlichkeit sind selten. Er ist ein Verwaltungsbeamter, und da er keine öffentliche Unterstützung braucht, um wiedergewählt zu werden, verschwendet er auch keine Zeit damit, sich beliebt zu machen oder ins Gedächtnis zu rufen. Ich kenne ihn also bisher nur von einigen wenigen Fotos.

Jetzt lächelt er, und es ist ein offenes, freundliches Lächeln. Er ist nur ein paar Zentimeter größer als ich, und seine Züge sind zwar sympathisch, aber auch ganz und gar nicht so, dass sie einem im Gedächtnis bleiben würden. »Ja. Kommen Sie, setzen Sie sich.« Er zeigt auf den Tisch, an dem noch ein paar Stühle frei sind, und eine der anderen Anwesenden steht auf. Sie sieht aus wie ein Sukkubus, könnte aber auch ein Vampir sein. Beide Spezies haben viel Charisma, und solange keine Eckzähne zur Schau gestellt werden, kann ich sie nur schwer unterscheiden. Sie geht augenzwinkernd an mir vorbei, um die Tür zu schließen.

Nervös setze ich mich. Du meine Güte. Ein Meeting mit dem Luzifer? Das kann nichts Gutes bedeuten. Vielleicht hat er noch nie einen Menschen kennengelernt, der für ihn arbeitet (also indirekt), und will mich jetzt persönlich rauswerfen? Aber warum dann seine höchstrangigen Agenten dazu holen? Als Security?

Nein, das ist Blödsinn. Fünf Bodyguards, nur um ihn vor mir zu schützen, das wäre ja völlig übertrieben. Ich habe mich schon lange damit abgefunden, dass ich einer der ersten wäre, die bei einer Zombie-Apokalypse sterben würden.

Zombies gibt es übrigens nicht wirklich, falls Sie sich das gefragt haben sollten.

Der Luzifer lächelt. »Ich weiß, es kommt etwas spät, aber ich möchte Sie gerne in unserer Community willkommen heißen. Es war bestimmt nicht ganz einfach für Sie, sich an uns zu gewöhnen, da Sie den Großteil Ihres Lebens ja gar nicht wussten, dass es uns gibt.«

Ich versuche zu lächeln, schaffe aber nur eine Grimasse. »Alle waren sehr … freundlich.«

Einer der Anwesenden lacht. »Das haben wir schon gehört. Sie sind ein mutiger Mann, dass Sie sich gleich ein ganzes Team von Höllenhunden zutrauen.«

»Das möchte ich bitte überhört haben«, sagt die andere Frau im Raum, ganz offensichtlich ebenfalls ein Höllenhund, aber sie wendet sich mir lächelnd zu. »Alistair ist ein Cousin von mir. Ich bewundere Sie zutiefst, dass Sie es so lange mit ihm ausgehalten haben.«

»So schlimm ist er gar nicht«, verteidige ich ihn zu meiner eigenen Verwunderung. »Er braucht nur Grenzen.« Damit er sich über sie hinwegsetzen kann. Alistair hat seine Cousine Elinor öfter erwähnt. Er spricht dauernd von seiner Familie und scheint eine Million entfernte Verwandte zu haben.

Sie schnaubt, und das sagt mir deutlicher als alles andere, dass sie ihn definitiv gut kennt.

»Wie dem auch sei«, fährt der Luzifer fort, »muss es sicher ein kleiner Kulturschock gewesen sein, aber nach allem, was ich höre, sind Sie hervorragend zurechtgekommen. Wir wissen Ihren Beitrag zur Sicherheit dieser Community sehr zu schätzen.«

Ich lächle unsicher. Ist das jetzt ein Kompliment oder die Einleitung zur Entlassung? »Vielen Dank.«

»Lassen Sie mich die anderen vorstellen.« Er dreht sich zu der Frau zu seiner Linken, Alistairs Cousine. »Elinor Martin. David Carew, Lily Heath, Andrew Turner und Gideon Bailey.«

Ich ringe mir noch ein Lächeln ab und nicke zur Vorstellungsrunde. Natürlich weiß ich, wer sie sind, kenne ihre Namen und ihren Ruf. Ich bin ein echter Profi darin, auf den sozialen Medien und in den Foren der Community herumzulungern, und das höchstrangige Agententeam genießt viel öffentliche Aufmerksamkeit. Ihr Job ist es, all das, was die Community in Gefahr bringen oder in großem Maßstab der Menschheit preisgeben könnte, zu finden, aufzudecken und zu verhindern. Genau genommen ist der Luzifer selbst der Leiter des Teams, und sie sind nur ihm direkt unterstellt, auch wenn er natürlich nicht in die aktiven Ermittlungen involviert ist. Online sind sie alle lebende Legenden – die Fans wollen entweder so sein wie sie, oder sie wollen sie vögeln. In einem Forum auch beides.

Nicht, dass ich sie dafür verurteile.

Ich habe mit dem Team sogar schon mal persönlich zu tun gehabt. Mehr oder weniger. Also auf sehr indirekte

Weise. Bei einer Ermittlung eines unserer Teammitglieder hatten sich Erkenntnisse ergeben, die meiner Meinung nach wichtig waren, und nachdem ich etwas herumgefragt hatte, hatte ich sie an die Office Managerin dieses Teams weitergegeben. Sie hatte sich mit ein paar Fragen zurückgemeldet, die ich beantwortet hatte. Darauf hatte sich der ganze Kontakt beschränkt. Bestimmt würde sich nie wieder jemand daran erinnern, es sei denn, er studierte Fallakten. Aus meiner Sicht war das nichts, was mich als herausragende potenzielle Bürokraft ausweisen würde. Und das ist mir auch ganz recht. Nach der Beinahe-Konfrontation mit Gideon an meinem ersten Tag bin ich ihm sehr bewusst aus dem Weg gegangen. Keine Ahnung, was sein Problem ist, aber so ein Drama brauche ich definitiv nicht in meinem Leben.

Allerdings bin ich gerade verdammt verunsichert: Wieso werde ich als Mensch, der von der Community weiß, zu einem Meeting mit diesem extrem gefährlichen Team, das die Community vor den Menschen schützt, gebeten? Jetzt befürchte ich nicht mehr, gefeuert zu werden – ich habe Angst um mein Leben.

»Äh … freut mich, Sie alle kennenzulernen.« Gideons Blick meide ich bewusst.

David, ein Zauberer, lacht laut auf. »Der panische Gesichtsausdruck straft Sie Lügen.« War das ein Scherz? Von einem Mann, der mit der Kraft seiner Gedanken meine Eingeweide aus meinem Körper herausreißen könnte? Sein Grinsen scheint das zu bestätigen.

Also unterdrücke ich meine Angst. »Ich bin vielleicht … äh … etwas eingeschüchtert.«

»Dafür gibt es überhaupt keinen Grund«, versichert mir Elinor fröhlich. »Wir sind schließlich hier, um Ihnen zu sagen, wie toll Sie sind.«

Wie jetzt?

Der Luzifer erkennt offensichtlich meine Verwirrung und ergreift wieder das Wort. »Wir möchten Ihnen einen Jobwechsel vorschlagen, Sam. Unser Team braucht Unterstützung im Büro, und wir würden gerne mit Ihnen besprechen, ob Sie sich vorstellen können, die Position zu übernehmen.«

Na, so was.

Das gibt's doch nicht.

»Oh.« Ich klinge völlig idiotisch, aber mir fällt gerade nichts dazu ein. *Na, komm schon, Sammy, Gehirn einschalten!* »Das ist sehr schmeichelhaft. Danke. Bitte verstehen Sie mich nicht falsch – aber gibt es nicht noch weitere andere, großartige Bürokräfte, die …« Keine Menschen sind und nicht Gideon gevögelt haben? »… ähm, viel besser geeignet wären?« Mir fallen auf Anhieb gleich drei ein.

Andrew, ein sexy Silberfuchs-Vampir, der superalt ist, aber aussieht wie ein GQ-Model, legt den Kopf schief und sagt mit einer Stimme, bei der mich ein angenehmes Kribbeln überläuft: »Sind Sie denn gar nicht interessiert?«

Ein Teil von mir schmilzt dahin. Am liebsten würde ich mich auf seinen Schoß kuscheln und ihm alles geben, was er will. Aber der andere Teil, der es besser weiß, schnauzt ihn empört an: »Hören Sie gefälligst auf damit. Das ist nicht in Ordnung.« Vampir-Charisma ist eine mächtige Fähigkeit, und dass ich überhaupt noch klar denken kann, bedeutet, dass er sich nicht wirklich Mühe gegeben hat. Trotzdem weigere ich mich, ihn mit mir spielen zu lassen.

Da grinst er zufrieden, knufft Gideon in die Rippen und sagt: »Siehst du? Ich hab doch gesagt, dass er eine gute Wahl wäre, auch wenn er ein Mensch ist.« Dann wendet er sich wieder an mich. »Hätten Sie denn Interesse?«

Tja – das ist die Frage. Es tut meinem Selbstvertrauen wirklich gut, dass sie mich überhaupt in die engere Wahl nehmen. Das hier ist ein Job in der Chefetage. Andererseits … müsste ich dann mit Gideon zusammenarbeiten. Der seine allseits bekannte finstere Miene aufgesetzt hat, sowie ich den Raum betreten habe.

»Vielleicht«, antworte ich also vorsichtig. »Es klingt interessant, aber ich müsste etwas mehr wissen. Zum Beispiel, warum Sie mich in Erwägung ziehen, wenn es auch andere Kandidaten gibt.« Ich will nicht laut aussprechen, dass es mich wundert, dass sie einen Menschen einem Mitglied der Community vorziehen, denn das würde ja bedeuten, dass ich sie speziesistisch nenne; dennoch ist der Einwand berechtigt. Meine Fähigkeiten sind nicht *so* außergewöhnlich, und soviel ich weiß, bin ich zurzeit der einzige Mensch, der beim CSG arbeitet.

Das soll nicht heißen, dass ich der einzige Mensch bin, der von der Community weiß. Es hat im Laufe der Jahrtausende schon eine ganze Menge Interspezies-Verbrüderung gegeben, um es mal höflich zu formulieren. Wenn daraus richtige Beziehungen entstehen, werden die Menschen in die Community aufgenommen und wie Mitglieder behandelt. Ich bin tatsächlich insofern einzigartig, als ich von der Community weiß, ohne eine emotionale Verbindung mit einem »natürlichen« Mitglied zu haben oder Regierungsbeamter in der menschlichen Welt zu sein. Im Verlauf der letzten Jahre habe ich einige Leute kennengelernt, die mich als komisches Phänomen oder Gefahrenquelle sehen, weil ich nichts Besonderes bin und trotzdem über eines der größten Geheimnisse überhaupt informiert bin.

Der Luzifer zuckt die Achseln. »Sie machen einen ausgezeichneten Job, also ziehen wir Sie natürlich in Erwägung. Ihre Loyalität zum CSG haben Sie über Jahre bewiesen. Ich denke außerdem, dass es uns neue Sichtweisen eröffnen würde, wenn wir einen Menschen im Team hätten. Wir haben bei der Arbeit häufig mit Menschen zu tun. Ihre Meinung und Ihr Input könnten dabei sehr wertvoll sein.«

Rings um den Tisch wird genickt. Lily zwinkert mir wieder zu. Wenn ich raten sollte, würde ich sagen, drei von fünf sind dafür, mich zu nehmen. Einer – David – scheint eher neutral zu sein, aber gewillt, sich überzeugen zu lassen.

Und Gideons Gesicht ist wie aus Stein gemeißelt.

Das jagt mir wirklich Angst ein.

Von allen Teammitgliedern ist über ihn am wenigsten bekannt. Er ist ein Dämon. Einer der besten Agenten, den sie haben. Derzeit Single – das war jedenfalls das Letzte, was ich gehört hatte, vorigen Monat etwa. Seine Partner sind immer hochintelligente, kultivierte Überflieger. Er stammt aus einer Dämonen-Familie von Rang und Namen. Und er ist zutiefst Furcht einflößend.

Und natürlich supersexy.

Also, ohne jegliche Übertreibung.

Wer hätte gedacht, dass es möglich ist, vor einer Person solche Angst zu haben, dass man sich fast in die Hose macht, und sie gleichzeitig total scharf zu finden?

Einer Person, die mich gerade finster anstarrt.

Einer Person, die schon einmal total lieb zu mir war, mich um den Verstand gevögelt und mir das Gefühl gegeben hat, sexy und intelligent und interessant zu sein.

Ich schlucke.

»Ist das eine einstimmige Entscheidung gewesen?«, frage ich schwach. Ich starre Gideon unverwandt an. Ich kann nicht wegschauen. Aus Angst. Wenn er nun … auf mich losgeht, sobald ich den Blick abwende?

So was Idiotisches.

Ich kneife die Augen zusammen, und als ich sie wieder öffne, sehe ich absichtlich woanders hin. Andrew knufft wieder Gideon in die Seite.

Der Luzifer räuspert sich. »Wir haben über potenzielle Kandidaten abgestimmt«, sagt er, und in seinem Blick schwingt Belustigung mit, als er zwischen Gideon und mir hin und her schaut. »Es haben nicht alle gleich abgestimmt, aber es hat auch niemand von seinem Vetorecht Gebrauch gemacht.«

Ich sehe wahrscheinlich verwirrt aus, denn Lily erklärt: »Wir haben jeder ein Vetorecht bei den Abstimmungen. Aber wir müssen auch einen guten Grund haben, es auszuüben, sonst verlieren wir dieses Recht bei der nächsten Abstimmung.«

Ich nicke. Okay. Gideon verabscheut mich also persönlich, hat aber keinen fachlichen Grund, mich nicht im Team haben zu wollen. Vielleicht hat er etwas gegen Menschen. Das könnte ich ihm noch nicht mal verdenken – sein Job ist es, die Community vor den Menschen zu schützen, also hat er bestimmt schon ziemlich hässliche Dinge gesehen. Es hilft wahrscheinlich auch nicht, dass die gesamte Menschheit seine Spezies als Gehilfen des Bösen bezeichnet. Und dazu noch die Scheußlichkeiten, die während der Artenkriege passiert sind: dass Menschen Dämonen »heraufbeschworen« – im Prinzip eine erzwungene Teleportation – und versklavt haben. Seit damals hat kein Dämon jemals wieder seinen vollen Namen preisgegeben. Aber wieso hat er dann mit mir geschlafen?

»Wir würden kein Gespräch mit Ihnen führen, wenn nicht alle Teammitglieder bereit wären, mit Ihnen zusammenzuarbeiten«, bekräftigt Elinor.

Peinliches Schweigen.

»Sollen wir vielleicht mal über den Job sprechen?«, fragt David, und ich greife den Vorschlag dankbar auf.

Die nächste halbe Stunde vergeht damit, dass sie mir die Anforderungen schildern und worin genau meine Aufgabe besteht. Ich muss zugeben, es ist wirklich ein Spitzenjob. Interessant, abwechslungsreich, gut bezahlt … eventuell sogar mit Dienstreisen.

Ehrlich gesagt halten mich nur drei Dinge zurück: Erstens müsste ich mein bisheriges Team verlassen. Sie sind unglaublich nervig, aber es ist mein Team, und sie sind so etwas wie meine Familie geworden.

Zweitens ist das hier ein Team mit einem hohen Bekanntheitsgrad. Meine Vorgängerin hat nicht so viel Aufmerksamkeit bekommen wie die Agenten selbst, aber sie war trotzdem nicht gerade unbeobachtet. Es gab Informationen über ihr Privatleben online, und ihr Name ist im Zusammenhang mit dem Team immer wieder gefallen. Will ich das? Insbesondere, da ich nun mal ein Mensch bin? Wird dadurch das Interesse der Leute größer werden? Wird es ihnen ein Dorn im Auge sein?

Und drittens … dieser finster dreinblickende Kerl, der mir am Tisch gegenübersitzt.

»Und? Was meinen Sie?«, fragt der Luzifer, und ich sehe sechs Augenpaare, die auf mich gerichtet sind.

»Ich bin sehr interessiert«, gebe ich zu. »Ich … könnte ich ein bisschen Bedenkzeit haben? Und haben Sie schon darüber nachgedacht, wie die Community darauf reagieren wird, wenn Sie einen Menschen ins Team aufnehmen?« Das wollte ich eigentlich nicht fragen, denn es lässt die Community so aussehen, als wäre sie menschenfeindlich. Es bleibt aber eine berechtigte Sorge.

Zu meiner Verwunderung jubelt Elinor triumphierend und hält Andrew die offene Hand hin: »Her mit der Kohle, Blutsauger! Ich habe doch gesagt, dass er an alle Aspekte denkt!«

Andrew zieht grummelnd einen Zwanziger aus der Brieftasche, aber um seine Lippen spielt ein schmales Lächeln. Sie haben anscheinend eine gute Atmosphäre im Team. Nun ja, was mit Gideon ist, bleibt unklar, denn er hat noch nichts gesagt. Keinen Pieps. Während die anderen mir von dem Job erzählt haben, hat er sich ausgeschwiegen.

»Das haben wir berücksichtigt«, sagt David. »Es ist möglich, dass es Reaktionen geben wird, aber wir denken auch, dass die Tatsache, dass Sie schon so viele Jahre dabei sind, sich zu Ihrem Vorteil auswirken wird.«

»Kann allerdings sein, dass wir einen PR-Berater beauftragen werden, um die Sache in einem positiven Licht darzustellen«, gibt Lily zu, und ich unterdrücke eine Welle der Panik. Ein PR-Berater? Der Details aus meinem Leben »positiv darstellt«? Will ich das wirklich?

»Ich sage Ihnen was«, wirft Andrew ein. Er stützt die Arme auf den Tisch und beugt sich vor. »Wir haben Sie mit der Sache überfallen, also wollen Sie sicher darüber nachdenken. Außerdem kennen Sie uns noch nicht, und wir kennen nur Ihre Akte. Warum gehen wir nicht alle zusammen Mittagessen?« Er wirft dem Luzifer einen Blick zu. »Ohne dich, Percy, tut mir leid. Du musst leider mit dem Club der faden Debütantinnen oder wie die heißen zu Mittag essen.«

Der Luzifer zuckt zusammen. »Es ist die Vereinigung der jungen Frauen«, verbessert er gequält.

Lily schnaubt. »Kein einziges Mitglied ist unter hundertfünfzig, und von Beginn an hat sich auch nichts an ihren Zielen und Absichten geändert. Na dann, Sir, hinfort mit Ihnen, den reichen Damen Honig um den Bart schmieren, auf dass sie großzügig für wohltätige Zwecke spenden mögen.«

Die anderen lachen leise, und der Luzifer wendet sich wieder an mich. »Verstehen Sie jetzt, was ich jeden Tag erdulden muss?« Aber in seinem Blick funkelt Humor, und mir wird klar, dass dieses spöttische Hin und Her ganz normal ist. Und dass er Lilys und Andrews Meinung über die Damen – wie auch immer sie nun heißen – teilt.

Er steht auf und kommt mit ausgestreckter Hand um den Tisch herum. Ich springe ebenfalls auf. »Es hat mich sehr gefreut, Sie kennenzulernen. Wir übernehmen das Mittagessen. Verbringen Sie ein bisschen Zeit mit diesen Vagabunden. Lernen Sie sie kennen.«

»Ähm, danke. Es war mir eine Ehre, Sie kennenzulernen.«

Er schlendert aus dem Raum, und ich drehe mich wieder um. Alle sind aufgestanden und betrachten mich mit den unterschiedlichsten Gesichtsausdrücken – vom sonnigen Lächeln bis zur finsteren Grimasse. Ich wette, Sie erraten nie, wer Letztere zur Schau trägt.

»Sind Sie so weit?«, fragt David.

Sieht so aus, als würde ich zum Mittagessen gehen.

Kapitel 4

Mein Teller ist etwa halb leer, als es losgeht: Irgendwie fühle ich mich ganz komisch.

Wir sind im privaten Speisesaal eines Community-geführten Restaurants, das ein Stammlokal des Teams zu sein scheint. Das Essen ist definitiv gut, und im Privatzimmer können wir offen sprechen, ohne befürchten zu müssen, dass uns Menschen hören. Wir bekommen außerdem eine Spezialspeisekarte – ich erkenne es daran, weil die öffentliche Karte sicherlich keine mit Blut garnierten Gerichte anbieten würde. Menschen stehen da nicht so drauf wie Vampire.

Wir hatten schon ein paar neugierige und seltsame Blicke geerntet, als wir das Restaurant betraten, und unser Kellner hat zweimal hingeschaut, als er mich gesehen hat. Ich nehme an, das wird noch eine Weile so weitergehen, falls ich dem Team beitrete.

Jedenfalls ist mir gerade ein bisschen schwindelig, und ich kann dem Gespräch nicht mehr ganz folgen. Ich habe heute Morgen nicht gefrühstückt. Wahrscheinlich bin ich unterzuckert. Am besten esse ich schnell noch etwas.

Ich höre den anderen zu und lasse das Gespräch um mich herum plätschern. Sie sind ein lustiger Haufen. Alistair und ein paar andere in meinem jetzigen Team ziehen sich auf eine ähnliche Weise gegenseitig auf. Der Rest des Teams ist stiller, aber es ist eine große Abteilung mit mehr Kommen und Gehen. Sie sind nicht so eng zusammengeschweißt wie die Gruppe hier. Teil eines kleinen, eng zusammenarbeitenden Teams zu sein, könnte eine gute Erfahrung sein.

Wir haben schon etwas über ihren Arbeitsprozess gesprochen, und ich glaube, dass ich gut zu ihnen passen würde. Außerdem finde ich es ganz passend, dass ein Mensch mit in einem Team arbeitet, das die Community vor den anderen Menschen schützt.

Passen. Passend.

Mein Lehrer in der Oberstufe wäre entsetzt zu hören, dass ich passen und passend in einem Absatz verwendet habe.

Andererseits liegen passen und passend ja auch nahe beieinander. Es ist also passend, dass beide in den gleichen Absatz passen.

Ich muss kichern.

Das Gespräch stockt.

»Sam?« David sieht mich fragend an. »Geht's Ihnen gut?«

Ich nicke begeistert, dann sehe ich meinen Teller an. Ich habe fast alles aufgegessen. »Nur noch *zwei Bissen*!« verkünde ich, dann muss ich wieder lachen.

Und kann nicht mehr aufhören.

»Was ist denn mit ihm los?«, fragt Andrew, und Lily steht auf und kommt an meine Tischseite. Ich winke ab.

»Aua!« David zuckt zurück und reibt sich das Auge, auf das ich ihm gerade gehauen habe.

»Oh, tut mir leid!«, flöte ich. »Schrumpft dieser Raum gerade? Ist das so ähnlich wie bei Alice im Wunderland? Ich habe aufgegessen, und jetzt wird der Raum kleiner, und alle kommen mir plötzlich unheimlich nahe?« Ich senke die Stimme und flüstere: »Ich mag euch Jungs wirklich, aber so nahe möchte ich euch nicht unbedingt kommen.«

Elinor inspiziert die Reste auf meinem Teller. »Sam, was haben Sie denn bestellt?«

Ich mache wieder eine große Geste, und sie zuckt zurück. »Es war kööööstlich. Glauben Sie, es gibt noch mehr davon? Oder sollte ich lieber Platz fürs Dessert lassen? Sind die Desserts gut hier? Ich liiiiiiebe Süßes. In Schoko-Karamell-Sauce könnte ich mich reinlegen!«

»Das gibt's doch nicht«, sagt Andrew leise, dann fängt er an zu grinsen. »Der Junge ist betrunken!«

Ich unterbreche meine Suche nach der Dessertkarte und denke über diese Aussage nach. Ich trinke nicht besonders oft Alkohol, aber auch ich war schon ein paarmal betrunken. Ich denke daran zurück und vergleiche es mit meinem jetzigen Zustand.

Kein Zweifel. Ich bin völlig blau.

Aber … wie denn? Ich habe doch nur Wasser getrunken.

»Haben Sie das scharfe Stew bestellt oder das normale?«, fragt Elinor streng, den Blick auf eine Speisekarte gerichtet, die sie herbeigezaubert hat. Wo kommt die denn her?

»Dass Shifter teleportieren können, habe ich ja noch gar nicht gewusst«, sage ich zutiefst beeindruckt. »Ich dachte, das können nur Dämonen, und die können auch bloß Dinge teleportieren, die sie berühren.«

»Das können wir auch nicht«, erwidert sie trocken. »Nur die Dämonen. Sam, konzentrieren Sie sich. Welches Stew haben Sie bestellt?«

»Scharf, weil ich gerne scharf esse. Jim aus meinem Team hat mal dieses scharf gewürzte Fleischgericht mitgebracht, und es war soooo lecker. Aber die Gewürze sind leider ein streng gehütetes Dämonengeheimnis, und ich müsste einen Dämon heiraten, wenn ich herausbekommen will, was drin ist, hat Jim gesagt.«

»Dämonen-Gewürzmischungen gibt es in jedem Community-Lebensmittelladen«, erklärt David, der offensichtlich um Fassung ringt. Was soll denn daran so witzig sein? »Ich kann Ihnen einen Link zu einem Online-Shop geben, wenn Sie wollen.«

Ich schnappe nach Luft. »Er hat mich *angelogen*? Warum? *Warum* hat er mich angelogen?« Ich grabe in meiner Tasche nach dem Handy. »Ich muss ihn sofort anrufen und herausfinden, wieso er mich deswegen angelogen hat. Und all meine Hoffnungen und Träume zerstört hat!«

»Ihre Hoffnungen und Träume drehen sich um scharfes Essen?«, fragt Lily trocken. »Das geben Sie am besten mir.« Sie nimmt mir das Handy ab.

Ich schmolle. »Aber Lily, ich muss doch wissen, wieso er mich angelogen hat.«

»Vielleicht, weil er Sie heiraten will«, vermutet Andrew. »Er hat gehofft, dass Sie sich in ihn verlieben, wegen der scharfen Gewürze.« Er runzelt die Stirn. »Das klingt, als müsste es sich irgendwie schmutzig anhören, aber das tut es nicht.«

Ich denke einen Moment darüber nach, dann schüttle ich den Kopf. »Nein, er ist schon verheiratet. Und außerdem hetero.« Ich lasse mich dramatisch auf meinen Stuhl zurücksinken und kann mich gerade noch am Tisch festhalten, um nicht nach hinten umzukippen. »Ich kann nicht fassen, dass er mich angelogen hat!«

»Wird das scharfe Stew nicht mit Wandelbräu zubereitet?«, fragt eine neue Stimme.

Eine tiefe Stimme.

Rau.

Sie schickt mir einen metaphorischen Schauer den Rücken hinunter.

Langsam drehe ich mich zu Gideon, der sich neben Elinor gestellt hat, um die Karte zu studieren. »Du kannst ja sprechen!«

Alle starren mich an.

Es ist einer dieser Momente, in denen alle wie vom Donner gerührt schweigen und sämtliche Aufmerksamkeit sich auf mich konzentriert. Normalerweise würde ich einen Nervenzusammenbruch bekommen, aber meinem betrunkenen Ich könnte das nicht egaler sein. Also wiederhole ich mit aufgerissenen Augen: »Er kann sprechen! Alle haben es gehört, oder? Ich habe doch nicht etwa auditive Halluzinationen?«

Andrew blinzelt einmal. »Wie können Sie betrunken und noch in der Lage sein, ›auditive Halluzinationen‹ zu sagen?«, will er wissen.

»Sei still«, weist Lily ihn zurecht. »Sam, wieso glauben Sie denn, dass Gideon nicht sprechen kann?«

Ich beuge mich vor und bedeute ihr, das Gleiche zu tun.

Sie beugt sich vor.

Jetzt beugen sich die anderen ebenfalls vor. Selbst Gideon.

»Weil. Er. Es nicht getan hat!« Ich lehne mich triumphierend zurück. Dann runzle ich die Stirn. »Hat er gerade gesagt, dass mein Stew mit Wandelbräu zubereitet wurde?«

Um Wandelbräu habe ich geflissentlich einen Bogen gemacht, nachdem ich es einmal probiert und schon nach wenigen Schlucken einen Schwips hatte. Shifter haben einen schnelleren Metabolismus als Menschen, also trifft Wandelbräu uns Menschen härter – das hat Alistair jedenfalls gesagt. Das ist der Grund, warum es existiert: Die Shifter wollten einfach ein alkoholisches Getränk, von dem sie tatsächlich betrunken werden konnten, ohne absurde Mengen davon zu sich nehmen zu müssen.

Da ich normalerweise schon nicht viel trinke, hatte ich nie Lust, etwas zu trinken, das mich noch schneller völlig wegschießt.

Das ist immer noch so.

Aber wenn das Stew, das ich bestellt hatte, damit gekocht war … ja, das erklärt die Sache. Alistair und ich haben einmal das Verhältnis von Shifter- zu menschlichem Metabolismus ausgerechnet. (Ja, okay, er war betrunken, und mir war langweilig. Das Internet funktionierte nicht.) Soviel ich mich erinnere, ist ihr Metabolismus etwa zwölfmal schneller als der menschliche (darum essen sie auch so oft und so viel). Andere Mitglieder der Community haben einen fünf- bis siebenmal so schnellen Stoffwechsel. Menschen sind quasi die Schnarchnasen der physischen Ebene.

Also wenn vielleicht ein halbes Glas Wandelbräu in meinem Essen war, ist es so, als hätte ich gerade eine ganze Flasche Wein alleine getrunken.

Und bevor Sie jetzt anfangen, mir mit menschlicher Logik zu kommen: Der Alkohol verdampft während des Kochvorgangs nicht – bei Wandelbräu jedenfalls. Weil der Alkohol reingezaubert wird.

»Ich bin hacke«, verkünde ich.

Elinor muss so lachen, dass ich Sorge habe, dass sie sich wehtun könnte.

»Das war nicht unsere Absicht, als wir Sie zum Essen eingeladen haben«, versichert mir David. »Vielleicht sollten wir Ihnen mal etwas Kaffee einflößen. Und noch etwas zu essen. Etwas Kohlenhydratlastiges, um den Alkohol aufzusaugen.« Er nimmt ein Brötchen aus dem Brotkorb. »Essen Sie etwas davon.«

Ich nehme es und lege es auf den Tisch. »Ich würde aber lieber Kuchen essen. Haben die hier Kuchen? Ich mag Kuchen. Außerdem – kein Grund zur Panik, mein Freund. Ist doch alles gut – ich bin nur bisschen betrunken. Das gibt sich wieder.« Ich runzle die Stirn. »Auf den Kater freue ich mich allerdings nicht gerade. Hey!« Ich lächle zu ihm hoch. »Du bist doch Zauberer, oder? Kannst du nicht einfach …« Ich breite meine Arme aus und wackle mit den Fingern.

Alle starren mich an.

Vielleicht haben sie nicht verstanden, was ich meine.

Ich versuche, noch mal zu erklären: »Könntest du meinen Rausch nicht einfach wegzaubern?«

»Oh, Fuck«, brummt Gideon.

Ich zwinkere ihm zu, aber meine Augen funktionieren nicht so recht, also ist es mehr ein Blinzeln. Das wiederhole ich noch zweimal, damit es nicht so doof aussieht. Wimpernklimpern, Augenaufschlag. Gott sei Dank bin ich so schlagfertig. »Sag mir einfach, wo und wann, Süßer«, schnurre ich.

Gideon macht einen Schritt zurück, einen erschrockenen Ausdruck auf dem Gesicht. Elinor fischt ihr Handy heraus. »Kannst du das noch mal machen?«, fragt sie mit erstickter Stimme. »Alistair würde das sehen wollen.«

»Kein Video«, entscheidet David. »Äh. Sam, so funktioniert meine Zauberkunst leider nicht. Ich will ja nicht deinen Metabolismus für immer fertigmachen. Den Kater wirst du aushalten müssen. Tut mir leid.«

Ich schmolle. »Menno. Gibt es wenigstens Kuchen?«

»Das ist pures, pures Gold«, strahlt Andrew, dessen Eckzähne klar zu sehen sind, weil er so breit grinsen muss. Ich lege den Kopf schief und starre sie an. Die Eckzähne eines Vampirs habe ich noch nie aus nächster Nähe gesehen. Mit den Vampiren in meinem Team bin ich nicht so eng befreundet, es wäre also unhöflich gewesen, sie anzuglotzen.

Jetzt scheint der ganze Raum in Schieflage zu geraten. Ich merke gerade noch, dass ich den ganzen Körper zur Seite gebeugt habe statt nur den Kopf. Dann falle ich vom Stuhl.

»Hoppla!« Ich lande auf dem Fußboden, wo ich blinzelnd liegen bleibe. Dann sehe ich die Gesichter, die sich über mich beugen, vorwurfsvoll an. »Warum hat denn keiner von euch mich aufgefangen?«

»Tut uns wirklich leid«, erklärt Andrew und reicht mir die Hand. »Hier, setzen Sie sich wieder hin, und ich hole Ihnen Kuchen. Möchten Sie vielleicht Gesellschaft haben? Alleine betrunken sein in einem Raum, in dem auch David sich aufhält, macht doch keinen Spaß.«

»Seien Sie bitte nett zu meinem Freund David«, weise ich ihn streng zurecht. »Seine Zauberkräfte funktionieren nicht.«

»Was?«, fragt David. Elinor sieht aus, als würde sie ersticken.

»Das ist okay«, tröste ich ihn. Ich beuge mich zu ihm und senke die Stimme. »Ich finde dich toll, auch wenn du nicht mehr Herr über deine Zauberkräfte bist. Du bist kräftelos. Kräfte. Los. Kräfte*los*. Und deine Community würde dich deswegen verurteilen und dich verstoßen, sodass du nie als gleichwertiges Mitglied der Gesellschaft angesehen werden würdest. Aber keine Sorge.« Ich zwinkere wieder. »Das bleibt unser Geheimnis. Und was hast du für ein Glück mit deinen Teamkollegen – Freunden! –, die dich unterstützen und die Arbeit, die du so liebst, fortführen!« Mir steigen Tränen in die Augen. Wie gut sie alle sind.

Ich breite die Arme weit aus und treffe Davids Brustkorb, der schmerzhaft grunzt. »Ihr seid alle so lieb und großzügig. Ich werde euch bei dieser ehrenvollen Mission zur Seite stehen. Wir werden David und sein Geheimnis schützen und sicherstellen, dass das böse Schreckgespenst der gesellschaftlichen Erwartung ihn nicht aus der Bahn wirft. Wir werden unser Leben dieser Berufung widmen, und wenn wir alle unseren letzten Atemzug tun, werden wir wissen, dass unser Dasein nicht vergebens war, denn wir haben einem mutigen und besonderen Mann erlaubt, das Leben zu leben, das er verdient.«

Schweigen. Ich sehe mich um, aber sie scheinen alle von meiner Eloquenz und Großherzigkeit wie gebannt. Ich lächle sie an, meine neuen Kameraden, mit denen ich mein Leben gemeinsam dieser noblen Berufung widmen werde.

Ich runzle die Stirn. Um was ging es noch mal?

»Ich … was?«, fragt David.

David! Ach ja, David ist die noble Berufung.

»Mir fehlen gerade buchstäblich die Worte«, sagt Andrew.

»Du hättest mich filmen lassen sollen«, beschwert sich Elinor. »Dann hätten wir es noch mal abspielen können, um es zu entschlüsseln.«

»Sam«, sagt Lily geduldig. »Mit Davids Zauberkräften ist alles in bester Ordnung. Es ist einfach nicht die Art von Zauberkraft, die den Alkohol aus deinem Blutkreislauf weghexen kann. Dafür würdest du einen anderen Zauberer brauchen.«

»Du meinst … wir müssen gar nicht unser Leben opfern, um David bei allem zu helfen?« Ich merke selbst, wie enttäuscht ich klinge, also füge ich schnell hinzu: »Supi! Ist ja toll! Wir wollen ja alle nur das Beste für David. Hurra!«

David hustet. »Äh, danke, Sam. Das weiß ich wirklich zu schätzen. Auch deine Bereitschaft, mir dein Leben zu widmen. Das war ja kein bisschen seltsam und verstörend.«

Ich strahle ihn an, denn offensichtlich verstehen wir uns, und wir werden ganz sicher die allerbesten Freunde werden. Dann sickert langsam in mein Bewusstsein, was Lily gerade gesagt hat.

»Moment mal … heißt das, dass nicht alle Zauberer die gleichen Dinge zaubern können?«

Blicke werden gewechselt. »Hat dir das denn nie jemand beigebracht?«

Ich zucke die Achseln. »Na ja, nicht so offiziell. Ich habe online einiges gelesen, und meine Teamkollegen haben mir Fragen beantwortet. Aber ich wollte auch nicht unhöflich sein, also …« Ich zucke wieder die Achseln. Was für eine schöne Bewegung das ist. Es fühlt sich so gut an. Meine Schultern werden ganz locker davon, also mache ich es noch ein paarmal.

Dann spüre ich große Pranken auf meinen Schultern, die sie herunterdrücken. »Andrew, hol ihm Kaffee, Kuchen und alles, was die Küche hergibt, um ihn möglichst schnell wieder auszunüchtern.« Die dunkle, raue Stimme *klingt* sogar dämonisch oder jedenfalls so, wie ich erwartet hätte, dass Dämonen sich anhören, bevor ich wusste, dass sie nur eine von vielen Spezies sind und nicht die Diener des Bösen. Der erste Dämon, dem ich begegnet bin (also, bewusst), war die damalige Empfangsdame des CSG, eine wirklich süße junge Frau mit einer sanften, melodischen Stimme. Es war ein bisschen enttäuschend.

Ich werfe den Kopf gaaaanz weit in den Nacken, bis er gegen Gideons Brust stößt und ich sein Kinn von unten sehe. Niemand sollte aus diesem Blickwinkel so sexy aussehen dürfen, verdammt noch mal. »Hey, Gid?«

Lily schnappt nach Luft. Ich drehe den Kopf, um sie ansehen zu können. »Alles okay, Lil?«

Ihr Mund bewegt sich, aber es kommt kein Ton heraus.

»Es geht ihr gut«, beruhigt mich Elinor. »Wahrscheinlich nur verschluckt. Äh, Sam, Gideon zieht es vor, dass man seinen Namen nicht abkürzt. Also … nenn ihn am besten nicht Gid. Also, nie. Und schon gar nicht, wenn er dich gerade anfasst.«

Ich muss lachen. »Ooooh, das stört mich überhaupt nicht. Er darf mich gerne überall anfassen.«

Er lässt mich so schnell los, dass ich keine Zeit mehr habe, mich aufzurichten. Der Stuhl kippt um, und wieder liege ich auf dem Boden und starre in die Gesichter meiner zukünftigen Teamkollegen.

Denn ich muss in diesem Team arbeiten. Sie brauchen mich.

»Ihr braucht mich«, stelle ich fest.

Andrew kommt wieder herein und fragt: »Oh, tun wir das? Ich bin geneigt, dir zuzustimmen, aber bitte sag uns, warum. Außerdem … Wieso liegst du auf dem Boden?«

»Gid hat mich fallen lassen. Ich muss ihn besser erziehen, damit er immer da ist, um mich aufzufangen.«

Andrew blinzelt. »Du hast ihn Gid genannt? Kein Wunder, dass er dich fallen lassen hat.«

Ich rolle mich mit einem Stöhnen auf die Seite und knie mich hin. »Soll das heißen, dass du nicht Andy genannt werden möchtest?«

Seine Augen sind so weit aufgerissen, dass es aussieht, als hätte er Angst. Ich ziehe es vor, darin Freude darüber zu erkennen, dass sich endlich jemand so eng mit ihm anfreunden möchte. Sie sollten alle Spitznamen haben, jetzt mal ehrlich. So können wir der Welt zeigen, wie gern wir uns mögen.

Er schluckt einmal heftig, dann sieht er die anderen an. Keine Ahnung, was er sieht, aber er kommt näher, streckt die Hand aus, um mir aufzuhelfen, und fragt: »Ist das verhandelbar?«

Ich klopfe mir den Staub von den Knien. »Verhandelbar?«

»Ich bringe dir Kuchen. Du nennst mich dafür Andrew.«

Ooooh.

»Wie viel Kuchen?« Mein Blick wandert zu der Tür, durch die er gerade getreten ist. »Wolltest du mir nicht eben schon Kuchen holen? Wo ist er denn? Wenn ich mich jetzt schon nicht darauf verlassen kann, wie soll ich dann wissen, ob du dich später an deine Versprechen hältst?«

»Der Kuchen kommt gleich; sie machen dir in der Küche einen Teller zurecht. Ich könnte dir jeden Tag Kuchen bringen. Jeden Kuchen, den du möchtest.«

Na, wenn *das* kein Angebot ist!

»Das werde ich mit meinen Beratern besprechen«, erkläre ich huldvoll, dann ziehe ich David am Hemdkragen an mich. Darauf ist er nicht vorbereitet, und unsere Köpfe knallen zusammen.

»Aua!!!«, brülle ich. »Was soll das denn? Dave, wie konntest du nur?«

Er reibt sich die Stirn. »Das war deine Schuld, Freundchen. Wolltest du etwas Bestimmtes, als du versucht hast, unseren Gehirnzellen bleibende Schäden zuzufügen?«

Ich reibe meinen Schädel an der Stelle, wo er sich anfühlt, als wäre er mit einem Ziegelstein zusammengestoßen, und schmolle. »Das tut jetzt echt weh. Kann das bitte jemand wieder heile machen?« Ich starre auffordernd den einzigen Zauberer unter uns an, aber der schüttelt nur den Kopf.

»Tut mir leid. Meine Zauberkräfte funktionieren nicht so, schon vergessen? Ich kann noch nicht mal meine eigenen Kopfschmerzen heilen.«

»Deine Zauberkräfte sind ja das Letzte.« Wozu überhaupt Zauberer sein, wenn man noch nicht mal Kopfschmerzen damit verschwinden lassen kann?

»Bevor wir wieder vom Wesentlichen abkommen«, wirft Gideon ein, »können wir bitte einen Plan machen? Also, der Kuchen ist bestellt?« Er sieht Andrew an, der nickt.

»Kuchen, Kaffee und etwas, das ihn ausnüchtern wird, wie der Küchenchef mir versicherte. Ich durfte aber nicht fragen, was drin ist.«

Ich reiße die Augen weit auf. »Was? Ihr wollt mich doch nicht etwa vergiften? Ich dachte, wir sind jetzt Besties! Wir wollten doch gemeinsam gegen den Rest der Community verbündet sein! Wie könnt ihr mich nur so im Stich lassen?« Zwei dicke Tränen kullern mir über die Wangen.

»Oh, nein«, murmelt Elinor. »Davon hat Alistair nie etwas erwähnt.«

»Alistair hat ihn vermutlich nie so abgefüllt«, entgegnet Lily.

»Und ob er das hat!«, zwitschere ich, plötzlich wieder fröhlich. »Aber nicht mit Wandelbräu. Als wir mal an meinem Geburtstag aus waren, hat er mir ein paar Gläser Absinth verabreicht. Ich kann mich an nichts mehr erinnern, aber es war anscheinend eine super Party. Ich hatte überall Glitzer, als ich aufgewacht bin.«

»Glitzer«, wiederholt Gideon trocken. »Du beurteilst anhand der Menge Glitzer, wie gut ein Abend war.«

Ich blinzle. »Natürlich.« Irgendwo im vernebelten Hinterstübchen merkt meine Vernunft an, wie verdammt mühsam es war, den ganzen Glitzer wieder abzuwaschen, und dass ich Tage gebraucht habe, mich von dem Absinth-Kater zu erholen, aber das ignoriere ich geflissentlich. Denn Glitzer ist super!

»Wir sollten Glitzer besorgen!«

Die Tür geht auf, und der Kellner rollt einen Servierwagen mit Kuchen, Kaffeetassen und einem großen Glas, gefüllt mit einem sanft dampfenden, lila-leuchtenden Getränk, herein.

»Ooooh …« Und schon habe ich den Glitzer vergessen. »Was ist das denn Schönes?«

»Deine Medizin«, informiert mich Andrew. »Ich weiß aber nicht genau, ob du das wirklich trinken solltest«, bemerkt er dann zweifelnd.

»Macht du Witze? Es ist lila, und es *leuchtet*! Das Einzige, was es noch besser machen könnte, wäre Glitzer!«

Die Bedienung wirft mir einen ungläubigen Blick zu. »Ich könnte mal schauen, ob wir …«

»Nein!«, sagt Gideon entschieden. Der Gute ist ganz schön herrisch. Das hatte ich glatt vergessen. Im Bett hat mich das weniger gestört. »Kein Glitzer. Was ist denn da drin?«

Der Kellner zuckt die Achseln. »Keine Ahnung. Geheimrezept vom Chefkoch.«

»Haben Sie es ihn schon mal trinken sehen?«

Oooh. Eine sehr wichtige Frage. Was für ein Glück, dass Gideon auf mich aufpasst. Ich mache es mir auf einem Stuhl bequem und sehe gebannt zu, wie Gideon mich vor dem Untergang bewahrt. »Du kannst jetzt fortfahren«, sage ich mit großer Geste. »Ich bin bereit, deiner beherzten Fürbitte zu meiner Rettung vor dem Untergang zu lauschen.«

Alle starren mich an.

»Ernsthaft«, wirft Andrew ein. »Wie kann er noch solche Sätze von sich geben, wenn er so blau ist? Sollte es dafür keine Regel geben?«

Was für eine tolle Idee! Ich nicke begeistert. »Oh, die gibt es! Sie heißt Sams unglaubliche Nicht-nüchtern-Regel. Nein, Moment. Das ist ein schlechter Name. Der Name befindet sich noch im Entwicklungsstadium. Aber die Regel lautet, dass man immer superschlau klingt, wenn man betrunken ist!«

»In den eigenen Ohren vielleicht«, kommentiert David trocken, während er dem Kellner hilft, Kaffee und Kuchen zu verteilen. Der Kuchen sieht toll aus – irgendeine dreilagige Schoko-Vanille-Torte mit kiloweise Glasur und Marshmallow-Dekoration. Genau richtig.

Ich schiebe mir den ersten Bissen in den Mund, und wow, ist das himmlisch. Noch zwei weitere, dann ist mein Teller auch schon leer.

Jemand hält mir Kaffee unter die Nase – *wie unhöflich* –, und ich nehme einen großen Schluck. Der perfekte Abschluss für die Mahlzeit.

Das dachte ich wenigstens.

Aber kaum ist der Kaffee abgeräumt, wird mir schon das lila Getränk gereicht. Es leuchtet und dampft immer noch, obwohl das Glas gar nicht heiß ist.

»Runter damit!«, befiehlt Gideon. »Der Koch sagt, es ist ungefährlich für Menschen.«

»Jippie!« Ich greife nach dem Glas und setze es an die Lippen. Es duftet nach Süßigkeiten und Blumen mit einer würzigen Note. Es riecht *köstlich*. Ich nehme einen vorsichtigen Schluck, stelle fest, dass es so schmeckt, wie es riecht, und kippe es hinunter.

Nach der Hälfte fängt mein Kopf an, sich zu drehen, und mir fallen die Augen zu. Sie sind so schwer.

»Was soll dieses Zeug eigentlich genau machen?«, fragt jemand.

Ich höre Gideons raue Stimme noch antworten: »Ihn bewusstlos …«

Kapitel 5

Ganz langsam wache ich aus Morpheus' warmen Armen auf, mit dem entspannten, ausgeruhten Gefühl, das man nach einer gut durchschlafenen Nacht hat, in der man nur schöne Träume hatte. Der Vogel im Baum vor meinem Schlafzimmerfenster singt ein fröhliches Liedchen, und ich lächle verschlafen. Wie schön, so faul aufzuwachen, ohne etwas Dringendes tun zu müssen und ohne …

Moment.

Was zum Teufel?

Ich öffne die Augen. Ich bin im Bett, in meinem Schlafzimmer, aber die Jalousien sind offen, und das sollten sie nicht sein. Ich mache sie immer zu, bevor ich ins Bett gehe, damit niemand aus dem gegenüberliegenden Haus hereinschauen kann. Der Gedanke, dass mir jemand beim Schlafen zusehen könnte, ist bäh.

Und ich höre jemanden im Zimmer nebenan.

Das ist zwar nichts Ungewöhnliches, wenn man Gestaltwandler als Kollegen hat, aber normalerweise kommen die nicht hier rein, während ich schlafe, um die Jalousien zu öffnen.

Außerdem habe ich keine Erinnerung daran, nach Hause gekommen oder schlafen gegangen zu sein.

Was habe ich gestern nur angestellt?

Ich hatte diese Besprechung … die in Wirklichkeit ein Vorstellungsgespräch beim Luzifer war. Völlig verrückt. Dann sind wir zum Essen ge…

Oha. Ja, jetzt fällt mir alles wieder ein. Das Mittagessen, bei dem ich es geschafft habe, ausgerechnet das einzige Gericht auf der Karte zu bestellen, das mich sternhagelblau gemacht hat. Ich lasse die Erinnerungen Revue passieren und zucke mehrmals innerlich zusammen. Das war's dann wohl mit meinem guten Ruf als professioneller Kollege. Ach du lieber Gott, habe ich wirklich meinen eindrucksvollen Ex-Sexpartner Gideon, der kaum etwas gesagt hat und mich völlig offensichtlich nicht dabeihaben wollte, »Süßer« genannt? Und seinen Namen abgekürzt? Und allen verkündet, dass wir uns zusammenschließen würden, um Davids »Geheimnis« zu wahren? Bin ich eigentlich noch ganz dicht?

Dennoch ist es interessant zu erfahren, dass nicht alle Zauberer die gleichen Kräfte haben. Bisher hatte ich einfach angenommen, dass nicht alle gleich mächtig sind, und nicht, dass sie unterschiedliche Fähigkeiten haben. Da sollte ich noch weiter recherchieren. Und vielleicht nicht mehr so eine Scheu davor haben, Fragen zu stellen. Die Angst, unhöflich zu sein, hat mich da offenbar etwas gehemmt, und das ist nicht gut.

Aber bevor ich damit anfange, sollte ich schauen, wer sich da in meiner Küche aufhält, dem Luzifer und seinem Team eine Entschuldigung zukommen lassen und herausfinden, ob ich überhaupt noch einen Job habe. Wenn sich das herumspricht, könnte der nämlich in Gefahr sein.

Positiv zu vermerken ist, dass das lila Zeug gut funktioniert hat, was auch immer da drin war. Ich habe nicht nur keinen Kater, sondern fühle mich vielmehr rundum großartig. Den Kram müsste man abfüllen und verkaufen.

Ich werfe die Decke beiseite – und schreie erschrocken auf.

Ich bin nackt.

Warum zum Teufel bin ich nackt?

Na gut, nicht ganz nackt. Meine Unterhose habe ich noch an. Offenbar hat mich die Person, die mich nach Hause gebracht hat, ausgezogen, bevor sie mich ins Bett gesteckt hat. Warum musste ich ausgerechnet die Unterhose mit den kleinen Comic-Teufelchen und der Sprechblase »Du willst es doch auch …« anziehen? Es war ein Impulskauf, ein Insider, nur für mich bestimmt. Es war nie so gedacht, dass jemand anderer sie je zu Gesicht bekommt.

Wenn das nicht die endgültige Bankrotterklärung für mein Liebesleben ist.

»Ist schon gut«, murmele ich vor mich hin. »Ist keine große Sache.« Die Stimmen im Nebenraum sind kurz verstummt, als ich dieses männliche Geräusch der Verwunderung von mir gegeben habe, aber jetzt unterhalten sie sich wieder leise.

Ich stehe also auf, nehme eine Jogginghose und ein T-Shirt vom Kleiderstapel auf dem Stuhl und ziehe sie über. In den Spiegel schaue ich erst gar nicht – ich weiß ganz genau, was ich sehen würde: Bei mir beginnt jeder Tag damit, dass sich meine Haare sträuben, ganz egal, was ich mache und in welcher Position ich schlafe. Ich habe schon zahlreiche Haarpflegeprodukte ausprobiert, ohne Erfolg. Wahrscheinlich bin ich die einzige Person, die mal vor dem Schlafengehen Haarpflegeprodukte benutzt hat. Aber das hat alles überhaupt keinen Zweck – wenn ich aufwache, stehen meine Haare trotz allem senkrecht hoch.

Ich trete aus dem Schlafzimmer heraus. Duschen und Zähneputzen verschiebe ich auf später. Erst will ich die Eindringlinge rauswerfen. Wobei, apropos Zähneputzen: Dieses Getränk ist wirklich unglaublich. Ich habe keinen Geschmack wie drei Tage getragene Sportsocken im Mund, ja, sogar relativ frischen Atem! Mit dem Koch muss ich wirklich mal sprechen. Wenn er das Rezept noch nicht patentiert hat, will ich unbedingt mit einsteigen.

Dann habe ich die Küche erreicht und erstarre. Ich hatte Alistair und einen weiteren Kollegen erwartet, die Leute, die hier ein und aus gehen, als würde es keine Schlösser geben, um sich aus meinem Kühlschrank und der Speisekammer zu bedienen.

Es sind aber Andrew und Gideon.

Denen kann ich jetzt noch nicht gegenübertreten, also mache ich einen laaaaangsamen, leisen Schritt zurück …

»Du glaubst doch nicht ernsthaft, dass wir nicht wissen, dass du da bist?«, fragt Andrew, ohne sich umzudrehen. »Vampir und Dämon, schon vergessen?«

Mit einem Seufzer ändere ich meinen Kurs wieder und schleiche an den Küchentresen, wo ich mich auf einen Barhocker setze. »Warum seid ihr hier?« Dann wird mir klar, was er gesagt hat. »Wie seid ihr reingekommen?« Keiner von den beiden ist Gestaltwandler.

Andrew hält mein Schlüsselbund hoch. »Was denkst du denn? Wir haben dir die Schlüssel aus der Tasche genommen, als wir dich nach Hause geschleppt haben.«

»Aha. Aber …« *Warum seid ihr immer noch hier*, lasse ich unausgesprochen. Angenehm kann es nicht gewesen sein. Das Bett im Gästezimmer ist nicht besonders breit, und sie sind beide ziemlich groß.

Ich schiebe die Gedanken an das Warum beiseite und registriere, was sie machen. »Räumt ihr etwa meine Küche um?« Ich meine – was soll das denn jetzt?

Gideon zieht den Kopf aus meiner Speisekammer und funkelt mich an. »Diese Unordnung ist eine Schande. Wie kann man nur so leben?« Dann fährt er fort, die Dosen alphabetisch einzuräumen, und ich richte einen verwirrten Blick auf Andrew, der die Achseln zuckt und die Augen verdreht.

»Er fühlt sich besser, wenn er das macht. Unsere Wohnungen hat er alle schon durchorganisiert. Und sein System ist nicht das schlechteste.« Er runzelt die Stirn. »Was ist denn mit deinen Haaren passiert?«

»Die sehen morgens immer so aus«, murmele ich. Ich weiß buchstäblich nicht, was ich sonst sagen soll. Gideon Bailey, der Über-Dämon, der andere mit einem einzigen Blick einschüchtern kann, schweigsam, grantig … ist Ordnungsfanatiker? Und sortiert zwanghaft das Zuhause anderer Leute um?

Was soll ich denn davon halten? Wobei, zugegeben: Es passt zu dem Kerl, den ich in der Bar abgeschleppt habe.

Ich beobachte noch eine Weile, wie Gideon Andrew bedeutet, ihm Dinge zuzureichen, und der jahrhundertealte Vampir es tut. Dann sage ich leise: »Ich gehe duschen«, und trabe in Richtung Badezimmer.

Wo ich deutlich sehe, dass Gideon schon am Werk war. »Hey!«, rufe ich. »Wie soll ich denn so … ach, schon gut.« Denn ja, er hat alles umgeräumt, aber die neue Ordnung ist wirklich sinnvoll und praktisch. Nicht, dass ich ihm das auf die Nase binden würde.

Ich bringe meine morgendliche Routine im Bad in Rekordzeit hinter mich, denn mir fällt gerade ein, dass es sein könnte, dass Gideon inzwischen das Schlafzimmer in Angriff nimmt, da ich ja jetzt aufgestanden bin. Und dort sind einige Dinge, die er lieber nicht finden sollte, danke auch. Gut, dass ich mich beeilt habe, denn ich verlasse gerade das Badezimmer, als er sich auf den Weg ins Schlafzimmer macht.

»Warte mal!« Ich packe ihn um die Mitte. Da er doppelt so groß ist wie ich, wird ihn das kaum bremsen können, wenn er nicht will, aber es ist immerhin ein Zeichen. Außerdem habe ich einen Grund, mich an ihn zu schmiegen, und ich muss mir ein leises Wimmern verkneifen. Stattdessen frage ich: »Wo willst du denn hin?«

Er wirft mir einen »Bist du blöd?«-Blick zu, bei dem ich mich tatsächlich etwas dämlich fühle. »Ich muss noch deinen Kleiderschrank umräumen.«

»Das musst du ganz sicher nicht.« Der Kleiderschrank ist nicht das Problem. Er sollte nur nicht meinen Nachttisch durchsuchen, sonst könnte es … peinlich werden. Mit Mühe drehe ich ihn in die Richtung, aus der er gekommen ist, und schubse ihn leicht an.

Er bewegt sich nicht.

Und damit will ich sagen, er schwankt noch nicht mal ein winziges bisschen. Also, dass Dämonen stärker sind als Menschen, wusste ich schon, aber jetzt mal im Ernst.

Ich schubse etwas fester.

Immer noch nichts. Er sieht mich über die Schulter an. Ist das etwa Belustigung, was ich in seinen Augen aufflackern sehe? Also ganz versteckt, denn Gott behüte, dass Gideon Bailey mal einen nicht ganz so finsteren Gesichtsausdruck zur Schau trägt, aber ich sehe es trotzdem. Der Kerl lacht mich aus.

Das wollen wir ja mal sehen.

Ich stelle mich hinter ihn, spanne die Muskeln an und stoße ihn mit aller Kraft, die ich habe, an. Ich bin immer noch dabei, als Andrew hinter uns fragt: »Was macht ihr beiden denn da?«

Gideon dreht sich um, meine Hand rutscht ab, und ich klatsche mit dem Gesicht voll in seinen Rücken. »Mpfff.«

»Ich weiß nicht so genau«, antwortet Gideon. »Ich wollte gerade seinen Kleiderschrank ordnen, aber er wollte, dass ich hier stehen bleibe.«

Mein Leben kann mich mal.

Ich löse mein Gesicht von seinen Rückenwirbeln, funkele seine Kehrseite an und sage dann: »Also, es war sehr nett, euch kennenzulernen. Viel Glück dabei, einen Office Manager zu finden. Macht's gut!«

Schweigen.

Gideon dreht sich langsam um und sieht mich ungläubig an. »Macht's gut?«

»Was meinst du mit ›Viel Glück dabei, einen neuen Office Manager zu finden?‹«, fragt Andrew. »Du bist der neue Office Manager. Du kannst nicht kündigen, noch bevor du offiziell angefangen hast. Und sicher nicht nach so einer tollen Willkommensparty!«

Er meint das in Alkohol ertränkte Mittagessen, richtig? Ich hoffe sehr, dass er das meint. Sonst hätte ich einige größere Lücken in meiner Erinnerung.

Aus dem Wohnzimmer höre ich, wie die Tür aufgeht, und meine angeblichen neuen Kollegen drehen sich in diese Richtung. Plötzlich sind der pedantische Schränke-Neuordner und der selbst ernannte Pausenclown wie weggeblasen. Jetzt sehen sie beide komplett Furcht einflößend aus.

»Hat jemand außer dir einen Schlüssel?«, flüstert Andrew.

»Nein«, flüstere ich zurück. »Aber das hat Shifter noch nie abgehalten. Ebenso wenig wie euch, wie es scheint.« Ich überrumple die beiden, schiebe mich zwischen ihnen durch und laufe durch den kleinen Flur zum Wohnzimmer. »Ah, du bist es.«

Alistair steht vor dem geöffneten Kühlschrank und starrt hinein. »Was ist denn hier passiert? Dein Kühlschrank sieht aus wie eine Tupperware-Werbung ohne die Tupperware. Ach du Scheiße, ist das Gemüsefach jetzt alphabetisch geordnet?« Er macht den Kühlschrank zu und dreht sich zu mir um. »Ich hab's schon gehört. Sie haben dich rumgekriegt, stimmt's? Sie versuchen, dich uns wegzunehmen! Ich hätte Elinor niemals erzählen dürfen, wie gut du bist!« Er stampft mit dem Fuß auf. »Das lasse ich nicht zu! Du bist unser Mensch. Sollen sie sich doch selber einen suchen.« Er kreuzt die Arme vor der Brust und funkelt mich zornig an, was durch sein Schmollen etwas gemildert wird.

Ich weiß gerade gar nicht, wo ich anfangen soll. Es scheint, als hätte er die richtigen Schlüsse gezogen. Aber wie? Und – ach, Mist.

»Es ist nur Alistair!«, rufe ich etwas nervös, für den Fall, dass die beiden supermega ausgebildeten Agenten planen, ihn zu überwältigen.

»Wer …? Sie sind doch nicht etwa noch hier?«, faucht Alistair. Eine Sekunde später hat er sich an mir vorbeigedrängt und den Flur durchquert, aus dem Andrew gerade heraustritt. Ich habe noch eine Sekunde Zeit, um mich zu fragen, wo Gideon abgeblieben ist, dann ist die Konfrontation schon in vollem Gang.

»Wie könnt ihr es wagen, mir meinen Menschen zu stehlen?!«, brüllt Alistair, die Hände in die Hüften gestemmt. »Und diesem gruseligen Dämon könnt ihr sagen, dass er sich einen Job im Supermarkt suchen kann, wenn er gerne Dosen einsortiert! Ich hatte alles genau da hingestellt, wo ich es haben wollte!«

Andrew lacht hämisch. »Wenn ihr es nicht schafft, ihn zu halten, ist er Freiwild. Wir brauchen einen Office Manager, er ist der Beste, und da *wir* auch die Besten sind, gehört er jetzt uns.«

Alistair knurrt. Es ist ein hundertprozentiges Höllenhund-Knurren, und das Geräusch lässt mich erzittern. Andrew faucht zurück, fletscht die Zähne, und seine Eckzähne sehen plötzlich ein Stück länger aus.

Das könnte gleich hässlich werden.

Gleichzeitig ist es so unglaublich albern.

»Leute«, sage ich mit fester Stimme ganz mutig – oder vielleicht auch bescheuert. Dann trete ich zwischen die beiden und schiebe sie auseinander. Ehrlich gesagt lassen sie sich wahrscheinlich eher aus Höflichkeit beiseite schieben, denn beide machen nur einen Schritt und bleiben dann stehen. Sie sind beide größer als ich und starren sich über meinen Kopf hinweg weiter drohend an. Eine wirkliche Barriere bin ich nicht. »Das ist doch idiotisch«, sage ich entschieden. »Ihr geht jetzt auseinander, und zwar sofort!«

Ja, klar. Es passiert nichts.

»Auseinander, oder ich kündige beim CSG und suche mir einen Job in einer Parfümfabrik!« Das ist die schlimmste Drohung, die mir gerade einfällt. Die meisten Spezies haben einen ausgezeichneten Geruchssinn, und die menschliche Angewohnheit, zu viel Parfüm aufzulegen, ist für sie ein Albtraum.

Und siehe da, beide starren mich entsetzt an und treten zurück.

»Okay.« Ich muss jetzt die Oberhand behalten. »Jetzt setzen wir uns alle mal hin und sprechen darüber. Andrew, du setzt dich auf diesen Sessel.« Ich zeige auf den Lehnstuhl auf der anderen Seite des Raumes. »Alistair, du setzt dich auf die Couch. Und zwar an dieses Ende.«

Keiner der beiden rührt sich.

»Und zwar sofort!«

Sobald beide endlich sitzen, laufe ich am Couchtisch entlang zwischen ihnen hin und her. »Erstens«, fange ich an, »gehöre ich niemand anderem außer mir. Wenn ihr mich als Spielzeug oder originelles Besitztum betrachtet, verletzt mich das zutiefst. So können wir keine Freunde mehr sein.« Das sage ich mit einem vielsagenden Blick zu Alistair, der den Kopf hängen lässt.

»Genau!«, mischt sich Andrew mit einem überheblichen Lächeln ein. Ich richte meinen Blick auf ihn.

»Ich bin außerdem kein Landstrich, der erobert und von dem regiert werden kann, der die größte Streitmacht besitzt«, füge ich hinzu. »Und schon *gar nicht* ›Freiwild‹«.

Man muss es ihm lassen – er ist sofort beschämt.

»Ich verstehe überhaupt nicht, was hier gerade läuft«, gebe ich zu. »Alistair, du solltest dich für mich freuen. Das ist doch eine Beförderung und eine Gehaltserhöhung.« Der Luzifer hat mir die Konditionen genannt, und sie sind sehr attraktiv. »Ich ziehe ja auch nicht an die andere Küste. Wir werden uns weiterhin ständig sehen.«

Sein Gesicht nimmt einen störrischen Ausdruck an. »Aber ich habe dich zuerst gefunden. Und jetzt werden sich meine blöde Cousine und ihre bekloppten Freunde bei dir breitmachen. Die sind ja jetzt schon hier, und der komische Dämon richtet deine Wohnung alphabetisch ein!«

Ach du Schande – Gideon! Ich wirbele zum Flur herum, aber Gideon kommt schon herein, den knallpinken Dildo, den ich vor einem Jahr gekauft habe, in der erhobenen Hand. »Willst du die nach Farben, Größen oder Spezies geordnet haben?«

Ich schließe meine Augen. Meine Wangen glühen, als stünden sie kurz davor, zu explodieren.

»Sam?«

Ich öffne die Augen. Alistair und Andrew haben genau den gleichen Ausdruck von beglücktem Schock im Gesicht. Gideons finstere Miene dagegen wird von einem kleinen sexy Schmunzeln aufgehellt. »Farbe oder Spezies?«

»Ähm …«, quieke ich, dann schlucke ich einmal. »Lass sie einfach ungeordnet. Ich denke noch darüber nach, wie ich sie sortieren will.« Ich kann nicht fassen, dass er meine Dildos ordnen möchte.

Er zuckt die Achseln. »Okay. Du kannst sie natürlich auch danach sortieren, wie oft du sie benutzt.« Er zwinkert – was mir einen solchen Schock versetzt, dass es mir die Sprache verschlägt – und sagt: »Mir ist aufgefallen, dass der Griff am Dämonen-Dildo etwas abgenutzt aussieht. Den musst du vielleicht mal ersetzen. Aber, wie du weißt, ist das überhaupt kein Ersatz für das Original.« Er hält meinen Blick noch einen atemberaubenden Moment länger fest, dann dreht er sich um und schlendert wieder hinaus.

Meine Knie werden weich, und ich breche auf dem Fußboden zusammen.

Das war's.

Außerdem: Was soll das denn jetzt? Erst behandelt er mich wie ein Stück Dreck und ignoriert mich fünf Jahre, und jetzt zwinkert er mir zu und macht Anspielungen, als wäre nichts passiert?

Nichts könnte je peinlicher sein.

»Na, so was, Sam. Du hast noch nie erwähnt, dass du Interspezies-Dildos sammelst. Wolltest du ein bisschen üben, bevor du die echten ausprobierst?«, fragt Alistair.

Okay, es geht noch peinlicher.

»Welcher ist denn dein Favorit?«, erkundigt sich Andrew. »Vampir, oder? Vampirschwänze sind echt beliebt. Es liegt an den Stacheln.«

»Oh, bitte«, widerspricht Alistair verächtlich. »Du machst dich lächerlich. Natürlich haben Shifter die besten Schwänze der Welt.«

»Hört auf damit«, presse ich hervor. Eine ausgiebige Debatte über die Vorzüge der jeweilige Penisse ist das Letzte, was ich jetzt brauche. Die Unterschiede gibt es übrigens tatsächlich. Alle Spezies, die auf der physischen Ebene der Erde leben, sind grundsätzlich humanoid (bis auf die Gestaltwandler, die es nur manchmal sind). Dennoch gibt es kleine Unterschiede – die offensichtlichsten sind sicher die Dämonenhörner und die Eckzähne der Vampire. Aber beim Surfen in den sozialen Medien der Community habe ich herausgefunden, dass es auch im Genitalbereich Varianten gibt.

Wie Andrew gesagt hat, haben Vampire Stacheln am Penis. Sie sind eher wie dicke Haare, sehr biegsam und überhaupt nicht gefährlich für empfindliches Gewebe. Sie sind dazu da, die Ovulation der weiblichen Vampire anzuregen – diese funktioniert anders als bei Menschen, habe ich mir sagen lassen. Ehrlich gesagt habe ich nicht so gut aufgepasst, als es darum ging, weil es mich nicht persönlich betrifft. Shifter dagegen haben Widerhaken, die sich ausfahren und wieder einziehen lassen, ähnlich wie manche ihrer tierischen Ebenbilder. Die Widerhaken werden durch den Samenerguss kontrolliert. Beim Dildo gibt es dafür einen Knopf – das hätte ich nachlesen sollen, *bevor* ich ihn ausprobiert habe. Das waren sehr beängstigende zehn Minuten!

Dämonenpenisse sind den menschlichen am ähnlichsten, haben aber keine ausgeprägte Eichel. Meist haben sie einen größeren Durchmesser, von der Wurzel bis zur Spitze durchgehend. Sie deeeeehnen ihre Partner.

Die Penisse von Inkuben sind wahrscheinlich die am interessantesten geformten, denn sie haben so eine Art »Taille«, wie eine Biene oder Wespe. Das kann sehr stimulierend sein, um es mal vorsichtig auszudrücken.

Jedenfalls habe ich nicht bewusst angefangen, diese Dildos zu sammeln. Nachdem ich die anatomischen Unterschiede entdeckt und eine Menge Pornos geguckt hatte, um sie in Aktion zu sehen, habe ich einen Community-Sexshop gefunden und dort ein Set bestellt, das den passenden Namen »DilDorado« trug und eine Sammlung sämtlicher auf der physischen Ebene vorhandener Spezies in anatomisch korrekter Form versprach. Dem menschlichen Dildo nach zu schließen ist es eine sehr lebensnahe Kollektion. Nachdem meine wissenschaftliche Neugierde befriedigt war, habe ich sie alle benutzt, um andere Bedürfnisse zu befriedigen.

Und ja, der Dämon ist tatsächlich mein Favorit. Was soll ich sagen? Ich bin eben eine Size-Queen.

Aber das will ich natürlich keinem der beiden grinsenden Idioten in meinem Wohnzimmer auf die Nase binden.

»Sam?«, ruft Gideon aus dem Schlafzimmer. »Willst du diese DilDorado-Packung noch behalten?«

Ich bringe ihn um.

»DilDorado?« Alistair klingt, als hätte er sich verschluckt. *»DilDorado?«*

»Dich kennenzulernen ist das Beste, was mir je passiert ist«, versichert Andrew mir ganz ernsthaft und zückt sein Handy. »Ich brauche ein Foto von dieser Packung.«

Das lässt mich aus meiner Starre erwachen. »Oh nein, das brauchst du nicht. Zeit zu gehen. Husch. Raus mit euch!«

Er kreuzt die Arme vor der Brust und bewegt sich nicht. »Nur wenn du versprichst, am Montag bei uns anzufangen.«

»Neiiiiiiin!«, heult Alistair. Es ist ein echtes Heulen. »Nicht schon *Montag*! Wenn du wirklich gehen musst, dann kann ich mich bestimmt damit abfinden. Aber wir brauchen eine Kündigungsfrist!«

»Harold hat schon jemand Neuen für euch gefunden«, teilt Andrew ihm herzlos mit, und Alistair schnaubt.

»Das meine ich doch nicht. Wir brauchen Zeit, um uns *emotional* darauf vorzubereiten.«

Wie jetzt.

Was soll das denn jetzt.

»Emotional darauf vorbereiten?«, plappere ich nach.

Er nickt.

Ich schüttle den Kopf. »Kompromissvorschlag«, sage ich, denn ich habe das Gefühl, sonst werde ich keinen von ihnen wieder los. »Euer neuer Office Manager kommt Montag, aber ich arbeite die ganze Woche halb für das eine und halb für das andere Team. Dann kann ich eine vernünftige Übergabe machen, und ihr könnt euch … emotional vorbereiten.«

Sie sehen beide nicht allzu glücklich aus, stimmen aber zögernd zu.

»Super. Zeit zu gehen!«

Ich scheuche die beiden hinaus. Endlich sind sie draußen, und ich schließe alle Schlösser ab und lege die Kette vor. Nicht, dass das Alistair abhalten würde, wenn er es darauf anlegen würde, zurückzukommen. Ich lehne mich erleichtert an die Tür.

Sie sind weg. Jetzt habe ich endlich Ruhe, um zu verarbeiten, was in den letzten vierundzwanzig Stunden alles passiert ist.

Gideon kommt herein, und ich quieke. Das ist kein peinliches Geräusch. Ist es nicht.

Verdammt. Ich hatte ganz vergessen, dass er noch hier ist.

»Ich bin jetzt erst mal fertig mit dem Schlafzimmer. Hast du einen Abstellraum irgendwo?« Er schaut sich um, als ob der Raum sich von unten in der Tiefgarage auf magische Weise in mein Wohnzimmer transportieren würde.

»Nein«, lüge ich. Da drin sind sowieso nur meine Weihnachtsdekoration, ein paar Koffer und diverse Kleinigkeiten, die ich eigentlich nicht aufheben will, aber mich nicht wegzuwerfen traue, weil es Geschenke waren. »Äh. Ist das … äh …« Ich will nicht neugierig oder unhöflich sein, aber wenn das ein Leiden ist, das sich auf seine Arbeitsweise auswirkt, dann muss ich das wissen, um mich darauf einstellen zu können. »Hast du, äh, so etwas wie eine Diagnose, oder ist es dir einfach lieber, wenn alles ordentlich ist?«

Um seine Mundwinkel zuckt das winzige Lächeln, an das ich mich so gut erinnern kann, und ich schwöre, mir bleibt das Herz stehen. Es schlägt einfach nicht weiter. Der dunkle, finstere Ich-reiße-dir-gleich-den-Kopf-ab-Gideon ist schon heiß, aber dieser Gideon? Der ist jenseits der Skala.

»Es ist mir einfach lieber. Ich habe keinen Zwang. Ich kann nur besser nachdenken, wenn ich eine simple Beschäftigung mit den Händen mache. Also habe ich irgendwann angefangen, meine Sachen zu ordnen. Alphabetisch, umgekehrt alphabetisch, nach Farben, nach Größen … und irgendwann hatte ich es so über, immer nur meine eigenen Sachen zu sortieren, dass ich zu Andrew gegangen bin und seine Wohnung in Ordnung gebracht habe. Und jetzt ist es einfach zur Gewohnheit geworden, wenn ich gerade nichts anderes zu tun habe.«

Tja, das ist nicht das Seltsamste, was ich in meiner Zeit beim CSG gehört habe. Ich frage noch mal nach, weil ich an etwas hängen geblieben bin, das er gesagt hat.

»Du kannst besser nachdenken? Über die Arbeit, meinst du?«

Er nickt, und das Lächeln verschwindet. »Genau. Na dann. Du bist wach, dein Gehirn scheint zu funktionieren, und ich bin für heute fertig hier.«

Ich bin immer noch bei diesem abrupten Themenwechsel, als er die Schlösser aufschließt.

»Moment mal … gehst du jetzt?«, platze ich etwas dämlich heraus. Verdammt noch mal – er hat gerade drei Schlösser und die Türkette geöffnet. Was soll er denn sonst machen?

Er sieht mich über die Schulter an. »Funktioniert dein Gehirn noch nicht? Ich bin mir da bei Menschen nie so ganz sicher.«

Blödmann.

»Findest du nicht, dass wir uns mal unterhalten sollten? Da wir ja nun zusammenarbeiten – und du garantiert ein richtiger Sonnenschein bist, als Kollege.«

Er lehnt sich an den Türrahmen und funkelt mich an. Ich weigere mich, mich einschüchtern zu lassen, und funkele zurück.

»Worüber denn?«

Ernsthaft? *Ernsthaft?!*

»Wie wäre es damit, dass dies nicht das erste Mal ist, dass du in dieser Wohnung bist? Und die Tatsache, dass du so ein unhöfliches Arschloch bist, dass du mich erst gevögelt und dann meine Existenz geleugnet hast?«

Er verdreht die Augen, und ich schwöre, dass mein Blutdruck gerade explodiert. »Was hast du denn erwartet? Du hast doch nicht wirklich gedacht, dass das der Anfang einer *Beziehung* ist, wenn man einen Typ in einer Bar aufgabelt?«

»Natürlich nicht! Aber wäre es echt zu viel verlangt gewesen, dich nicht so zu benehmen, als wäre ich ein von jemand anderem benutztes Kondom, das du in deiner Suppe gefunden hast?«

Er blinzelt, dann schüttelt er den Kopf. »Das habe ich doch gar …«

»Oh, und wie du das hast«, bekräftige ich. »Und jedes einzelne Mal in den letzten fünf Jahren, wenn wir auch nur im gleichen Raum waren, hast du es genauso gemacht. Ich konnte noch nicht mal in deine Richtung schauen, ohne dass du dich benommen hast, als … als … als hätte ich in deinen Drink gespuckt.« Mir fällt so auf Anhieb kein besserer Vergleich ein. »Das ist sogar anderen aufgefallen!« Na gut, einer einzigen Person. »Ist es, weil ich ein Mensch bin? Oder bist du einfach zu allen so eklig, mit denen du was hattest?«

Oh, jetzt ist der böse Blick zurück. »Ich bin *kein* Speziesist.«

»Bist du da auch ganz sicher? Denn im Büro habe ich von allen gehört, dass du noch nie ein gutes Haar an irgendeinem Menschen gelassen hast.«

Jetzt guckt er womöglich noch böser. »Ich darf ja wohl sauer sein auf die Menschen, mit denen ich mich im Job rumschlagen muss. Die meisten sind darauf aus, unsere Community auffliegen zu lassen und unsere Sicherheit aufs Spiel zu setzen. Aber das heißt doch nicht, dass ich die Menschheit generell hasse. Auf der Arbeit rede ich nicht über mein Privatleben, und die einzigen Menschen, mit denen ich beruflich zu tun habe, sind Arschlöcher. Vielleicht haben die Kollegen im Büro da ein einseitiges Bild. Warum hätte ich dich denn abschleppen sollen, wenn ich deine Spezies nicht ausstehen kann?«

Ich zucke die Achseln. »Woher soll ich das wissen? Sobald du mich zu Ende gevögelt hattest, war ich für dich der Staatsfeind Nummer eins.«

Er öffnet den Mund, um zu antworten – wütend, seinem Gesichtsausdruck nach zu schließen –, dann schließt er ihn wieder. »Na gut«, gibt er schließlich widerwillig zurück. »Vielleicht habe ich nicht gut reagiert, als ich dich plötzlich im Büro gesehen habe. Aber das war nur, weil ich dich dort nicht erwartet hatte. Niemand wäre begeistert, bei der Arbeit auf einmal vor einem One-Night-Stand zu stehen. Und weil du ein Mensch bist, hatte ich nicht damit gerechnet, dass es passiert!«

Ich ziehe eine Grimasse. »Und du hast *fünf Jahre* gebraucht, um über den Schock hinwegzukommen?«

»Nein«, knurrt er, und ich muss zu meiner Schande gestehen, dass mir das Geräusch eine Druckwelle der Lust durch den ganzen Körper schickt. »Aber was hätte ich denn verdammt noch mal sagen sollen? Es war eben einfacher …« Er bricht verlegen ab – und wirkt plötzlich nicht mehr ganz so unnahbar.

Ich nicke. »Verstehe.« Ich atme tief durch und reibe mir die Stirn. »Na dann. Ist ja auch egal. Wenn du mich nicht wirklich hasst oder ein Problem damit hast, mit mir zusammenzuarbeiten, sollten wir am besten … einfach vergessen, dass es überhaupt passiert ist.« Es fällt mir schwer, das auszusprechen. Ich bin immer noch sauer über sein Verhalten. Und gekränkt. Aber insgeheim bedaure ich am allermeisten, dass nie wieder etwas zwischen uns laufen wird.

Aber wenn ich mich daran klammere, wird es schwer sein, zusammenzuarbeiten, und ich bin gern beim CSG. Ich freue mich auf meinen neuen Job. Und ich bin nicht bereit, die Community wieder zu verlassen.

Also muss ich die Vergangenheit vergessen.

Gideon sieht mich an, als wollte er etwas sagen, aber er nickt nur. »Ich habe kein Problem, mit dir zusammenzuarbeiten«, wiederholt er. »Ich bin sicher, du wirst super für das Team sein. Ich wollte einfach nur … diesem Gespräch ausweichen.«

Meint er das jetzt ernst?

Ich muss lachen. Ich lache und lache und kann nicht mehr aufhören. Es ist gar nicht so komisch, aber ich rolle mich trotzdem fast ab.

»Sam?« Gideon sieht mich halb belustigt, halb besorgt an – und das alles trotz seiner üblichen finsteren Miene.

Ich winke ihn hinaus. »Na, geh schon. Wir sehen uns Montag.« Ich atme tief durch, dann habe ich den Lachanfall unter Kontrolle.

Er wirft mir einen seltsamen, fast bedauernden Blick zu, dann geht er.

Und ich sehe mich in meiner endlich leeren Wohnung um und frage mich mal wieder, ob das alles wirklich mein Leben sein kann.

Kapitel 6

Mein neuer Job fängt dann doch nicht erst Montagmorgen an. Sonntagmittag kommt ein Anruf von Lily.

»Könntest du bitte ins Büro kommen? Ich muss online an einem Verhör in einem anderen Bundesstaat teilnehmen und brauche jemanden, der sich Notizen macht.«

Äh. »Warum nimmst du es nicht einfach auf? Ich meine, ich kann gerne kommen, aber sicher wäre eine Aufnahme besser, oder?«

Sie seufzt. »Das habe ich schon versucht. Aber trotz der teuren Telefone haben die Aufnahmen von Telefonkonferenzen immer eine miserable Sound-Qualität.«

Ich denke einen Moment nach, um zu entschlüsseln, was sie gerade gesagt hat. »Lily, filmst du mit deinem Handy die Video-Meetings vom Telco-System ab?«

»Ja. Wieso?« Sie klingt überrascht.

Ich muss mir ein Stöhnen verkneifen. »Das System hat eine Aufnahmefunktion. Machen die anderen das auch so?« Das kann ja wohl nicht wahr sein. Wieso wissen die denn nicht, wie sie ihre Arbeitsgeräte benutzen müssen?

»Es gibt eine Aufnahmefunktion? Ehrlich? Seit wann?«

»Ich komme«, antworte ich.

Also verbringe ich den Sonntagnachmittag damit, ihr die Aufnahmefunktion zu zeigen und dann trotz allem am Verhör teilzunehmen, weil ich dabei etwas lernen kann. Da das Team so klein ist und nicht gleichzeitig überall sein kann, greifen sie oft auf Agenten vor Ort zurück, die ihnen in anderen Bundesstaaten die Arbeit abnehmen. Das ist ziemlich faszinierend, und ich gehe begeistert von meinem neuen Job nach Hause.

Was mich zum Montag bringt.

Ich bin pünktlich da und gehe als Erstes zu meinem alten Team, um die laufenden Jobs an die neue Office Managerin zu übergeben. Ich bin der Erste im Büro, und das ist gut so. Die meisten Übergabenotizen sind fertig, noch bevor der erste Kollege eintrifft.

Es ist Jim, der eins neunzig große, kräftige Dämon, der mich belogen hat, was die dämonische Gewürzmischung betrifft. Ich will gerade ausführlich mit ihm schimpfen, als er in Tränen ausbricht.

Tränen.

Und zwar keine zarten, eleganten Tränchen, die die Wangen herunterlaufen. Oh nein. Ihn schütteln gewaltige, schnodderverschmierte Schluchzer, sodass er kaum Luft bekommt.

Ich bin nicht sicher, was ich tun soll.

»Jim? Bist du … alles okay bei dir? Brauchst du vielleicht ein Taschentuch?«

Noch bevor er sich so weit zusammenreißen kann, dass er in der Lage ist zu antworten, kommen drei weitere Teamkollegen herein. Ein Höllenhund, ein Felide und ein Inkubus. Sie brechen ebenfalls in Tränen aus, als sie mich sehen.

Hier stimmt was nicht.

Ich greife nach der Kleenex-Box auf meinem Schreibtisch, drücke sie dem nächsten Kollegen in die Hand, dann rufe ich Alistair an.

»Sammy, hey!«

»Du Ratte. Was hast du angestellt?«

»Das ist aber gar nicht nett, Sam«, sagt er gekränkt. »Ich dachte, wir sind Freunde.«

»Oh, das sind wir.« Es gelingt mir, den Satz wie eine Drohung klingen zu lassen. Weil ich cool bin und auch meine Superkräfte habe. »Und darum weiß ich auch ganz genau, dass du für das verdammte *Tränenmeer* hier im Büro verantwortlich bist.«

»Was?« Er klingt ehrlich verwirrt, und ich halte inne. Vielleicht hat er doch nichts damit zu tun?

Zwei weitere Kollegen kommen herein, sehen mich und brechen in Tränen aus. »Oh, Saaaam!«, jammert einer.

»Alistair, ich weiß nicht, was du gemacht hast, aber du bewegst deinen Hintern sofort hierher!«, zische ich.

»Ich bin schon im Fahrstuhl. Weniger als fünf Minuten. Ich schwöre, ich hab nichts getan!« Er beendet das Gespräch und siehe da, wenige Minuten später kommt er tatsächlich hereingeflitzt, dann bleibt er abrupt stehen. Er sieht die heulenden Kollegen und zuckt zusammen. Jetzt wirkt er doch schuldbewusst.

»Okay, es kann sein, dass etwas, was ich geschrieben habe, falsch verstanden wurde«, gibt er zu. Er sieht sich um und schluckt. »Total falsch verstanden.«

Ich seufze. »Was denn?«

Er lässt den Kopf hängen und murmelt etwas.

»Flausen Geld weiß unsanft entzwei?» Nie im Leben hab ich das richtig gehört.

Er muss lachen, sieht mir in die Augen und sagt: »Du darfst mir nicht wehtun, wenn ich es dir erzähle.«

Ich beiße mir auf die Lippe. »Ich habe das Gefühl, dass du es verdient hättest.«

Der gigantische, Furcht einflößende Höllenhund, der zwanzig Zentimeter größer und doppelt so schwer ist wie ich, macht einen großen Schritt von mir weg. Ich wäre sicher stolz auf mich, wenn ich nicht so beschäftigt wäre, mit der Situation zurechtzukommen.

»Was auch immer du gesagt hast, was hierzu geführt hat – bring es in Ordnung!« Ich habe keine Zeit für weinende Agenten. Die neue Office Managerin kommt gleich, und ich will die Übergabe hinter mir haben, damit ich anfangen kann, mich mit dem neuen Job vertraut zu machen.

Alistair holt einmal tief Atem, dann hebt er die Arme und ruft: »Alle mal herhören – es geht um Sam!«

Es wird still. Immer noch sind gelegentliche Schluchzer zu hören, einer putzt sich die Nase, aber alle sehen Alistair und mich an. Ich schaue in viele große, traurige Augen.

Das macht mich nervös. Was kann er ihnen nur erzählt haben?

»Also, die Nachricht, die ich euch gestern geschickt habe, war vielleicht ein bisschen … irreführend«, fängt Alistair an. »Als ich geschrieben habe, dass die grausame Welt uns Sam für immer entreißt, habe ich nicht gemeint, dass er … diese Welt für immer verlassen muss. Er muss nicht sterben.«

»Nein?«

»Wirklich nicht?«

»Oh, Gott sei Dank!«

Plötzlich bin ich umringt und werde ein paar Minuten umarmt und geherzt und muss allen versichern, dass es mir gut geht. Haben Sie schon mal inmitten einer Gruppenumarmung gestanden, bei der alle größer sind als Sie? Es ist eine überwältigende Erfahrung.

Nachdem sich alle wieder eingekriegt haben, wendet Jim sich an Alistair und fragt: »Aber was hast du denn dann gemeint?«

»Genau«, stimmt jemand anderer ein. »Das ist hoffentlich kein übler *Scherz* von dir gewesen, Alistair.«

Er hebt die Hände. »Kein Scherz. Sam wird uns wirklich entrissen – und zwar vom Luzifer. Er wird Office Manager beim Ermittlerteam des Luzifers.«

»Neiiiiin!«, heult jemand auf. Ein anderer bricht erneut in Tränen aus. Ich werde wieder umarmt, mit eisernem

Griff, der unmissverständlich klarmacht, dass ich hier so bald nicht losgelassen werde.

»Alistair!«, zische ich.

Er zuckt die Achseln. »Ich habe nur die Wahrheit gesagt. Nicht meine Schuld, dass sie ihnen nicht gefällt.«

»Du kannst uns doch nicht verlassen!!!«, jammert Jim. »Du bist unser Mensch! Sollen sie sich doch einen eigenen holen!«

Ich habe das Gefühl, dass ich mal mit der Personalabteilung reden muss, wenn ich das hier überlebt habe. Hier gibt es viel zu viele Leute, die der Meinung sind, dass Menschen Spielzeug sind.

Aber jetzt muss ich erst mal …

»Was ist bitte hier los?«, fragt eine strenge Frauenstimme in einem so schneidenden Ton, wie ich ihn niemals in meinem Leben hinkriegen werde. Zum zweiten Mal an diesem Morgen verstummen alle.

Eine ältere Dame – definitiv eine Gestaltwandlerin, und ich würde sagen, ein Höllenhund, denn Alistair senkt sofort den Blick – steht auf der Türschwelle. Sie trägt einen Hosenanzug und Perlen, ihre Haare und Make-up sind perfekt, und ihr Blick ist so herausfordernd, dass es mich nicht wundern würde, wenn sie gleich verkündet, dass sie nach der Weltherrschaft strebt.

»Tante Vivienne?«, murmelt Alistair. »Was machst du denn hier?«

Sie fegt herein und legt ihren Laptop auf den nächsten Schreibtisch – zufällig meinen. »Ich«, erklärt sie dann, »bin die neue Office Managerin dieses Teams.«

Ich muss grinsen. *Oh, Harold, du böser, böser Junge*. Ich muss ihm ein Geschenk besorgen.

Alistair wird kreidebleich. Ein kurzer Rundblick bestätigt mir, dass alle anderen Höllenhunde ähnlich reagieren.

»Aber, aber …«

»Kein aber. Mark, wenn du nicht sofort diesen armen Jungen loslässt, werde ich …« Sie muss gar nicht fertigsprechen. Mark lässt mich so schnell los, dass ich ein bisschen das Gleichgewicht verliere. Dann trete ich vor und lächle sie an.

»Guten Morgen. Ich bin Sam, Ihr Vorgänger. Ich freue mich sehr, Sie kennenzulernen.«

Sie wirft einen abfälligen Blick auf den Rest des Teams. »Das glaube ich Ihnen gern. Ich habe schon von Ihnen gehört. Sie haben hier gute Arbeit geleistet, und ich werde nicht zulassen, dass sie Ihnen Steine in den Weg legen.« Sie schüttelt mir die Hand. »Vivienne Sandford. Ich bin Alistairs Großtante – und Elinors auch. Sollten Sie Ärger mit ihr haben, lassen Sie es mich wissen.«

Ich liebe diese Frau!

»Danke, das ist sehr freundlich. Möchten Sie einen Kaffee?«

Sie schüttelt den Kopf. »Ich bin wunschlos glücklich, danke. Sobald diese Hooligans anfangen, das zu tun, wofür sie bezahlt werden, können wir loslegen.«

Die Hooligans zerstreuen sich.

*

Sechs Wochen später bin ich eingearbeitet und von meinem neuen Job begeistert. Ehrlich gesagt ist er geradezu perfekt für mich. Es gab ein paar Anfangsschwierigkeiten, also mein altes Team zu verlassen und dann meinem neuen Team beizubringen, wie ich gerne arbeite, aber das hatten wir schnell überwunden, und jetzt habe ich das Gefühl, schon ewig hier zu sein, im positiven Sinne.

Neue Freunde habe ich auch gefunden. Die wunderbare Lily zum Beispiel. Sie steht mir inzwischen, vielleicht abgesehen von Alistair, am nächsten. Mit ihr kann ich über

Dinge reden, die ich mit Alistair nicht besprechen könnte. Sie ist die erste Frau, mit der ich befreundet bin, und ich habe dabei gemerkt, dass ich offener für neue Erfahrungen werden muss. Ich bin beinahe vierzig, und anders als bei meinen Kollegen bedeutet das, dass mein Leben fast zur Hälfte vorbei ist.

Mein Privatleben ist also interessanter geworden, denn ich komme durch Lily und Alistair mehrmals pro Woche vor die Tür, und ich habe einen unglaublich interessanten Job, bei dem ich mit intelligenten, fähigen Leuten zusammenarbeite.

Das Einzige, was zu wünschen übrig lässt, ist mein Liebesleben. Was wirklich absurd ist, da meine Libido gerade einen Zahn zulegt.

Die Tür springt auf, und ich zucke zusammen und werfe dabei fast meine Kaffeetasse um. Gideon stürmt herein, knallt sein Handy auf seinen Schreibtisch – der wie immer perfekt aufgeräumt ist –, dann fängt er an, im Kreis herumzustampfen.

Ich beobachte ihn. Wie ich mit ihm umgehen soll, weiß ich immer noch nicht genau, wenn ich ehrlich bin. Er hat meine ganze Wohnung umorganisiert und meine Dildos sortiert, aber im Büro verhalten wir uns nach wie vor etwas peinlich distanziert. Wir hatten uns zwar geeinigt, die Vergangenheit ruhen zu lassen, aber irgendwie liegt sie trotzdem noch in der Luft.

Soll ich ihn fragen, was los ist? Ihm Kaffee anbieten? Ihn ignorieren? Ihn weiter anstarren, bis er es merkt?

Wenn ich mich doch nur entscheiden könnte …

»Ruf die anderen zusammen«, befiehlt er und dreht sich so plötzlich um, dass ich mich schon wieder erschrecke. Ich bin sonst nicht so nervös, ehrlich. »Ich brauche ein Meeting.«

Ich nehme meinen Kaffee und trinke einen Schluck, dann setze ich beiläufig die Tasse ab und deute auf sein

Handy, das gefährlich nahe an der Tischkante liegt. »Dein Telefon liegt da. Es kann aber sein, dass Lily nicht sofort rangeht. Sie verhört gerade jemanden.« Mein Job umfasst so einiges, und Anrufe, die im Rahmen der Arbeit an den Fällen erledigt werden müssen, gehören dazu. Teamkollegen anzurufen, weil Gideon schlechte Laune hat und mit Hin- und Herlaufen beschäftigt ist, nicht.

Er starrt mich einen Moment an, knurrt und marschiert an seinen Tisch, um sein Handy an sich zu nehmen. »Könntest du dann einen Besprechungsraum buchen … bitte?« Sein Ton besagt, dass das ja wohl das Mindeste ist.

»Na klar«, antworte ich ruhig und klicke auf den Konferenzraum-Kalender, um einen freien zu finden. Wenn er einen Konferenzraum braucht, will er eine Art Präsentation halten; informelle Unterhaltungen kann man auch in unserem gemeinsamen Großraumbüro führen. Ich blocke den Raum für den ganzen Nachmittag, sodass er sich Zeit lassen kann, dann flitze ich runter zu dem Café in der Lobby, um einen Imbiss und Getränke zu besorgen. Kaffee gibt es auch im Pausenraum, falls jemand welchen braucht.

Als ich zurückkomme, ist Gideon nicht mehr allein. David und Elinor lächeln mir zu, aber Mr Grumpy herrscht mich an: »Wo warst du?«

Ich halte die Papiertüten mit Gebäck und Kuchen hoch. »Proviant holen. Kommen Lily und Andrew auch?«

»Bin schon da«, sagt Andrew beim Hereinkommen. »Hallo, Sam. Gut siehst du aus. Irgendwie strahlend. Hast du wieder das magische Elixier ›Tränen meiner Kollegen‹ benutzt?«

Es wäre einfach, Andrew nicht zu mögen, wenn er nicht so unglaublich charmant wäre. Seit er von der Reaktion meines früheren Teams auf meinen Weggang gehört hat, zieht er mich ununterbrochen damit auf. »Wie gesagt: Wenn ich herausfinde, dass du etwas damit zu tun hattest, wirst du es bereuen«, drohe ich ihm. »Es ist schlimm genug, dass ich mir gestern schon wieder anhören musste, wie Alistair und du euch wie Kinder gezankt habt.«

»Was höre ich da?« Elinor setzt sich auf die Kante von Gideons Schreibtisch. Er schubst sie hinunter. Sie zeigt ihm den Stinkefinger und setzt sich stattdessen auf meinen Tisch. »Mein bekloppter Cousin und dieser bekloppte Vampir streiten sich?«

»Wie echte Männer«, wirft Andrew ein. »Nicht wie Kinder. Es ist fast ausgeartet.«

Elinor hebt eine Augenbraue. Ich schüttle den Kopf.

»Wie zwei Kleinkinder, die gleichzeitig einen Tobsuchtsanfall haben«, sage ich.

Noch bevor Andrew protestieren kann, stößt Lily dazu, und Gideon springt auf. »Na endlich! Kommt. Sam, welcher Raum?«

Ich sage es ihm, und er läuft zielstrebig voraus. Das hier muss wichtig sein – es sind kaum fünfundvierzig Minuten vergangen, seit er hereingestürmt ist, und er verhält sich, als hätten wir ihn stundenlang warten lassen. Ehrlich gesagt bin ich gar nicht sicher, ob ich überhaupt mit in das Meeting soll, aber hey, ich bin schließlich auch Teil des Teams, oder nicht? Wenn er will, dass ich gehe, kann er es mir ja sagen.

Ins Gesicht.

Vor allen anderen.

Das wäre gar nicht peinlich.

Aber jetzt ist es zu spät, es mir anders zu überlegen. Ich setze mich und warte, bis Gideon von seinem Laptop auf den Großbildschirm an der Wand projiziert.

»Okay«, fängt er an, zieht sich einen Stuhl heran und setzt sich auf die Lehne, die Füße auf der Sitzfläche abgestellt. Da ist ja ein Unfall vorprogrammiert, oder? Er wird umkippen. Wenn ich das machen würde, würde ich schon beim Ausbalancieren umfallen. Ich kneife die Augen zusammen und schätze den Abstand vom Stuhl bis zur Wand ab. Wenn er nach hinten kippt, fällt er dann halbwegs harmlos auf den Fußboden, oder knallt er gegen die Wand und riskiert eine Schädelverletzung? Ich habe ein paar Erste-Hilfe-Kurse besucht, sowohl für Menschen als auch für die Community-Spezies, also versuche ich mich zu entsinnen, was in so einer Situation das Beste wäre.

»Ich habe hier siebzehn Fälle, die im Laufe der letzten Woche von anderen Agenten an uns weitergegeben wurden. Alle siebzehn Fälle weisen Ähnlichkeiten von über fünfundneunzig Prozent auf. Das System hat Gemeinsamkeiten mit anderen Fällen rund um die Welt festgestellt, unser Team verständigt und die Agenten vor Ort benachrichtigt. Die haben uns die Akten zur Verfügung gestellt, manche etwas widerwillig.« Seine Augen werden schmal, also weiß ich genau, was er davon hält, und mir tun die Agenten leid, die dachten, sie könnten etwas vor ihm verheimlichen. »Es werden in jedem Fall Paare vermisst, die aus einem Menschen und einem Community-Mitglied bestehen. Die Spezies sind scheinbar zufällig ausgewählt. Vier Dämonen, drei Inkuben und zwei Sukkuben, zwei Höllenhunde, zwei Feliden, zwei Zauberer und zwei Vampire. Die Paare haben entweder gar keine Familien oder keine in unmittelbarer Umgebung. Soweit wir es beurteilen können, sind sie nachts aus ihren Häusern verschwunden. Es sind keine Kampf- oder Einbruchsspuren zu finden. Meist wurde das Verschwinden von Arbeitskollegen gemeldet. Drei wurden von Nachbarn angezeigt und ein Fall von der Reinigungsfirma. Was alle Paare verbindet, ist, dass sie innerhalb der nächsten sechs Monate ein Baby erwarten.«

»Oje«, murmelt David.

»Eine Art Fortpflanzungsprogramm?« Ich habe Andrew noch nie so düster klingen hören.

»Sieht ganz so aus. Ich habe eine globale Meldung rausgegeben, um zu sehen, ob es noch weitere Fälle gibt, die aus irgendwelchen Gründen nicht vom System gemeldet wurden.«

Gideon ruft eine Weltkarte auf, die siebzehn (nehme ich an, ich habe sie nicht nachgezählt) rote Punkte zeigt, und sie fangen an, über diese Orte zu sprechen. Ich hänge immer noch an dem Begriff »Fortpflanzungsprogramm«.

»Entschuldigung«, sage ich. »Tut mir leid, dass ich unterbreche. Könnt ihr mir bitte erklären, was ihr mit Fortpflanzungsprogramm meint?«

Sie sehen mich an.

»Was verstehst du denn daran nicht?«, fragt Gideon ungeduldig. »Ein Programm zur Züchtung von Babys.«

»Ja, das hatte ich verstanden, vielen Dank«, bemerke ich mit leichtem Sarkasmus. »Was mir nicht klar ist, ist die Zielsetzung. Ist das eine Baby-Fabrik, die Babys für Paare, die adoptieren wollen, züchtet? Oder geht es um Kindersklaverei?«

»Es könnte beides sein«, antwortet Lily. »Das ist zum jetzigen Zeitpunkt schwer zu sagen. Aber es ist relativ unwahrscheinlich.«

»Dazu bräuchte man den Vater nicht«, erklärt David. »Das wäre sogar riskanter für die Entführer. Und die Babys hätten dann nicht alle einen menschlichen Elternteil.«

»Okay.« Das leuchtet mir ein. »Worum geht es denn dann?« Das Rumoren in meinem Bauch ist ein ziemlich sicheres Anzeichen dafür, dass ich schon eine Ahnung habe.

»Genetische Modifikation«, sagt Gideon, und die Worte sind so massiv wie Felsbrocken.

Manchmal hasse ich es, wenn ich recht habe.

»Also«, setze ich an, während ich noch versuche, es zu begreifen. »Stecken wahrscheinlich Menschen dahinter, die … was genau vorhaben? Menschen mehr Fähigkeiten zu verleihen?« Es klingt wie ein schlechter Film. Und ich weiß nicht besonders viel über genetische Modifikation, aber ich bin mir nicht sicher, ob es überhaupt möglich ist. Wenn ein Community-Mitglied und ein Mensch miteinander Nachwuchs zeugen (was möglich ist, allerdings ist es noch schwieriger als für die Community sowieso schon, und die haben bereits eine niedrige Fruchtbarkeitsrate), ist das Baby nie menschlich. Die andere Spezies ist immer dominant – und damit meine ich nicht nur, dass das Kind die genetischen Merkmale erbt. Das menschliche Genmaterial ist gar nicht da. Alle Forschung, von der ich gelesen habe, deutet darauf hin, dass die Magie das so geregelt hat. Da die Community-Bevölkerung so viel kleiner ist als die der Menschen, sorgt die Magie auf diese Weise dafür, dass die anderen Spezies nicht aussterben.

Elinor zuckt die Achseln. »Es ist möglich. Vor achtzig Jahren ist es schon mal vorgekommen, also kann es durchaus sein, dass es wieder passiert. Aber meist steckt eine Gruppierung innerhalb der Community dahinter.«

Mir bleibt der Mund offen stehen. »Aber *warum*?«

»Die Menschen sind nicht die Einzigen, die von der Weltherrschaft träumen«, sagt Andrew. »Es gibt Fraktionen in der Community, die der Meinung sind, dass man den Menschen nicht gestatten sollte, sich so auf der physischen Ebene auszubreiten. Dass sie den gleichen Gesetzen unterliegen sollten wie wir auch – und wie sie es tun, wenn sie auf die spirituelle Ebene gelangen.«

Ich versuche, das in Zusammenhang mit genetischen Modifikationen zu bringen. »Ach so. Es geht um die Zahlen. Sie wollen die Fruchtbarkeitsrate der Community erhöhen.«

»Was erst mal nicht so schlecht klingt, oder? Darum haben sie auch überzeugte Anhänger, selbst wenn es nicht viele sind. Menschen sind fruchtbarer, weil sie eine kürzere Lebenserwartung haben. Es hat schon seinen Sinn, dass man zehn- bis fünfzehnmal so fruchtbar ist, wenn die Lebenserwartung zehn- bis fünfzehnmal geringer ist als bei den anderen Spezies.«

«Stimmt. Okay.« Ich greife nach einem der kleinen Notizblöcke auf dem Tisch und schreibe zu meinem besseren Verständnis mit. »Also, als die Menschen vor all den Jahren Allmachtsfantasien entwickelt haben, waren sie in der Überzahl und haben quasi alle anderen Spezies abgeschlachtet. Richtig? Dann hat sich die Magie eingeschaltet, um das zu verhindern, und hat die Erinnerung der Menschen an jegliche anderen hochintelligenten Spezies gelöscht. Aber wenn die Menschen nicht so in der Überzahl gewesen wären, wäre es anders ausgegangen. Ich meine, insgesamt hat die Community doch mehr Stärke und Geschwindigkeit, die Fähigkeit, im Dunkeln zu sehen, Klauen, Reißzähne, ihr könnt teleportieren … und zaubern. Menschen können dafür schneller und häufiger schwanger werden. Es war auch nicht wie jetzt – damals hatten sie Stöcke, Steine und Messer als einzige Waffen. Wann wurde das erste Schwert erfunden? Egal.« Ich mache mir eine Notiz, das nachzulesen, nur aus Interesse. »Also diese Fraktion …«

»Und Magie«, unterbricht mich David.

Ich blinzle, denn ich habe den Faden verloren. »Was? Du meinst Zauberkräfte. Das hab ich doch gesagt.« Eines der ersten Dinge, die ich beim CSG gelernt habe, war der Unterschied zwischen der Magie – der existenziellen Kraft, die über alles wacht – und den Zauberkräften, die alle Zauberer in sich tragen, um ihre Kunst auszuüben.

»Nein, ich meine, die Menschen hatten rudimentäre Waffen, die Fähigkeit, sich schneller fortzupflanzen, und Magie.«

Wieder klappt mein Kiefer nach unten.

Dann fragt Lily: »Alles okay, Sam?«

»Die Menschen hatten Magie?« Ich klinge ganz kratzig, also räuspere ich mich.

»Haben«, verbessert mich David. »Keine innere Kraft so wie ich oder wie den Illusionszauber, den andere Spezies nutzen, um sich zu tarnen. Aber alle Menschen haben die Fähigkeit, die existenzielle Magie zu nutzen.«

»Wirklich?«, flüstere ich. »Also könnte auch ich … Magie nutzen? Warum hat mir das noch nie jemand gesagt? Moment mal, bedeutet das, dass die Wicca recht haben?«

Er zuckt die Achseln. »Sie nutzen die Magie nicht so, wie sie es könnten, da sie sie mit der Religion verknüpfen. Aber prinzipiell schon. Menschen brauchen Zaubersprüche und Hilfsmittel, um wirklich etwas zustande zu bringen – Kristalle, Kräuter, solche Dinge –, aber die grundsätzliche Fähigkeit haben sie.«

»Es tut mir leid, diese außerordentlich wichtige Diskussion zu unterbrechen, aber können wir jetzt wieder auf die entführten Paare zu sprechen kommen?«, fragt Gideon schneidend. Sein Handy gibt ein Tonsignal von sich, und er schaut aufs Display. »Von denen es jetzt möglicherweise schon einundzwanzig gibt. Verdammt. Ich muss ein paar Telefonate führen und nachfragen.« Er geht mit langen Schritten nach draußen, das Handy schon am Ohr.

»Nur ganz schnell noch«, sage ich zu David, »könntest du mir das mal beibringen? Ich meine, ich weiß, dass es etwas anderes ist als das, was du machst …«

»Ja. Also, ich kann es versuchen.« Er grinst mich an.

Das Lächeln, mit dem ich seines erwidere, ist so breit, dass ich wahrscheinlich beängstigend aussehe. »Danke! Aber was ich sagen wollte …« Ich schaue auf meinen Notizblock, um den Ausgangspunkt wiederzufinden. »Okay, also diese Fraktion denkt, wenn sie die Fruchtbarkeitsrate erhöhen, wird das die Zahlen so dramatisch ausgleichen, dass die Community sich nicht mehr verstecken müsste?«

»Das wäre das beste Szenario. Wahrscheinlicher ist es aber, dass sie die Menschen zwangsweise wieder in unsere Gesellschaft eingliedern würden. Und das schlimmste Szenario wäre, dass sie alle Menschen auf der physischen Ebene auslöschen wollen. Aber welche Absicht auch dahintersteht: Es würde in jedem Fall unsere jetzige Regierung stürzen.« Elinor spricht ganz sachlich, aber ihre Miene ist ernst.

Verdammt.

»Was ist denn mit der Magie?«, frage ich verzweifelt. »Sie ist doch schon mal eingeschritten, als alles schieflief. Würde sie nicht versuchen, zu verhindern, dass die von ihr ins Amt berufene Regierung abgesetzt wird?«

Andrew seufzt und reibt sich die Stirn. Auf einmal sieht er viel älter aus. »Das wissen wir nicht. Wir … ja, wir hoffen es, aber wir werden es erst wissen, wenn …«

Ja. Den Satz braucht er nicht zu Ende zu sprechen.

»Okay. Okay. Also, das ist ein langfristiger Plan, oder? Ich meine, wenn sie an Babys interessiert sind, die einen menschlichen Elternteil haben, heißt das dann, dass sie dadurch bessere Chancen haben … keine Ahnung. Die menschlichen Gene zu aktivieren? Wie funktioniert das überhaupt? Und selbst wenn sie diese Babys erfolgreich modifizieren, sobald sie auf der Welt sind …«

David schüttelt den Kopf. »Beim letzten Mal, als wir so einen Versuch unterbunden haben, wurden die Experimente im Mutterleib durchgeführt. Ich gehe davon aus, dass es dieses Mal auch so ist und dass deshalb all diese Frauen erst im zweiten Trimester sind.«

Den Gedanken schiebe ich beiseite. »Also werden diese Kinder, selbst wenn sie erfolgreich so modifiziert wurden, dass sie fruchtbarer sind, sich erst Jahrzehnte später selber fortpflanzen. Und was passiert dann? Es ist ja nicht so, dass zwei Dutzend Leute aus eigener Kraft die Diskrepanz in den Bevölkerungszahlen ausgleichen können. Ich verstehe einfach nicht, was die wollen.«

»Das tun wir auch nicht«, sagt Lily. »Vielleicht finden wir bei den Ermittlungen mehr heraus. Im jetzigen Stadium müssen wir davon ausgehen, dass die koordinierte Entführung so vieler Paare mit ähnlichen Profilen mit einem terroristischen Akt gegen die Community zusammenhängt, worin auch immer der dann konkret besteht.«

»Natürlich.« Klar müssen wir den Leuten helfen und die Monster stoppen, die der Meinung sind, dass es okay ist, Experimente an Menschen durchzuführen, ohne sie um Erlaubnis zu bitten. »Ich vermute, wir bekommen von Gideon die ganzen Fallakten, wenn er zurückkommt. Könnt ihr mir inzwischen sagen, wo ich die Akten der früheren ähnlichen Fälle finde? Ich würde mich gerne einlesen, damit ich weiß, was auf mich zukommt.«

Lily lächelt mich gutmütig an. »Was für ein Nerd du doch bist. Unser Leben war so viel langweiliger ohne dich.« Sie nimmt meinen Notizblock, blättert einmal um, dann schreibt sie mir die Aktenzeichen auf. »Solche Akten bewahren wir in einem ganz bestimmten Unterverzeichnis auf, damit wir sie einfach vergleichen können.«

»Und du nennst mich einen Nerd?« Im Geiste erstelle ich schon eine To-do-Liste für mich, je nachdem, wie Gideon mit der Situation umgehen will. »Wie seid ihr denn im Moment ausgelastet? Gibt es etwas, das nicht warten kann oder an ein anderes Team abgegeben werden könnte?«

Allgemeines Zögern, Grimassenziehen und leichter Unmut machen sich breit. »Wir geben ungern unsere Fälle ab«, erklärt Elinor, während sie sich zurücklehnt und die Füße auf den Tisch legt. »Aber ich brauche nur noch ein paar Stunden für meinen aktuellen Fall, und dann kann jemand anderer die Verhaftung und die Berichte übernehmen.«

»Meinen Fall muss ich abgeben«, murrt Andrew. »Wenn Gideon uns alle brauchen sollte, und es klingt ganz danach, werde ich nicht schnell genug fertig. Aber es ist nichts besonders Heikles. Wenn der Agent kein Idiot ist, sollte es gehen.«

Ich mache mir eine Notiz. »Hast du eine Präferenz, wer es machen sollte?« Er nickt. »Gut, das besprechen wir, wenn wir wissen, was Gideon genau braucht. David? Lily?«

»Mir geht es wie Andrew.« Lily lächelt jetzt nicht mehr. Die Vorstellung, ihren Fall abzugeben, gefällt ihr ganz offensichtlich nicht, aber auch sie weiß, was die höhere Priorität hat.

»Ich habe heute Morgen meine Verhaftungen erledigt«, sagt David. »Ich muss nur noch die Berichte einreichen.«

»Angeber«, murmelt Lily, und er zeigt ihr den Stinkefinger.

»Benehmt euch«, ermahne ich sie, während ich mir Notizen mache. »David, du bist auf Abruf, um Gideon sofort unter die Arme greifen zu können. Andrew und Lily, ihr sagt mir, an wen eure Fälle übergeben werden sollen, und ich organisiere sofort die Übergabe. Elinor, wenn du deinen Fall heute noch zu Ende abwickelst, finde ich jemanden, der die Verhaftung übernimmt. Sobald ihr drei das erledigt habt, weiß ich auch, wie ihr am besten Gideon zuarbeitet. Klingt das gut?«

»Gott sei Dank bist du jetzt hier«, seufzt Andrew. »Glaubst du, ich könnte dir auch die Organisation meines Privatlebens übertragen?«

»Keine Chance«, lehne ich ab. »Spricht Gideon mit dem Luzifer, oder muss ich das machen?«

»Oh, Percy weiß schon Bescheid. Das gehört zur Magie seines Amtes. Aber Gideon liefert einen vollständigen Bericht ab, sobald wir entschieden haben, wie wir weiter vorgehen.« Elinor nimmt die Füße vom Tisch und setzt sich auf, als Gideon wieder hereinkommt.

Seine Miene ist noch finsterer als sonst. »Es werden jetzt offiziell fünfundzwanzig Paare vermisst«, erklärt er. »Drei weitere sind noch nicht bestätigt, und ich glaube, wir können uns auf mehr gefasst machen. Ich habe Percy gebeten, alle Gesundheitseinrichtungen zu kontaktieren und sie zu bitten, die Patienten, die dem Profil entsprechen, zu verständigen und dafür zu sorgen, dass sie sich mit uns in Verbindung setzen.« Er sieht mich an. »Kannst du diese Kontaktaufnahmen koordinieren und dann sicherstellen, dass sie lokale Sicherheitskräfte zugeteilt bekommen?«

»Ja.« Oha. Wie mache ich das? Da muss ich mir wohl etwas einfallen lassen.

»Die nächstgelegene Entführung war in einer Stadt etwa eine Stunde von hier – ich fahre dorthin und schaue, was ich herausfinden kann.«

»David hat Zeit, dich zu begleiten, wenn du ein zweites Paar Augen brauchst«, sage ich. »Oder …« Ich sehe mir die Karte auf dem Bildschirm an. Da ist ein weiterer, nicht allzu weit entfernter Punkt. »Oder ich kann einen Flug zu dem anderen Tatort für ihn organisieren. Alle Tatorte zu besuchen wird nicht machbar sein, aber wenn ihr ein paar untersuchen könnt, findet ihr vielleicht Gemeinsamkeiten, die euch weiterhelfen.« Ich mag hier neu sein, doch ich habe nicht fünf Jahre lang mit Ermittlern zusammengearbeitet, ohne ein paar Dinge aufzuschnappen.

Er nickt, und einen kurzen Augenblick lang blitzt so etwas wie Anerkennung in seinem Blick auf. Die verschwindet aber sofort wieder. »Einverstanden, David?«

»Ich kann sofort los«, antwortet David.

»Dann fahr du zu dem nächsten Tatort, und ich sehe mir ein paar weiter entfernte an, da ich ja kein Flugzeug brauche. Wir treffen uns alle später wieder hier. Die Fallakten sind im System, falls ihr Zeit habt, sie euch vorher anzuschauen. Und dann machen wir einen Schlachtplan.«

Ich stehe auf und gehe zu seinem Laptop, um mir die Karte näher anzusehen. Seinen empörten Ausruf ignoriere ich. David wird wohl zwei Stunden unterwegs sein, und er braucht Zeit am Tatort. »Lass uns halb acht sagen«, entscheide ich. »Ich besorge etwas, falls ihr keine Zeit habt, vorher zu essen. Habt ihr Vorlieben?«

»Was am einfachsten ist«, sagt Lily. »Danke, Sam.«

»Kein Problem. Lasst uns loslegen.«

*

Es ist nach 19 Uhr. Ich bin nicht nur nach wie vor im Büro, es sieht auch so aus, als würde ich noch ein paar Stunden bleiben müssen.

Der heutige Tag ist ganz anders gelaufen als erwartet.

Aber, oh mein Gott, dieser Job ist einfach fantastisch.

Bei meinem alten Team habe ich mich auch nützlich gefühlt. Ich habe dazu beigetragen, Leuten zu helfen. Meist ging es dabei um Mitglieder der Community, die durchs Netz gefallen waren – die wenigen Kinder, die bei einem One-Night-Stand gezeugt wurden und keine Ahnung hatten, dass sie keine Menschen sind, aber auch Leute ohne Familien oder junge Erwachsene, die sich entschieden hatten, die Enklaven der Community zu verlassen, und Schwierigkeiten damit hatten, sich unter den Menschen zu tarnen. Mein Job war interessant, gut bezahlt und hat mich ausgefüllt.

Aber der Job hier ist auf einem ganz anderen Level. Nachdem ich einen Wagen besorgt hatte, der David zum nächstgelegenen Tatort brachte, und Agenten gefunden hatte, die Lilys und Andrews Fälle übernahmen, habe ich mich ins System gestürzt, einen Praktikanten aus einer anderen Abteilung ausgeborgt und begonnen, die Rückmeldungen der Paare, die von ihren Ärzten kontaktiert wurden, entgegenzunehmen. Manche wollen bei ihren Familien unterkommen. Für sie haben wir Kontakte bei den örtlichen Gesetzesvertretern der Community gemacht und mit ihnen abgesprochen, dass sie sich täglich bei den lokalen Behörden und mir zurückmelden. Bei den meisten war das aber nicht machbar, also habe ich mit den jeweiligen Behörden Personenschutz für sie organisiert. Sollte es weitere Entführungen geben, müssen wir sie vielleicht woanders hinbringen, wo sie besser geschützt werden können. Es sind allerdings mehrere Hundert Personen. Vielleicht eine Militärbasis? Ich habe schon mit der Recherche angefangen.

Leider kam bereits von sieben Ärztezentren die Rückmeldung, dass sie ihre dem Profil entsprechenden Patienten nicht erreichen konnten, und als ich die Agenten vor Ort gebeten habe, nachzuforschen, stellte sich heraus, dass sie verschwunden waren. Ich habe sie auf die Liste gesetzt, die Agenten hingeschickt und Gideon informiert.

Vor ein paar Stunden, als David anrief, um zu sagen, dass er zwar schon auf dem Rückweg sei, aber im Stau stecke, habe ich Andrew und Lily mit den Agenten vor Ort in Kontakt gebracht und sie beauftragt, die Informationen in eine Datenbank einzugeben, die uns erlaubt, sie problemlos auszuwerten. Sie haben sich im Konferenzraum eingerichtet, den ich im Kalender für die ganze nächste Woche reserviert habe, und mit der Analyse begonnen. Elinor ist vor einer halben Stunde zu ihnen gestoßen. Und ich habe angefangen, die alten Akten zu sichten.

Es ist der reinste Horror.

Natürlich weiß ich, dass es überall Monster gibt, aber es ist trotzdem schwer zu akzeptieren. Und doch habe ich eben einen Fall nach dem anderen gelesen, von Leuten, die ohne Einverständnis teilweise grausamen und schmerzhaften Experimenten unterzogen wurden, und wozu das Ganze? Um die Ziele einer radikalen Gruppierung voranzutreiben? Wie kann das richtig sein?

In den meisten Fällen ist es gelungen, den jeweiligen Kult zu identifizieren. Leider waren sie oft so organisiert, dass es unmöglich war, alle Beteiligten zu verhaften und ins Gefängnis zu stecken. Vermutlich ist es wieder eine der bereits bekannten Fraktionen – was wenigstens ein Anhaltspunkt für die Ermittlungen ist.

Ich notiere mir gerade, welche aufgrund früherer Aktionen am ehesten infrage kommen, als mir eine Stimme *direkt ins Ohr* spricht: »Was machst du da?«

Ich quieke erschrocken und zucke so heftig zusammen, dass mein ergonomischer Schreibtischstuhl vom Tisch wegrollt.

»Verdammt noch mal«, presse ich hervor und drücke die Hand an die Brust, während ich herumwirbele und Gideon anschnauze: »Bist du noch ganz dicht? Man schleicht sich nicht so an Leute heran, die gerade Berichte über irre gewordene Entführer lesen!«

Er lehnt sich mit verschränkten Armen an den Schreibtisch. Wenn er jemand anderer wäre, würde ich jetzt vermutlich aufgezogen werden. Gideon schaut einfach nur etwas weniger düster drein als sonst. »Ich hab mich nicht angeschlichen«, sagt er. »Ich bin reingekommen, habe meine Schlüssel auf den Tisch geworfen, habe dich gefragt, wo die anderen sind, und als du nicht geantwortet hast, bin ich rübergekommen, um zu sehen, was dich so fesselt.«

Oh.

Das ist möglich. Ich habe mir angewöhnt, Signaltöne und das Telefon zu hören und dafür alles andere auszublenden. Das funktioniert im Großraumbüro zwar gut, um konzentriert zu arbeiten, macht es aber schwierig für die Kollegen, die sich bemerkbar machen wollen.

»Tut mir leid«, sage ich widerwillig und lasse meine Hand sinken, während ich zurück an meinen Tisch rolle. »Ich war in alte Fallakten vertieft. David ist auf dem Rückweg, und die anderen sind im Konferenzraum und werten Daten aus. Der Praktikant ist gerade gegangen. Und ich warte auf das Essen.«

Er mustert mich aus seinen dunklen Augen. »Was gibt es?«

Ich fange an, verlegen zu zappeln, weil er mich so anschaut. Dieser Mann hat meine Dildosammlung in den Händen gehabt. Und er hat bemerkt, dass der Griff des Dämonen-Dildos etwas abgenutzt aussieht. »Alles Mögliche. Pizza, Curry, Burritos, Gemüse mit Reis. Ich bin noch nicht so vertraut mit euren Essgewohnheiten.«

Er nickt und starrt immer noch. Ich widerstehe dem Impuls, hin und her zu rutschen oder aufzustehen. Machen wir uns nichts vor, er würde auch dann noch auf mich herunterschauen, selbst wenn er sich so an den Schreibtisch lehnt wie jetzt.

»Danke für die Infos zu den neuen Fällen«, sagt er plötzlich. »Ich hoffe, dass die Zahlen jetzt etwas zurückgehen.«

»Ja. Ähm. Ich habe mir gedacht, für den Fall, dass das nicht passieren sollte – könnten wir dann die Risikopaare an einen sicheren Ort bringen? Wo man besser für ihre Sicherheit sorgen kann?«

Erst wirkt er überrascht, dann wird er nachdenklich. »Es sind eine ganze Menge Leute«, gibt er zu bedenken. »Bisher haben wir fast siebenhundert identifiziert. Nicht alle sind Zielpersonen, aber wir wissen auch noch nicht genau, wer wirklich dazu zählt. Wo sollten wir sie denn hinbringen? Und woher genug Leute nehmen, die sie bewachen?«

»Daran arbeite ich noch«, gebe ich zu. »Es ist nur ein schrecklicher Gedanke, dass sie alle so schutzlos sind.«

»Wir tun, was wir können, um auf sie aufzupassen«, sagt Gideon. Er richtet sich auf, streckt seinen superlangen Riesenarm aus und schnappt sich Andrews Schreibtischstuhl. Ich bin so was von neidisch. Ich meine, es sind nur drei

Schritte, aber ich möchte nur einmal im Leben jemand sein, der einfach nur den Arm nach etwas, das er haben will, ausstrecken kann, anstatt die Schritte zu gehen oder sich eine Leiter holen zu müssen.

Gideon setzt sich hin, und mir wird bewusst, wie nahe er mir eben gekommen ist. Also sehr, sehr nahe. Unsere Knie berühren sich fast. Wenn ich mich nur ein kleines bisschen in seine Richtung lehnen würde …

Ich schlucke. »Was machst du?«

»Zeig mal, was du gerade gelesen hast. Ich vermute, du suchst nach Hinweisen, damit wir eingrenzen können, wer hinter der Sache steckt?«

Er ist mir so nah.

Das ist doch blöd jetzt. Ich mag ihn noch nicht mal. Ich kenne ihn gar nicht richtig. Und er ist so ein mürrischer Zeitgenosse.

Ich muss schlucken. Hormone nerven total.

»Äh, ja. Hier. Ich bin bis zu dem in Argentinien gekommen, vor vierundvierzig Jahren.«

Er beugt sich zum Monitor, und unsere Knie berühren sich. Ich verspüre einen elektrischen Schock. Er scheint es nicht zu merken, dieser Dreckskerl. Er zieht einfach sein Knie zurück.

Ich hasse ihn.

Ich bin scharf auf ihn.

So beschämend es auch ist, mir das einzugestehen.

»Daran erinnere ich mich noch«, sagt er. »Das war kurz nachdem ich zum Team befördert wurde.«

Das erinnert mich mal wieder an den Unterschied unserer Lebensdauer. »Wie alt bist du?«, platze ich heraus, dann klatsche ich entsetzt die Hand vor den Mund. Ich werde rot, während er sich zu mir umdreht, um mich anzusehen. Sein Gesicht ist wie eine ausdruckslose Maske.

»Wie bitte?«

»Nichts! Ich habe nichts gesagt! Entschuldige. Was wolltest du zu dem Fall sagen?« Mist, Mist, Mist. So etwas Unprofessionelles. Und es spielt ja auch gar keine Rolle – dank des Internets hatte ich schon eine ungefähre Vorstellung.

Ich versuche, unter seinem Blick nicht zu schwitzen, und er wendet sich endlich wieder dem Bildschirm zu. Nur eine übermenschliche Willensanstrengung bewahrt mich davor, erleichtert in mich zusammenzusinken.

Ich schaffe es, mich zusammenzunehmen, während er sich die Akte durchliest, die ich gerade studiert habe, und ein paar Bemerkungen neben meine Notizen schreibt. Ich versuche wirklich krampfhaft, mich nicht von meinen Hormonen steuern zu lassen, kann aber nicht verhindern, seinen langen Hals zu bewundern. Ich kann gut verstehen, warum Vampire gerne in diese Stelle beißen. Sie sieht köstlich aus.

»Hey, Leute. Was macht ihr?«

»David!« Ich springe auf und schubse dabei versehentlich wieder meinen Stuhl weg. »Hey! Da bist du ja! Wir warten nur auf das Essen.«

»Ist gleich da«, sagt er und hängt seine Jacke an seinen Schreibtischstuhl. »Ich bin gerade am Lieferdienst vorbeigekommen. Ich habe ihm angeboten, es mitzunehmen, aber er sagte, du hast ihm fünfzig Dollar Trinkgeld versprochen, wenn er es nur dir persönlich aushändigt.«

Gideon dreht sich auf dem Stuhl zu mir. »Du hast ein Fünfzig-Dollar-Trinkgeld versprochen? Wieso?«

Ich zucke die Achseln. »Manchmal, wenn mein früheres Team abends länger bleiben muss, ›verteilen sie Essenslieferungen um‹. Darum habe ich unserem Lieferanten gesagt, dass er das Trinkgeld nur bekommt, wenn er mir das Essen persönlich liefert.«

»Schlau«, lobt David. »Und es erklärt wahrscheinlich, warum Elinors Cousin Alistair traurig am Empfang rumhängt.«

Ich kneife die Augen zusammen, sofort abgelenkt. Alistair war den ganzen Tag sehr ruhig, was bedeutet, dass er nur darauf brennt, etwas anzustellen.

Aber noch bevor ich zum Empfang marschieren kann, um unser Abendessen zu retten, kommt der Lieferant hereingestürzt, als wären ihm Höllenhunde auf den Fersen – was sich als reine Wahrheit erweist, da ihm zwei Mitglieder dieser Spezies auf dem Fuß folgen.

»Hilfe!« Sein schrilles Geschrei schallt durch den Raum, während er auf uns zurast und sich prompt hinter Gideon versteckt, der aufgestanden ist, als die Shifter hereinkamen. »Irgendwelche Typen am Empfang wollten mir Ihr Essen abnehmen, und als ich mich geweigert habe, haben sie ihre Hunde auf mich gehetzt!«

Ich seufze einmal tief, und die beiden Höllenhunde senken beschämt die Köpfe. »Sitz!«, befehle ich, als ob sie wirklich nur Hunde wären, und da sie jetzt in ihrem eigenen Täuschungsmanöver festhängen, gehorchen sie mir. Der linke – Alistair – legt sich hin und legt die Pfoten über die Augen.

»Ich bin Sam Tiller«, sage ich zum Lieferanten, der es irgendwie geschafft hat, sich an Gideon zu klammern, das kleine Schlitzohr. »Sie können den Mann jetzt wieder loslassen. Die Hunde tun Ihnen nichts.«

Er sieht sie misstrauisch an. »Sind Sie sicher?«

Ich verdrehe die Augen. »Ja, ich bin ganz sicher. Sie hätten Ihnen nichts getan. Sie wollten Ihnen nur Angst machen, damit Sie das Essen rausrücken.«

»Na gut …« Widerstrebend löst er sich von Gideon, der spöttisch grinst, der Schuft, und nimmt den Rucksack ab. Ich prüfe alle Gerichte, die er herausholt, bezahle ihn und füge das Trinkgeld hinzu. Ich bin versucht, etwas abzuziehen, weil er sich so an Gideon rangemacht hat, aber er hat es sich schließlich verdient.

Er zögert. »Werden die Hunde mir nachlaufen?«

Ich muss mir das Lachen verkneifen, denn es kann absolut sein, dass sie das machen würden, nur um ihn ein bisschen zu ärgern, also sage ich: »Ich behalte sie hier. Ich muss sie sowieso noch ausschimpfen.«

Beide Shifter winseln, aber der Lieferant scheint zufrieden und geht. Ich schließe die Tür, für den Fall, dass es gleich laut wird, dann wende ich mich an die Höllenhunde, die gerade versuchen, unter einem Schreibtisch zu verschwinden.

»Schluss damit! Raus da!« Sie winseln beide. »Ich mein's ernst. Ihr kommt da jetzt raus und verwandelt euch. Auf der Stelle!«

Sie gehorchen widerwillig, und Sekunden später stehen zwei verlegene Riesenkerle vor mir. »Euch ist schon klar, dass wir es hier mit einer Krise zu tun haben, oder? Leute schweben in Lebensgefahr, und wir machen Überstunden. Ich muss mein Team verpflegen, damit sie effizient bleiben. Das wisst ihr ganz genau, denn ich habe früher für euch das Gleiche getan. Erinnert ihr euch?«

Sie murmeln eine Antwort, aber ich schüttle den Kopf.

»Was immer das heißen sollte, es ist nicht gut genug. Ich habe keine Zeit, den menschlichen Lieferanten zu trösten und sicherzustellen, dass er nichts gesehen hat, was er nicht sehen sollte. Raus mit euch, und dann will ich euch nicht mehr in meinem verdammten Büro sehen.«

»Aber«, fängt Alistair an.

Ich hebe eine Augenbraue. »Muss ich Vivienne anrufen?«

»Nein!«, antworten sie wie aus einem Mund, mit entsetzten Gesichtern. Das merke ich mir fürs nächste Mal.

»Wir gehen ja schon«, fügt Alistair hinzu. »Gebt uns Bescheid, wenn ihr mit dem Fall Hilfe braucht«, sagt er zu David und Gideon. »Bis bald?«, fragt er mich hoffnungsvoll.

Ich nicke, denn er ist mein bester Freund, und auch wenn ich ihm das nie sagen würde, finde ich ihn manchmal echt süß.

Sie machen sich davon, und ich nehme das Essen, um es in den Konferenzraum zu bringen.

»Ich nehme das.« David nimmt mir die Kartons aus der Hand. »Das ist das Mindeste, was ich tun kann, nach deinem heroischen Einsatz.« Er zwinkert mir zu, dann ist er aus der Tür, und ich stehe wie ein Idiot mit leeren ausgebreiteten Armen da und blinzle.

Gideon ist mit drei großen Schritten an meiner Seite, beugt sich ganz nah zu mir herunter und flüstert mit einem Grinsen, bei dem ich ihm am liebsten die Klamotten vom Leib reißen würde: »Das war vielleicht heiß. Kompetenz ist einfach sexy.« Dann folgt er pfeifend David.

Wie bitte …?

Kapitel 7

Eine Woche später sind wir alle gefrustet und genervt.

Es sind durchaus Fortschritte zu verzeichnen – doch, wirklich. Die anderen Paare, die wir als gefährdet identifiziert haben, sind alle nicht entführt worden. Der Personenschutz funktioniert gut. Aber das kann nicht für immer so weitergehen, und leider sind inzwischen auch Paare verschwunden, die wir vorher nicht auf dem Schirm hatten. Mittlerweile sind es einundvierzig.

Die anderen Teams unterstützen uns beim Tagesgeschäft, denn natürlich machen andere Verbrecher fröhlich damit weiter, die Community zu gefährden, sie nehmen sich nicht frei, nur weil wir viel zu tun haben. Das bedeutet, dass alle außer Gideon sich mit mehreren Dingen gleichzeitig beschäftigen müssen, denn sie leiten nominell die Ermittlungen in diesen Fällen, auch wenn die meiste Arbeit gerade von anderen Kollegen erledigt wird.

Tja, und Gideon (tiefer Seufzer!) – ist ein Dilemma in ein Rätsel gewickelt und hinter einer sexy finsteren Visage versteckt. Manchmal habe ich das Gefühl, dass da etwas zwischen uns ist, aber dann verhält er sich wieder wie ein Arsch, und ich frage mich, ob ich mir alles nur eingebildet habe.

Wir haben diese Woche zum Beispiel total eng zusammengearbeitet. Ich koordiniere die Datensammlung und die Recherche, außerdem alle Berichte von den Teams vor Ort, und sorge dafür, dass Gideon hat, was er braucht, um dieses Rätsel zu lösen. Wir sind ein tolles Team – wir verstehen uns besser, als ich das von allen anderen Teampartnern bisher kannte. Ich weiß meist schon vorher, was er gleich sehen oder wissen will, und er gibt mir immer genau die Informationen, die ich brauche, um ihm zuarbeiten zu können. Ich muss gar nicht nachfragen oder selbst suchen. Er hat mich mehrmals zur Spurensicherung an Tatorte mitgenommen und hat supergeduldig alle meine Fragen beantwortet. (Und als ich mich nach dem ersten Teleportieren übergeben musste, hat er nichts gesagt. Ein großer Spaß.) Und einmal, als ein lokaler Agent mich (höflich) gebeten hat, beiseite zu gehen, hat er darauf bestanden, dass ich bleibe, wo ich bin. »Er ist wertvoller für mich, als Sie es je sein könnten«, hat er gesagt, was mich zusammenzucken ließ. Es hat sich aber irgendwie auch toll angefühlt.

Dann war da das eine Mal, als wir gleichzeitig nach demselben Ordner gegriffen haben. Unsere Hände haben sich berührt. Plötzlich standen wir ganz eng nebeneinander. Als ich den Kopf zur Seite gedreht habe, konnte ich seinen Atem auf meinem Gesicht spüren. Unsere Blicke trafen sich. Er hat sich zu mir heruntergebeugt, und ich war ganz sicher, dass er mich gleich küssen würde. Ich war bereit. Ich wollte es sogar.

Leider kam ausgerechnet in dem Moment Elinor rein und hat es ruiniert.

Und dann ignoriert er mich wieder komplett.

Tja, und es hilft nicht gerade, dass ich mich anscheinend in einem wahren Hormonsturm befinde. Die letzten paar Monate haben sich angefühlt wie damals vor zwanzig Jahren. Also, damit es keine Missverständnisse gibt: Ich hatte zu jeder Zeit eine gesunde Vorliebe für Sex (ichwillichwillichwill), aber ab Mitte zwanzig oder so hat sich das eingepegelt auf etwa einmal pro Stunde daran denken, sodass ich auch noch andere Dinge erledigen konnte. In letzter Zeit ist es aber wieder zu einer Priorität geworden, was irgendwie seltsam ist. Ich meine, sollte die Libido in meinem Alter nicht eher nachlassen als zunehmen? Es ist besonders nervig, weil ich nicht viele Dates hatte, seit ich für die Community arbeite. Sex findet also nur bei gelegentlichen One-Night-Stands statt, oder ich kümmere mich eben selbst darum. In den letzten Wochen hat es aber völlig absurde Ausmaße angenommen. Ich muss nur einmal tief einatmen, und schon werde ich hart – wie damals, als ich dreizehn war.

Andrew gibt ein lautes Grollen von sich und wirft seinen schon halb zu Tode gekneteten Stressball so hart an die Wand, dass Risse im Putz zurückbleiben. Das hätte ich selbst bei einem übermenschlich starken Vampir nicht gedacht. »Das ist doch total bescheuert«, blafft er. »Egal, wie wir es drehen und wenden, es ändert sich nichts. Die Coalition for Community Advancement ist der wahrscheinlichste und offensichtlichste Kandidat für dieses ganze Desaster, aber ihr Verhalten lässt nicht darauf schließen, dass sie damit zu tun haben, und wir haben so viele von ihnen verhört, wie wir konnten, alles ohne Ergebnis. Wer zum Teufel steckt also dahinter?«

Lily reibt sich das Gesicht mit beiden Handflächen und lehnt sich in ihrem Stuhl zurück. »Ich kann nicht mehr denken«, stellt sie fest. »Mein Gehirn ist weichgekocht.«

Gideon seufzt und lässt den Stift fallen, mit dem er auf den Tisch getrommelt hat. »Gleichfalls. Okay, wir brauchen eine Pause. Eine echte Pause, ohne andere Fälle zu prüfen.«

David steht auf. »Na, komm schon, Sam. Lass uns zaubern üben.«

Ich reiße die Augen auf und bin hin- und hergerissen zwischen Aufregung und Panik. »Was? Jetzt gleich? Bist du sicher?«

»Super Idee«, stimmt Elinor begeistert zu. Sie sieht sich um. »Vielleicht nicht hier drin. Wir haben den ganzen Arbeitskram hier, und wenn irgendwas schiefläuft …«

»Im Pausenraum«, schlägt Andrew vor. »Da sollte um diese Zeit keiner mehr sein.«

»Moment mal, was soll das heißen, wenn etwas schiefläuft?« Jetzt gewinnt die Panik Oberhand. Was maße ich mir da eigentlich an mit der Magie? Ich meine, jetzt mal ehrlich.

»Entspann dich«, beruhigt mich Lily, nimmt mich am Arm und zieht mich zur Tür. »Es wird schon nichts passieren.«

Ich sträube mich noch ein bisschen. »Warum hast du dann gesagt, dass etwas schiefgehen könnte?«

»Das ist normal«, versichert mir David, nimmt meinen anderen Arm und hilft Lily, mich aus dem Raum zu bugsieren. »Genau wie wenn Babys anfangen zu laufen und dabei hinfallen. Man weiß, dass es passieren wird. Man kann es nicht wirklich verhindern, aber man stellt sicher, dass keine scharfen Ecken und Kanten in der Nähe sind.«

Darüber denke ich kurz nach. Etwas stimmt da nicht ganz, aber ich kann nicht genau sagen, was. Ich überlege noch, als meine Kollegen mich schon in den Pausenraum schieben. Aber natürlich bin ich innerlich auch schon total gespannt darauf, wie es ist, Magie zu verwenden.

»Okay.« David zieht sein Handy heraus und tippt aufs Display. »Ich habe einen Freund angerufen, der mit einem menschlichen Magiepraktizierenden verheiratet ist …«

Ich lache schnaubend.

Alle sehen mich an. »Was denn?«, fragt Andrew, und ich zucke die Achseln.

»Menschliche Magiepraktizierende. Ich kann's … ich kann's einfach nicht glauben, dass ich das gleich machen werde. Manchmal kann ich es kaum fassen, dass ihr alle wirklich *existiert*. Also, dass das wirklich mein Leben ist? Ich kann ja mit keinem meiner alten Freunde über die ganzen Sachen reden, die hier passieren, oder ihnen meine neuen

Freunde vorstellen. Die würden denken, ich hab einen an der Klatsche. Das Gleiche würden die meisten Menschen auch von einem ›menschlichen Magiepraktizierenden‹ denken«, sage ich, während ich Anführungszeichen in die Luft mache, »und jetzt stellt sich heraus, dass es wirklich stimmt und dass Menschen tatsächlich magische Kräfte haben!« Mich überläuft ein Schauer, und Andrew lacht.

»Was hast du doch für ein tolles Leben!«, sagt er. »Und jetzt pass auf. Wir haben heute noch eine Menge vor.«

Ich wende mich wieder zu David, der mit einem Lächeln fortfährt: »Jedenfalls, ich habe hier ein paar einfache Zauber, die du ohne Probleme und weitere Hilfsmittel ausführen können solltest. Er sagt, dass sie für den Anfang ideal sind, weil du damit deine ›magischen Muskeln‹ trainieren und Selbstvertrauen gewinnen kannst und du sie jederzeit üben kannst, ohne dir Sorgen machen zu müssen, dass du jemanden verletzt.«

»Das klingt gut.« Ich versuche, eine positive Note in meine Stimme einfließen zu lassen. Meine Vorfreude wird etwas gedämpft bei dem Gedanken, dass ich jemanden verletzen könnte. Aber … Magie! Wie cool wäre das denn? Seit fünf Jahren trennt mich meine menschliche Natur von meinen Kollegen. Das wird auch so bleiben, aber dann hätte ich wenigstens etwas mit ihnen gemeinsam – ich könnte zu dem Zustand zurückkehren, den ich schon immer hätte haben können, wenn meine Vorfahren keine hirnlosen Schafe oder degenerierten Dumpfbacken gewesen wären. »Okay. Lasst uns loslegen!«

Lilys Kichern nach zu schließen bin ich mit dem Enthusiasmus gerade etwas übers Ziel hinausgeschossen.

»Der erste Schritt ist das Akzeptieren der Tatsache, dass die Magie wirklich existiert. Ich glaube, damit hast du kein Problem, oder?« David schaut vom Handy auf, und ich schnaube.

»Nö. Magie ist real. Glaub mir, ich weiß es.« Ich habe in den letzten fünf Jahren diverse Zauberer ziemlich unglaubliche Dinge tun sehen. Und auch ganz alltägliche – wie das Licht auszumachen, ohne ihren faulen Hintern bewegen zu müssen.

»Okay. Der erste Zauber besteht darin, eine Kugel aus Licht zu machen. Phil sagt, beim ersten Mal wird es manchmal nicht größer als eine Stecknadel, also ist es am besten, das bei gedämpftem Licht zu machen.«

Gideon, der neben der Tür an der Wand lehnt und die übliche finstere Miene aufgesetzt hat, macht wortlos das Deckenlicht aus. Es ist jetzt ziemlich duster. Die einzigen Lichtquellen sind das Licht, das aus dem Flur hereinfällt, und Davids Display.

»Konzentriere dich auf die Energie, die durch deinen Körper fließt. Das Herz pumpt Blut überallhin. Stimme dich auf das Gefühl der inneren Energie ein, die in deine Extremitäten fließt und wieder zurück. Ein endloser Zyklus von Leben und Kraft.«

Wow, das ist ja ziemlich … Okay. Ich kriege das hin. Es ergibt irgendwie auch Sinn. Ich atme tief durch, schließe die Augen und konzentriere mich auf die Vorstellung, dass das Blut durch meinen Körper fließt und die Lebensenergie transportiert. Schon bald fühle ich es in allen Gliedern kribbeln. Ehrlich gesagt bin ich nicht ganz sicher, ob ich es mir nur einbilde, aber hey – es kommt der Sache schon ziemlich nahe, oder nicht?

Ich öffne die Augen und nicke. »Hab ich gemacht.«

Meine Augen müssen sich auf das Halbdunkel eingestellt haben, denn ich kann jetzt viel besser sehen. Es ist nicht heller, nur irgendwie scharf gestellt. Lily beißt sich auf die Lippe, als ob sie sich das Lachen verkneifen müsste, was immerhin netter ist als Elinor und Andrew, die offen vor sich hin kichern.

»Sieht so aus, als ob's funktioniert«, sagt Lily diplomatisch. »Also das mit der Energie, meine ich. Deine Haare sträuben sich.«

David runzelt die Stirn. »Das ist … hm. Klar. Okay. Also, der nächste Schritt ist es, dieses Gefühl oder Bewusstsein auch auf deine Umwelt zu übertragen. Du fühlst deine innere Energie. Jetzt schau mal, ob du auch die Energie spüren kannst, die durch die Welt fließt.«

Wieder schließe ich die Augen, damit ich nicht abgelenkt werde. Das wird bestimmt schwieriger, denn die Welt hat ja keinen »Herzschlag«, von dem ich ausgehen könnte. Aber dann ist es überraschenderweise total leicht. Sobald ich mein Bewusstsein darauf konzentriere, die »Energie« fließen zu fühlen, ist sie da. Vermutlich ist das die Magie. Es fühlt sich toll an, so natürlich und wunderbar. Ich kann nicht anders, als zu lächeln, während sie um mich herum tanzt.

Als ich die Augen wieder aufmache, haben sich alle meine Teamkollegen um David versammelt, der die Stirn runzelt. Lily sieht richtig besorgt aus. Andrew und Gideon tuscheln.

»Stimmt was nicht?«, frage ich. Verdammt noch mal, habe ich jetzt schon etwas falsch gemacht oder ein Problem verursacht? Ich habe es doch noch gar nicht richtig versucht!

»Nein, nein«, sagt David. »Es ist nur, äh, es geht wesentlich einfacher, als ich gedacht hätte. Du kannst also die Magie fühlen?«

»Ja! Oh mein Gott, ist das cool! Spürt ihr das die ganze Zeit? Es ist, als wäre man im Wasser, aber auch nicht.«

»Das ist eine seltsame und gute Beschreibung«, sagt Lily mit ermutigendem Lächeln. »Sie umgibt uns und berührt uns die ganze Zeit, passt sich genau wie Wasser den Bewegungen an und reagiert darauf, aber anders als Wasser behindert sie die Bewegungen nicht.«

»Wenn ihr dann fertig seid mit dem Philosophieren«, mischt sich Gideon ein, »können wir vielleicht weitermachen?« Er starrt auf sein Display, tippt mit den Daumen etwas ein und schaut noch nicht mal auf, während er spricht. Echt jetzt? Hat es schon mal einen unhöflicheren Idioten in der Geschichte aller Idioten gegeben?

»Aber sicher«, gebe ich mit so viel Sarkasmus zurück, wie ich kann – aber er scheint es gar nicht zu merken. Wie kann er es wagen, eine so attraktive Schädeldecke zu haben? Diese Hörner … hmmmm. Ich erschauere.

»Alles okay?«, fragt David sofort.

Ich spüre, wie meine Wangen heiß werden. Ein Glück, dass er nicht weiß, was ich denke. »Ja, sorry. Ich bin nur … noch nicht so recht daran gewöhnt, die Magie zu spüren, glaube ich.« Ich runzle die Stirn. Das stimmt nicht ganz. »Nein, ich meine … ich bin es nicht gewohnt, sie bewusst zu spüren. Ja. Sie war ja schon immer da, oder? Ich habe sie immer schon gespürt, ohne es zu wissen.«

David lächelt und öffnet den Mu…

»Ihr quatscht ja immer noch!«, herrscht Gideon uns an, steckt das Handy weg und richtet den Blick aus den dunklen Augen auf mich.

»Gideon!«, ermahnen ihn David und Lily im Chor. Andrew knufft ihn mit dem Ellbogen in die Rippen.

»Nicht cool.«

»Ja, ja. Schon gut. Sorry. Kann es dann weitergehen?«

Ich hasse diesen Kerl. Endlich, *endlich* verstehe ich, was die Leute meinen, wenn sie von Hass-Sex sprechen, denn ich kann ihn nicht ausstehen, würde ihm am liebsten eine reinhauen – und doch würde ich ohne Zögern sofort wieder mit ihm ins Bett springen.

Um ehrlich zu sein, gilt das aber gerade für so gut wie jeden Kerl. Das Bewusstsein für die Magie hat meine teenagerhafte Libido wieder angekurbelt, und ich bin so was von froh über den lockeren Dresscode: T-Shirt und Hemd über den Jeans – und die Dunkelheit im Raum – verbergen meine Erektion.

»Lass uns weitermachen«, sage ich mit zusammengebissenen Zähnen. »Was kommt als Nächstes, David?«

»Jetzt musst du dir eine Kugel aus Licht vorstellen. Phil meint, ich soll dir ausdrücklich sagen, dass sie nicht aus Feuer oder etwas anderem Gefährlichen bestehen soll. Also eine kühle Kugel, die nur aus Licht besteht.«

Ich nicke. »Kein Feuer. Geht in Ordnung.« Ich hatte sowieso gar nicht erst an Feuer gedacht, aber ich kann mir gut vorstellen, dass manche das tun würden, und das wäre natürlich schlecht.

»Also, stell dir die Kugel vor, und dann musst du die Energie mit Worten dirigieren, um sie zu formen.«

Äh. »Wie … welche Worte denn? Sage ich einfach: ›Mach eine Kugel!‹ Worte benutzen, das sind keine besonders klaren Instruktionen, David.«

Er zieht eine Grimasse. »Es ist anscheinend für jeden anders. Zaubersprüche sind nicht universell, was der Grund sein könnte, warum Menschen so leicht wieder aufgeben, wenn sie es nicht auf Anhieb schaffen. Es ist viel Arbeit, seine eigenen Zaubersprüche für alles zu entwickeln. Phil sagt, dass es hilft, wenn sie einen Rhythmus haben. Also den Worten einen Singsang zu geben oder zu reimen. Je mehr Worte du benutzt, desto mehr Gelegenheit hast du, die Magie aufzubauen – also ist ›Mach eine Kugel‹ vielleicht ein bisschen wenig, vor allem, weil du das noch nicht gewöhnt bist. Vergiss nicht – es ist ja nicht wie meine Zauberkraft, bei der ich eine angeborene Fähigkeit, die ich in mir trage, nutze und umlenke. Du versuchst, die Magie, aus der das Universum besteht, anzuzapfen und zu nutzen. Das fühlt sich bestimmt anders an.«

Dass ich keine Ahnung habe, wie sich seine Zauberkraft »anfühlt«, und dementsprechend nicht beurteilen kann, ob es anders ist oder nicht, behalte ich jetzt mal für mich. Stattdessen atme ich tief durch. Ich rieche die scharfen antiseptischen Reinigungsmittel der Putzkolonne und einen Hauch des Mittagessens eines Kollegen – Tacos? Egal. »Dann probiere ich das mal.«

Ich schließe wieder die Augen und stelle mir eine kühle, weiße Kugel aus Licht vor, konzentriere mich, bis das Bild vor meinem inneren Auge klar und scharf ist, dann stelle ich mir die Magie vor, die ich überall um mich herum wirbeln fühle, wie sie die Kugel formt, öffne den Mund und singe: »La-la, di-da, ha-ha, die Kugel aus Licht ist da; ra-ra, ti-tah, bah-bah, die Kugel aus Licht ist da.«

Noch bevor ich die Augen wieder aufmache, weiß ich, dass es nicht geklappt hat. Ich fühle die Magie an meiner Haut wie Ebbe und Flut, wie sie mich umspült, umwirbelt, aber nichts davon hat auch nur im Mindesten auf meine Visualisierung oder Worte reagiert.

Ich seufze und schaue David an. »Was habe ich falsch gemacht?«

Andrew lacht laut auf, aber bevor er noch etwas sagen kann, zeige ich mit dem Finger auf ihn und verkünde: »Keine Witze über meine Superkräfte als Singer-Songwriter.«

»Ich glaube gar nicht, dass es die Worte sind«, sagt David. »Ich habe schon öfter Menschen bei ihren Zaubersprüchen beobachtet, und selbst wenn es nicht geklappt hat, hat es wenigstens ein bisschen Bewegung in der Magie gegeben. Aber heute … tja …«

»Sie hat überhaupt nicht reagiert«, beende ich den Satz für ihn. »Ja, das habe ich gemerkt.«

Er zögert.

»Was denn?«, frage ich. »Du kannst mir ruhig sagen, was ich falsch gemacht habe, David. Anders werde ich es nicht lernen. Das kann ich schon ab.« Das stimmt zwar nicht, aber ich kann so tun, als ob, und später nach Hause gehen, mich zusammenrollen und mein angekratztes Ego pflegen. Es ist schon etwas entmutigend, dass ich die Magie nicht dazu bewegen kann, zu reagieren.

»Du hast nicht wirklich etwas falsch gemacht«, sagt er. »Ich bin ehrlich gesagt insgesamt ein bisschen verblüfft. Ich hätte gedacht, dass es viel länger dauert, bis du die Magie überhaupt fühlen kannst. Jedenfalls nach allem, was ich bisher gelesen und gesagt bekommen habe, hätten wir die ganze Sitzung heute eher damit verbringen müssen, ohne nennenswerten Erfolg daran zu arbeiten. Es wäre zu erwarten gewesen, dass du ein paar Tage intensiver Konzentration brauchst, bis du überhaupt beginnst, sie zu spüren. Also … da bist du schon sehr weit. Du hast sie genauso einfach gespürt wie einer von uns. Vielleicht bedeutet das eben, dass der Rest dafür ein bisschen länger dauert.«

»Du solltest es noch mal versuchen«, schlägt Elinor vor. »Bestimmt ist jetzt der Druck raus, nachdem es beim ersten Mal nicht geklappt hat. Und üben hat noch nie jemandem geschadet, oder?«

»Stimmt. Okay.« Noch mal versuchen. Genau wie damals, als ich zum ersten Mal Fahrrad gefahren und hingefallen bin. Ich muss einfach wieder in den Sattel und weitermachen, bis alles klappt.

Die kleine Stimme in meinem Kopf, die flüstert, dass das Fahrrad wenigstens einen Meter gefahren ist, bevor ich runtergefallen bin, ignoriere ich.

Ich schließe die Augen, stelle mir die Kugel aus Licht vor und visualisiere, wie die Magie, die meine Haut umschmeichelt, sie formt. »Magische Bänder, rollt euch auf und bildet eine Kugel. Magische Bänder, leuchtet auf und lasst die Kugel strahlen.« Halb rezitiere ich, halb singe ich, aber gegen Ende verliere ich den Mut, denn die Magie reagiert überhaupt nicht.

Und zwar so gar nicht.

Ich öffne seufzend die Augen. «Das ist frustrierend. Ich spüre sie um mich herum, aber sie macht einfach fröhlich weiter und ignoriert mich. Wie einer von diesen blöden Spielautomaten – der Schokoriegel ist da, und du hast auch das Werkzeug, um dranzukommen, aber irgendwie schaffst du es trotzdem nicht.«

»Ein interessanter Vergleich.« Andrews Stimme klingt erstickt, und ich weiß, dass er sich Mühe gibt, nicht über meinen Zauberspruch zu lachen.

»Hey, der Vergleich passt doch. Und wenn du glaubst, dass du dir aus dem Stegreif einen besseren Spruch ausdenken kannst, tu dir keinen Zwang an.«

Er öffnet den hämisch grinsenden Mund, hält inne, schließt ihn wieder, und auf seinem Gesicht macht sich Verwirrung breit.

»Siehst du«, triumphiere ich.

»Vielleicht musst du die Magie noch etwas auf dich wirken lassen«, sagt David, aber besonders überzeugend klingt es nicht. »Ich rufe morgen noch mal Phil an und frage ihn, was er meint.«

»Wenn ihr nichts dagegen habt«, unterbricht Gideon, »ich hätte da eine Theorie. Es ist etwas abwegig und wahrscheinlich auch falsch, aber …« Er zuckt die Achseln.

Oh Mann, würde ich ihn gerne aus dem Konzept bringen. Wie kann er nur so gefasst und cool bleiben, wenn ich so frustriert und verlegen bin?

»Aber natürlich, lass hören«, sage ich mit großer Geste. »Bühne frei!«

Sein Grinsen nervt mich genauso wie das von Andrew. »Am Tag, nachdem du betrunken warst und dich wie ein Idiot benommen hast, standen deine Haare so zu Berge wie jetzt, und du hast gesagt, dass du morgens immer so aussiehst.«

Ich warte, aber mehr scheint er nicht sagen zu wollen. »Das war keine Frage.«

Elinor schnaubt. Gideon verdreht die Augen. »Pardon. Sträuben sich dir wirklich immer morgens so die Haare?«

»Ist das relevant?« Stehen wir hier wirklich alle rum und reden über meine Haare? Ich würde jetzt außerdem gerne meine Frisur in Ordnung bringen, da wir ja nicht mehr mit Magie herumexperimentieren. Ich versuche, die Haare mit den Fingern zu bändigen, aber sie scheinen heute besonders widerspenstig zu sein. Da ich das nicht vor allen Leuten machen will, lasse ich die Hände wieder sinken.

»Das ist es in der Tat. Also …?«

Er ist so verdammt sexy. Enervierend. Ich meine, er ist enervierend, nicht sexy. Aber sexy ist er auch. »Ja.« Ich klinge wie ein quengeliges Kind, doch daran kann ich gerade nichts ändern.

Er nickt. »Und wenn du daran denkst, fühlst du, wie dich die Energie durchströmt?«

»Ja.« Er scheint darauf zu warten, dass ich mehr dazu sage, also füge ich hinzu: »Es ist irgendwie kribbelig.«

David hebt abrupt den Kopf. »Kribbelig?«

»Ich kann es nicht anders beschreiben«, antworte ich mit hilflos erhobenen Händen. »Ist das nicht normal?«

»Das weiß ich auch nicht«, gibt er zu. »Es könnte sein, dass du dich einfach anders ausdrückst – aber es hat noch nie jemand von ›kribbelig‹ gesprochen. Die meisten beschreiben es als sanftes Glühen oder ein Gefühl der Wärme.«

»Du hast schon gesagt, wie sich die Magie für dich anfühlt«, unterbricht Gideon und zieht meine Aufmerksamkeit wieder auf sich. »Und wir haben gesehen, dass du sie überhaupt nicht beeinflussen kannst …«

»Moment mal, ihr habt es *gesehen*? Ihr könnt die Magie sehen?« Ich bin auf der Stelle neidisch. Wenn dieses Leben beendet ist und ich auf die spirituelle Ebene übergehe, werde ich dafür sorgen, dass alle wissen, dass ich in meinem nächsten Zyklus auf der physischen Ebene *kein* Mensch sein werde.

»Nein, ich meine, dass wir sehen konnten, dass die Magie nicht auf deine Versuche reagiert hat. ›Sehen‹ war das falsche Wort. Tut mir leid.«

Na, das klingt schon etwas besser. Und trotzdem will ich in meinem nächsten Leben kein Mensch sein. Wir sind irgendwie nicht so toll. »Und was heißt das jetzt?« Worauf will er denn hinaus? Wird er seine Theorie noch in diesem Leben enthüllen, bevor wir alt und grau sind (was bei mir früher der Fall sein wird als bei den anderen)? Andererseits ... sie sind auch alle wesentlich älter als ich. Meine Online-Recherche hat ergeben, dass Andrew mindestens achthundert Jahre alt sein muss.

Das ist doch etwas verstörend.

»Das heißt, dass ich jemanden gebeten habe, sich meine Theorie anzuhören. Da kommt er schon.«

Und siehe da, als ich zur Tür blicke, steht dort der Luzifer. Wieder erinnert er mich an einen ordentlichen, bescheidenen Buchhalter, den nur das sanfte Lächeln und das Funkeln in seinen Augen ein bisschen interessanter machen.

»Percy, na, so was«, sagt Elinor. Sie klingt überrascht. »Ich wusste gar nicht, dass du noch da bist.«

»Ich wollte eigentlich schon vor Stunden gehen, aber dann hat mich ein Staatsoberhaupt der Menschen ganz panisch angerufen. Anscheinend sind ein paar Meldungen über das Verschwinden schwangerer Paare durchgesickert.« In seiner Stimme schwingt nicht der Hauch einer Verurteilung mit, und trotzdem fühle ich die Worte wie einen Schlag.

»Wir arbeiten gleich weiter«, versichere ich ihm. Oh Mann, was bin ich doch für ein Idiot, die Zeit der anderen damit zu verschwenden, ausgerechnet mir beizubringen, wie man zaubert.

»Niemand kann rund um die Uhr arbeiten, sonst bekommt man Burnout«, sagt er ruhig. »Ich weiß genau, wie viele Stunden Arbeit ihr alle schon reingesteckt habt und wie viele es noch werden.« Er sieht mich prüfend an. »Sehen deine Haare öfter so aus?«

Verdammt! Wie peinlich. Wieder versuche ich, sie zu bändigen, aber es hat keinen Sinn. »Ja, äh, tut mir leid. Ich habe probiert, Magie zu verwenden, und ich vermute, die Verbindung zu meiner inneren Energie hat dann …« Ich gebe meine Erklärungsversuche auf und versuche stattdessen, meine Haare unter Kontrolle zu bringen. Wahrscheinlich bin ich immer noch zu sehr im Einklang mit meiner Energie. »Ich erscheine sonst nicht so zur Arbeit, Sir«, versichere ich ihm.

Statt des sanften Lächelns blitzt ein Grinsen auf. »Da bin ich ganz sicher, aber es wäre auch nicht schlimm. Nenn mich doch Percy.«

Den Luzifer mit seinem Namen ansprechen? »Okay.« Ich lächle schwach. »Äh, und danke.«

Gideon tritt einen Schritt vor. »Die Haare haben mich erst auf den Gedanken gebracht. David, korrigiere mich, wenn ich falsch liege – aber Menschen reagieren doch sonst nicht so auf ihre eigene Lebensenergie, oder?«

Ich sehe David an. Wie jetzt? Tun sie – *wir* nicht?

Er zieht ein Gesicht, dann schüttelt er den Kopf. »Ich habe es jedenfalls noch nie gehört. Deine Reaktion auf deine innere Energie und die Magie war insgesamt nicht ganz das, was ich erwartet hatte.«

»Ich habe Percy gebeten, sich das anzusehen. Aufgrund seiner Position ist für ihn sichtbar, wie die Magie sich auf der molekularen Ebene bei allen Lebewesen verhält.« Gideon sieht mich ruhig an, und zum ersten Mal seit unserer ersten Begegnung vor all den Jahren wirkt er … offen. Also, null arschig, auf keiner einzigen Ebene.

Ich drehe mich einmal um mich selbst, auf der Suche nach etwas, an dem ich mich festhalten kann. Ein Stuhl? Ein Königreich für einen Stuhl.

Im nächsten Augenblick schiebt mir jemand einen Stuhl hin, und Gideon hält meinen Arm und hilft mir, mich zu setzen.

»Ich versteh das nicht«, murmele ich. »Stimmt … äh, stimmt mit mir etwas nicht? Auf der *molekularen Ebene*?« Ich bin also nicht nur ein Mensch, sondern auch noch ein fehlerhafter Mensch?

»Das habe ich nicht gemeint«, beeilt sich Gideon mir zu versichern. Er geht vor mir in die Hocke und nimmt meine Hände. Seine Körperwärme und das Gefühl der rauen Haut rasen durch mich hindurch, und meine blöden Hormone kommen schon wieder auf falsche Gedanken. Und mein Schwanz, der vorhin endlich vor Schreck Ruhe gegeben hatte, wacht wieder auf. »Ich denke überhaupt nicht, dass mit dir etwas nicht stimmt. Ich – können wir einfach Percy nachsehen lassen? Danach ist es vielleicht leichter zu erklären. Ich kann ja auch völlig falsch liegen. Es ist gut möglich, dass du einfach noch ein bisschen üben musst.«

Er sieht mich aus seinen dunklen Augen unverwandt und ernst an. Schließlich nicke ich.

Schaden kann es doch nicht. Oder?

Gideon lässt meine Hände los und steht auf, und einen Augenblick später zieht der Luzi… Percy sich einen Stuhl heran und setzt sich mir gegenüber.

Er lächelt, und das macht mir sofort Mut. »Es wird nicht wehtun«, versichert er. »Wahrscheinlich merkst du gar nichts. Und wenn doch, wird es sich ähnlich anfühlen wie die Magie. Gideon sagt, du kannst sie sehr genau spüren.«

Ich nicke. »Ich bin bereit.«

»Was ich gleich tun werde, ist, dich durch einen Filter aus Magie zu betrachten. Das zeigt mir Dinge, die ich mit bloßem Auge nicht sehen kann – die genetischen Merkmale deiner Spezies, besondere Talente und Fähigkeiten, Charakterzüge. Ich mache das nicht oft, denn es ist eine Verletzung deiner Privatsphäre. Ich brauche dazu dein Einverständnis.«

»Das hast du.« Und ich habe natürlich vor, ihn später gründlich auszufragen, um alles über mich zu erfahren. Immerhin ist er der Luzifer. Wenn ich ein besonderes Talent habe, von dem ich noch nichts wusste, will ich es sofort wissen.

Wieder lächelt er, und im nächsten Moment fühle ich das Streicheln der Magie … das plötzlich intensiver wird. Anders kann ich es nicht beschreiben.

Percys Lächeln verblasst, dann macht sich erst Erstaunen und schließlich höchste Konzentration auf seinem Gesicht breit. Er lehnt sich zurück.

»Nun?«, fragt Andrew ungeduldig, und ich zucke zusammen. Ich hatte irgendwie ganz vergessen, dass noch andere mit im Raum sind.

Percy schüttelt den Kopf. »Sam. Jemand wie du ist mir noch nie begegnet. Und das meine ich wirklich im denkbar positivsten Sinne.«

»Positiv oder nicht – ich finde, es klingt trotzdem nicht besonders gut.« Bin ich doch fehlerhaft?

»Es hat also einen Grund, dass er sich so bewusst ist und trotzdem nicht mit der Magie arbeiten kann?«, fragt David.

»Ja.« Percy atmet aus. »Er … er ist kein richtiger Mensch.«

Ich blinzle.

Hat er …?

Was?

Der Raum beginnt sich um mich zu drehen.

»Sam!«, ruft jemand, und Hände greifen nach mir und ziehen mich auf den Stuhl zurück, von dem ich gerade fast gerutscht wäre. Ich schüttle den Kopf, um den Schwindel und die aufkommende Schwärze wieder loszuwerden.

»Ich bin okay«, stottere ich. »Tut mir leid. Ist nur der Schock. Kann ich vielleicht …?« Ich muss schlucken. »Kann ich vielleicht einen Schluck Wasser haben?«

»Natürlich.« Lily steht auf und geht zum Waschbecken, während Andrew meinen Puls fühlt.

»Ein Glück, dass du da bist«, sagt Gideon ruhig. Er hat immer noch die Hand beruhigend auf meine Schulter gelegt. »Ich wüsste noch nicht mal, was bei Menschen ein normaler Puls ist.«

»Sollen wir jetzt seinen Puls als Mensch nehmen oder als etwas anderes?«, fragt Elinor besorgt. »Sam, was ist dein normaler Puls?«

»Keine Ahnung«, murmele ich. Nach mehreren Erste-Hilfe-Kursen für Fortgeschrittene kenne ich die Richtwerte für alle Spezies, habe aber aus irgendwelchen Gründen noch nie meinen eigenen Puls gefühlt. Natürlich bin ich regelmäßig untersucht worden, also nehme ich an, dass mein Puls ganz normal ist – für einen Menschen.

Der ich ganz offensichtlich gar nicht bin.

»Er ist ein bisschen schnell für einen Menschen, aber er hat ja auch gerade einen Schock erlitten«, sagt Andrew und lässt mein Handgelenk wieder los. »Keine Ahnung, ob das eigentlich anders sein sollte.«

Lily reicht mir ein Glas, und ich stürze das Wasser dankbar hinunter. »Mehr?«, fragt sie, als ich das Glas zurückgebe, aber ich schüttle den Kopf.

»Nein, danke.« Ich schaue Percy an. »Kannst du mir das bitte erklären?«

Er breitet die Hände aus. »Das werde ich, so gut ich kann. Aber ich denke, wir sollten es uns etwas bequemer machen. Kommt mit in mein Büro.«

Gehorsam folge ich ihm den Flur hinunter zu den Fahrstühlen. Wir quetschen uns in die Kabine. Percys Büro liegt oben, auf einer Etage, die interessanterweise weniger gut gesichert ist als die der Ermittler. Geistesabwesend überlege ich, warum das wohl so ist, hauptsächlich, damit ich nicht über die Tatsache nachdenken muss, dass ich »kein richtiger Mensch« bin.

Ich fühle, wie eine Hand nach meiner greift und sie drückt.

Ich zucke zusammen und schaue Gideon an. Er lächelt nicht. Sein Gesichtsausdruck ist finster wie eh und je, aber er sieht mir in die Augen, und das macht mir unglaublichen Mut. Er drückt noch mal meine Hand, dann läutet der Fahrstuhl, die Türen gehen auf, und er lässt meine Hand wieder los.

Das Büro des Luzifers ist groß und komfortabel. Es hat einen wohnzimmerartigen Sitzbereich, in dem wir alle Platz haben. Statt auf einen Sessel setze ich mich auf die Couch, um nicht alleine sein zu müssen. Es ist blöd, aber ich will mich gerade auf keinen Fall ausgegrenzt fühlen.

Percy nimmt in einem Sessel Platz und sieht mich an. »Es tut mir leid, dass ich dir einen solchen Schrecken eingejagt habe«, wiederholt er. »Ehrlich gesagt bin ich selbst erschrocken. Ich bin noch nie in dieser Situation gewesen.«

Ich nicke einfach.

»Du hast gesagt, er ist kein Mensch«, sagt Elinor. »Hätten wir das denn nicht merken müssen? Er riecht wie ein Mensch. Er arbeitet seit fünf Jahren hier. Was ist er, wenn er kein Mensch ist, und wieso hat das nie jemand mitgekriegt?«

»Es ist kompliziert«, sagt Percy zum wiederholten Mal. »Also wirklich kompliziert. Er *ist* ein Mensch … und auch wieder nicht.«

»Percy, du verwirrst mich«, sagt Andrew, und Percy schüttelt den Kopf.

»Ich weiß. Ich versuche, es zu erklären. Ich bin selber noch dabei, mir einen Reim darauf zu machen.« Er unterbricht sich und starrt nachdenklich ins Leere. »Am besten kann man es, glaube ich, so beschreiben: Seine Gestaltwandler-Seite – oh, du bist übrigens ein Shifter –«

»Ich wusste es!«, triumphiert Gideon, während ich noch damit beschäftigt bin, mich daran zu gewöhnen, dass *ich ein Shifter bin und kein Mensch*.

»Wieso wusstest du das?«, will Elinor wissen, springt von ihrem Platz neben mir auf und stemmt die Hände in die Hüften.

»Höllenhund oder Felide?«, fragt David.

»Moment.« Gideon hält die Hand hoch und kramt sein Handy hervor. Eine Sekunde später hält er es hoch und zeigt den anderen etwas auf dem Screen. Lily reißt die Augen auf und sagt: »Oooooh.«

»Darf ich vielleicht auch mal sehen?«, frage ich gereizt.

»Gleich«, verspricht Andrew. »Percy, hat Gideon recht?«

Das gibt's doch wohl nicht. Gleich? Hier geht es schließlich um meine Identität! Oder meine andere Identität. Verdammt. Wie funktioniert das eigentlich? Insbesondere, da ich mich ja offensichtlich nicht verwandeln kann.

Oder ich kann es und habe es nie gemacht, weil ich ja dachte, ich wäre ein Mensch?

Das ist alles viel zu verwirrend.

»Gideon hat recht«, bestätigt Percy, und Gideon dreht endlich das Handy mit dem Screen in meine Richtung und zeigt ein Foto von ein paar superniedlichen Geparden-Babys, deren weiche Haare senkrecht zu Berge stehen.

»Ist das … vielleicht ist das, äh, nicht das Allerwichtigste, aber felide Gestaltwandler haben doch kein so gesträubtes Fell, oder? Ist das bei mir einfach Teil von meiner …« Mir fällt gerade kein passendes Wort ein.

»Nein, haben sie nicht«, bestätigt Percy. »Wenn ich raten sollte, würde ich sagen, deine Haare tun das wegen deines Alters. Für einen Shifter bist du einfach noch sehr jung.

Aber wie ich vorhin schon sagte, ist es am besten damit zu erklären, dass deine Shifter-Seite noch latent ist.«

»Latent?«, fragt Gideon scharf. »Community-Gene sind nicht latent gegenüber menschlichen Genen.«

Ich versuche, mich an alles zu erinnern, was ich zu dem Thema gelesen habe. Wenn Menschen und Community-Mitglieder sich fortpflanzen, sind die Community-Gene immer dominant. Die Babys kommen immer ohne menschliche DNA zur Welt, was zwar unlogisch ist, aber irgendwie mit der Magie zusammenhängt. Andererseits können bei gemischten Community-Paaren beide Spezies vorhanden oder dominant sein – beispielsweise könnte das Baby von einem Vampir und einem Gestaltwandler vorwiegend Shifter sein, aber trotzdem Blut zu sich nehmen müssen.

Percy seufzt. »Ich glaube nicht, dass es auf natürlichem Weg dazu gekommen ist«, sagt er dann ernst. »Ich vermute vielmehr, dass Sam das Produkt eines früheren Genmanipulations-Experiments ist.«

Ich kann buchstäblich fühlen, wie das Blut meinen Kopf verlässt, und ich schwanke. Was bin ich froh, dass ich schon sitze.

»Wie bitte?«, flüstere ich.

»Es gibt einfach keine andere Erklärung, Sam, so leid es mir tut. Es sieht so aus, als ob die winzigen Materiepartikel, die dich ausmachen, menschliche Verkleidung tragen würden. Du warst allem Anschein nach mal ein Mensch, aber die – nennen wir sie fürs Erste Verkleidungen – sind im Zerfall begriffen. Es sieht aus, als würde das schon seit einer Weile so gehen, nur sehr langsam. Ich bin gar nicht sicher, ob deine Shifter-Seite je auf natürliche Weise herausgekommen wäre, bevor du eines natürlichen Todes gestorben wärst.«

»Das ist wirklich surreal. Du sagst, dass meine Zellen oder Gene oder so menschliche Anzüge tragen? Wie in der alten Fabel vom Wolf im Schafspelz?«

Er zieht ein Gesicht. »Ein bisschen. Ehrlich gesagt habe ich selber Mühe, es zu glauben, und auch die Magie scheint etwas … konsterniert zu sein. Und ärgerlich, woran ich sehen kann, dass es sich um keinen menschlichen Zauber handelt.«

Ich reibe meine Stirn. Es fühlt sich an, als bekäme ich Kopfschmerzen. »Warum noch mal?«

»Wenn ein Mensch das hier getan hätte, hätte er die Magie nutzen müssen, aus der das Universum besteht«, erklärt David. »Und die Magie hätte gewusst, dass es geschieht. Ein Zauberer dagegen nutzt die persönlichen Zauberkräfte, die er in sich trägt. Und die können nicht überwacht werden, sozusagen.«

»Man kann sie aber nachverfolgen«, sagt Andrew entschlossen. »Hast du eine Signatur erkennen können?«

»Ja, aber sie war … undeutlich. Ich denke, es waren mehrere Zauberer involviert. Es wird Zeit brauchen, sie zu entwirren, und ich meine, das ist gerade nicht unsere Priorität.« Percy beugt sich zu mir. »Sam, geht es dir gut?«

»Ich bin gerade am Durchdrehen«, gebe ich zu. Es ist mir ganz egal, dass ich eben so flapsig mit dem Luzifer gesprochen habe. »Was soll denn das Ganze? Was … wird mir irgendetwas passieren?«

»Ich bin nicht sicher«, antwortet er. »Wir werden aber alles tun, was in unserer Macht steht, um es dir leichter zu machen. Ich habe ein paar Fragen – wenn ich darf?«

Ich konzentriere mich darauf, gleichmäßig zu atmen, und nicke. Im nächsten Augenblick spüre ich wieder eine warme, harte Hand, die sich um meinen Nacken legt, und Gideons gewaltige, solide Präsenz an meiner Seite.

»Haben sich deine Haare immer schon so gesträubt, oder hat das zu einer bestimmten Zeit begonnen?«

Ich denke kurz nach. »Ich … ich glaube, das war in der Mittelstufe. Ich erinnere mich, dass ich mich darüber beklagt habe und dass meine Mom gesagt hat, das liegt bestimmt an den Hormonen. Ich glaube nicht, dass es davor schon so war.« Das war, als ich noch eine Mom hatte.

»Irgendetwas anderes Ungewöhnliches?«

Ich zucke etwas zusammen, aber dann entscheide ich mich dafür, ehrlich zu sein. »Ich weiß ja nicht, ob das zählt. Aber du hast gesagt, dass ich für einen Shifter noch ziemlich jung bin. Wie jung denn genau?«

»Du bist ausgewachsen, wenn du das meinst«, beruhigt mich Elinor. »Unser Gehirn ist mit etwa fünfundzwanzig voll entwickelt, genau wie bei Menschen. Aber bei unseren Körpern ist das etwas anders, wahrscheinlich wegen unserer Lebensdauer. Die Fortpflanzungshormone, die du als Mensch hattest, kommen bei Gestaltwandlern erst … oh.«

Andrew kichert. »Bist du in letzter Zeit ein bisschen spitz gewesen?«, neckt er mich. »Dein DilDorado hat gut zu tun bekommen?«

»Was?«

»Was für ein Dorado?«

»Andrew, hör sofort auf, Sam sexuell zu belästigen«, wirft Percy ein, noch bevor dieses Luder von Vampir es erklären kann. Die anderen machen enttäuschte Gesichter. »Sam. Du bist Ende dreißig, richtig?«

Ich nicke. Gideon bewegt die Hand in meinem Nacken, was mich extrem beruhigt.

»Das ist das Alter, in dem die meisten Gestaltwandler fruchtbar werden. Da du offenbar einer bist, ist es logisch, wenn du dich gerade sexuell etwas bewusster fühlst.«

Ich räuspere mich. »Das war tatsächlich so. Also … so weit, so gut. Aber ich verstehe es immer noch nicht, ehrlich gesagt.«

»Es ist kompliziert«, sagt Percy wieder. »Sehr kompliziert. Und in Teilen auch nach wie vor unklar. Was ich sicher weiß: Du bist ein felider Shifter. Das kann ich sehen, wenn ich dich auf der zellulären Ebene betrachte. Aber es sind auch menschliche Zellen vorhanden, und es sieht so aus, als würden die deine Gestaltwandler-Seite ausbremsen. Sie ist zwar da, aber latent. Du hast keinen Zugang dazu. Die menschlichen Zellen zersetzen sich aber bereits. Das sagt mir deutlicher als alles andere, dass sie eigentlich gar nicht da sein sollten, selbst wenn sie nicht auch noch mit einem komplexen Zauber belegt worden wären. In geringem Maße kommt deine Shifter-Seite auch schon durch – Haare und Hormone. Es scheint heute eine gewisse Beschleunigung stattgefunden zu haben. Vermutlich, weil du versucht hast, die Magie anzuzapfen. David?«

David nickt. »Definitiv. Er konnte seine eigene Energie so viel schneller spüren als wir erwartet hatten, und er hat gesagt, dass sie kribbelt. Shifter beschreiben das Tier in sich oft als ein Kribbeln.«

»War es wie eine Gänsehaut unter der Haut, die immer intensiver wurde, bis dein ganzer Körper sich so angefühlt hat, als ob er vor Energie, die herausplatzen will, vibriert?«, fragt Elinor.

Ich denke nach. »So ähnlich. Die Gänsehaut ja, aber es hat sich nicht so angefühlt, als ob sie aus mir herauswollte.« Ich beiße mir auf die Lippe. »Ist das schlimm?«

»Das ist wahrscheinlich der Einfluss des Zaubers, mit dem die menschlichen Zellen belegt sind«, sagt Percy beruhigend. »Das Herausplatzen, von dem Elinor spricht, beschreibt die Energiewelle kurz vor dem Verwandeln. Da die menschlichen Zellen das bisher verhindert haben, ist es unwahrscheinlich, dass du es gespürt hast – bisher.« Er atmet tief durch und schaut mir dann fest in die Augen. »So wie ich das sehe, hast du jetzt zwei Möglichkeiten, Sam. Wir können alles lassen, wie es ist, und abwarten, was passiert. Wie gesagt werden die menschlichen Zellen wahrscheinlich nicht völlig abgebaut, bis du im Alter eines natürlichen Todes stirbst, was bedeutet, dass du dein Leben vorwiegend als Mensch führen würdest. Wenn du älter wirst, kommen vielleicht deine feliden Züge stärker durch. Oder die Zellen verfallen schneller, als ich denke, und du entwickelst mit den Jahren felide Tendenzen, womöglich sogar die Fähigkeit, dich zu verwandeln. Ich weiß es nicht. Zu deiner eigenen Sicherheit und zur Sicherheit der Community würde ich empfehlen, dass du sich regelmäßig untersuchen lässt, um die Situation zu beobachten.«

»Ja, natürlich«, murmele ich. Eine Zukunft voller Unsicherheit – noch mehr als sonst? Das klingt ganz normal für mich. »Und die andere Option?«

»Wir versuchen, den Zauber zu lösen und die menschlichen Zellen zu entfernen, sodass deine biologische Identität als Gestaltwandler hervortritt.«

Mir schwirrt etwas der Kopf, und ich bin froh, dass ich sitze. Gideons Hand liegt heiß in meinem Nacken, eine wunderbare Verankerung zur Realität.

»Das ist wirklich ein komischer Zufall«, platze ich heraus. Ich bin noch nicht bereit, etwas zum anderen Thema zu sagen. »Von allen Menschen auf der Welt bin ausgerechnet ich derjenige, der hier einen Job bekommt, obwohl ich davor absolut keine Verbindung zur Community hatte. Harold musste eine Sondergenehmigung einholen, um mich überhaupt zum Vorstellungsgespräch einladen zu dürfen. Und jetzt stellt sich heraus, dass ich eigentlich ein Gestaltwandler bin, an dem herumgepfuscht wurde? Mitten in einem Fall, bei dem es vermutlich um Genmanipulation geht? Ich meine … sind das nicht ein bisschen viele Zufälle auf einmal?«

Andrew steht auf und beginnt, auf und ab zu laufen. »Es ist wirklich seltsam. Die Sache ist die: Wie die existenzielle Magie wirklich funktioniert, wissen wir gar nicht genau. Wir haben keine Ahnung, wann und warum sie sich einschaltet.

Vielleicht … vielleicht hat sie versucht, dich in die Community zurückzubringen? Aber nein«, gibt er sich selbst die Antwort. »Percy hat ja gesagt, dass auch die Magie überrascht war, zu erfahren, was dir passiert ist.« Er zuckt die Achseln. »Vielleicht ist es wirklich alles ein großer Zufall.«

»Ist das denn so wichtig?«, fragt Lily sanft. Sie setzt sich vor mich auf den Couchtisch und nimmt meine Hände. »Vielleicht werden wir es nie erfahren. Mir bereitet gerade mehr Kopfzerbrechen, dass du genetisch ein Felide bist, aber bei der Prüfung deines Backgrounds dein Familienstammbaum nur aus Menschen bestanden hat.«

Ups.

Ich zucke zusammen und entziehe ihr meine Hände.

Plötzlich werden alle aufmerksam. »Sam?«, fragt David.

»Ähm. Mein offizieller Background entspricht nicht ganz genau … den Tatsachen. Teile davon jedenfalls nicht.«

Gideons Finger zucken in meinem Nacken.

»Aber mein Stammbaum besteht trotzdem nur aus Menschen«, beeile ich mich zu versichern. »Ich schwöre es. Ich wusste nichts von der Community, bis zu dem Tag, an dem ich mit Harold das Gespräch hatte.«

Lily wirkt vollkommen verblüfft. »Welche Teile stimmen denn nicht?«

Ich schaue an die Decke und schürze die Lippen. »Na ja. Mein Name ist Sam – aber mein Nachname ist nicht Tiller. Jedenfalls war er das nicht. Heute heiße ich so. Ganz legal.«

»Du hast deinen Namen geändert?« David runzelt die Stirn. »Das hätte doch in deiner Akte sein müssen.«

Verdammt. Es ist nicht einfach, darüber zu sprechen. »Die Sache ist die. Ich habe ihn auf nicht ganz legalem Weg geändert. Dieser Typ … ich habe einen ordentlichen Batzen Geld ausgegeben für eine neue Identität. Und dafür, dass er ein paar Systeme hackt und mein früheres Ich für tot erklären lässt.«

Gideons Griff wird fester. Andrew hat sein Auf- und Ablaufen unterbrochen und plumpst hin, wo er gerade steht. Ihm knicken einfach die Beine weg, und er setzt sich auf den Boden. »Was?«, fragt er.

»Okay«, setzt David an, dann unterbricht er sich. »Okay«, sagt er noch einmal. »Das wird ganz offensichtlich eine längere Geschichte. Sam, willst du sie erzählen?«

Es ist schon ziemlich spät. Aber je mehr ich darüber nachdenke, desto wahrscheinlicher wird es, dass ich in meinem alten Leben das Produkt – das Opfer? – einer absichtlich herbeigeführten genetischen Manipulation war. Und das könnte wichtig für den Fall sein, an dem wir arbeiten.

»Ja. Es ist … also, wenn ich zurückdenke, kann es sein, dass mein Leben ein paar fehlende Puzzlestückchen beitragen könnte. Oje, das klingt jetzt total dramatisch und egoistisch.«

Andrew, der immer noch auf dem Boden sitzt, lacht. Fast klingt er ein bisschen hysterisch. »Sam, du bist ein felider Shifter, der mithilfe von Zauberei auf der genetischen Ebene als Mensch getarnt wurde. Ich würde sagen, es ist ganz okay, ein bisschen mit sich selbst beschäftigt zu sein. Wir hatten gar keine Ahnung, dass jemand wie du überhaupt existiert.«

Das stimmt wohl.

»Also. Geboren wurde ich als Samuel Mills. Ich bin in der Arbeitergegend einer kleinen Stadt aufgewachsen. Mein Dad war – ist? Keine Ahnung, was er heute so macht, aber damals war er Automechaniker, und meine Mom war Kellnerin in einem Café. Wir haben bescheiden gelebt, worüber mein Dad sich oft beklagt hat. Er war der Meinung, dass er ein besseres Leben verdient hätte. Meine Mom hat immer gesagt, dass er Geduld haben soll und dass sich alles ändern wird, wenn ich erst mal achtzehn bin. Ich kann mich nicht mehr erinnern, wann ich das zum ersten Mal gehört habe, aber mir war immer klar, dass ich rausfliege, sobald ich volljährig bin. Dass ich dann auf mich alleine gestellt bin. Und als ich älter wurde, habe ich mich gefragt, warum sie dachten, dass ihr Leben sich so sehr verbessern würde, wenn ich aus dem Haus bin. Sie haben nie besonders viel Geld für mich ausgegeben. Ich meine, ich habe neue Klamotten bekommen, wenn ich aus den alten rausgewachsen war, und Essen und so, aber meine Freunde in der Schule hatten Fahrräder und Computerspiele und haben Geburtstagsgeschenke bekommen …«

»Du hast keine Geburtstagsgeschenke bekommen?«, fragt Lily schockiert.

Ich schüttle den Kopf. »Ich wusste gar nicht, wann mein Geburtstag ist, bis mich in der ersten Klasse jemand danach gefragt hat. Ich musste erst meine Mom fragen.«

»Deine Eltern waren also Arschlöcher«, erklärt Andrew, und ich zucke die Achseln.

»Liebevoll waren sie jedenfalls nicht. Ich hatte ein sicheres Zuhause und alles, was ich brauchte, aber das war's auch schon. Außer dass sie extrem gründlich waren, was meine ärztliche Versorgung betraf. Und jetzt, da ich es laut ausspreche, wird mir klar, dass das schon ein großes Warnsignal hätte sein sollen und ich es bereits früher hätte erwähnen sollen.« Verdammt, wieso war mir das nie klar? Mit weit aufgerissenen Augen starre ich Percy an. »Jeden Monat kam jemand zu uns nach Hause, um Blut abzunehmen und mich zu untersuchen. Jeden Monat, seit ich denken kann.«

»Samuel Mills, hast du gesagt?«, fragt David nach und geht zum Computer des Luzifers. »Wie hießen deine Eltern, und wo habt ihr gewohnt?«

Ich sage es ihm, und während er recherchiert, fahre ich fort. »Als ich zwölf war, habe ich entdeckt, dass auf dem Dachboden ein Haufen Bargeld versteckt war, und da wurde mir dann klar, wovon sie sich ein schönes Leben machen wollten. Ich war sauer, dass sie das ganze Geld aufgehoben haben, für später, wenn ich ausgezogen war. Und dann habe ich mich gefragt, wo es eigentlich herkam, da druckfrische Geldscheinbündel normalerweise nicht auf den Bäumen wachsen. Je mehr ich darüber nachdachte, desto überzeugter war ich, dass sie etwas Illegales taten. Und da ich ein zwölf Jahre alter kleiner Dussel war, habe ich versucht herauszufinden, was das sein könnte – aber sie waren wirklich total langweilig: nie abends unterwegs, keine rätselhaften Pakete … nie Fremde zu Besuch. Bis auf den Arzt, jeden Monat.« Ich seufze. »Jetzt ergibt es natürlich Sinn. Sie waren nicht wirklich meine Eltern, oder? Oder wenn sie es waren, haben sie mich nur als Investition betrachtet. Jemand hat sie dafür bezahlt, dass sie mich großziehen.« Es ist unglaublich, wie sich auf einmal wie von selbst die Teile eines Puzzles, von dessen Existenz ich gar nichts wusste, zusammenfügen. Ich beuge mich vor und lege den Kopf in die Hände, um den Schwindel zu kontrollieren, und Gideons Hand löst sich von meinem Nacken.

Sofort verstärkt sich der Schwindel, und ich setze mich wieder auf und schaue ihn an. Er scheint, ohne dass ich etwas sagen muss, zu verstehen, was ich brauche, denn er setzt sich neben mich auf die Armlehne der Couch, und ich lehne mich an ihn. Erleichtert seufze ich auf, als die Welt wieder aufhört zu schwanken.

»Wenn du aktiv versucht hast, Geheimnisse zu lüften, und nicht gemerkt hast, dass sie keine Menschen waren, dann waren sie vermutlich Menschen, was bedeutet, dass sie nicht deine Eltern waren. Oder … zumindest einer von ihnen nicht«, sagt Lily nachdenklich. Sie steht auf und geht zu David hinüber, der noch am Schreibtisch sitzt, kramt nach einem Schreibblock und einem Stift und schreibt etwas.

»Und … wie bist du darauf gekommen, deinen eigenen Tod vorzutäuschen?«, fragt Andrew.

Ich lächle bitter. »Als ich vierzehn war, habe ich ihnen erzählt, dass ich schwul bin. Mein Dad – Shit, ich weiß gar nicht, wie ich ihn jetzt nennen soll. Mein Ziehvater? Jedenfalls war er immer so distanziert, dass mir gar nicht klar war, wie irrsinnig homophob er war. Er ist komplett ausgerastet und hat gebrüllt, dass er sich nie im Leben bereit erklärt hätte, eine … jemanden wie mich großzuziehen.« Ich weigere mich, das Wort zu benutzen. »Meine Ziehmutter hat mich auf mein Zimmer geschickt, und als sie dachte, dass ich sie nicht mehr hören kann, hat sie gesagt, dass es nur noch ein paar Jahre sein würden und dass sie mich danach nie wiedersehen müssten und dass ihr Leben dann so viel besser sein würde. Was rückblickend natürlich die Idee untermauert, dass sie dafür bezahlt wurden, mich großzuziehen, aber damals …« Ich zucke die Achseln. »Ich war wütend und verängstigt, und ich dachte einfach, warum nicht gleich abhauen? Wozu noch bleiben? Also habe ich noch in der gleichen Nacht meinen Koffer gepackt und bin gegangen.«

Alle warten.

»Ja, ich habe das Geld vom Dachboden anstatt Klamotten in den Koffer gepackt. Als wütender Vierzehnjähriger dachte ich, dass ich auch einen Anteil verdient hatte. Ich habe vielleicht die Hälfte genommen, aber mir wurde erst nach ein paar Tagen klar, wie viel es wirklich war. Hunderter läppern sich einfach zusammen, versteht ihr? Als ich also feststellte, dass man nach mir suchte, war meine Vermutung, dass sie gemerkt hatten, dass das Geld fehlt, und mich deswegen polizeilich suchen ließen. Das wäre plausibel gewesen, denn mein Ziehvater hat sich wirklich ein besseres Leben gewünscht, aber aus heutiger Sicht denke ich eher, dass es mit den monatlichen Hausbesuchen des Arztes zusammenhing.«

»Und anstatt das Geld wieder zurückzugeben und dann leise zu verschwinden, nachdem sich der Ärger gelegt hatte, hast du dir eine neue Identität gekauft?« Andrew sieht mich an, als ob ich entweder irre oder ein Held wäre.

»Bevor mir klar wurde, dass sie mich suchen, hatte ich schon festgestellt, wie schwer es ist, als Minderjähriger alleine unterwegs zu sein. Ich hatte zwar Geld, aber die meisten Hotels wollten mir ohne Erwachsenenbegleitung oder eine Kreditkarte kein Zimmer geben. Und dort, wo ich eins bekam, war es nicht wirklich sicher für einen schmächtigen Jungen wie mich. Selbst als ich ein paar Städte weiter alleine im Bus saß, habe ich einige misstrauische Blicke geerntet. Ich war nicht sehr groß für mein Alter, und Menschen reagieren auf ein allein reisendes Kind nur auf zwei Arten: Entweder wollen sie sichergehen, dass es dir gut geht, oder sie wollen dir etwas antun. Ich brauchte das Geld, um mir irgendwo eine Wohnung zu besorgen und mich über Wasser zu halten, bis ich älter war. Also bin ich in die nächstgrößere Stadt gefahren und habe versucht unterzutauchen. Aber sie haben mich trotzdem immer wieder gefunden – heute weiß ich auch, wie –, und ich musste in diesem ersten Jahr sechsmal umziehen. Dann habe ich einen Typ kennengelernt, der jemanden kannte, der LGBTQ-Jugendlichen hilft, vom Radar zu verschwinden, nachdem sie von zu Hause abgehauen waren. Erst habe ich ihm nicht getraut, aber er hat sich als echter Samariter herausgestellt, der Jugendlichen auf der Flucht umsonst hilft. Ich habe ihm als Dankeschön ziemlich viel Geld gegeben. Der Kerl hat schließlich gute Arbeit geleistet. Sam Mills ist bei einem Brand in einer verlassenen Lagerhalle ums Leben gekommen, zusammen mit einem Dutzend Obdachloser. Sam Tiller wurde geboren und ist einmal quer über den Kontinent gezogen. Ich hatte einen Ausweis und genug Geld für eine sichere Bleibe, habe einen Teilzeitjob angenommen, während ich ›Homeschooling‹ hatte, und das Geld habe ich auf die Bank gebracht. Als ich achtzehn wurde und ›die Highschool abgeschlossen hatte‹, hatte ich die Basis für ein Leben in der Legalität geschaffen. Sobald ich einen anständigen Job hatte, von dem ich leben konnte, habe ich einen Teil des Geldes in meine Wohnung investiert. Den Rest habe ich einer LGBTQ-Organisation gespendet. Und das war's.«

»Verdammt noch mal«, sagt Andrew. »So, wie du es erzählst, klingt es einfach.«

»Wie viel Geld hast du denn genommen?«, fragt Elinor.

»Es waren etwas über zweieinhalb Millionen.« Aus heutiger Sicht schüttelt es mich, wenn ich darüber nachdenke, in welcher Situation ich damals war – umso mehr, als ich jetzt weiß, wovor ich auf der Flucht war.

Sie pfeift. »Immerhin kannst du dir etwas darauf einbilden, wie viel du ihnen wert warst – aber das war's dann auch. David, hast du was gefunden?«

Er lässt sich vom Schreibtisch zurückrollen. »Ja, aber ich bezweifle, dass es auch nur im Ansatz stimmt. Es sind wirklich bloß Eckdaten. Definitiv keine medizinischen Unterlagen. Deine Zieheltern sind als leibliche Eltern angegeben. Wir wissen, dass das nicht stimmt. Sie haben dich als vermisst gemeldet, und der nächste Eintrag ist deine Sterbeurkunde. Dein Typ hat gute Arbeit geleistet. Es sieht alles komplett echt aus. Wir verfolgen alle Spuren, die infrage kommen, aber ich glaube nicht, dass wir hier etwas Brauchbares finden werden.«

Das gibt mir einen Stich. »Also können wir nicht herausbekommen, wer meine leiblichen Eltern sind?« Ich meine … vielleicht sind sie auch tot. Oder noch schlimmer, vielleicht haben sie mich verkauft. Oder einer meiner Zieheltern ist tatsächlich leiblich, und das bedeutet auch nichts anderes, als dass sie mich verkauft haben.

Oder vielleicht wurde ich gestohlen.

Der Teil von mir, der sich insgeheim immer liebevolle Eltern gewünscht hat, hofft wirklich, es wäre Letzteres.

»Das wird nicht so einfach sein«, sagt Percy. »Da aber einer deiner Eltern ein Gestaltwandler ist, können wir die DNA zurückverfolgen und zumindest feststellen, welchem Feliden-Clan du entstammst. Von dort aus können wir es dann noch weiter eingrenzen.«

»Wir sind Ermittler«, sagt Gideon. Er bricht zum ersten Mal seit einer Weile sein Schweigen, und seine Stimme erschreckt mich fast ein bisschen. »Gib uns einfach etwas Zeit.«

Percy seufzt. »Wir müssen das bis auf Weiteres unter Verschluss halten. Einige wenige Leute müssen es erfahren, aber lasst uns das Ganze nicht allzu sehr aufbauschen. Vielleicht war es das, was wir brauchen, um dem Kult auf die Schliche zu kommen.« Er lächelt mich an. »Benötigst du noch Bedenkzeit für deine Entscheidung?«

Ich atme einmal tief durch und schüttle den Kopf. »Nein. Es ist zwar … etwas unheimlich, aber ich möchte, dass du mich von dem Zauber befreist. Aber, Moment mal. Was passiert denn dann?«

»Das weiß ich nicht«, gibt Percy offen zu. »Sonst wird man ja nicht als Erwachsener zum Shifter. Es kann gut sein, dass du lernen musst, dich zu verwandeln, wie du es normalerweise als Teenager getan hättest. Es kann auch sein, dass es … etwas unkontrolliert verläuft. Vielleicht behältst du all deine menschlichen Charakterzüge, vielleicht übernimmt auch deine Shifter-Seite ganz. Du kannst auch gerne noch etwas länger darüber nachdenken. Wir brauchen sowieso etwas Zeit zur Vorbereitung. Es handelt sich um einen komplexen Zauber, den jemand anderer geschaffen hat, was das Rückgängigmachen noch erschwert. Und ich glaube, dass es gut wäre, noch einen Feliden vor Ort zu haben, einen Alpha, der uns helfen kann, falls deine Shifter-Natur übernimmt.«

Ich beiße mir auf die Lippe. Mir gefällt es nicht, dass so viel unklar ist. Andererseits – möchte ich wirklich als Experiment weiterleben? Dabei gibt es auch so einige Unbekannte.

»Triff die Vorbereitungen«, bitte ich entschlossen. Gideon lehnt sich fester an mich, und ich sehe zu ihm auf. Er lächelt nicht wirklich, aber sein Ausdruck ist weicher als sonst.

»Okay«, sagt Percy. »David, kannst du …«

»Natürlich«, unterbricht David ihn. »Ich mache ein paar Anrufe. Ich möchte dir nicht das Gefühl geben, ein Versuchskaninchen zu sein, Sam, aber wir würden gerne eine Signatur aus dem Zauber herauslesen, bevor wir ihn auseinandernehmen. Das wird uns helfen, die Täter zu verfolgen.«

»Natürlich.« Ich will wissen, wer das war. Und warum. Wo ich wirklich herkomme. Und ob es mit den Entführungen zu tun hat, die gerade stattfinden, und ob wir sie stoppen können.

»Lasst uns für heute Schluss machen«, beschließt Percy. »Gideon, ich weiß, dass du frustriert bist, weil wir mit den Entführungen noch nicht weitergekommen sind. Aber ich glaube nicht, dass ihr heute noch viel erreichen werdet. Außerdem kann es sehr gut sein, dass diese Entwicklung der Sache eine völlig neue Richtung gibt.«

Gideon nickt. »Sehe ich auch so.«

»Bevor wir gehen, würde ich gerne noch etwas mit allen besprechen«, wirft Lily ein. Sie hält den Schreibblock hoch, auf den sie etwas gezeichnet hat. »David und Percy. Das ist etwas, was ihr im Kopf behalten solltet, wenn ihr die Zauber untersucht und behebt. Wenn ihr das bestätigen könnt, kommen wir vielleicht weiter.«

»Lass hören«, sagt David und lehnt sich gegen den Schreibtisch.

»Was ich mich gefragt habe, ist, warum man sich die Mühe macht, einen Gestaltwandler – oder überhaupt ein Mitglied der Community – auf der genetischen Ebene als Menschen auszugeben. Du hast selbst gesagt, dass es hochkarätige Zauberei ist. Wenn wir davon ausgehen, dass die Größenwahnsinnigen, die darauf aus sind, dass die Community die Menschen auslöscht, dahinterstecken, können wir vorsichtig sagen, dass der Nutzen Fruchtbarkeit auf menschlichem Niveau wäre. Sam, hast du jemals einen Fruchtbarkeitstest gemacht?«

»Äh, nein. Frauen zu schwängern stand noch nie sehr weit oben auf meiner To-do-Liste.«

Andrew muss so lachen, dass er laut durch die Nase schnaubt. Haben Sie schon mal gesehen, wie ein jahrhundertealter, sexy Silberfuchs-Vampir sich kaputtlacht? Es sieht irgendwie falsch aus. Er sollte immer würdevoll aussehen.

»Würde es dir etwas ausmachen, eine Samenprobe abzugeben, bevor wir den Zauber entfernen?«, fragt Percy leise. »Es tut mir leid, ich weiß, es ist sehr übergriffig, aber …«

»Das geht in Ordnung«, beruhige ich ihn. »Kannst du das für morgen planen?« Er nickt, und ich wende mich wieder an Lily. »Warte mal, also wenn ich deinem Gedankengang folge, dann willst du damit sagen, dass ich so fruchtbar bin wie ein Mensch, aber das genetische Material, das meine Sprösslinge von mir bekommen, das eines Gestaltwandlers wäre?«

»Ich *vermute* es«, sagt sie mit einer Grimasse. »Es ist ja nur eine Theorie. Aber was sollte denn sonst dahinterstecken? Du bist ohne Magie und ohne die Fähigkeit, dich zu verwandeln, durch dein bisheriges Leben gegangen. Wie sollte das sonst die Ziele des Kults voranbringen?«

»Das können wir sicher im Zauber finden und bestätigen«, ist David zuversichtlich. »Was hast du da noch?« Er zeigt auf Lilys Schreibblock, auf dem eine ganze Menge Notizen und mit der Hand gezeichnete Flowcharts zu sehen sind – zu viel für nur eine Theorie.

»Nein, der Rest kann warten. Ich muss noch weiter nachdenken, und ich will erst mal sehen, ob ich mit diesem ersten Teil recht habe.«

David sieht aus, als wollte er widersprechen, aber Percy interveniert geschickt: »Dann lasst uns abbrechen. Wir treffen uns morgen um acht Uhr wieder hier – so haben alle Zeit, sich auszuruhen und kurz die anderen Fälle zu prüfen, bevor wir anfangen. Ich werde einen Arzt bitten, dich zu untersuchen, Sam, wenn du einverstanden bist, danach werden wir uns damit befassen, diesen Zauber wieder rückgängig zu machen.«

Ich atme aus. Wow. »Klingt gut«, sage ich. Und das tut es.

Kapitel 8

Es ist fast Mitternacht, und ich sitze jetzt seit einer guten halben Stunde im Schneidersitz auf der Couch und starre mein Handy an. Ich bin nach Hause gegangen, habe meinen Pyjama angezogen und die Zähne geputzt und dann beschlossen, dass ich zu angespannt bin, um gleich schlafen zu gehen … und weiter bin ich noch nicht.

Am allerliebsten würde ich jetzt mit Alistair reden. Er ist mein bester Freund, und das hier verändert gerade mein ganzes Leben. Aber … es ist schon spät. Außerdem soll es geheim bleiben.

Und wenn er mich jetzt auf einmal komplett anders sieht als vorher?

Ich kann mich selbst nicht leiden dafür, dass ich das überhaupt denke, dass ich Alistairs Freundschaft und Integrität so anzweifle, aber … die kleine Stimme in meinem Hinterkopf gibt keine Ruhe. Und Alistair hat schon so oft über Katzen geschimpft. Es gibt unter Shiftern eine gewisse Rivalität.

Oh Mann. Das ist ja lächerlich. Alistair hat eine hohe Sicherheitsfreigabe, und er ist *mein bester Freund.* Wenn er das von jemand anderem erfährt, wird er gekränkt sein.

Ich drücke auf Anrufen und hebe das Handy ans Ohr. Nach zweimaligem Klingeln knurrt eine verschlafene Stimme: »Was'n los?«

Ich habe schon den Mund geöffnet, um zu antworten, aber die Worte bleiben mir im Hals stecken.

»Sam?« Jetzt klingt er schon wacher. »Wo bist du? Alles okay bei dir?«

Ich bringe ein »Ja« heraus, denn eigentlich stimmt es ja. Also mehr oder weniger. »Äh. Du wirst es nicht glauben.« Soll ich ihn bitten, rüberzukommen? Es ist eigentlich nichts, was man am Telefon besprechen sollte. Aber es ist schon so spät. Wir müssen beide morgen arbeiten.

»Was soll ich nicht glauben? Bist du immer noch im Büro?«

»Nein, nein. Ich bin zu Hause. Also. Heute Abend hat David versucht, mir beizubringen – hey, wieso hast du mir eigentlich nie erzählt, dass Menschen Magie benutzen können?«

Schweigen. Ich kann ihn förmlich blinzeln sehen, während er versucht, das zu verarbeiten.

»Ich bin nicht darauf gekommen«, sagt er dann. »Die meisten Menschen versuchen erst gar nicht, es zu lernen, also denke ich nicht so oft daran, dass du es kannst.«

»Ich kann es auch gar nicht«, teile ich ihm mit. »David hat vorhin versucht, es mir beizubringen, und es hat nicht geklappt. Um es kurz zu machen: Percy hat mit der Magie überprüft, warum, und es hat sich herausgestellt, dass ich gar kein Mensch bin.«

Jetzt dauert das Schweigen länger. Ich warte geduldig.

»Hast du was getrunken?«, fragt er dann. »Hat dir jemand Wandelbräu untergejubelt?«

»Nein.« Ich muss mir das Lachen verkneifen. Das macht richtig Spaß.

»Der Luzifer hat mithilfe der Magie nachgesehen, warum du keine menschliche Zauberkraft hast, und es liegt daran, dass du gar kein Mensch bist?«, fasst er zusammen.

»So ist es.«

»Also gut. Dann sag schon. Was bist du denn?« Seine Stimme trieft vor Sarkasmus.

»Felider Gestaltwandler.«

Dieses Mal ist statt des Schweigens ein schmerzhaftes Jaulen zu hören.

»Alistair? Alles okay?«

»Ja«, murrt er. »Ich dachte einen Moment, du hättest gesagt, dass du ein Felide bist, und habe mir den Zeh am Türrahmen gestoßen.«

Ich muss kichern. »Ernsthaft? Du kannst nicht gleichzeitig laufen und sprechen?«

»Nicht, wenn es dunkel ist und du wirres Zeug erzählst.«

Ich zucke zusammen. »Es ist kein wirres Zeug, Al. Und solltest du nicht im Dunkeln gut sehen können?«

»Meine Augen sind fast zu, weil es spät ist und ich schon geschlafen habe. Warte … wovon redest du? Ist das wirklich dein Ernst?«

»Alistair, ich schwöre, alles, was ich gesagt habe, ist die reine Wahrheit. Ich habe dich nicht geweckt, um dir einen Streich zu spielen.«

Ich höre etwas scheppern, darauf ein entferntes Fluchen. Ich warte, dann ist Alistair wieder dran. »Sam? Sorry, hab das Handy fallen lassen. Du … du bist 'ne *Katze*? Ich dachte, du bist ein Mensch! Du riechst wie ein Mensch. Wie kannst du kein Mensch sein? Verdammt, ich muss mich setzen.«

»Es ist eine total verrückte Geschichte, Al. Und es ist geheim, also behalte es für dich.« Ich gebe einen kurzen Abriss der Ereignisse des Abends. Überraschenderweise unterbricht er mich nur viermal. Als ich fertig bin, seufzt er.

»Wow. Ich kann nicht fassen, dass du eine verdammte Katze bist.«

Ich wusste, dass er sich daran festbeißen würde. »Wirklich? Darauf konzentrierst du dich?«

»Es ist doch wichtig«, jammert er. »Wenn sie den menschlichen Teil abstellen, dann riechst du bestimmt auch so.«

»Den menschlichen Teil abstellen?«, frage ich ungläubig.

»Na, du weißt schon.« Wieder seufzt er. »Schöne Scheiße. Ich muss mich wohl damit abfinden.« Pause. »Wie geht's dir denn so? Bist du am Durchdrehen?«

»Bisschen schon. Ich meine … ich bin ein Gestaltwandler. Das ist so was von verrückt.«

»Soll ich rüberkommen?« Ich höre, wie er sich bewegt. »Ich komme rüber.«

»Nein, lass nur. Es geht mir gut. Wir müssen doch beide morgen arbeiten.« Es klingt halbherzig, und das weiß ich auch. In Wirklichkeit will ich tatsächlich nicht mit meinen Gedanken alleine sein. Ich habe noch nie mit jemandem über meine Eltern – Zieheltern – gesprochen. Wenn es sich vermeiden lässt, denke ich nicht an sie. Aber ich habe ein schlechtes Gewissen, Alistair mitten in der Nacht aufzuscheuchen, nur um – was genau? Meine Hand zu halten?

Es klopft.

Ich schaue auf die Uhr. Es ist nach Mitternacht. Ich erwarte definitiv niemanden. Ach du Scheiße, und wenn es der Kult ist? Was, wenn sie mich nach all den Jahren aufgespürt haben und mich zurückholen wollen?

»Al, da ist jemand an der Tür«, flüstere ich.

»Jetzt? Mach nicht auf«, befiehlt er. »Ich bin unterwegs. Schließ dich am besten im Bad ein.«

Ich muss lachen. Ich kann es mir nicht verkneifen. Der Gedanke, im Badezimmer zu kauern und darauf zu warten, dass Alistair kommt und mich rettet, ist einfach zu absurd – wo es doch wahrscheinlich nur ein Nachbar ist, der etwas braucht. »Lass mich mal durch den Spion schauen, bevor wir beide überreagieren«, schlage ich trocken vor.

Ich muss allerdings gestehen, dass ich mit angehaltenem Atem auf Zehenspitzen zur Tür schleiche, als ob die Person vor der Tür mich atmen hören könnte. Wobei … was sollte sie überhaupt machen, wenn sie mich hört? Noch mal klopfen?

»Oh.« Ich merke selber, wie überrascht ich klinge.

»Wer ist es denn?«, fragt Alistair. Die Aggression ist aus seiner Stimme verschwunden. Ihm muss klar sein, dass es niemand Bedrohliches ist.

»Gideon«, antworte ich und öffne Kette und Riegel.

»Gideon? Welcher Gid – meinst du Gideon *Bailey*?«

»Ja.« Ich drehe den Schlüssel um und öffne die Tür.

»Was zum Henker macht denn Gideon Bailey um diese Zeit vor deiner Tür?«, verlangt mein bester Freund laut zu wissen.

Sehr laut.

Dem Zucken um Gideons Mundwinkel nach zu urteilen so laut, dass er es gehört hat.

»Hi, Gideon. Alles okay?« Ich lehne mich an den Türrahmen und versuche, locker zu wirken.

Er sieht mich an, und ich fühle mich sofort wie ein Idiot. Es hilft auch nicht gerade, dass mir in dem Augenblick einfällt, dass meine Pyjamahose einen Riss in Schrittnähe hat und dass Bleichflecken auf meinem T-Shirt sind. Mein professionelles Image leidet gerade gewaltig. Seufzend trete ich beiseite. »Komm rein.«

Alistair fragt mir ins Ohr: »Sam? Was ist los?«

Während Gideon an mir vorbei ins Wohnzimmer geht, sage ich zu Alistair: »Alles gut hier. Wir telefonieren morgen.« Morgen. Stunde der Wahrheit. »Äh …« Ich beiße mir auf die Lippe und schaue Gideons Rücken an. »Warte kurz.« Ich nehme das Handy vom Ohr und halte das Mikro zu. Dann frage ich: »Gideon, glaubst du, es wäre okay, wenn Alistair morgen dabei ist? Wenn Percy und David den Zauber entfernen, meine ich?«

Also, nicht falsch verstehen – ich mag mein neues Team. Sie sind wirklich toll. Aber wenn es um eine Erfahrung geht, die – wortwörtlich – mein ganzes Leben verändern wird, dann hätte ich gerne auch Alistair dabei.

Gideon scheint zu überlegen. »Ja. Kann sein, dass sie ihn bitten müssen zu gehen, wenn deine Katze nicht gut reagiert, aber dann schmeißen sie wahrscheinlich die meisten von uns raus, also …« Er zuckt die Achseln.

»Danke.« Mein Lächeln fühlt sich zittrig an. Verdammt. Was, wenn meine Katze schlecht reagiert?

Nein. Darüber werde ich jetzt nicht nachdenken. Ich hebe das Handy wieder ans Ohr. »Hey, Al. Glaubst du, du kannst dir morgen ein bisschen Zeit für mich nehmen, wenn sie den menschlichen Teil abstellen?«

Gideon macht ein Geräusch, das sich anhört, als ob er lacht, aber ich vermeide konzentriert, hinzuschauen.

»Na klar«, erwidert Alistair sofort. »Ich hole dich morgen früh ab.«

Und schon bin ich etwas ruhiger. »Brauchst du echt nicht«, sage ich dann. »Ich muss sowieso erst noch andere Sachen erledigen. Ich sage dir Bescheid, wenn wir … so weit sind.«

»Sicher?«, fragt er zweifelnd.

»Ganz sicher. Geh wieder schlafen. Wir sehen uns morgen. Danke, Alistair.«

»Und du bist auch ganz sicher okay, mit dem Dämon da bei dir? Du hast gar nicht gesagt, was Gideon Bailey bei dir macht?«

»Das werde ich wohl gleich erfahren, oder? Gute Nacht.«

»Gute Nacht, Katze. Ich kann nicht glauben, dass du eine Katze bist«, murmelt er, dann drücke ich leise lachend auf den Ausknopf.

Ich werfe das Handy auf die Couch und schaue nach Gideon. Es ist keine große Überraschung, ihn in meiner winzigen Küche zu finden, wo er in der Speisekammer Dinge von A nach B räumt. Ich habe ihn über die letzten Monate ungefähr eine Million Mal alle Schreibtische umorganisieren sehen.

Ich ziehe eine Grimasse. »Sorry, es kann sein, dass ich nicht alles wieder genau da hingestellt habe, wo du es hingeräumt hast.« Ich bin nicht unbedingt mustergültig, was Ordnung in der Speisekammer betrifft.

»Ist besser so«, sagt er, ohne sich umzudrehen. »So habe ich etwas zu tun.«

Ich lungere eine Weile am Tresen herum, der das Wohnzimmer von der Küche trennt, dann setze ich mich auf einen der Barhocker. Er wird mir anscheinend nicht sagen, warum er hier ist, bevor er das Problem, das ihn beschäftigt, nicht zu Ende durchdacht hat. Bestimmt hat er eine ganze Menge im Kopf.

Seltsamerweise ist es sehr beruhigend, Gideon dabei zuzusehen, wie er die Speisekammer umräumt. Ich merke, wie mich seine Bewegungen einschläfern, und lasse den Kopf auf den Tresen sinken. Meine Augenlider sind so schwer. Nur ein bisschen dösen, bis Gideon fertig ist.

Und als Nächstes steht die Welt auf einmal Kopf. Ich öffne die Augen und sehe einen sehr knackigen Hintern.

So aufzuwachen ist ja super!

Moment … den Hintern kenne ich doch. Ich bewundere ihn schon seit Wochen.

Natürlich heimlich.

»Gideon?«, murmele ich schläfrig, während ich mich frage, ob ich wirklich wach bin oder nur einen fantastischen Traum habe. »Was machst du da?«

Mit anderen Worten, warum hänge ich über seiner Schulter?

»Ich wollte dich nicht wecken, also trage ich dich ins Bett.« Ich fühle das Brummen seiner Stimme in allen meinen Körperteilen, die ihn berühren.

»Oh. Okay.« Das mag ich. Das ist gut. Wenn es ein Traum ist, werde ich ihn einfach genießen.

Ich werde wieder umgedreht, dann spüre ich meine Matratze, weich und doch fest, unter mir. Stört es mich, dass er jetzt weiß, dass ich mein Bett nicht mache? Nicht wirklich.

Ich kuschele mich unter die Decke und lasse die Augen zufallen. »Danke«, murmele ich.

»Gern geschehen«, antwortet er. Sein warmer, belustigter Tonfall bringt mich fast dazu, die Augen noch mal aufzumachen, um zu sehen, ob er tatsächlich lächelt, aber ich bin zu müde.

Ich bin schon fast wieder eingeschlafen, als ich fühle, wie die Matratze hinter mir beschwert wird. Meine Augen klappen wie von alleine wieder auf. Legt sich Gideon etwa neben mir ins Bett?

Die Bewegung und die raschelnden Geräusche, die entstehen, wenn jemand es sich bequem macht, scheinen darauf hinzudeuten.

Ich drehe mich um und setze mich auf. »Hey, was machst du …?« Er liegt auf dem Rücken, einen Arm hinter dem Kopf, der nackte Oberkörper ist gut zu sehen. Ehrlich gesagt bin ich erleichtert, dass es mir gelingt, nicht zu sabbern.

Tue ich doch nicht, oder?

Nein. Alles in Ordnung.

»Ich lege mich hin«, sagt er, als ob es idiotisch wäre, die Frage überhaupt zu stellen. »Ich dachte, du willst heute bestimmt nicht alleine sein.«

Ohhhh. Ich fühle mich, als würde ich dahinschmelzen.

Nein. Moment. Hier stimmt etwas ganz und gar nicht.

Grenzen! Das ist es.

»Das ist wirklich nett von dir, aber du kannst dich nicht einfach zu mir ins Bett legen, Gideon. Das geht wirklich ein bisschen zu weit.«

»Wenn ich im Gästezimmer schlafen würde, wärst du ja trotzdem alleine«, bemerkt er vernünftig. »Und dieses Bett ist riesig. Du hast noch nicht mal das Kissen zwischen uns bemerkt.«

Ich schaue nach unten, und es stimmt, hatte ich nicht. Er hat eines der Extrakissen zwischen uns in die Mitte meines XL-Doppelbettes gelegt. Ich schwanke.

»Es ist trotzdem creepy«, verkünde ich. »Auch wenn du es gut meinst.«

Er seufzt. »Wäre es immer noch creepy, wenn ich es machen würde, um sicherzugehen, dass du in der Nacht nicht spucken musst und an deinem eigenen Erbrochenen erstickst?«

»Wieso sollte ich mich im Schlaf übergeben? Ich bin doch nicht betr…« Ich reiße die Augen auf. »Ist nicht wahr! Du hast auch neben mir geschlafen, als ich betrunken und bewusstlos war? Gideon – das ist creepy!«

»Ich war besorgt, dass du an deinem Erbrochenen ersticken könntest, okay? Außerdem ist dein Gästebett winzig. Wie hätten Andrew und ich zu zweit da schlafen sollen?«

Ich reibe meine Handflächen übers Gesicht. Ich kann nicht fassen, dass ich die ganze Nacht Gideon in meinem Bett hatte. Und ich kann nicht glauben, dass er nicht kapiert, warum das ein Problem ist.

»Du schnallst es einfach nicht«, schnauze ich ihn an. »Es ist *nicht okay*, einfach zu entscheiden, dass wir zusammen im Bett liegen, ohne mich vorher zu fragen. Es ist definitiv nicht okay, in meinem Bett zu schlafen, wenn ich bewusstlos bin und mich nicht wehren kann!«

Er setzt sich auf. »Dich wehren? Gegen mich? Ich würde dir nie etwas tun.« Seine Stimme zittert überrascht.

»Gideon, darum geht's doch gar nicht. Es geht darum, dass du meine persönlichen Grenzen nicht respektierst, wenn ich verletzlich bin. So was kannst du nicht ohne Erlaubnis machen.«

Er schließt die Augen und atmet einmal tief durch. »Du hast recht. Tut mir leid.« Er öffnet die Augen wieder und ist offensichtlich zerknirscht. »So habe ich es gar nicht gesehen, und das war falsch.«

»Danke.« Ich bin ehrlich gesagt positiv überrascht, dass er sich entschuldigt hat. Er ist gerade etwa tausendmal sexyer geworden, was mein Schwanz definitiv mitgekriegt hat. »Ich verstehe aber, dass du es nur gut gemeint hast, und weiß es zu schätzen, dass du dich um mein Wohlergehen sorgst.«

Er wirft die Decke beiseite. »Ich gehe ins Gästezimmer.«

»Nein.« Seufzend lege ich mich wieder hin. »Jetzt weiß ich ja, dass du hier bist. Und du hast recht, das Bett ist so groß, dass wir uns gar nicht berühren werden. Außerdem habe ich das Gästebett abgezogen und noch nicht wieder neu gemacht.« Dass ich die Bettwäsche noch nicht gewaschen habe, braucht er nicht zu wissen.

»Bist du sicher?« Er zögert. Jetzt mag ich ihn noch ein bisschen mehr.

»Ja, bin ich.«

Ich spüre, wie er es sich wieder bequem macht, aber ich schaue entschlossen nicht in seine Richtung. Seine Präsenz füllt das Bett, auch mit fast fünfzig Zentimetern Abstand zwischen uns, und meine Sinne auch. Nicht zu fassen, dass ich keine Ahnung hatte, dass er damals hier war, auch wenn ich sturzbetrunken und bewusstlos war.

Das wird eine lange Nacht werden.

*

So kann man sich täuschen.

Als ich etwa sechs Stunden später die Augen aufschlage, bin ich verblüfft, wie gut ich geschlafen habe. Gideon atmen zu hören und seine überwältigende, beschützerische Präsenz haben mich entspannt.

Ich rolle mich auf die Seite und betrachte ihn. Er liegt auf dem Rücken, was mir einen fantastischen Blick auf sein Profil ermöglicht. Es ist wie aus Stein gemeißelt, so perfekt sind seine Züge. Der Schlaf hat seine Gesichtszüge entspannt, was ihn noch attraktiver macht – immer noch ernst, aber weicher. Verletzlicher. Wie versprochen, ist er immer noch auf seiner Seite des Bettes, und das Kissen liegt zwischen uns. Ein kleiner Teil von mir (der Teil, der ihn von oben bis unten ablecken möchte) ist ein bisschen enttäuscht darüber.

Wie gut, dass er noch schläft – so kann ich ihn ganz in Ruhe anschauen. Ich stütze mich auf den Ellbogen und lasse seinen großartigen nackten Oberkörper auf mich wirken. Dämonen sind von Natur aus muskulöser als andere Spezies – also, sie haben mehr Muskelmasse. Die meisten Shifter sind auch muskulös, aber schlanker. Dämonen sind meist breiter gebaut, und Gideon sieht aus, als ob er sich sehr gut in Form hält. Selbst für einen Dämon ist er super trainiert.

Meine Gedanken schweifen ein bisschen ab, während ich die Konturen seiner wunderschönen, behaarten Brust bewundere. Gideon ist und bleibt ein Mysterium. Bei meiner Online-Suche habe ich viele Treffer bekommen, aber es waren wenige echte Informationen dabei. Er hält sein Privatleben streng unter Verschluss, und die Kombination aus dieser Verschwiegenheit, seinem Aussehen und seinem professionellen Ruf machen die Fans des Teams ganz irre. Männliche wie weibliche. Allerdings hat er nie ein Geheimnis daraus gemacht, dass er Männer bevorzugt. In den Foren wird ganz schön geschwärmt, und es gibt ziemlich wilde Fanfiction. Was ich wirklich über ihn weiß, ist begrenzt.

Sein Alter liegt irgendwo zwischen hundertfünfzig und zweihundert Jahren, genau weiß ich es nicht.

Er ist in Europa zur Welt gekommen und aufgewachsen. Nach Amerika kam er vor vierzig oder fünfzig Jahren, als er diesem Team zugeteilt wurde.

Davor hat er in Ermittlungsbehörden in fünf verschiedenen Ländern gearbeitet.

Er stammt aus einer bekannten Familie. Die Details weiß ich nicht, weil ich mich nie darum gekümmert habe. Aber unter Dämonen sind sie Prominente.

Gideon ist sehr gut in seinem Job, auch wenn seine sozialen Fähigkeiten etwas zu wünschen übrig lassen.

Er ist empathisch genug, um zu merken, dass ich gestern nicht alleine sein wollte, und fürsorglich genug, um vorbeizukommen.

Im Bett ist er der absolute Hammer.

»Hast du mich jetzt lange genug hypnotisiert?«

Und wach ist er auch, und er hat gemerkt, dass ich ihn die ganze Zeit angucke wie ein Spanner.

»Ich schaue gar nicht wirklich dich an«, sage ich vornehm. Meine Wangen brennen. »Ich habe ins Leere gestarrt und nachgedacht. Du bist nur zufällig in meinem Gesichtsfeld.«

Das leise, sexy Lachen verrät mir, dass er mir das nicht abkauft. Ohne es zu wollen, sehe ich ihm ins Gesicht.

Er lächelt. Der weiche, belustigte Ausdruck verändert ihn komplett, und ich starre ihn mit leicht geöffneten Lippen an, erschrocken und bezaubert.

Ob er mich umbringen würde, wenn ich ihn jetzt küsse?

Wahrscheinlich.

Und es wäre eine gaaaanz schlechte Idee. Wir wollten die Vergangenheit hinter uns lassen. Ich muss mit ihm zusammenarbeiten. Er will keine Beziehung – jedenfalls nicht mit mir.

Schlechte Idee.

Hör auf, daran zu denken, Sam.

»Woran denkst du gerade?«, fragt er in seiner rauen Morgenstimme, die meine Morgenlatte noch etwas härter werden lässt. Kann er meine Gedanken lesen? Oh Gott, hoffentlich nicht.

»Ähm, nur, dass es Zeit ist, aufzustehen. Heute ist ein großer Tag!« Mist. Das ist es tatsächlich. Sie werden versuchen, den Zauber, der mich menschlich erscheinen lässt, rückgängig zu machen. Und niemand weiß, was dann passiert und ob es überhaupt funktionieren wird.

Und schon ist meine Erektion erfolgreich beseitigt.

Ich will mich gerade aufdecken, als Gideon mit der Hand nach meinem Handgelenk greift und es festhält.

»Sam … mach dir keine Sorgen. Es wird alles gut.« Die feste, definitive Aussage macht mir Mut. Ich drehe mich wieder zu ihm, und er setzt sich auf.

»Glaubst du wirklich?«

Er nickt. »Ja. Auch wenn etwas anders laufen sollte als geplant – wir bringen es in Ordnung. Dir passiert nichts.« Er beugt sich zu mir, und noch bevor ich so recht registriert habe, was er macht, drückt er mir einen Kuss auf die Lippen. Ohne Zunge, aber er verweilt einen Moment, und als er sich zurückzieht, atme ich einmal zittrig durch. »Versprochen«, flüstert er, das Gesicht immer noch nah an meinem.

Ich nicke. »Okay.«

Und ich fühle mich tatsächlich besser.

Kapitel 9

Als wir endlich alle wieder im Büro des Luzifers sitzen, ist es schon später Vormittag. Eigentlich hätten wir früher anfangen sollen, aber in der Nacht hat es eine weitere Entführung gegeben, ein Paar, von dem wir nichts wussten. Das ist zwar immer noch besser, als wenn es eines der unter unserem Schutz stehenden Paare gewesen wäre, aber gut ist es natürlich nicht. Während die anderen sich mit den Details befasst und den Status ihrer anderen Fällen überprüft haben, hatte ich das Vergnügen einer medizinischen Untersuchung. Die Ärztin, die Percy gerufen hat, ist nett, aber ich kann mir bessere Vormittagsbeschäftigungen vorstellen als eine komplette Untersuchung, inklusive Blut- und Samenproben.

»Sie waren wirklich geduldig«, sagt Dr. Sims schließlich, während sie ihre Ausrüstung wegpackt. Wir sind in Percys Büro, wo wir garantiert nicht gestört werden. »Und ich kann Ihnen sagen, dass Sie auf den ersten Blick ganz und gar wie ein Mensch wirken. Wir wollen mal sehen, was sich im Labor herausstellt. Ich bin wirklich gespannt auf die Resultate.«

»Da sind Sie nicht die Einzige«, murmele ich, während ich die Hose wieder anziehe.

»Haben Sie Zweifel, Sam?«, fragt sie sanft. »Ich möchte Sie noch mal daran erinnern: Sie *müssen* gar nichts tun.«

»Ich weiß«, antworte ich mit einem Seufzer. »Danke. Ich bin nur etwas … nervös. Aber ich will es trotzdem machen.

Ich glaube nicht, dass es besser wäre, alles so zu lassen, wie es ist. Es würde mich nur belasten.«

Sie nickt. »In Ordnung. Dann sage ich allen Bescheid, dass wir fertig sind.« Sie schlüpft hinaus und schließt die Tür hinter sich, während ich mein Hemd zuknöpfe.

Kaum eine Sekunde später klopft es. »Herein«, sage ich und bücke mich, um meine Schuhe zuzubinden. Ich höre die Tür auf- und zugehen, aber niemand spricht, und ich richte mich auf. Vor mir steht ein mir unbekannter Mann, der mich prüfend ansieht. Er ist ein Shifter, so viel kann ich sehen, ich bin aber nicht sicher, von welcher Spezies. Seiner Größe – nur ein paar Zentimeter mehr als ich –, dem schlanken Körperbau und der Tatsache nach zu schließen, dass er hier ist, würde ich auf Felide tippen. Und ich würde weiterhin tippen, dass er der Alpha ist, von dem Percy gesprochen hat.

Ich kann es nicht erwarten, die Sinne eines Shifters zu haben und diese Dinge mit einem einzigen Schnüffeln herauszubekommen, anstatt raten zu müssen.

»Hi? Ich bin Sam.«

Er legt den Kopf zur Seite und schaut mich immer noch durchdringend an. »Ich weiß. Unglaublich. Sie riechen tatsächlich wie ein Mensch. Wenn es nicht Percy gewesen wäre, der mir das erzählt hat, hätte ich gedacht, jemand will mich reinlegen.« Er reicht mir die Hand. »Ich bin Aidan.« Man kann nur den Hauch eines irischen Akzents hören, aber seine Worte bekommen dadurch trotzdem eine besondere Melodie. Das und der Name verraten mir ganz genau, wer er ist. Er ist nicht einfach ein Feliden-Alpha, sondern das Oberhaupt aller Shifter-Alphas. Genau wie der Luzifer – und Gott – werden die Spezies-Oberhäupter von der Magie ins Amt berufen. Aidan ist erst seit fünfzehn Jahren Shifter-Oberhaupt, und *alle* Gestaltwandler – Feliden und Höllenhunde – sind ihm unterstellt.

Ich schüttle ihm die Hand. Jetzt bin ich ein bisschen nervös. Dieser Mann hat eine lange Flugreise gemacht, nur um hier zu sein, und er wird schon bald einen großen Einfluss auf mein Leben haben. Was, wenn er beschließt, dass ich nicht wirklich das Zeug zum Shifter habe? Ich weiß nicht, was passieren wird, denn eine Situation wie diese hat es schließlich noch nie gegeben.

Na, so was. Ich bin dabei, Geschichte zu schreiben.

»Freut mich, Sie kennenzulernen«, bringe ich schließlich heraus, und er grinst plötzlich.

»Entspannen Sie sich. Also, wenn Sie können. Das ist eine ganz schön vertrackte Situation.« Er schlendert zu einem der Sessel, und nach kurzem Zögern laufe ich ihm hinterher und nehme wieder meinen gestrigen Platz auf der Couch ein. Ist das wirklich erst zwölf Stunden her? »Ich vermute mal, Sie haben ein paar Fragen an mich.«

Ich zucke die Achseln. »Nur ungefähr eine Million«, gebe ich zu. »Aber mir fallen gerade die meisten nicht ein. Und die, die ich im Kopf habe, können Sie wahrscheinlich auch nicht beantworten. Ich bin in erster Linie besorgt darum, was passiert, nachdem sie … es gemacht haben.«

Er lehnt sich zurück. »Sie haben recht, das kann ich tatsächlich nicht beantworten. Jedenfalls nicht mit Gewissheit. Wir haben keine Ahnung, was passieren wird. Aber ich habe ein bisschen darüber nachgedacht. Ich glaube, Sie sollten sich darauf einstellen, wie ein hormongesteuerter Teenager zu reagieren. Percy sagt, Sie sind kurz davor, in die fortpflanzungsfähige Phase einzutreten.«

»Ja. Ehrlich gesagt weiß ich aber nicht so recht, was das heißt.« Bin ich nach Gestaltwandler-Zeitrechnung noch ein Kind? Das wäre ziemlich gruselig, wenn ich bedenke, dass ich als Mensch so einige Erfahrungen gemacht habe, die alles andere als jugendfrei waren.

»Bei uns läuft das etwas anders als bei Menschen, soweit ich weiß. Wir durchlaufen zwei, sagen wir mal, pubertäre Phasen. Die eine betrifft Gehirnentwicklung und körperliches Wachstum und findet in den Teenagerjahren statt. Unsere Jungen lernen zwar schon als kleine Kinder, sich zu verwandeln, aber sie können es so gut wie gar nicht kontrollieren. Darum unterbinden ihre Eltern und die anderen erwachsenen Gestaltwandler diese Fähigkeit für sie – teils, um sie davor zu bewahren, uns den Menschen zu offenbaren, aber in der Hauptsache zu ihrem eigenen Schutz. Spontane, emotionsgesteuerte Verwandlung kostet eine Menge Energie und kann sehr anstrengend für den Körper sein. Dadurch wird man anfällig für Krankheiten und Gebrechen. Unsere Kindersterblichkeitsrate ist stark gesunken, seit das so praktiziert wird.«

»Wie lange ist das her?«, frage ich fasziniert.

»Etwa sechstausend Jahre«, antwortet er so sachlich, dass ich einen Moment brauche, um zu merken, dass er nicht sechzig oder sechshundert gesagt hat. »Wenn die Jungen körperlich kräftiger sind und ihre psychische Entwicklung es erlaubt, was meist mit etwa vierzehn Jahren passiert, heben wir dieses Verbot auf und lassen sie lernen, ihre Verwandlung zu kontrollieren. Es ist eine ziemlich turbulente Zeit, da das Gehirn sich dann auf den Wechsel zwischen humanoider und tierischer Form einstellt. Die Dominanz entwickelt sich, und viele soziale Kontakte lösen sich oder bilden sich neu. Es ist eine schwierige Phase für Shifter.«

»Genau wie die Teenagerjahre bei Menschen.«

Aidan nickt. »Das kann man so sagen. Es gibt Biologen, die denken, dass wir darum erst später in die sexuelle Pubertät eintreten, nachdem wir erwachsen sind. Es ist schwierig genug, ein Gestaltwandler zu sein. Es wäre noch viel schwerer, wenn wir immer noch ›der Natur ihren Lauf lassen‹ und die Verwandlung im Kindesalter nicht unterbinden würden. Die ersten fünfzehn Lebensjahre wären ein ständiger Kampf ums Überleben zwischen den beiden Seiten, die wir in uns tragen.« In seiner Stimme schwingt Abscheu mit.

»Das klingt, als gäbe es Leute, die es gerne wieder so haben wollen«, vermute ich.

Sein Seufzer klingt frustriert. »Natürlich gibt es die. Leute, die denken, sie wüssten es besser als Tausende Jahre Forschung, und die darauf bestehen, ihre Kinder in Gefahr zu bringen.«

»Genau wie die Impfgegner bei den Menschen«, murmele ich. Solche Dinge wie Dummheit gibt es offenbar bei allen Spezies.

»Jedenfalls erleben wir, aus welchem Grund auch immer, die sexuelle Pubertät erst mit Ende dreißig oder Anfang vierzig. Da unsere Gehirne dann komplett ausgebildet sind, sind wir meist besser in der Lage, den Hormonsturm auszuhalten.«

Ich denke darüber nach und vergleiche das, was ich in letzter Zeit erlebt habe, mit den Erinnerungen aus meiner Teenagerzeit. Er hat nicht unrecht. Die Erregung und der Impuls sind gleich stark, aber die permanente Unsicherheit fehlt.

»Ich, äh, weiß ja nicht genau, was Percy Ihnen erzählt hat«, fange ich zögerlich an, »aber es scheint so, als würde ich gerade in die sexuelle Pubertät eintreten. Die Sache ist nur, dass ich das ja als Teenager schon mal hatte.« Ich breite die Hände aus. »Ich weiß nicht, was das alles bedeutet.«

»Ich wollte, ich könnte Ihnen eine Antwort geben«, sagt er. »Was ich mir vorstellen kann, ist, dass die menschlichen Zellen, die Ihre Gestaltwandler-Natur verbergen, Ihnen die gleichen Erfahrungen ermöglicht haben, die ein Mensch macht, und jetzt, da sie sich abbauen, bekommen Sie eben auch die des Shifters.«

Ich beiße mir auf die Lippe. »Da … ich nie gelernt habe, die Verwandlung zu kontrollieren, und nie die Dominanz-Entwicklung durchlaufen habe und so … werde ich dann beide Pubertäten gleichzeitig durchmachen?«

Er zuckt zusammen. »Das weiß ich nicht, und ich hoffe um Ihretwillen, dass es nicht der Fall sein wird. Andererseits möchte ich auch nicht, dass Sie auf die Fähigkeit, sich zu verwandeln, verzichten müssen.«

Ich reibe mein Gesicht mit beiden Händen. »Uns bleibt also nichts übrig, als es auszuprobieren.«

Aidan beugt sich vor und nimmt meine Hand. »Ich bin darauf gefasst, dass Sie zum denkbar unberechenbarsten und aggressivsten Gestaltwandler werden, wenn der Zauber von Ihnen genommen wird. Aber ich kann Ihnen helfen, Ihre Impulse zu kontrollieren. Darum hat Percy mich gerufen und nicht jemanden, der Ihnen nähersteht. Egal, was passiert – ich werde Ihnen helfen.«

Ich nicke und schlucke meine Nervosität herunter. »Okay. Okay. Danke.«

Er schaut mich noch einen Moment eindringlich an, dann sagt er: »Ich habe schon mit den Ermittlungen bezüglich Ihrer leiblichen Eltern begonnen. Wir können noch nicht viel machen, bevor wir die DNA-Resultate haben, aber wir suchen gerade alle Berichte über verschwundene oder geraubte Katzenkinder, vom Zeitpunkt Ihrer Geburt bis zu drei, vier Jahre später, heraus.« Er zuckt die Achseln. »Es kann sein, dass Ihre Eltern Mitglieder des Kults waren und freiwillig bei der Sache mitgemacht haben, was auch immer da genau passiert ist. Aber grundsätzlich sind Shifter ziemlich besitzergreifend und beschützerisch, was ihre eigenen Kinder angeht. Es ist also wesentlich wahrscheinlicher, dass sie die Kinder anderer Leute benutzt haben als ihre eigenen.«

Eine kleine Hoffnung erwacht in meinem Inneren. »Sie glauben also, dass es sein kann, dass ich eine leibliche Familie habe?« Denen ich nicht egal bin? Das wäre nämlich schön.

»Das kann ich nicht versprechen«, sagt er warnend. »Aber selbst wenn sich herausstellt, dass Ihre Eltern Kultmitglieder sind, können wir die Linie Ihrer Familie nachverfolgen. Vielleicht bekommen Sie dadurch Großeltern oder Tanten und Cousins.«

Ich lehne mich zurück und lege den Kopf in den Nacken, um die Decke anzustarren. »Zumindest kann ich dann endlich auf den Formularen beim Arzt etwas unter ›Familiengeschichte‹ eintragen.«

Er schnaubt. »Sam, Sie sollten sich damit abfinden, die nächsten paar Hundert Jahre nur noch von Ärzten im Staatsdienst behandelt zu werden. Die kennen Ihre Familiengeschichte dann schon, glauben Sie mir.«

Ich erschauere, aber nicht unangenehm. »Ein paar Hundert Jahre«, sage ich versonnen. Dann holt mich die Realität ein. »Nur wissen wir ja noch gar nicht, ob ich wirklich so lange lebe oder ob ich nur ein menschliches Lebensalter erreichen werde.« Oh Mann, dieser ganze Genmanipulier-Kram ist so was von ätzend. »Egal. Wir sollten loslegen.« Ich muss da durch – eine andere Möglichkeit, herauszufinden, was passieren wird, habe ich nicht.

»Bevor wir anfangen«, sagt Aidan noch, »möchte ich, dass Sie wissen, dass wir froh sind, dass Sie hier sind.«

Es ist, als würde ich abrupt wachgerüttelt: Ich werde von einer plötzlichen, schockierenden Gefühlswelle übermannt. Ich weiß gar nicht, was ich sagen soll.

Zum Glück war er noch nicht fertig.

»Egal, was passiert, nachdem der Zauber behoben ist – Sie sind ein Gestaltwandler, und Sie sind bei uns willkommen. Ich vermute, Sie werden eine Menge zu lernen und zu verarbeiten haben. Ich bleibe so lange, bis wir sehen können, wie es für Sie läuft, und hoffentlich haben wir dann eine Vorstellung davon, zu welchem Clan Sie gehören, sodass Sie sich bei ihnen eingewöhnen können. Aber was auch passiert: Sie haben einen Platz bei uns. Wir helfen Ihnen, sich daran zu gewöhnen, dass Sie eine Katze sind.« Er lächelt mich an, und plötzlich erahne ich seine Alpha-Natur. Es ist wie eine tröstliche, warme Präsenz in der Luft.

Ich lächle zurück. »Danke. Das bedeutet mir sehr viel.« Ich atme tief durch und stehe auf. »Ich bin bereit.«

*

Es herrscht ganz schönes Gedränge: Mein Team ist hier, außerdem natürlich Alistair und Percy. Dr. Sims und ein Krankenpfleger. Aidan. Und zwei mächtige Zauberer, die David und Percy helfen sollen, den Zauber rückgängig zu machen.

»Wie wäre es am bequemsten für dich?«, fragt David. »Sitzen? Auf der Couch liegen?«

Ich überlege. Ich glaube nicht, dass ich es gut aushalten könnte zu liegen, wenn alle anderen um mich herum stehen. Ich gehöre sowieso schon immer zu den Kleinsten; es gibt keinen Grund, das noch zu betonen. Stehen wäre allerdings auch nicht so gut – ich weiß ja gar nicht, wie lange das hier dauern soll und ob es sich körperlich auswirkt. Ich meine, das wird es natürlich tun, aber …

»Sitzen«, entscheide ich. Das scheint mir die beste Option zu sein. Ich wähle einen Sessel und setze mich hin. »Ist das okay?«

Percy lächelt beruhigend. »Völlig in Ordnung.«

Ein paar Vorbereitungen werden noch getroffen, und gleichzeitig werden die meisten Beobachter ans andere Ende des Raums verbannt. Dr. Sims, der Pfleger und Aidan sind die Einzigen, die in meiner Nähe bleiben, für den Fall, dass ich sie brauche. Ich versuche, nicht darüber nachzudenken, was es bedeuten könnte, einen Arzt zu benötigen. Wir hatten vorhin kurz darüber gesprochen, dass ich beim Aufheben des Zaubers vielleicht Schmerzen oder eine andere negative körperliche Auswirkung spüren würde – Herzstillstand zum Beispiel. Mir wurde versichert, dass sie mich auf jeden Fall am Leben erhalten können, wenn das passieren sollte … ein Hoffnungsschimmer, schätze ich? Und wir haben über Schmerz-Skalen gesprochen. Sie zögern, mir Schmerzmittel zu verabreichen, um so wenig wie möglich in den Prozess einzugreifen, aber natürlich würden sie mir etwas geben, falls ich Qualen erleiden sollte.

Also, ja, ich bin gerade ein kleines bisschen nervös.

»Okay«, sagt Percy. »Sind wir alle so weit?«

»Ja«, erwidern David und seine Freunde … verdammt. Ich habe ihre Namen vergessen. Man sollte meinen, dass ich mir merken könnte, wer sie sind, wenn man bedenkt, was sie gleich mit meinem Einverständnis an mir vornehmen werden.

Tief atmen, Sam. Es ist alles gut. Alles okay. Ich kann sie einfach später noch mal nach ihren Namen fragen. Sie sehen sehr konzentriert aus – vielleicht ist es besser, sie jetzt nicht zu unterbrechen. Ich nenne sie bis auf Weiteres Groß und Augenbraue. Ernsthaft, der Typ hat die besten Augenbrauen, die ich je gesehen habe.

Denke ich wirr? Kann sein, dass ich ein bisschen nervös bin. Ich drehe den Kopf und schaue zu den anderen hinüber. Gideon sieht mir in die Augen, und die solide Stärke in seinem Blick beruhigt mich.

»Sam.« Ich schaue zu Percy auf. Er lächelt beruhigend. »Was ich gleich tun werde, ist, die Magie herauszufiltern, sodass sie sehen können, was genau gemacht wurde«, sagt er mit Blick auf die drei Zauberer. »Dann kümmern wir uns darum, den Zauber rückgängig zu machen.«

Ich nicke. »Okay. Ich bin bereit.« Das habe ich in letzter Zeit ganz schön oft gesagt, habe ich das Gefühl.

Und schon spüre ich, wie mich die Magie warm durchströmt, genau wie gestern Abend, als Percy mich untersucht hat.

»Oh!«, ruft Groß. Die Überraschung steht ihr ins Gesicht geschrieben.

»Fuck«, sagt David, und ich versuche mich zu erinnern, ob ich ihn schon mal fluchen gehört habe.

»Sie hatten uns ja gesagt, was uns erwartet, aber …« Augenbraue schüttelt den Kopf. »Das ist wirklich außergewöhnlich. Obszön, aber außergewöhnlich.«

»Sie können den Zauber jetzt erkennen?«, fragt Percy nach, und Groß nickt.

»Ja«, erwidert David. Alle schauen mich an, aber nicht wirklich. Sie schauen durch mich hindurch?

Nein. Sie schauen in mich hinein. Das ist vielleicht unheimlich.

»Sie haben ganz recht, Percy, es sind mehrere verschiedene Signaturen zu erkennen, aber so, wie sie verwoben sind, ist es schwierig, sie auseinanderzuhalten.«

Augenbraue schiebt die Ärmel hoch, als wollte er sich auf körperliche Arbeit vorbereiten. »Hoffentlich erkennen wir sie deutlicher, wenn wir den ganzen Mist hier auseinandersortiert haben. Wo wollen Sie anfangen?«

Ich blende ihre Stimmen aus, als sie von Dingen zu reden beginnen, von denen ich nichts verstehe. Vielleicht wäre es besser, zuzuhören, schließlich geht es darum, was sie mit mir machen, aber ich kann mein Gehirn nicht wirklich bei der Stange halten.

»Sam?« Das war David. Ich sehe ihn an. »Könntest du dich bitte auf deine innere Energie konzentrieren, so wie gestern?«

»Klar.« Das hilft meinem Gehirn wahrscheinlich auf die Sprünge. Gestern hat es sich fast schon meditativ angefühlt.

Ich schließe die Augen und lasse mich auf das Klopfen meines Herzschlags ein. Blut strömt in meine Extremitäten und wieder zurück, ein Kreislauf von Leben und Energie. Ich spüre ein leichtes Kitzeln unter der Haut, nicht so stark wie gestern Abend, aber es ist da.

»Das ist ja interessant«, sagt Augenbraue. »Man kann förmlich dabei zusehen, wie der Zauber sich auflöst, sobald er seine innere Energie anzapft.«

»Die meisten Menschen wissen gar nicht, dass sie dazu in der Lage sind«, antwortet Groß. »Wahrscheinlich dachten sie, dass sie dagegen nichts unternehmen müssen, als sie den Zauber entworfen haben.«

»Das kommt uns jetzt zugute. Lasst uns ein paar Teile nehmen, bevor sie sich auflösen, und identifizieren, wer die Täter sind. Sam, können Sie Ihre Konzentration eine Weile aufrechterhalten?« Augenbraue richtet zum ersten Mal das Wort an mich, seit wir einander vorgestellt wurden.

»Ich glaube schon«, antworte ich und öffne die Augen einen Spalt. Es hat keine Auswirkungen auf den Energiestrom, also öffne ich sie ganz. »Heute fühlt es sich einfacher an und gut, wie Stretching.«

Er nickt. »Ausgezeichnet. Das ist plausibel – Ihre innere Shifter-Natur erwacht. In der Community sind wir es gewohnt, uns unserer inneren Kraft bewusst zu sein. Lassen Sie uns wissen, wenn es anstrengend wird. Aber ich denke, dass mit der Zeit fast der ganze Zauber unter dem Druck Ihres wahren Ichs zusammenbrechen wird. Dadurch wird es für uns einfacher, ihn rückgängig zu machen.«

»Das ist gut.« Ich lasse die Augen wieder zufallen und konzentriere mich auf die Energie. Es ist irgendwie hypnotisch. Beruhigend. Ich höre das Murmeln von Stimmen, während die anderen darüber sprechen, was sie tun, aber ich versuche gar nicht, es zu verstehen. Ein schwaches Rauschen liegt unter den Geräuschen.

»Sam?«

Ich hebe die schweren Augenlider und schaue in Davids lächelndes Gesicht. Seine Züge wirken irgendwie schärfer, klarer. »Ja?«

»Wir haben genug, um die beteiligten Zauberer zu identifizieren und zu verstehen, was sie genau gemacht haben. Jetzt müssen wir nur noch den Rest entwirren. Du musst jetzt aufpassen und uns sagen, was du spürst.«

Ah, jetzt kommt das, wovor ich Angst habe. »Okay.«

»Kannst du den Energiefluss immer noch aufrechterhalten? Wir haben das Gefühl, dass es die Sache vereinfacht.«

»Sicher. Es ist überhaupt nicht mehr anstrengend.«

David und die anderen werfen einander vielsagende Blicke zu.

»Könnten Sie es noch etwas verstärken?«, fragt Groß dann vorsichtig.

Ich zucke die Achseln. »Ich kann es versuchen.« Ich konzentriere mich wieder auf die Energie. Sie fließt schon die ganze Zeit, ohne dass ich etwas tun muss. Jetzt konzentriere ich mich auf die Vibration und versuche, sie zu verstärken. Das Kribbeln wird intensiver, die Geschwindigkeit erhöht sich, und all die winzigen Haare an meinem Körper stellen sich auf.

»Das hat's beschleunigt«, sagt Groß zufrieden.

»Wenn ich darf …«, sagt eine andere Stimme, und ich öffne wieder die Augen. Es ist Aidan. »… könnte ich die Verwandlung erzwingen.«

»Nein!«, bellt Alistair von der anderen Seite, und ich drehe mich zu ihm um. Elinor hält ihn am Arm fest. Er sieht fuchsteufelswild aus, und sie wirkt auch nicht gerade glücklich. Gideon stellt sich neben sie und flüstert ihr etwas ins Ohr.

So, wie die anderen innehalten, um zu überlegen, muss das eine große Sache sein.

»Was heißt das denn?«, frage ich.

Aidan sieht mir in die Augen. »Es ist eine heikle Angelegenheit«, sagt er ernst. »Ich würde Ihre Tierseite dazu zwingen, hervorzukommen. Verwandeln ist schwierig und kostet auch unter normalen Umständen eine Menge Energie. Eine Verwandlung zu erzwingen ist sehr unangenehm, sowohl körperlich als auch mental. Mir gefällt die Vorstellung ganz und gar nicht, Ihre erste Verwandlung auf diese Weise herbeizuführen.«

Warum hat er es dann vorgeschlagen? »Oh. Sie denken, dass der restliche Zauber auseinanderbricht, wenn Sie meine Katze hervorlocken.« Das klingt irgendwie logisch.

Er zuckt die Achseln. »Es ist nur eine Theorie. Innerhalb der letzten Stunden hat sich auch Ihr Geruch verändert – der Mensch tritt in den Hintergrund, und die Katze kommt hervor. Ich denke, es ist jetzt so viel von Ihrer Gestaltwandler-Seite vorhanden, dass ich auch den Rest hervorholen könnte. Ich überlasse es den Experten, zu entscheiden, ob es die sicherere Variante wäre, den Rest des Zaubers zu entwirren.«

»Percy?«, fragt David, während er auf seiner Lippe herumkaut. »Der Zauber zersetzt sich auf natürliche Weise unter dem Druck von Sams Shifter-Energie, ohne dass es ihm schadet. Ich bin zuversichtlich, dass wir es schaffen werden, auch den Rest aufzulösen, aber wir wissen nicht, was passiert, wenn wir aus Versehen in eine der Fallen tappen.«

Fallen? Vielleicht hätte ich doch besser achtgeben sollen. »Moment«, sage ich. »Kann ich mal kurz …? Also, wenn Aidan mich zwingt, mich zu verwandeln, wird das … was genau? Ein bisschen schmerzhaft? Werde ich traurig? Bekomme ich Angst? Könnte mir mal jemand helfen, das zu verstehen?«

»Schmerzhaft«, bestätigt Aidan. »Es ist zwar etwas, das Ihr Körper von Natur aus tun kann, aber ich würde es Ihnen aufzwingen, anstatt es Sie aus eigenem Antrieb tun zu lassen. So, wie die meisten Leute hinter sich greifen können, um sich am Rücken zu kratzen, aber wenn jemand Ihren Arm nach hinten biegt, tut's weh.«

»Also schmerzhaft, aber nicht zu sehr?«

»Genau. Aber es ist auch ein bisschen mentales Unwohlsein mit im Spiel. Sie werden Angst verspüren, und das kann ein paar Tage anhalten. Und emotional werden Sie auch.«

»Klingt nach Spaß«, murmele ich. »Okay. Aber dafür ist es auch wahrscheinlich, dass es den ganzen Zauber auflöst, ohne dass etwas zurückbleibt?«

»Das nehmen wir jedenfalls an«, betont David.

»Und die andere Option besteht darin, dass ihr den ganzen Zauber auseinanderklaubt und dabei in irgendwelche Fallen tappt?«

»Ja.«

»Und wir wissen nicht, was das für Fallen sind.«

Augenbraue, Groß und er wechseln Blicke. »Nein. Wir würden sie zunächst genauer untersuchen, aber das dauert, denn wir wollen sie ja nicht aktivieren.«

Ach, verdammt.

Das wird also so oder so ganz toll für mich. Es scheint nur allzu offensichtlich, was zu tun ist.

»Ihr seid alle Experten«, sage ich. »Aber im Moment neige ich dazu, Aidan die erzwungene Verwandlung machen zu lassen.«

»Sam«, fängt Alistair an, aber Percy hat schon das Wort ergriffen.

»Ich denke auch, dass das am besten wäre. Die Magie ist der gleichen Ansicht.«

»Moment«, sagt Gideon stirnrunzelnd.

»Dann machen wir das auch«, erklärt David.

»Am besten verlassen jetzt mal alle den Raum«, rät Aidan. »Wir wissen nicht, wie Sam auf seine erste Verwandlung reagieren wird.«

»Ich gehe nirgendwo hin, bevor ich nicht mit Sam gesprochen habe«, tobt Alistair. Ich sehe ihn an. Er hat die Hände zu Fäusten geballt und sieht aus, als wäre er selbst kurz davor, sich zu verwandeln. Elinor knurrt ihn an, aber ich verstehe die Worte nicht.

»Okay«, sage ich. »Was denn?«

Er kommt herübergestapft. »Darüber musst du wirklich ernsthaft nachdenken, Sam. Ich denke, dass das Spezies-Oberhaupt sich gut um dich kümmern wird, aber eine erzwungene Verwandlung ist *furchtbar*. Deine erste Verwandlung wird so oder so schwer genug. Und wenn du dich auch noch mit den Nachwirkungen einer erzwungenen Verwandlung rumschlagen musst – ich wäre ein echt beschissener Freund, wenn ich dich nicht warnen würde.«

Ich fühle mich, als wäre mein Bauch voller nervöser Schmetterlinge. Kann es wirklich so schlimm werden? Ich schaue Elinor an, die Alistair gefolgt ist. Sie zieht eine Grimasse und nickt.

»Es ist wirklich kein Vergnügen, Sam. Wir versuchen eigentlich unser ganzes Leben, es zu vermeiden.«

Na super. Dann wende ich mich an David. »Wenn du raten müsstest – was glaubst du, können diese Fallen so anrichten?«

Er schüttelt den Kopf. »Das weiß ich nicht genau. Aber … für Fallen dieser Art würde der Zauberer an dein genetisches Material gehen müssen. Ich würde sagen, die Fallen sind dafür gedacht, den Zauberer, der sie gebaut hat, zu schützen und vielleicht das genaue Ausmaß seiner Arbeit zu verbergen. Ich glaube kaum, dass wir ohne Percy überhaupt so weit gekommen wären. Dass der Zauber schon so zerfallen ist, hat auch geholfen. Wenn er in perfektem Zustand wäre, hätten wir ihn ohne Percy gar nicht erst gefunden.«

»Du redest um den heißen Brei herum, David«, sagt Groß ungeduldig. Sie sieht mich direkt an. »Wenn ich raten sollte, würde ich sagen, dass das Aktivieren einer solchen Falle eine Art Selbstzerstörung des restlichen Zaubers in Gang setzen würde.«

»Der auf molekularer Ebene mit mir verbunden ist?« Ich bin nicht ganz sicher, ob ich das korrekt ausgedrückt habe. Ehrlich gesagt weiß ich gar nicht ganz genau, was ein Molekül eigentlich ist. Aber beim Gedanken, dass in meinem Inneren eine Selbstzerstörung stattfindet, dreht sich mir der Magen um.

»Ja.«

»Dann auf keinen Fall«, erklärt Gideon. »Diesem Risiko könnt ihr ihn nicht aussetzen. Und mir gefällt der Gedanke, seine Verwandlung zu erzwingen, auch nicht. Es muss doch auch eine andere Möglichkeit geben, die ihm nicht wehtut.«

Ich schiebe das warme, kuschelige Gefühl beiseite, das seine Besorgnis bei mir auslöst, und wende mich wieder an Alistair. »Was wäre schlimmer, eine erzwungene Verwandlung oder dass ich von innen heraus zu Matsch zerfließe?«

Er sieht die Zauberer an. »Wie hoch sind denn die Chancen, dass ihr diese Fallen aktiviert?«

»Schluss jetzt, Alistair!«, verlangt Gideon.

Ich kann nicht fassen, dass Alistair überhaupt fragt. Ich will diesen verdammten Zauber endlich loswerden!

Augenbraue breitet die Hände aus. »Wir versuchen natürlich alles, um es nicht zu tun, aber es können auch welche vorhanden sein, die wir gar nicht sehen. Sagen wir mal – die Wahrscheinlichkeit liegt bei zehn, fünfzehn Prozent.«

»Ich glaube nicht, dass sie ganz so hoch wäre«, sagt David offen. »Aber ich an Sams Stelle würde auch die erzwungene Verwandlung wählen. Ich habe zwar auch schon gehört, dass es schrecklich ist, aber daran gestorben ist noch niemand, oder?«

Alistair schüttelt widerwillig den Kopf. »Nicht, dass ich wüsste.« Er wendet sich zu Aidan um, der ebenfalls den Kopf schüttelt. »Ach, Mist. Okay, meinetwegen. Ich wollte, es müsste nicht sein.« Er tritt zurück. »Ich muss draußen bleiben, Sam. Könnte sein, dass deine Katze es nicht mag, wenn ein Höllenhund mit im Raum ist.«

»Wieso versuchen wir denn gar nicht, eine bessere Lösung zu finden?«, will Gideon wissen.

Ich ignoriere ihn. Werde ich denn mein komplettes Selbstempfinden verlieren? »Aber du bist doch immer noch du«, sage ich zu Alistair. »Werde ich dich denn nicht erkennen?« Leicht panisch wende ich mich an Aidan. »Werde ich meine Freunde nicht wiedererkennen?«

»Das ist unwahrscheinlich«, versichert er mir. »Aber Sie haben sich noch nie verwandelt, und die Umstände sind nicht ideal. Wir wissen nicht, wie Ihre innere Katze reagieren wird, also werden wir die potenziellen Probleme so gering wie möglich halten – schon vergessen?«

Ja. In Ordnung. Davon hat er vorhin gesprochen. Ich nicke und atme stoßweise aus. »Wow. Ich dachte, ich bin bereit, aber vielleicht ist es doch … können wir es jetzt bitte hinter uns bringen?«

»In Ordnung. Alle verlassen bitte den Raum«, erklärt Percy mit einer Autorität in der Stimme, die mir ein bisschen Angst macht. Dass er der Luzifer ist und alle anderen ihm unterstellt sind, wusste ich schon – aber ich habe mir noch nie Gedanken darüber gemacht, welche Macht er hat.

Er lächelt mich an. »Ich weiß ja nicht, ob dir das hilft – aber die Magie macht sehr deutlich, dass das die richtige Entscheidung ist, Sam.« Dann wendet er sich an Aidan: »Dr. Sims, Karly und ich bleiben. Einverstanden?«

Aidan nickt. »Aber sonst niemand«, sagt er mit erhobener Augenbraue und Blick auf Alistair, der empört schnaubt.

»Ich habe ja schon gesagt, dass ich gehe.« Er schließt mich fest in die Arme. »Iiih, du riechst ja nach Katze.«

»Daran solltest du dich besser gewöhnen«, presse ich hervor. Es sei denn natürlich, ich sterbe. Sie haben zwar gesagt, dass das noch nie passiert ist, aber in den letzten vierundzwanzig Stunden habe ich definitiv den Rekord für noch nie Dagewesenes gebrochen – was bedeutet da schon eine Sache mehr oder weniger?

Alistair legt mir die Hand um den Nacken und drückt mich. »Bis in ein paar Minuten.«

Länger dauert es nicht? Na, hoffentlich stimmt das. Ich nicke, er lässt mich los und geht zielstrebig zur Tür. »Beeilt euch, Leute. Das muss nicht länger dauern als nötig!«, ruft er.

Elinor drückt meine Hand. »Alles wird gut, Sam. Bis gleich.« Sie folgt Alistair durch die Tür. Lily umarmt mich und gibt mir einen Kuss, dann gehen sie und Andrew auch.

»Es tut mir leid, dass es nicht einfacher ging«, sagt David. »Wir werden die Leute finden, die dir das angetan haben.« Dann sind auch die Zauberer weg.

Alle sehen Gideon an, der breitbeinig und mit verschränkten Armen ein paar Schritte entfernt steht. Er sieht nicht so aus, als ob er gehen würde.

»Gideon?«, fragt Percy.

Gideon schüttelt den Kopf. »Ich bleibe bei ihm.«

Aidan runzelt die Stirn und öffnet den Mund, aber Gideon schneidet ihm das Wort ab: »Ich. Bleibe.«

Seine Respekt einflößende, massive Präsenz macht das Ganze schon etwas weniger Furcht einflößend.

»Lasst ihn bleiben«, sage ich, ohne lange nachzudenken. »Wenn das okay ist?«

Alle schauen Percy an, der Gideon nachdenklich mustert. Dann sieht er erst mich an und darauf wieder Gideon. Schließlich sagt er: »Na schön. Aber du hältst dich raus.«

Gideon nickt knapp und macht es sich in seiner drohenden Haltung bequem.

Percy lächelt mich an. »Sam, bist du …«

»Sam, verwandle dich!«, befiehlt Aidan, und etwas in seinem Tonfall tut mir in allen Knochen weh.

Aber es geschieht nichts.

Enttäuschung macht sich in mir breit. »Vielleicht ist doch nicht mehr genug von meiner Gestalt…« Plötzlich muss ich aufschreien, denn mein ganzer Körper zerbirst, die Energie in mir presst und schießt nach außen …

Kapitel 10

Schmerz.

Überall.

Fremder Geruch.

Nicht mein Clan.

Gefahr?

Geruch.

Clan. Alpha. Sicherheit.

Fremder Geruch. Gefahr?

Alpha beschützen!

Augen auf. Kein Alpha? Aufstehen. Aua. Alpha in Gefahr? Knurren.

»Sam?«

Große Gefahr. Alpha vor dem Geruch beschützen.

»Sam. Ich bin's.«

Fauchen.

»Bleib sitzen, Gideon. Er ist jetzt ganz und gar Katze.«

Fauchen. Beschützen.

»Sam.«

Schmerz. Klagen.

»Sam!«

*

Meine Wahrnehmung kehrt zurück. Was zum Teufel? Was …?

Wow.

Es ist … wow.

Ich glaube … ich glaube, ich hab mich verwandelt.

Mir tut alles weh. Ich fühle mich … anders. Meine Sehkraft ist … komisch. Und entweder sitze ich auf dem Fußboden, oder ich bin eine Katze.

Ich blicke nach unten.

Pfoten.

Jepp, es scheint, als hätte ich mich verwandelt.

Ich schaue wieder auf und versuche, mich mit meiner komischen Sehkraft auf die anderen Anwesenden zu konzentrieren. Aidan ist nur einen Schritt von mir entfernt und beobachtet mich aufmerksam. Percy steht neben Dr. Sims und dem Pfleger. Gideon hat sich auf seinem Stuhl vorgebeugt und lässt mich nicht aus den Augen.

»Sam?«, fragt Aidan, und ich öffne den Mund, um zu antworten, aber es kommt nur ein dumpfes Knurren heraus. Er sieht erleichtert aus. »Da ist er wieder«, sagt er, dann setzt er sich neben mich auf den Boden und breitet die Arme aus. »Wie fühlst du dich?«

Ich krabbele praktisch auf seinen Schoß. Ich empfinde das tiefe Bedürfnis, mich an ihn zu kuscheln und mich sicher zu fühlen.

»Alles in Ordnung«, sagt er beruhigend. »Ich bin da. Tu mir bitte einen Gefallen. Zwinkere zweimal, wenn du mich klar verstehen kannst.«

Ich zwinkere zweimal, und er strahlt, während er meinen Nacken krault.

»Großartig. Du hast dich in eine erwachsene Katze verwandelt, das ist wunderbar, und es scheint alles gut gegangen zu sein. Der menschliche Geruch ist völlig verschwunden. Du bist absolut und hundert Prozent Gestaltwandler.«

Ich reibe den Kopf an seiner Brust. Keine Ahnung, wieso. Das ist alles so surreal.

»Ich möchte mal sehen, wie gut deine Koordination ist. Könntest du bitte zu Gideon rübergehen?«

Ich bin hin- und hergerissen. Einerseits mag ich den Gedanken, die Sicherheit von Aidans Berührungen zu verlassen, ganz und gar nicht, und ich quengele … aber dann sehe ich aus dem Augenwinkel eine Bewegung und schaue wieder zu Gideon hinüber.

Instinktiv krabbele ich von Aidans Schoß und mache einen Schritt auf Gideon zu …

Und kippe zur Seite.

Stirnrunzelnd richte ich mich wieder auf, schüttle mich und versuche es noch mal.

Dieses Mal stolpere ich und falle hin.

Aidan lacht. »Sieht so aus, als wärst du eine ausgewachsene Katze mit der Koordination einer Erstverwandlung.«

»Ist das schlimm?«, fragt Gideon.

»Nur insofern, dass er sich noch an seine Katze gewöhnen muss. Das geht allen Gestaltwandlern so – aber normalerweise passiert es, wenn wir noch Teenager sind.«

Ich lege den Kopf auf die Pfoten. Ich muss noch mal neu laufen lernen? Wie ätzend.

»Na, komm schon, Sam. Es ist nicht so schlimm. Überlass das deiner Katze. Du willst gehen wie ein Mensch, und das funktioniert mit vier Beinen nicht.«

Mit einem Seufzer stehe ich wieder auf, was sich anders anfühlt als sonst, und versuche einen Schritt zu gehen, ohne darüber nachzudenken.

Das klappt wieder nicht, und ich stoße mich am Couchtisch. Mein schmerzliches Fauchen klingt sogar ganz cool, und ich mache das Geräusch noch mal.

»Wenn ich darf?«, fragt Percy Aidan, der nickt. »Sam, konzentrier dich auf deine innere Energie.«

Das probiere ich mal aus. Es fühlt sich haargenau so an wie damals, als ich ein Mensch war, nur kribbeliger.

Ich mache einen Schritt.

Dann noch einen.

Hey, das ist ja doch nicht so schwer!

Beim nächsten Schritt verliere ich wieder das Gleichgewicht. Vielleicht sollte ich noch nicht übermütig werden. Aber ich schaffe es, bis zu Gideon zu laufen, und reibe meine Wange an seinem Oberschenkel, hauptsächlich, weil ich fühlen möchte, ob er wirklich so muskulös ist, wie ich denke.

Das ist er.

Er berührt mich und beugt sich zu mir herunter. »Du bist wunderschön, Sam.«

Es klopft an der Tür, und ich fahre herum, falle auf den Hintern, stehe wieder auf und fauche.

»Ruhig, Sam«, sagt Aidan und lässt dabei ein wenig seiner Alpha-Energie mit einfließen. Das Gefühl der Panik – Gefahr! Gefahr! – lässt etwas nach. »Das sind deine Freunde, erinnerst du dich nicht?«

Ach so. Stimmt. Wow, dieser Katzeninstinkt ist wirklich auf Zack.

»Percy, könntest du die anderen bitten, einer nach dem anderen hereinzukommen? Die Höllenhunde zuletzt. Er ist noch sehr reaktiv, und wir wollen keine Zwischenfälle riskieren.«

Percy geht zur Tür und schlüpft hinaus. Ich gehe rückwärts, bis ich Gideons Beine im Rücken spüre, dann setze ich mich wieder hin.

«Sam«, murmelt er, und seine Stimme klingt, als müsste er sich ein Lachen verkneifen. »Kannst du ein paar Zentimeter rücken? Du bist eine sehr schöne Katze, aber doch ein bisschen zu groß, um auf meinen Füßen zu sitzen.«

Ich schnaube und sehe ihn über die Schulter an. Er zieht mir dafür seine Füße unter dem Hintern weg.

Die Tür öffnet sich wieder, und ich wende ruckartig den Kopf. Percy kommt herein und stellt sich neben den Türrahmen. Lily folgt ihm, und Percy schließt die Tür.

Sie fängt an zu strahlen, als sie mich sieht. Plötzlich wird mir klar, dass ich sie riechen kann, nicht nur sie, sondern ihre Spezies. Ich merke ganz deutlich, dass sie ein Sukkubus ist. Keine Ahnung, wie oder warum – ich weiß es einfach.

Ich atme tief ein und registriere, dass ich die Spezies aller Anwesenden am Geruch erkennen kann. Gideon, hinter mir – Dämon.

Percy – felider Shifter. Luzifer. Das riecht noch mal anders.

Dr. Sims – Zauberin. Der Krankenpfleger – Dämon.

Aidan – felider Shifter. Alpha. Anführer.

Ich denke kurz über den Unterschied zwischen Percys und Aidans Geruch nach. Er ist schwach, aber er ist da. Ich frage mich, ob es zum Katzendasein dazugehört, Gerüche und ihre Bedeutung zu erkennen.

»Oh, Sam! Sieh dich nur an!« Lily kommt näher, dann fragt sie Aidan: »Darf ich zu ihm?«

Er mustert mich. »Ja, aber ganz langsam. Keine plötzlichen Bewegungen. Sein Beschützerinstinkt liegt sehr nah unter der Oberfläche.«

Lily kommt so langsam auf mich zugelaufen, dass mir beim Warten langweilig wird und ich aufstehe und auf sie zulaufe. Sie geht in die Knie und breitet die Arme aus. »Komm in meine Arme!«

Ich bin immer noch an sie gekuschelt, als Percy die Tür wieder aufmacht und David hereinlässt.

Dann Andrew.

Dann Groß und Augenbraue. Alle sind bei meinem Anblick begeistert und aufgeregt, und meine Katze bleibt ganz ruhig, hauptsächlich interessiert an all den neuen Gerüchen.

Aber jetzt will ich Alistair. Ich laufe zur Tür und stupse Percy an. Er wirft Aidan einen Blick zu.

»Okay, Sam, aber komm erst mal her.«

Ich unterdrücke meine Ungeduld und gehorche. Wenn er mich in der Nähe haben will, falls ich ausraste, kann ich es ihm nicht wirklich zum Vorwurf machen.

Percy steckt den Kopf durch die Tür, und einen Augenblick später geht die Tür auf. Alistair und Elinor kommen vorsichtig herein. Mein bester Freund sieht sich im ganzen Raum um, dann fällt sein Blick auf mich.

»Wow. Du bist ja wirklich 'ne Katze«, murmelt er und grinst breit. »Dein Fell steht am Kopf ab wie bei einem Jungtier«, neckt er mich.

Wirklich? Oh nein! Warum hat mir das keiner gesagt? Ich versuche, das Fell mit den Pfoten zu glätten, aber ich bin ziemlich sicher, dass es nicht funktioniert.

Alistair kommt auf mich zu, vorsichtig, aber nicht ganz so langsam, und setzt sich neben mich. »Alles okay, Sammy?« Er hält mir die Hand hin, doch ich habe seinen und Elinors Geruch schon längst erkannt. Sie sind Shifter, aber anders als Percy, Aidan und ich. Ein Teil von mir will die Nase rümpfen und nach ihm hauen, aber hauptsächlich ist es einfach anders, und er ist mein bester Freund.

Ich hole mit der Pfote aus und schiebe seine Hand beiseite, dann lecke ich mit meiner rauen Zunge seine Wange.

»Hey! Iiiih!«

Nachdem das allgemeine Gelächter verebbt ist, sagt Aidan: »Ich denke, es ist langsam Zeit, dass du dich zurückverwandelst, Sam. Du musst das Hin- und Herwechseln üben, und ich vermute mal, alle anderen haben heute noch jede Menge zu tun.«

Oh.

Er hat natürlich recht, aber ich finde es gerade ganz toll, eine Katze zu sein. Außerdem kann ich nicht sprechen, also kann ich mich vor allem verstecken, das noch nicht beantwortet ist. Und ich bin wirklich viel umarmt worden. Das hat mir gefallen.

Und Gideon hat mich wunderschön genannt, und ich durfte ihn anfassen. Na ja, sozusagen.

Ich knurre.

Aidan hebt eine Augenbraue, aber Alistair gibt mir einen leichten Klaps auf die Nase.

»Ein bisschen Respekt, bitte«, ermahnt er mich. »So mault man den Anführer nicht an.«

Ich starre ihn ungläubig an, und er zuckt die Achseln.

»Die Etikette ist bei allen Unterarten gleich. Du magst zwar noch ein junger Shifter sein, aber das ist keine Entschuldigung für schlechte Manieren.«

Okay, jetzt muss ich mich zurückverwandeln, um ihn auslachen zu können. Ist das wirklich der gleiche Alistair, der der Meinung ist, dass Manieren ihn nichts angehen?

Mein Blick verrät anscheinend meine Gedanken, denn er seufzt. »Es ist etwas anderes, wenn es um den Anführer geht. Glaub mir. Komm schon, Zeit zum Zurückverwandeln.«

Ich wende ihm genervt den Rücken zu und schaue Aidan an.

»Er hat recht«, sagt der Alpha. »Du bist dieses Mal entschuldigt, weil du die Regeln nie gelernt hast. Was du jetzt tun musst, ist, dich auf deine innere Energie zu konzentrieren. Lass sie in dir wachsen, bis du das Gefühl hast, dass sie aus dir heraus explodieren wird. Dann stellst du dir deine menschliche Form vor und lässt die Energie los.«

So, wie er es sagt, klingt es einfach. Was ist, wenn ich es versaue? Werde ich dann so eine komische Form haben, halb Mensch, halb Katze? Oder … wie detailliert muss denn die Visualisierung von meinem menschlichen Ich sein? Wenn ich mir meine Zehennägel nicht vorstelle, verliere ich sie dann? Und bekomme ich sie das nächste Mal zurück, wenn ich mich verwandle, oder muss ich für immer als zehennagelloser Mensch herumlaufen?

»Entspann dich«, ermahnt mich Aidan, als könnte er meine Gedanken lesen. »Das ist für dich ganz natürlich. Du kannst es nicht vermasseln.«

Ich bin nicht ganz sicher, ob ich ihm glauben soll, aber es ist einen Versuch wert. Ich konzentriere mich also auf meine innere Energie, und sie wirbelt schneller herum als je zuvor. Das Kribbeln ist auch stärker, vibriert unter meiner Haut, und mein Fell sträubt sich. Ich schließe die Augen und stelle mir mein menschliches Ich vor – gut frisiert, versteht sich. Ich warte ab, bis das Kribbeln so intensiv ist, dass ich das Gefühl habe, dass meine Haut gleich aufreißen wird … und dann lasse ich es einfach zu? Es ist ein so seltsames Gefühl, dass ich es gar nicht richtig beschreiben kann, aber die Energie bricht aus mir heraus, und ich fühle, wie ich mich verändere. Es ist nicht besonders angenehm. Nicht ganz so schmerzhaft wie das erste Mal, aber unangenehm ist es definitiv.

Und dann ist es vorbei.

Etwas außer Atem blinzle ich und schaue an mir herunter. Ich habe wieder meine menschliche Gestalt.

»Wow«, sage ich schwankend. Jeder einzelne Muskel tut weh.

»Zeit zum Hinsetzen«, verkündet Alistair und schiebt mich am Arm in Richtung Couch. Ich klammere mich an seine Hand.

»Wie fühlst du dich?«, fragt Aidan und setzt sich auf die andere Seite.

»Gut. Müde. Das war so … surreal.«

»Da du nie damit gerechnet hast, dich verwandeln zu können, kann ich mir das gut vorstellen. Du hast es sehr gut hingekriegt.«

»Wirklich?« Meine Unsicherheit kommt wieder zum Vorschein.

Aidans Lächeln ist warmherzig. »Wirklich. Du hast wesentlich mehr Kontrolle als die meisten Katzen bei ihrer ersten Verwandlung – abgesehen von den ersten paar Minuten, als deine Katze die Oberhand hatte. Du solltest fürs Erste nicht versuchen, dich zu verwandeln, wenn ich nicht dabei bin, für den Fall, dass das keine einmalige Sache war.«

Ich reiße die Augen auf, als mir klar wird, was er meint, und er beeilt sich, mir zu versichern: »Das ist nicht besonders wahrscheinlich. Aber es schadet nicht, sicherzugehen, okay?«

»Okay«, stimme ich nickend zu. Ehrlich gesagt bin ich nicht hundertprozentig sicher, wovon er genau redet. »Meine Katze hatte die Oberhand? Was heißt das denn?«

Alistair drückt meine Hand. »Genau das, was er gesagt hat. Manchmal, wenn unsere menschliche Seite nicht damit umgehen kann, was passiert, übernimmt die tierische Seite. Es ist ein Verteidigungsmechanismus und geschieht meist nur nach einem Trauma. Wir sind ja nicht Tiere im klassischen Sinne, wenn wir uns verwandeln – wir behalten unsere menschlichen Fähigkeiten und verbinden sie einfach mit unseren Tiersinnen und -instinkten.«

Ich versuche, es zu verstehen. »Also … ich kann mich an die erste Zeit gleich nach der Verwandlung nicht erinnern.«

Alistair sieht Aidan an.

»Genau«, bestätigt der Rudelführer. »Es waren nur ein paar Minuten. Du warst desorientiert und hast verängstigt gewirkt. Ich habe dich zurückgerufen – es ist so ähnlich, wie eine Verwandlung zu erzwingen, aber mehr auf der psychischen Ebene.«

Die Vorstellung, dass ich nicht Herr über meinen Körper war, ist gruselig – und das Schlimmste ist, dass ich keine Erinnerung daran habe.

»Wenn Sie nichts dagegen haben«, sagt Dr. Sims ruhig, »sollten wir noch mal ein paar Proben nehmen, da Sam jetzt definitiv kein Mensch mehr ist.«

»Proben?« Meint sie noch mehr Blut und Sperma? Ich fühle, wie die Panik mir die Kehle zuschnürt. Ich kann sie nicht mit einer Nadel an mich ranlassen, ich kann nicht. Eine kleine Stimme in meinem Hinterkopf sagt, dass sie doch heute bereits Proben genommen hat und ich mir keine Sorgen machen muss – aber sie wird von einer Welle der Angst ausgeblendet. »Nein. Neinneinnein.«

»Sam?« Gideon steht aus seinem Sessel auf und kommt auf mich zu. Ich springe von der Couch direkt in seine Arme, und er stolpert einen Schritt zurück, als er mich auffängt. Ich klammere mich an ihn und vergrabe das Gesicht an seinem Hals.

»Lass sie nicht an mich ran. Bitte nicht. Lass sie nicht zu mir.«

»Moment mal«, sagt jemand. »Was passiert hier gerade?«

»Panik. Vielleicht Paranoia«, erwidert Aidan seufzend. »Es ist eine Nebenwirkung der erzwungenen Verwandlung. Tut mir leid, Doktor, aber es ist wahrscheinlich besser, wenn Sie diese Proben nicht gleich heute nehmen.«

»Selbstverständlich«, sagt sie. Ich öffne ein Auge und drehe mich halb um, während sie durch die Tür verschwindet. Ich traue ihr nicht über den Weg, keine Sekunde. Sie könnte wiederkommen. »Rufen Sie mich, wenn er bereit ist. Wir analysieren inzwischen die anderen Proben.«

»Danke«, sagt Percy, und ich lenke meine Aufmerksamkeit auf ihn. Er hat sie hierher eingeladen. Vielleicht steckt er mit ihr unter einer Decke? Ob er nur so tut, als wollte er mir helfen?

Ich versuche, an Gideon hochzuklettern.

»Okay, Sam, ich bin ja bei dir«, murmelt er. »Niemand wird dir etwas tun. Du bist in Sicherheit.«

»Das weißt du doch gar nicht!«, zische ich. »Wir wissen nicht mehr, wem wir vertrauen können!«

»Ich wäre ziemlich beleidigt, wenn ich nicht wüsste, dass er nicht ganz er selbst ist«, bemerkt Andrew. *Der Vampir.* In meinem Kopf vermischt sich gerade alles, was ich in den letzten fünf Jahren über Vampire gelernt habe, mit den Geschichten von früher, bevor ich in der Community gelebt habe. Ich kann mich nicht mehr erinnern, was wahr ist und was nicht. Ich weiß nicht mehr, ob man Vampiren trauen kann.

»Sam, ich brauche meine Hände, um dich beschützen zu können«, sagt Gideon mir leise ins Ohr. »Ich lasse dich jetzt runter. Du kannst neben mir bleiben, okay?«

Eigentlich will ich ihn nicht loslassen, aber er hat recht. Ich entknote meine Beine von seiner Taille und lasse mich zögernd wieder auf den Boden herunter. Dann drehe ich mich um, sodass ich ihn im Rücken habe und alle anderen gut sehen kann.

»Sam, weißt du noch, wer ich bin?«, fragt Aidan, und in mir entspannt sich etwas. Der Spezies-Anführer ist hier. Er kann für unsere Sicherheit sorgen.

»Natürlich. Aidan.«

»Gut. Hier passiert gerade ziemlich viel – ich denke also, du bist am sichersten, wenn du nach Hause gehst, bis ich hier alles geregelt habe. Wen hättest du gerne bei dir?«

Ich sehe mich hektisch um. Wenn er nicht mitkommen kann … wem kann ich überhaupt trauen?

»Gideon«, sage ich, obwohl ich nicht genau weiß, warum. Ich weiß einfach, dass er mir helfen wird.

Alistair macht hektische Bewegungen, und ich muss mir auf die Lippe beißen, denn ich verspüre den Drang, auch seinen Namen zu nennen. Aber er ist ein Höllenhund. Bin ich sicher, dass ich ihm vertrauen kann?

Gideon ist ein Dämon, und du vertraust ihm, gibt meine innere Stimme zu bedenken. »Und Alistair«, füge ich hinzu, und komischerweise sehen fast alle erleichtert aus.

Vielleicht steckt er mit drin. Vielleicht habe ich gerade den Feind in mein Zuhause eingeladen, wo Gideon und ich angreifbar sein werden.

»Das ist super«, sagt Aidan. Heißt das, dass er nicht weiß, dass Alistair vielleicht ein Risikofaktor ist? Oder ist er sicher, dass er auf unserer Seite ist?

Alistair würde dich nie verraten, sagt meine innere Stimme, und ich beschließe, ihm zu vertrauen. Ihr. Mir selbst.

»Dann lass uns gehen.« Gideon nimmt meine Hand und zieht mich zur Tür. »Wir beide gehen zusammen, und Alistair bildet die Nachhut. Wir nehmen seinen Geländewagen. Ist das okay?«

»Ja«, erwidere ich, obwohl ich nicht sicher bin.

Wir erreichen die Tür, und Gideon greift nach dem Türknauf. Ich halte sein Handgelenk fest. »Nein. Warte. Hörst du sie? Sie sind da draußen.« Sie warten auf uns. »Wir können nicht da rausgehen, ohne einen Plan zu haben. Wir müssen sie unschädlich machen, um durchzukommen.« Hinter mir höre ich Gemurmel. Ob sie Pläne gegen uns schmieden, mit den anderen da draußen zusammenzuarbeiten?

»Keine Sorge, Sam, ich habe einen Plan«, sagt Alistair zuversichtlich. Ich sehe zu ihm auf, aber sein Blick ist ins Leere gerichtet. Er weiß Bescheid. Er hat begriffen, dass auf alle anderen kein Verlass mehr ist.

Ich beuge mich vor und flüstere: »Wir müssen Aidan retten.«

Seine Aufmerksamkeit ist wieder auf mich gerichtet, und er nickt. »Absolut. Das ist Teil meines Plans.« Sein Blick wandert wieder ins Leere, und er nickt erneut.

»Sam, hättest du bitte einen Moment Zeit für mich?«, sagt eine Stimme, eine so wunderschöne Stimme, dass ich ihr am liebsten den ganzen Tag lauschen würde. Ich drehe mich um. Andrew kommt lächelnd auf mich zu, und er ist ja soooo hübsch. Ich lächle zurück. »Du müsstest nur ein paar Minuten mitkommen und dich auf die Couch legen. Komm, hier entlang.«

Ich folge ihm zur Couch. Ich würde alles für ihn tun, denn er ist so nett und so freundlich und so wunderschön. Ich will mich auf seinem Schoß zusammenrollen und mich von ihm mit Weintrauben füttern lassen. Er könnte so viel mehr von mir verlangen als einfach nur hinlegen, aber wenn es das ist, was er will …

Ich strecke mich auf der Couch aus. Andrew kniet neben mir auf dem Boden. Er lächelt immer noch. »Danke, Sam. Das war genau das, was ich gebraucht habe. Das hast du großartig gemacht.« Vage höre ich die Stimmen anderer Leute, aber sie sind unwichtig. Das Einzige, was zählt, ist Andrew. Ich will alles dafür tun, dass er mit mir zufrieden ist. »Bleib einfach ein paar Minuten liegen und ruh dich aus. Du kannst die Augen zumachen, wenn du möchtest. Ich erzähle dir, was ich am Wochenende gemacht habe.«

Ich fühle meine Augenlider schwer werden, während Andrew mir von Brunch, Wäschewaschen und Tennis erzählt. Seine Stimme ist so schön. Ich werde einfach hier liegen und mich von der Stimme berieseln lassen … Aua!

Als ich die Augen aufreiße, sehe ich noch, wie Dr. Sims zurücktritt, eine Spritze in der Hand. Ich fange an zu zappeln, die Panik steigt wieder in mir hoch, aber dann sagt Andrew: »Es ist okay, Sam. Alles ist völlig okay«, und die Angst lässt nach. Ich liege noch einen Augenblick da, lasse die Ruhe von Andrews Stimme auf mich wirken, dann wird mir etwas schwummrig, und ich sehe doppelt. Ich schließe die Augen.

Kapitel 11

Als ich die Augen aufschlage, sehe ich die Decke. Ich bin in meinem Schlafzimmer – aus dem Augenwinkel erkenne ich meine Kommode. Aber ich bin nicht ganz sicher, wie ich hierhergekommen bin. Oh bitte, lass mich nicht wieder betrunken gewesen sein.

Ich bin noch schlaftrunken, also lasse ich ganz in Ruhe Revue passieren, woran ich mich noch erinnere. Ich habe mich verwandelt – ich bin eine Katze! Dann habe ich mich wieder zurückverwandelt. Wir haben darüber gesprochen, dass auch meine nächste Verwandlung unter Aufsicht stattfinden soll … Dr. Sims wollte noch ein paar Proben nehmen … und ich bin durchgedreht.

Wow. Was war nur los mit mir? Wie bin ich nur aus dem Stand zum Verschwörungstheoretiker geworden? Ich erinnere mich genau an meine Gedanken, und nichts davon ergibt einen Sinn. Offenbar habe ich tatsächlich befürchtet, dass jemand hinter mir her ist.

Die letzten Minuten sind etwas unklar, irgendwie verschwommen. Andrew muss mich mit seinem Charisma betört haben. Das muss die Erklärung dafür sein, dass ich von völlig paranoid auf den Wunsch umgeschaltet habe, mich auf Andrews Schoß zusammenzurollen wie ein Kätzchen. Ich bin nicht begeistert, aber es ist klar, warum er es tun musste – ich war drauf und dran, jemanden anzugreifen, um zu »fliehen«.

»Du bist ja wach.«

Ich stütze mich langsam auf, lasse meinen Kopf sich an die Bewegung gewöhnen und schaue Gideon an, der am Türrahmen lehnt. »Hey. Ähm. Wie lange war ich denn betäubt?«

Er richtet sich auf und kommt herein. »Nur ein paar Stunden. Dr. Sims hat dir ein mildes Beruhigungsmittel gegeben, gerade genug, dass wir dich nach Hause bringen und ins Bett stecken konnten.« Er nimmt mein Handgelenk und legt die Finger an meinen Puls.

»Ich fühle mich gut«, sage ich und versuche nicht zusammenzuzucken, als mir einfällt, dass ich mich an ihn gehängt habe wie ein Äffchen, das auf einen Baum klettert. Was da zwischen uns läuft, weiß ich auch nicht genau. Kollegen, die es kaum schaffen, höflich zueinander zu sein. Freunde. Vielleicht mehr? Aber eins ist sicher: Mein Verhalten war echt peinlich. »Äh, hör mal, es tut mir leid …«

»Ist nicht schlimm«, sagt er. »Dir macht keiner einen Vorwurf. Erzwungene Verwandlungen ziehen komisches Benehmen nach sich. Alistair und Aidan hatten dich vorgewarnt, weißt du noch?«

Ich lache trocken auf. »Ja, aber mir war nicht klar, dass es *so* sein würde.«

»Du erinnerst dich also?« Er setzt sich auf die Bettkante. »Wie fühlst du dich denn jetzt?«

»Es ist mir unangenehm«, gebe ich zu. »Ich erinnere mich an alles, was ich dachte, und nichts davon ergibt Sinn.«

»Gut«, sagt er. »Das bedeutet, dass die Paranoia verflogen ist. Anscheinend kann es passieren, dass die in den nächsten paar Tagen noch mal aufkommt, also müssen wir dich im Auge behalten. Jemand muss bei dir bleiben, bis sicher ist, dass du über den Berg bist.«

»Okay.« Ich bin nicht wirklich böse darüber. Alleine sein klingt gerade nicht so toll.

»Hast du Hunger? Alistair hat so eine Art Eintopf gekocht, der gar nicht schlecht ist, und du hast nichts zu Mittag gegessen.«

Ich setze mich auf. »Er hat den Eintopf seiner Großmutter gekocht? Super.« Auf keinen Fall lasse ich mir den entgehen.

Um Gideons Mundwinkel zuckt es, fast ein Lächeln. »Ich sage ihm, er soll dir eine Portion auftun. Mach langsam.« Dann beugt er sich zu mir herunter und drückt mir einen schnellen Kuss auf die Lippen, der mich sprachlos zurücklässt. Bis ich meine fünf Sinne wieder beisammenhabe, ist er schon weg.

Ich befolge seinen Rat, lasse mir Zeit im Bad und dehne meine schmerzenden Muskeln. Ich bin nicht sicher, ob das ein Nebeneffekt der Verwandlung, der Medikamente oder beides ist. Es ist aber auszuhalten. Wie nach dem ersten Training, wenn man vorher eine längere Pause gemacht hat. Damit habe ich viel Erfahrung, denn ich glaube eigentlich nicht an regelmäßiges Training.

Schließlich schlendere ich den Flur entlang in mein Wohnzimmer. Alistair steht in der Küche und füllt Eintopf in eine Schale, aber Gideon ist nicht mehr da.

»Hey«, sagt mein bester Freund grinsend. »Du siehst nicht mehr ganz so irre aus.«

»Danke auch«, antworte ich trocken. »Du findest einfach immer die richtigen Worte.« Ich setze mich auf einen der Barhocker und nehme die Schale und den Löffel in die Hand. »Wo ist Gideon?«

»Er musste los, weil du ja jetzt wach bist. Wollte ein paar Dinge recherchieren für den Fall, an dem ihr arbeitet. Er sagte, er kommt später wieder. Und damit wären wir auch schon bei der dringenden Frage: Was zum Teufel läuft eigentlich zwischen euch beiden?«

Ich schiebe mir einen großen Löffel Eintopf in den Mund, weil ich keine Ahnung habe, was ich darauf antworten soll, und ein paar Minuten brauche, um darüber nachzudenken. Außerdem, was fällt diesem Schuft ein, einfach abzuhauen, nachdem er mich geküsst hat?

Alistair beobachtet mich grinsend. Ich funkele ihn an, während ich kaue, dann schlucke ich.

»Also?«, fragt er.

»Gar nichts. Keine Ahnung«, gebe ich zu.

»Echt jetzt? Er hat schon zweimal hier übernachtet. Im Büro reden alle davon, wie besorgt er um dich ist. Heute hat er sich geweigert, den Raum zu verlassen. Du hast ihm mehr vertraut als allen anderen, mich eingeschlossen. Und er hat darauf bestanden, dich selbst hierherzubringen und zu bleiben, bis du wieder aufwachst, obwohl er ungefähr eine Million andere Sachen zu tun hatte. Also. Was ist da los?«

Ich lege den Löffel weg und zögere.

»Ich hab's gewusst! Da ist also doch was!«

»Nicht so richtig. Ich weiß es wirklich selber nicht so genau. Wir … also, die Sache ist die. Wir hatten mal einen One-Night-Stand, bevor ich beim CSG angefangen habe. Damals habe ich natürlich nicht gewusst, dass er ein Dämon ist. Und dann habe ich den Job bekommen, und es war alles superpeinlich. Er wusste nicht, wie er damit umgehen sollte. Ich ehrlich gesagt auch nicht. Wir haben uns entschlossen, so zu tun, als ob es gar nicht passiert wäre. Aber manchmal … habe ich das Gefühl, da ist doch etwas. Ich meine, er ist unglaublich sexy. Und klar ist er meistens ein Arsch. Aber er kann wirklich auch total lieb sein.«

»Lieb? Gideon Bailey? *Lieb*?« Alistair bleibt der Mund offen stehen.

»Ja. Versteh mich nicht falsch. Klar benimmt er sich meist arschig, aber manchmal …« Ich zucke die Achseln.

»Das ist das Schrägste, was ich je gehört habe.« Er schüttelt den Kopf. »Und ich kann nicht fassen, dass du was mit ihm hattest und es mir nie erzählt hast!«

»Damals kannten wir uns ja noch gar nicht«, erinnere ich ihn. »Außerdem hättest du alles nur noch peinlicher gemacht, wenn ich es dir gesagt hätte. Was auch der Grund ist, warum du bitte schwören musst, dass du das niemals weitererzählen wirst. Oder irgendwo hinschreiben. Oder jemandem vielsagende Blicke zuwerfen. Oder je irgendwie darauf Bezug nehmen wirst.«

Er kneift die Augen zusammen. »Bist du ganz sicher, dass die Paranoia vorbei ist?«

»Ja. Ich kenne dich einfach nur sehr gut, Al. Schwöre es.«

Seufzend und mit verdrehten Augen sagt er: »Na gut. Ich schwöre. Du Spielverderber. Hey, ich habe die Ärztin und Aidan gefragt, ob ich dir Wandelbräu geben darf, um zu sehen, ob du immer noch wie ein Mensch reagierst, aber sie haben gesagt, dass wir ein paar Tage warten sollen. Also hab ich schon mal welches in den Kühlschrank gelegt. Trink bitte nichts davon, bis du grünes Licht bekommst. Aber ich werde mir eins holen.« Er steht auf und geht zum Kühlschrank. »Denn ich brauche einen Drink, um mich an die Vorstellung zu gewöhnen, dass Gideon Bailey lieb sein kann.«

»Blödmann«, brumme ich und esse einen großen Löffel Eintopf.

Denn – hat er recht?

Ich weiß einfach nicht, was da mit Gideon läuft.

»Du weißt also nicht genau, was da läuft«, sagt Alistair, fast, als könnte er Gedanken lesen. »Was wäre dir denn am liebsten?« Er lehnt sich mit der offenen Bierflasche in der Hand von der anderen Seite an den Küchentresen.

»Wieso fragst du auf einmal so komplizierte Sachen?«, beschwere ich mich mit wütendem Blick auf meinen Eintopf. Er verdirbt mir gerade den Appetit.

»Ist es wirklich so kompliziert, oder bist du einfach ein Schisshase?«

»Ich bin kein Schisshase«, antworte ich und schiebe mir einen weiteren Löffel in den Mund.

Er grinst. »Typisch Katze. Natürlich bist du im Grunde deines Herzens ein echter Schisshase. Ich hätte mir schon seit Jahren denken können, dass du kein Mensch bist.«

Ich verschlucke mich fast am Eintopf, weil ich lachen muss. Als ich den Bissen gefahrlos runtergewürgt habe, muss ich immer noch leise vor mich hin kichern. »Du Nervensäge. Wie alt bist du noch mal, sechs?«

»Du weichst immer noch der Frage aus.«

Verdammt. Wie ich es hasse, wenn er recht hat.

»Also gut.« Ich lege den Löffel wieder weg. »Was ich mir wünschen würde? Ich will wieder Sex mit ihm haben. Ich will drei Tage mit ihm im Bett verbringen, ohne zu schlafen, und nur aufstehen, um kurz was zu essen. Und ich will der sein, über den im Büro getuschelt wird, weil jemand beobachtet hat, wie wir aus dem Konferenzraum geschlichen kommen. Wolltest du das hören?«

Mein nerviger bester Freund lacht. »Ist es denn die Wahrheit?«

Ich blitze ihn böse an. Er grinst zurück. Es ist so lästig, aber ich kann tatsächlich riechen, wie selbstzufrieden er ist. Es ist ja toll, Shifter-Sinne zu haben, aber nicht, wenn sie das nervige Entzücken meines Freundes noch deutlicher werden lassen.

Schließlich gebe ich mit einem knappen Nicken nach. Alistair setzt die Flasche ab und klatscht wie ein Idiot.

»Ich hasse dich.«

»Du liebst mich«, gibt er zurück. »So, so. Und willst du einfach nur Sex mit Gideon, bis ihr beide nicht mehr laufen könnt, oder hast du etwa *Gefühle*? Also, willst du die schnelle Nummer, oder bist du schon im Geiste dabei, dir euer Happy End auszumalen?«

Ich nehme einen Apfel aus dem Obstkorb und werfe ihn ihm an den Kopf. Der Depp fängt ihn einfach – blöde Shifter-Reflexe –, wirft ihn hoch und fängt ihn locker wieder. »Ich denke mal, das soll heißen: Ja, Alistair, ich habe eine ganze Menge Gefühle, und ich will mit ihm glücklich werden, und wenn sie nicht gestorben sind …«

»Ehrlich jetzt, manchmal weiß ich nicht, warum wir überhaupt Freunde sind.« Ich seufze. »Keine Ahnung. Ich meine, ab und zu denke ich schon darüber nach, wie lieb Gideon sein kann, und dann frage ich mich, ob er mich vielleicht wirklich mag und ob er ein guter Partner wäre. Aber ich kenne ihn ja kaum, und außerdem arbeiten wir zusammen. Wilder, heißer Sex, das würde sicher gehen, aber alles andere bedeutet ja, das Schicksal herauszufordern.«

Er antwortet nicht, was mich darin bestätigt, dass ich bestimmt recht habe und er es nur nicht zugeben möchte, aber dann stelle ich fest, dass er mir über die Schulter starrt. Auf seinem Gesicht mischen sich Entsetzen und Belustigung.

Plötzlich habe ich Angst, mich umzudrehen.

Ich weiß nämlich schon, wen ich sehen werde.

Aber so viel Pech kann ich doch nicht wirklich haben?

Wieso mutet das Schicksal mir so eine Blamage zu? Habe ich nicht gerade erst herausgefunden, dass ich ein leibhaftiges Genexperiment bin? Meine Familie und meine Kultur waren mir entrissen worden, bevor ich überhaupt wusste, dass sie existierten. Habe ich nicht schon genug durchgemacht, auch ohne die hochnotpeinliche Last, meinem Kollegen, mit dem ich jeden Tag zusammenarbeiten muss, gestanden zu haben, dass ich mir nicht nur wünsche, dass er mich um Sinn und Verstand vögelt, sondern auch noch, dass er mich anschließend knuddelt?

Vorsichtig und total peinlich berührt spähe ich über meine Schulter.

Wie befürchtet ist Gideon zurück. Er lehnt mit vor der Brust verschränkten Armen im Türrahmen, mit seinem üblichen brummigen und ausdruckslosen Gesicht.

Stöhnend lasse ich den Kopf auf den Tresen fallen. Zum Glück hatte ich geistesgegenwärtig vorher die Schale beiseite geschoben. Das hätte es doch sicher noch schlimmer gemacht, wenn ich mich mit dem Gesicht in eine Schale voller Eintopf gelegt hätte, oder?

»Äh«, setzt Alistair an, und ich kann nicht verhindern, dass mich eine sehr bösartige Befriedigung durchströmt, als ich merke, wie verlegen er ist. »Ich dachte, du wolltest wieder ins Büro?«

Echt jetzt, Al? Was Besseres ist dir nicht eingefallen? Einen verzweifelten Augenblick lang hoffe ich einfach, dass er nichts Verdächtiges gehört hat. Wie lange steht er schon da? Vielleicht ist er gerade erst reingekommen und denkt, wir sprechen von jemand anderem.

»Percy hat angerufen. Da Sam jetzt wach ist, lässt er fragen, ob wir die Zentrale hierher verlegen können. Er hat keine Einzelheiten erzählt, aber es scheint, als hätten wir ein Sicherheitsleck.«

Ich setze mich so schnell auf, dass mir schwindelig wird. »Ein Sicherheitsleck?« Ich drehe mich um. »Im Büro? Bei wem denn? Was haben sie gefunden?«

»Ich weiß es noch nicht«, antwortet er geduldig. »Percy hat es kurz gemacht, also war er entweder in Eile, oder die Verschlüsselung unserer Handys ist gefährdet. Ich werde erst mehr wissen, wenn ich ihn sehe.«

Jetzt erst wird mir klar, was er gerade gesagt hat. »Er will hier die Zentrale einrichten?«, frage ich mit einem Rundblick. »Ist das nicht viel zu wenig Platz? Ich meine, für mich als Wohnung reicht es natürlich, aber wenn das ganze Team mit seiner Ausrüstung sich hier ausbreitet …« Das wird wirklich eng.

»Sam. Ich habe dir alles gesagt, was ich weiß. Percy möchte, dass wir uns alle in zwei Stunden hier treffen, und er hat ausdrücklich gesagt, dass ich vorher nicht mehr ins Büro kommen soll. Das ist ein ziemlich deutlicher Hinweis darauf, dass es ein Sicherheitsproblem gibt. Also können wir nur hierbleiben und abwarten, was er uns in zwei Stunden zu sagen hat.«

Ich bin noch dabei, das zu verarbeiten, als Alistairs Handy piept. Er zieht es heraus, und beim Blick auf das Display wird sein Gesicht sehr ernst. »Jim«, sagt er, dann sieht er mich an. »Er fragt, ob ich nach der Arbeit mit ihm angeln gehe.«

Ich schnappe nach Luft.

»Was?«, fragt Gideon, während er mit großen Schritten den Raum durchquert.

»Das ist unser Code«, erklärt Alistair. »Als wir alle mal furchtbar betrunken waren, haben wir uns einen Teamcode ausgedacht, für den Fall, dass wir von körperfressenden Aliens angegriffen werden.«

»Was?«, fragt Gideon noch mal. Jetzt klingt er ungläubig.

»Das willst du gar nicht wissen«, versichere ich ihm. »Aber es ist ein ziemlich sicheres Zeichen dafür, dass im Büro etwas nicht stimmt.« Ich schüttle den Kopf. »Was zum Teufel kann denn zwischen heute Morgen und jetzt passiert sein?«

»Ich treffe mich mit Jim und kriege es heraus«, bietet Alistair an. Er hält mir sein Handy hin. »Entsperren, bitte.«

Ich nehme es ihm ab und tippe den Code ein.

Bitte erneut versuchen.

Mist. »Was war noch mal dein Code?« Anscheinend habe ich das falsch in Erinnerung.

»498 … Ohhhh.«

Ich blicke vom Screen auf. »Was denn?«

»Äh … 498652.« Da ist das halb amüsierte, halb mitleidige Gesicht wieder, das mich etwas besorgt. Wer weiß schon, was in seinem Kopf vorgeht?

Kopfschüttelnd tippe ich den Code erneut ein. Ich könnte schwören, dass ich den auch schon vorhin …

Bitte erneut versuchen.

Ich starre das Display an. Was zum …

Oh.

Oh, verdammter Mist.

Ich werfe Alistair sein Handy zu, suche fieberhaft nach meinem eigenen und finde es auf dem Couchtisch. In meiner Hast schubse ich Gideon beiseite.

Und siehe da, mein Code funktioniert auch nicht. Mein Daumenabdruck ebenso wenig. Und da ich nicht das neueste Modell habe, hat es auch keine Gesichtserkennung. »Mist!«

»Ja. Ganz schön ätzend, was?«, kommentiert Alistair mitleidig, während er sich sein Handy vors Gesicht hält. Bevor es Gesichtserkennung gab, mussten Shifter auf altmodische Tastenhandys zurückgreifen und konnten keine Smartphones nutzen. Viele tun das immer noch, da die neueren Modelle nicht gerade billig sind. Ich habe Glück, dass ich meins für die Arbeit brauche, also bekomme ich die Kosten zurückerstattet. Trotzdem kann ich es jetzt nicht mehr ohne fremde Hilfe nutzen, bis ich das neueste Modell in die Hände bekomme.

»Was ist denn?«, fragt Gideon und tritt neben mich. Ich drücke ihm mein Handy in die Hand und sage den Code auf.

»Würdest du das bitte für mich entsperren?« Den Code werde ich deaktivieren, bis ich mein Upgrade bekomme.

Auf seinem Gesicht macht sich Verständnis breit, und er verkneift sich ein Lächeln, als er das Gerät entsperrt und zurückgibt. »Bitte Andrew, dir ein neues mitzubringen«, schlägt er vor. »Er ist am letzten Tatort. Bestimmt kommt er auf dem Rückweg an einer Mall vorbei.«

»Das kann ich doch nicht machen«, protestiere ich, während ich den Sicherheitscode deaktiviere. »Die Dinger sind teuer.«

Gideon zuckt die Achseln. »Dann sage ich es ihm. Keine Sorge, Andrew kann es sich leisten. Außerdem bekommt er das Geld ja wieder.«

Alistair mischt sich ein, noch bevor ich antworten kann. Er hält sein Handy hoch. Auf dem Display ist eine ganze Reihe von Nachrichten zu sehen. »Ich treffe mich mit Jim«, sagt er. »Und ich halte euch auf dem Laufenden.«

»Sei vorsichtig«, warne ich ihn auf dem Weg zur Tür.

»Mach ich«, verspricht er. »Du auch. Mach keinen Fremden die Tür auf.«

Ich verdrehe die Augen, denn, jetzt mal ehrlich. Ich bin schließlich kein Idiot. »Gideon ist doch hier«, erinnere ich ihn, und er nickt.

»Das ist der einzige Grund, warum ich bereit bin, zu gehen.« Er macht die Tür hinter sich zu, noch bevor ich antworten kann, und ich starre ihm empört nach.

»Ich bin doch nicht unfähig«, erkläre ich … der Tür. »Ich bin fast vierzig Jahre alt. Und ich bin gut allein zurechtgekommen, schon seit meinem vierzehnten Lebensjahr.«

»Niemand bezweifelt das«, sagt Gideon, der plötzlich hinter mir steht, und ich zucke zusammen und wirbele herum, obwohl ich wusste, dass er hier ist. »Aber bis wir mehr wissen, müssen wir davon ausgehen, dass unsere Feinde alles tun würden, um dich zurückzubekommen. Du bist wertvoll, und das bedeutet, dass wir auf dich aufpassen müssen.« Er legt mir die Hand in den Nacken. »Außerdem hast du heute Morgen ein traumatisches Erlebnis gehabt. Die Leute, denen du am Herzen liegst, dürfen sich um dich sorgen.«

Und im Sekundenbruchteil bin ich hart.

Ernsthaft.

Er sagt, dass ich ihnen am Herzen liege, und legt mir die Hand in den Nacken, und mein Schwanz versteht darunter: »Partytime!«

Diese zweite Pubertät nervt ohne Ende.

Noch schlimmer ist, dass ich spüre, dass ich rot werde. *Ich erröte.* Keine Chance, dass Gideon das übersehen hat. Und dabei fällt mir wieder ein, dass er zurückgekommen ist, als ich Alistair gerade erzählt habe, wie scharf ich auf ihn bin.

Es scheint, als könnte er meine Gedanken lesen, denn er lächelt mich an, wissend und verführerisch. Sein Lächeln verspricht Sex und Sünde und macht meinen Schwanz so steif, dass ich damit Nägel einschlagen könnte.

Ich schlucke heftig. »Äh, hör mal …«

»Was du da vorhin gesagt hast«, unterbricht er mich, »dass heißer Sex machbar wäre?«

Also hat er es gehört. Na prima. Heißt das, dass er auch gehört hat, dass ich gerne mit ihm zusammen sein will, und wenn ja, kann ich bitte sofort wegen akuter Verlegenheit tot umfallen?

Oder vielleicht auch wegen Herzrhythmusstörungen, so wie mein Puls zu rasen beginnt. Vielleicht werde ich gleich ohnmächtig. Gideon beugt sich zu mir herunter.

Noch bevor mir richtig klar ist, was er eigentlich vorhat, liegt sein Mund auf meinen Lippen, und dann ist mir alles egal. Das ist nicht unser erster Kuss, aber er ist verdammt noch mal um Längen besser als der letzte. Schon habe ich die Beine um seine Taille geschlungen und werde gegen die Eingangstür gepresst, während wir beide unser Bestes tun, den anderen zu verschlingen.

Mich überfällt ein seltsames Gefühl von Déjà-vu. Das haben wir damals auch gemacht – ich an die Tür gedrückt, meine Hände auf ihm und sein Mund an meinem. Bei der Erinnerung werde ich noch ein bisschen härter, und er macht ein kleines, kehliges Geräusch, während er langsam seinen Unterleib an mir reibt.

Und ich gehe ab wie eine Rakete.

Als ich in die Realität zurückkehre, vergrabe ich mein Gesicht an seinem Hals. Du meine Güte. Ich bin neununddreißig Jahre alt, nicht dreizehn. So schnell bin ich nicht mehr gekommen seit … der Pubertät.

Sie wissen schon. Der menschlichen.

Ich schmore noch in meiner Verlegenheit und frage mich gerade, wie ich es schaffen kann, mich von ihm zu lösen und ihm danach nie wieder ins Gesicht zu sehen, als ich seinen Atem an meinem Ohr spüre. Er flüstert: »Es macht mich so an, dich kommen zu sehen.«

Und schon bin ich wieder hart.

»Mmmm.« Wieder bewegt er sein Becken, und es fühlt sich fantastisch an, wie sich sein Schwanz an meinem reibt, sogar durch die Kleidung. »Shifter haben viel mehr Durchhaltevermögen als Menschen. Allerdings …« Er lässt seine Hand in meinen Nacken wandern und zieht meinen Kopf nach hinten, sodass ich ihn ansehen muss. »… ist das nichts im Vergleich zu Dämonen.«

Ich schwöre, es ist nur meiner immensen Selbstbeherrschung und dem Wissen, dass ich mir heute schon genügend Peinlichkeiten erlaubt habe, zu verdanken, dass ich nicht gleich *noch mal* komme. Stattdessen presse ich mich noch enger an ihn und beiße ihn in die Unterlippe.

»Ich muss aus dieser Hose raus. Willst du mir helfen?«

Da ist das verschmitzte Lächeln wieder. Er schiebt mich von sich, und ich setze meine Füße zurück auf den Boden. Innerhalb von Sekunden sind wir beide nackt, und obwohl es eine Erleichterung ist, die klebrige Hose loszuwerden, ist das Gefühl, seine Haut an meiner zu spüren, noch besser. Wir küssen uns wieder, nicht ganz so wild wie vorhin, aber es ist trotzdem unheimlich erotisch. Ich liebe es, ihn zu berühren – diese ganze wunderbare, glatte Haut –, und ich lasse meine Hände an seinem Rücken nach oben bis in seine Haare gleiten.

Als ich seine Hörner berühre, zuckt er zusammen und unterbricht den Kuss mit einem Keuchen.

»Was ist denn?«, frage ich. Ob ich ihm wehgetan habe?

»Empfindlich.« Er atmet tief durch und starrt einen Moment an die Decke.

Empfindlich? Was …

Dann muss ich grinsen. »Moment mal. Soll das etwa heißen, dass deine Hörner so etwas wie eine … erogene Zone sind?«

Er räuspert sich. »Nicht ganz. Sie sind ein Punkt für sensorischen Input. Sie helfen uns, sicher zu teleportieren. Und manchmal reagieren sie besonders empfindlich auf Berührungen.«

»Gut empfindlich? Oder tut es weh?« Ich will ihm nicht wehtun. Jedenfalls nicht jetzt.

Röte huscht über seine Wangenknochen. »Weh … tut es nicht.«

»Wenn ich also das mache …« Ich streiche mit einer Fingerspitze über ein Horn, vom Ansatz bis zur Spitze. »… dann tut es nicht weh?«

Er erzittert. »Nein.« Das Wort scheint ihm im Hals stecken zu bleiben.

»Und das?« Ich mache am anderen Horn das Gleiche. Jetzt keucht er und beginnt zu schwitzen.

»Es … tut nicht weh.«

»Und das?« Ich umfasse beide Hörner mit der Hand, so großflächig ich kann. Gideon macht ein Geräusch irgendwo zwischen Stöhnen und Schreien, und plötzlich liege ich auf dem Rücken und er ist wieder dabei, mich zu verschlingen.

»Warte!« Ich unterbreche den Kuss, obwohl es mit zum Schwersten gehört, was ich je tun musste. »Ich will mich umdrehen.« Dieses Mal will ich aktiver mitmachen.

Gideon lässt die drei Sekunden, die es dauert, mich auf Händen und Knien zu positionieren, von mir ab, und dann macht er das knurrende Geräusch, das mich so heiß macht, und …

»Hast du mich gerade in den Po gebissen?« Ich schaue über die Schulter.

»Ja. Und wenn ich es nicht so eilig hätte, in dir zu sein, würde ich es noch mal tun.« Seine großen, breiten Finger ertasten meinen Eingang. »Oh, fuck. Wo hast du das Gleitgel?«

Einen Sekundenbruchteil erwäge ich, ihm zu sagen, dass wir es ohne machen können. Shifter heilen schnell, oder? Aber da ist er längst aufgesprungen und kramt in der Speisekammer herum. Und schon ist er mit der Olivenölflasche wieder zurück. Der frische Duft erfüllt meine Nase, und ich weiß genau, dass ich nie wieder damit kochen werde, ohne an diesen Moment zurückzudenken.

Und dann gleitet Gideon in mich hinein, füllt mich aus, und alle Gedanken ans Kochen sind wie weggeblasen. Heute ist er nicht so vorsichtig mit mir, wahrscheinlich, weil ich kein Mensch mehr bin, und ich liebe es, dass er sich nicht zurückhalten muss.

»Gut?«, fragt er kehlig, und ich antworte nicht, sondern schiebe mich ihm entgegen. Wir stöhnen beide auf bei dem Gefühl, und dann übernimmt er die Kontrolle, packt meine Hüften und lässt sein Becken wieder und wieder vor- und zurückschnellen.

Der Vorteil dieser zweiten Pubertät? Mein Schwanz braucht überhaupt keine zusätzliche Berührung. Ehe ich mich versehe, komme ich noch mal so heftig, dass mir die Luft wegbleibt. Ich verenge mich um Gideon, der sich mit einem Aufschrei in mich ergießt.

Endlich entspannen sich meine Muskeln wieder, und ich schaffe es, Luft zu holen. Gideon zieht sich vorsichtig zurück, und ich sinke auf den Boden und rolle mich japsend auf den Rücken.

Zum zweiten Mal heute starre ich an die Decke.

Ich hatte gerade wieder Sex mit Gideon Bailey.

Atemberaubenden, verschwitzten Sex, bei dem mein Herz stehen bleiben könnte.

Das war so was von großartig.

»Das war unglaublich«, sagt Gideon, der selber etwas außer Atem ist. Ich bin geradezu lächerlich stolz darauf, dafür verantwortlich zu sein.

»Ja.« Ich kann nicht widersprechen. »Glaubst du, wir kommen dieses Mal klar, ohne dass es peinlich wird?«

»Keine Peinlichkeit«, verspricht er. »Vor allem, wenn wir es wieder tun können.«

»Aber so was von.« Ich muss noch nicht mal eine Sekunde darüber nachdenken. »Aber, könnten wir vielleicht … äh, diskret sein?«

Ich spüre, wie er neben mir erstarrt. Dann stützt er sich auf den Ellbogen auf und sieht auf mich herunter. »Diskret?« Sein Gesichtsausdruck ist wieder so finster wie eh und je.

»Na ja«, antworte ich etwas unsicher. »Ich meine, es wäre doch komisch, so bei der Arbeit …« Sein Gesichtsausdruck bleibt finster. »Andrew würde keinen einzigen Tag Ruhe geben.«

Mit einer beneidenswert schnellen Bewegung kommt er vom Liegen in den Stand und baut sich über mir auf wie ein Turm. Wehmütig schaue ich nach oben. Dagegen werde ich beim Aufstehen wie ein ungeschickter Tölpel aussehen. Ich hätte lieber nicht gleich so kurz, nachdem wir uns gegenseitig so spektakulär zum Kommen gebracht haben, so offensichtlich gemacht, wie wenig Grazie ich habe. Aber ich habe das Gefühl, dass wir auf eine Konfrontation zusteuern, und ich wäre definitiv unterlegen, wenn ich dabei nackt auf dem Boden liege.

Seufzend stütze ich die Hände neben die Hüften und setze mich auf, drauf und dran, mich ungeschickt hochzustemmen. Zu meiner Überraschung komme ich mit einer fließenden Bewegung erst in die Hocke, dann in den Stand, ohne dass ich mich an etwas festhalten oder hochziehen muss.

Wow. Anscheinend haben meine Shifter-Fähigkeiten zu wirken angefangen. Das ist ja cool!

Grinsend sehe ich zu Gideon hoch, um meine Begeisterung zu teilen – ich bin kein tollpatschiger Mensch mehr! –, aber sein böser Blick lässt mein Lächeln schnell einfrieren. Aha. Er ist sauer. Weil ich die Sache zwischen uns diskret behandeln will.

»Gideon, du musst mir sagen, was du denkst«, erkläre ich offen. »Ich will nicht, dass das gesamte Büro darüber tratscht, dass wir vögeln, und ich hätte ehrlich gesagt gedacht, dass du das genauso siehst. Nach allem, was ich bisher mitgekriegt habe, bist du doch sonst auch immer sehr zurückhaltend, was dein Sexleben betrifft.«

Sein Gesicht verfinstert sich womöglich noch mehr. Plötzlich wird mir sehr bewusst, dass wir beide nackt in meinem Wohnzimmer rumstehen, unsere Klamotten um uns herum verstreut. Die Kollegen können jeden Moment hier sein. Wir sollten uns dringend sauber machen und anziehen.

Als ob er meine Gedanken gelesen hätte, bückt er sich und zieht seine Unterhose wieder an, eckig und ungelenk. Das sieht ihm überhaupt nicht ähnlich. Ich mache wortlos das Gleiche, auch wenn meine noch nass und klebrig ist. Ich habe das Gefühl, dass es besser ist, meine Blöße zu bedecken. Zumindest fühle ich mich dann weniger verletzlich.

Aber sobald wir angezogen sind, läuft Gideon in Richtung Tür.

»Hey!« Plötzlich bin ich stinksauer. Okay, er ist also offenbar verärgert über etwas, was ich gesagt oder getan habe. Aber ich habe gesagt, dass ich darüber reden will, und er will es noch nicht mal versuchen. Stattdessen will er mich einfach zurücklassen, ohne dass ich eine Ahnung habe, was zum Teufel hier gerade läuft, während er woanders schmollen geht, und das passt mir ganz und gar nicht. »Untersteh dich, jetzt einfach abzuhauen!«

Kurz vor der Tür bleibt er wie erstarrt stehen, mit dem Rücken zu mir. Ich halte die Luft an. Wird er gehen, oder wird er bleiben und mit mir reden, damit ich nicht völlig neben der Spur bin, wenn der Rest des Teams hier aufschlägt?

Er dreht sich um. Sein typischer finsterer und leerer Ausdruck liegt wie eine Maske auf seinem Gesicht. »Du hast recht. Bis wir wissen, was los ist und ob jemand dich sucht, solltest du nicht alleine bleiben.«

Ich stampfe mit dem Fuß auf, denn verdammt noch mal, ich bin so sauer wie ein Dreijähriger bei einem Trotzanfall. »Davon redet doch keiner, du Idiot! Du sagst mir jetzt sofort, was dir in den letzten fünf Minuten über die Leber gelaufen ist.«

»Mir ist nichts über die Leber gelaufen, wie du es so charmant ausdrückst.«

Ich kneife die Augen zusammen. Der ironische, überhebliche Tonfall hilft nicht gerade. »Soll ich dir vielleicht mal draufhauen?«

Das böse Funkeln weicht einem Grinsen. »Das möchte ich sehen.«

Ich überlege ganz kurz. Aber obwohl ich jetzt ein supercooler Katzen-Shifter bin – ich habe noch nicht genügend Kontrolle über meine neuen Fähigkeiten, und er ist so oder so viel größer als ich.

»Das ist doch bescheuert«, sage ich stattdessen und schlucke meinen Ärger hinunter. »Ich verstehe noch nicht mal, was dich so ärgert.«

»Ach, wirklich? Das verstehst du nicht?«, fragt er ungläubig, aber ich zucke die Achseln.

»Nein. Tue ich nicht. Erst war alles super, und dann hast du plötzlich ein Problem, weil … warum denn eigentlich? Weil du dem ganzen Büro auf die Nase binden willst, dass wir vögeln? Das verstehe ich tatsächlich nicht.«

Sein Kiefer klappt buchstäblich nach unten. Sein Mund steht so weit offen, dass ich ohne Weiteres einen kompletten Hot Dog reinschieben könnte, mit Brötchen und allem.

Oder vielleicht etwas ganz anderes …

Ich schiebe diese schmutzigen Gedanken beiseite und will gerade fragen, was er denn jetzt schon wieder hat, als es laut an die Tür klopft. »Sam! Gideon? Ich bin's.«

Andrew kann man unmöglich verwechseln, und sein Timing ist wie immer nicht das Beste. Davon abgesehen, dass wir gerade mitten in einem sehr wichtigen Gespräch waren, muss ich dringend ins Bad. Unterwäsche anzuziehen, nachdem man ohne Kondom Sex hatte, ist nicht ideal. Außerdem riecht es hier penetrant nach Sex, etwas, das mir sehr viel stärker auffällt, seit ich über den Geruchssinn eines Shifters verfüge.

Noch bevor ich Andrew zurufen kann, dass er in einer halben Stunde wiederkommen soll, hat Gideon den Mund zugemacht, sich umgedreht und ihn hereingelassen.

»Verdammt«, murre ich, drehe mich um und sause den Flur hinunter. »Bin gleich zurück!«, rufe ich über die Schulter. Ich kann Andrew nicht unter die Augen treten, bevor ich mich nicht gesäubert habe. Während ich ins Bad verschwinde, höre ich ihn Gideon fragen, was wir so getrieben haben, in einem spöttischen Tonfall. Auf das verbesserte Hörvermögen hätte ich gut verzichten können.

Als ich wieder zu ihnen stoße (nachdem ich so lange wie möglich getrödelt habe – aber leider gab es in meinem Bad so viel dann auch wieder nicht zu tun, besonders da Gideon es offenbar wieder aufgeräumt hat, während ich bewusstlos war), sagt Andrew mit einem Schmunzeln von seinem

Platz auf der Couch: »Ich freue mich, dass du anscheinend wieder in Topform bist.«

Oh Mann. »Danke.« Genau das ist der Grund, warum ich nicht wollte, dass jemand davon weiß. Als Nächstes kommen dann die nicht allzu subtilen Witze. Aus irgendwelchen Gründen finden andere Leute es total okay, Scherze über das Liebesleben von Menschen zu machen, die nicht in einer Beziehung sind und trotzdem Sex haben.

Ich bin drauf und dran, das Thema zu wechseln und nachzufragen, was zum Teufel denn im Büro los ist, als er mir einen Karton hinhält. »Ich habe dir ein neues Handy mitgebracht.«

»Oh.« Gideon muss ihm eine Nachricht geschickt haben, während ich vorhin mit Alistair gesprochen habe. »Danke. Was bekommst du?«

»Mach dir darum keine Gedanken.« Er gibt mir mit einer Hand den Karton und winkt mit der anderen ab. »Ich rechne das als Auslage ab. Es geht ja nicht, dass du ohne Handy unterwegs bist.«

Ich lasse mich auf das Sitzkissen sinken und fange an, die Umverpackung aufzureißen, dann lege ich es wieder weg. Das mache ich später. Ich stelle den Karton auf dem Couchtisch ab und lächle Andrew an. »Danke, das ist sehr nett.«

»Na klar.« Er grinst und mustert Gideon und mich. »Also …«

»Möchtest du etwas trinken?«, unterbreche ich ihn verzweifelt. »Es tut mir leid, Blut habe ich keines hier, aber ich könnte dir eine Limo anbieten, oder Kaffee? Und Alistair hat Wandelbräu in den Kühlschrank gestellt.«

Sein Grinsen wird noch breiter, und er hebt eine silberne Augenbraue. »Wandelbräu? Wirklich?«

Ich kann mir ein leises Lachen nicht verkneifen. »Ja. Ich hoffe ja, dass es mir jetzt nicht mehr so zusetzt, und wollte es mal ausprobieren. Aber das soll ich anscheinend noch nicht.«

Er nickt. »Bis wir nicht ausschließen können, dass es noch verbleibende Probleme aus deiner Zeit als Mensch oder von der Zwangsverwandlung gibt, ist es besser, vorsichtig zu sein. Aber ich bin natürlich tierisch neugierig darauf, wie du reagieren wirst.« Er legt den Kopf schief. »Wie fühlst du dich denn?«

Peinlich, das ist alles sehr peinlich. Vor allem, da Gideon uns aus der Küche böse anfunkelt. »Äh, gut. Hör mal, es tut mir leid, dass ich im Büro so reagiert habe. Ich weiß schon, dass du oder die anderen mir nichts antun würdet.«

Er tätschelt mein Knie. »Ja, das ist uns klar. Mach dir darum keine Gedanken. Und mir tut es leid, dass ich dir den Hokuspokus antun musste. Normalerweise würde ich nie …«

»Das weiß ich«, unterbreche ich ihn, denn obwohl Andrew sich manchmal wie ein großes Kind benimmt und es liebt, Grenzen zu überschreiten, ist es normalerweise nicht sein Stil, sein Charisma zu missbrauchen, um jemandem seinen freien Willen zu nehmen. Er wollte mich und die anderen schützen. Sie hätten mich sicher körperlich überwältigen können, um mir die Spritze zu verpassen, aber das hätte vielleicht damit geendet, dass jemand – ich zum Beispiel – verletzt worden wäre. »Du hast meine Erinnerung nicht verändert, Andrew. Ich weiß genau, was passiert ist, und es war das Beste, was du machen konntest.« Vampire können zwar Erinnerungen löschen, aber nicht ersetzen. Wenn Sie also mal einen Filmriss haben sollten, obwohl Sie weder getrunken noch Drogen genommen haben, ist es durchaus möglich, dass Ihnen ein Vampir quergekommen ist.

»Okay, dann ist ja gut. Ich bin froh, dass du deine fünf Sinne wieder beisammenhast.«

Ich beuge mich vor und stütze die Ellbogen auf die Knie. »Was ist denn im Büro los?«

Sein Gesichtsausdruck wirkt auf einmal wie versteinert. Das ist ungewöhnlich für ihn, und ich fühle mich, als sollte ich erzittern. Plötzlich muss ich daran denken, dass er ein sehr alter, mächtiger Vampir ist.

»Üble Geschichte«, sagt er düster. »Ich habe es gerade schon Gideon erzählt. Jemand hat unsere Fallakten zu den Entführungen gehackt, und der einzige Grund, warum wir es gemerkt haben, war, dass sie den ganzen Kram an den Drucker geschickt haben – wahrscheinlich aus Versehen.«

»Bist du sicher, dass es keiner von uns war?« Mir ist klar, dass sie das wahrscheinlich geprüft haben, aber dennoch … »Ich habe auch schon öfter aus Versehen den Drucker-Button gedrückt. Vielleicht war ich es sogar selbst heute Morgen.«

Er schüttelt den Kopf. »Nein. Der Zeitpunkt des Druckauftrags war heute Vormittag um 11.43 Uhr.«

Das war der Zeitpunkt, zu dem alle Personen, die Zugriff auf diese Daten haben, in Percys Büro waren und definitiv nicht auf sie zugegriffen haben.

»Shit.« Ich zerbreche mir den Kopf und versuche, mich an die Vorschriften für solche Fälle zu entsinnen. Das ist buchstäblich kein einziges Mal in den fünf Jahren, die ich jetzt dort arbeite, vorgekommen, jedenfalls nicht bei Fallakten. Es gibt immer wieder Rivalitäten zwischen Teams, also hacken sie untereinander manchmal den Urlaubsplan, und natürlich wird immer wieder versucht, die Fantasy-Sport-Liga zu hacken, aber Fallakten sind tabu. Es ist ein Vergehen, das strafrechtlich verfolgt wird, und das läuft in der Community ein bisschen anders als in der menschlichen Welt. Vor allem sind die meisten Richter Vampire, und sie sind gesetzlich dazu berechtigt, ihr Charisma zu benutzen, um die Wahrheit ans Licht zu bringen.

»Candice vom Empfang hat die Ausdrucke gefunden. Sie sagt, sie war erst mal sauer, dass jemand den Drucker so lange blockiert, und dann ist sie neugierig geworden, weil keiner die Ausdrucke holen kam, also hat sie sich ein paar der Dokumente angeschaut. Sobald sie gesehen hat, was es war, hat sie sie zusammengepackt und sichergestellt, dass niemand anderer sie sieht.«

Ich runzle die Stirn. »Sie dachte, es war ein Versehen?«

Er nickt. »Ja. Oder dass einer von uns den Druckauftrag ausgelöst hat, bevor er ins Meeting gegangen ist.«

»Das ist unmöglich. Dieser Fall hat doch höchste Vertraulichkeitsstufe. Wenn wir irgendetwas davon ausgedruckt hätten, hätten wir den sicheren Drucker in Percys Büro benutzt. Oder zumindest den Drucker auf unserem Stockwerk.« Nicht den riesigen Drucker, der vom Empfang und allen anderen genutzt wird.

»Sie dachte, wir hätten den falschen Drucker angeklickt, darum hat sie erst mal abgewartet. Sie wollte uns die Unterlagen diskret zustecken, damit niemand Ärger bekommt.« Er zieht eine Grimasse, und ich muss ihm zustimmen. Das ist wirklich lieb von ihr, aber sie hätte es auf der Stelle melden müssen. Je länger man nach einem Hack wartet, desto weniger Chancen hat man, den Täter zu fassen. »Sobald sie mit einem Rollboy voller Papier hereinkam und wir den Zeitpunkt des Druckauftrags gesehen hatten, wurden das Gebäude und das System gesperrt.«

Ich reibe mir das Gesicht. »Ich versuche mich zu erinnern, was das Verfahren in so einem Fall ist, aber es will mir nicht einfallen«, muss ich zugeben.

Gideon kommt herüber und setzt sich in einen Sessel. »Erst Lockdown. Dann den Punkt finden, an dem sie Zugang bekommen haben, und zuletzt den Hacker identifizieren, wenn möglich.«

Ich sehe Andrew an. Er schüttelt den Kopf. »Es ist uns gelungen herauszufinden, dass der Hacker über einen Klon von Lilys Account Zugang zum System bekommen hat. Es gibt einen digitalen Fingerabdruck von dem Klon, aber er ist noch nicht identifiziert worden. Als wir ihn durch das System geprüft haben, haben wir den gleichen Fingerabdruck auf etwa einem Dutzend weiteren geklonten Accounts, die bis zu sechs Monate zurückreichen, gefunden.«

»Wie ist es ihnen überhaupt gelungen, die Accounts zu klonen? Sollten die nicht davor geschützt sein?« Ich schüttle den Kopf und hebe die Hand, noch bevor er antworten kann. »Ist schon gut.« Mein technisches Verständnis beschränkt sich auf die Dinge, die ich tagtäglich wirklich nutze, außerdem weiß ich, dass die Community auch bei den ganz normalen Abläufen Zauberei mit einfließen lässt – wie zum Beispiel bei genetischer Modifikation oder Netzwerksicherheit. Die Dinge funktionieren dadurch etwas anders, als ich es früher gewohnt war, und eröffnen einem Möglichkeiten, die einem »in der Menschenwelt« nicht zur Verfügung stehen würden. »Also ist jemand mit fortgeschrittenen Magie- und Hacker-Fähigkeiten schon seit einem halben Jahr im sichersten System auf dem Planeten unterwegs und hat sich alles angesehen?« Das ist nicht gut. »Und wir haben keine Ahnung, wer?«

Andrew schüttelt den Kopf.

Ich suche nach dem Silberstreifen. »Es könnte nicht zufällig auch ein gelangweilter College-Student sein, der es nur macht, weil er kann, und den wir rekrutieren könnten?«

»Das ist doch kein Spielfilm, Sam«, sagt Gideon schneidend, und es ist, als hätte er mir eine Ohrfeige gegeben. Selbst Andrew wirkt überrascht.

Betretenes Schweigen breitet sich aus, bis Andrew sich schließlich räuspert und sagt: »Das hätten wir vielleicht in Betracht ziehen können, wenn die Akten, die er sich gezogen hat, nicht so vertraulich wären und sehr spezifisch ausgewählt. Dann wäre es beliebiger gewesen und kein so gezielter Hack.«

Ich schaue die beiden an. »Ich habe das Gefühl, ich komme nicht ganz mit. Können wir aufgrund der gezogenen Akten erraten, um wen es sich handelt?«

»Ja«, antwortet Gideon. »Die anderen müssten bald hier sein. Sie werden hoffentlich Genaueres wissen.« Er sagt es so abschließend, dass klar ist, dass ich jetzt nichts Weiteres erfahren werde.

»Okay. Was bedeutet das für unser Büro? Sind wir offline, bis klar ist, womit wir es genau zu tun haben?«

Andrew zuckt die Achseln. »Mehr oder weniger. Erst mal ist alles auf Backup-Server geschoben worden. Da wir jetzt wissen, wonach wir suchen müssen, konnten wir uns vorher überzeugen, dass sie clean und sicher sind. Wir werden sie weiter im Auge behalten. Aber die Wahrscheinlichkeit, dass der Zugriff vom Büro aus kam, ist hoch. Entweder war es ein Mitarbeiter, oder es wurde ein externes Gerät dort versteckt.«

»So etwas wie eine Kamera oder ein Tastatur-Leser, sodass sie ein Passwort fürs Netzwerk abgreifen und dann ins System eindringen konnten?« Ich versuche zu verstehen, wie es funktionieren würde, und rate einfach.

»Ja, aber da Zauberei im Spiel ist, muss es nichts Elektronisches sein. Sie müssen das Passwort auch gar nicht sehen oder lesen. Das Ding könnte buchstäblich jeder beliebige Gegenstand sein, den man mit einem Zauber belegen kann.« Und das könnte so gut wie alles sein. »Ein Team wird alles nach Elektronik und Zauberei durchsuchen. Alle Angestellten werden ein paar Monate lang täglich der gleichen Prüfung unterzogen werden, bevor sie ins Gebäude dürfen, und es wird auch weitere Hintergrundüberprüfungen nach sich ziehen. Es wird ein einziges Chaos.«

»Und eine Menge Geld kosten«, füge ich hinzu. Dann fällt mir etwas ein. »Wie sicher sind wir, dass die Daten aus Versehen an den Drucker gesendet wurden?«

Beide starren mich an.

»Denkt doch mal darüber nach«, sage ich hartnäckig. »Sie sind seit sechs Monaten unbemerkt in unserem System, und plötzlich machen sie einen solchen Patzer, genau wenn sie die geheimsten Daten, die wir haben, finden?«

Gideon atmet stoßweise aus, springt auf und fängt an, hin- und herzulaufen. »Du hast recht. Wir stecken mitten in einer dringenden Ermittlung, bei der jede Sekunde zählt, und jetzt können wir nicht ins Büro, unser Netzwerkzugang ist eingeschränkt, und wir sind abgelenkt durch den Eindringling.« Er schaut sich um, dann geht er wieder in die Küche und macht die Speisekammer auf.

»Ein Ablenkungsmanöver?«, fragt Andrew ungläubig. »Ach du Scheiße, dann muss das, was sie vorhaben, wirklich groß sein, wenn sie dafür ihren Maulwurf ans Messer liefern. Damit verlieren sie ja auch den Zugang zu unserem System.«

»Es sei denn, sie haben noch einen Zugang? Aber dann wäre die Chance, dass wir ihn bei unserer Prüfung finden, zu hoch. Ihr habt recht, man kann davon ausgehen, dass sie etwas Großes vorhaben.« Ich reibe mir wieder das Gesicht. Wie lang dieser Tag schon war. Und er ist noch nicht zu Ende.

Jetzt geht die Tür auf, und wir fahren alle herum. Aus meiner Kehle kommt ein Fauchen, von dem ich gar nicht wusste, dass ich es von mir geben kann. Meine Hände kribbeln so sehr, dass es fast wehtut.

»Nur die Ruhe!«, sagt Elinor mit erhobenen Händen. »Wir sind's nur. Tut mir leid, ich habe nicht daran gedacht, dass du so nervös sein würdest.«

Ich atme erleichtert aus, als Andrew sich aus seiner gebückten Haltung aufrichtet und seine gefletschten Eckzähne wieder zurückzieht. Blöde Gestaltwandler und ihre Fähigkeit, Schlösser zu umgehen.

Aber hey, das kann ich doch jetzt auch! Nie wieder muss ich mir Sorgen machen, dass ich meine Schlüssel vergesse. Immerhin etwas Positives heute.

Meine Hände tun immer noch weh, und ich schaue hinunter – und schreie auf.

»Was?«, fragt Andrew, während sein Kopf herumfährt. Die anderen eilen herein und suchen nach der Gefahrenquelle.

»Meine Hände!« Ich halte sie hoch, sodass alle sie sehen können.

Ich habe Krallen.

Also, echte Krallen. Sie sind fünf Zentimeter lang, sehen messerscharf aus und kommen aus meinen Fingerspitzen heraus. Die Haut ist etwas gerissen und blutig, aber nicht so schlimm, wie man annehmen sollte. Sieht so aus, als würde sie um die Krallen herum bereits heilen.

»Wow!«, ruft Elinor, während sie sich meine Hände genauer ansieht. »Eine Teilverwandlung. Das ist ja cool, Sam. Es gibt nicht viele Gestaltwandler, die das können.«

»Supi. Ähm, ich werde das gleich noch toller finden, wenn ihr mir verratet, wie ich es rückgängig mache.« Das schmerzhafte Kribbeln lässt nach, und ja, natürlich ist es supercool, und mein innerer Superhelden-Nerd ist begeistert – aber ich möchte auch nicht mein Leben lang krallenbewehrte Finger vor der Menschenwelt verstecken müssen.

Sie zuckt die Achseln. Als ob es nichts wäre!

»Keine Ahnung – wie gesagt, nicht viele von uns haben diese Fähigkeit. Aidan war aber gleich hinter uns. Selbst wenn er dir nicht erklären kann, wie man es wieder wegkriegt, kann er es wahrscheinlich zwangsweise rückgängig machen.«

»Nein!«, ruft Gideon, der gerade ins Wohnzimmer tritt. »Keine erzwungenen Verwandlungen mehr. Wir wissen ja noch nicht mal, ob er die erste gut überstanden hat.«

»Gideon hat recht«, bemerkt Percy ruhig. »Aber ich bin sicher, es wird nicht nötig sein. Das ist eine ganz natürliche Fähigkeit von Sam. Er muss nur einmal gezeigt bekommen, wie.« Er stellt sich neben Elinor und nimmt meine Hand, dreht sie um und betrachtet die Krallen aus allen Richtungen. »Nicht alle Gestaltwandler können sich teilverwandeln, Sam, aber die, die es können, sagen, es fühlt sich genauso an wie eine normale Verwandlung, eben nur an bestimmten Stellen. Also verbinde dich einfach mit deiner Energie und visualisiere deine Hände so, wie sie sein sollen.«

Ich beiße mir auf die Lippe. Was ist, wenn das alles furchtbar schiefgeht und ich stattdessen Pfoten bekomme? Oder meine Hände ganz verschwinden?

Percy lächelt sein sanftes, wissendes Lächeln und sieht mir in die Augen. Ich seufze.

»Okay.« Mit geschlossenen Augen atme ich tief ein und konzentriere mich auf meine Energie. Es ist dieses Mal noch einfacher, schneller und intensiver, und in wenigen Sekunden bin ich so weit. Ich stelle mir meine Menschenhände vor und lasse die Energie frei.

Meine Hände schmerzen wie vorhin, aber als ich die Augen öffne, habe ich ganz normale Finger und Fingernägel. Es sind keinerlei Spuren zu sehen.

Ich drehe und wende sie hin und her und prüfe sie genau. »Noch nicht mal Schrammen oder getrocknetes Blut«, stelle ich verwundert fest.

»Genau so, wie es sein sollte«, sagt Aidan neben mir, und ich zucke erschrocken zusammen.

»Verdammt noch mal! Wann bist du denn hier angekommen? Und kannst du dich bitte nie wieder so anschleichen?«

Ich schlage mir mit der flachen Hand gegen die Brust, wo mein Herz rast. »Nein, neue Regel! Keiner betritt meine Wohnung, es sei denn, ich lasse ihn persönlich rein. Es wird keine unerwarteten Krallen-Ereignisse mehr geben.«

Alle räuspern sich und husten vor sich hin – Andrew ist der Einzige, der sich traut (oder dreist genug ist), offen herauszulachen. Aidan lächelt und sieht sich meine Hände genau an.

»Eine Teilverwandlung also, ja? Das erste Mal passiert es gewöhnlich als emotionale Reaktion – Angst, Schock, etwas in der Art.«

»Dass die abgeschlossene Tür aufgeht, während wir von Eindringlingen sprechen?«

»Eindringlinge?«, fragt David. »Irgendwie passt es, wenn es auch etwas dramatisch ausgedrückt ist.«

Ich funkele ihn an. »Echt jetzt? Du willst dich jetzt über meine Wortwahl mokieren? Tu dir keinen Zwang an.« Ich breite die Arme aus. »Lass uns über die Feinheiten der Sprache debattieren!«

»Schon gut, schon gut.« Er hebt die Hände und macht einen Schritt zurück. »Nein, nein. Sorry. Ich gehe mir mal Gideons Ordnungssystem für deine Speisekammer ansehen.«

»Jedenfalls«, sagt Aidan, der so klingt, als müsste er sich das Lachen verkneifen, um meine Aufmerksamkeit wieder auf sich zu lenken, »haben deine Instinkte reagiert, um dich zu schützen, und dir Krallen gegeben. Da es eine komplett unkontrollierte Verwandlung war, nehme ich an, die Finger sind ein wenig gerissen und haben etwas geblutet?«

Ich nicke, plötzlich ein bisschen überwältigt. Ich muss noch so viel darüber lernen, ein Gestaltwandler zu sein. Und bei all dem anderen Mist, der gerade passiert, weiß ich nicht, wo ich die Zeit hernehmen soll … oder ob ich es überhaupt schaffen werde, alles zu lernen, bevor ich es brauche.

»Zukünftig solltest du in der Lage sein, bestimmte Körperteile nach Wunsch zu verwandeln, genau wie du dich komplett in eine Katze verwandeln kannst. Wir üben das noch«, beruhigt er mich, als er meinen vermutlich recht zweifelnden Ausdruck sieht. »Wie fühlst du dich?«

Mit einem tiefen, dramatischen Seufzer antworte ich: »Ganz gut. Körperlich fühle ich mich super, und ich habe weder Paranoia noch Angst gehabt, nachdem ich aufgewacht bin. Aber es ist mir natürlich im Nachhinein superpeinlich.«

»Das braucht es nicht«, sagt er. »Das lag ja nur an den Chemikalien, die durch die erzwungene Verwandlung in deinem Gehirn ausgeschüttet wurden. Es hat absolut nichts mit dir und deinem sonstigen Verhalten zu tun.«

Lily rutscht nach vorne, und mir wird auf einmal klar, wie voll es hier ist. Mein Wohnzimmer ist super für ein oder zwei Leute, und es haben auch vier oder fünf bequem Platz, aber acht ist jenseits von gemütlich, auch wenn David und Gideon gerade in der Küche sind. Vielleicht sollten wir die Möbel umstellen, damit wir besser reinpassen?

»Sam«, sagt Lily ruhig und bestimmt. »Du bist super. Wir lieben dich alle. Und wir sind so gerührt, dass du eine so bedeutende Lebensphase mit uns teilst.« Sie nimmt mich in die Arme und hält mich fest. Da sie ein paar Zentimeter größer ist als ich (wie die meisten Leute), schmiegt sich mein Gesicht wie von selbst an ihren Hals. Ich rieche ihr Parfum, eine Mischung, die dafür gedacht ist, Shifter-Nasen nicht zu reizen, ihren darunter liegenden Sukkubus-Spezies-Duft und etwas, das ganz einfach sie ist. Es ist warm und tröstlich, aber so stark wie Stahl. Genau wie sie selbst.

Ich umarme sie zurück. »Danke, Lily.« Auch wenn ich nicht ganz sicher bin, ob mir etwas anderes übrig geblieben wäre, als sie in alles einzuweihen, was in den letzten vierundzwanzig Stunden passiert ist (oh mein Gott, war es wirklich nicht länger? Für mich fühlt es sich an wie eine Ewigkeit!), bin ich doch froh, dass sie hier sind. Ich kenne sie zwar noch nicht so lange, aber sie geben mir das Gefühl, dass ich willkommen bin und akzeptiert werde. Das hatte ich lange Zeit nicht. Mit Alistair und meinem früheren Team hat es angefangen, aber mir war auch immer klar, dass ich ihnen aufgedrängt wurde. Ich war Harolds Notlösung für ein Team, das alle Office Manager vor mir vergrault hatte. Und obwohl ich keinen Zweifel daran habe, dass ich ihnen ans Herz gewachsen bin, ist da immer noch diese kleine Stimme in meinem Hinterkopf, die mir sagt, dass sie sich nicht für mich entschieden hätten, wenn sie damals eine andere Möglichkeit gehabt hätten.

Dieses Team dagegen … ist auf mich zugekommen. Sie haben mich ausgewählt. Sie wollten mich haben, obwohl ich ein Mensch war. *Weil* ich ein Mensch war. Das hat mir mehr bedeutet, als mir bewusst war.

Also drücke ich Lily, denn sie ist das Herz des Teams und die beste Freundin, die ich je hatte. Ich atme tief ein und lege den Geruch in meiner olfaktorischen Erinnerung unter »Trost« ab. Dann lasse ich sie los und lächle.

»Wir sollten die Möbel umstellen, damit wir alle Platz haben. Und dann haben wir noch was zu tun.«

Kapitel 12

Wir sind alle halb verhungert, als wir den Raum endlich neu eingerichtet, Laptops und einen Drucker installiert und mit dem Backup-Server verbunden haben, also bestelle ich Take-out für alle, und wir essen, während wir Hypothesen aufstellen.

»Nehmen wir mal an, dass das alles zusammenhängt«, sagt David nachdenklich. »Alles andere wäre ein viel zu großer Zufall. Wir haben in letzter Zeit mehr Fortschritte bei diesem Fall gemacht, als unsere Gegner angenommen haben. Um uns abzulenken, haben sie ihre Quelle im Büro geopfert. Jetzt überschlagen wir uns, um unsere Systeme zu retten, und wir können das Büro nicht nutzen, bis klar ist, dass es wieder sicher ist.«

»Wir sind eindeutig erfolgreich ausgebremst worden«, stimmt Lily zu. »Die Frage ist, ob sie von Sam wissen. Denn wenn er eines ihrer frühen Experimente war – entschuldige, Sam –, sind wir ihnen vielleicht immer noch voraus.«

Ich winke ab, um zu zeigen, dass ich nicht beleidigt bin. »Hat einer von euch nach gestern Abend noch etwas ins System eingetragen?«

Alle schütteln den Kopf. »Die Anforderung eines DNA-Profils ist über die üblichen Kanäle gelaufen, ohne dass wir deinen Namen genannt haben«, sagt Percy. »Vielleicht denken sie, dass wir eine mit dem Fall zusammenhängende genetische Ermittlung durchführen, aber das war's auch schon.«

»Aber Dr. Sims hat sicher die Proben abgegeben«, wirft Andrew ein. »Shit. Wir müssen …«

»Nein.« Percy schüttelt den Kopf. »Ich habe Dr. Sims gebeten, sie unter einem anonymen Zahlencode einzutragen. Sam ist, soweit wir wissen, der Einzige seiner Art, der nicht in den Händen des Feindes ist. Wir müssen seine Identität geheim halten, bis wir für seine Sicherheit garantieren können, und das bedeutet, dass nur die Leute, die heute Morgen in meinem Büro waren, Bescheid wissen dürfen.«

»Das ist gut!«, ruft Gideon aus der Küche, wo er Becher neu ordnet, weil er die Speisekammer heute schon zweimal aufgeräumt hat und in Hörweite bleiben muss. »Das heißt, dass sie nur dann von Sam erfahren haben können, wenn in einem der Räume, in denen wir uns aufgehalten haben, eine Wanze gewesen wäre.«

Wir wechseln Blicke, denn das ist mehr als wahrscheinlich. »Welche Räume waren das?«, fragt Elinor. »Percys Büro natürlich. Das Vorzimmer. Wir haben kurz darüber gesprochen, was los ist, als wir da gewartet haben. Nicht besonders detailliert, aber doch so viel, dass jemand, der von den Genexperimenten wusste, es sich zusammenreimen konnte.«

»Der Pausenraum«, fügt David hinzu. »Unser Büro?«

Ich schüttle den Kopf. »Nicht, wenn keiner von euch heute etwas gesagt hat. Gestern Abend haben wir nur darüber gesprochen, dass ich lernen wollte, die Magie zu benutzen. Es war ja erst im Pausenraum klar, dass das nicht passieren wird.«

Mit einem Seufzer sagt David: »Wir übersehen etwas Wichtiges. Die Wanze könnte doch auch etwas sein, was wir mit uns rumtragen.«

In der Küche scheppert es. Gideon hat eine Tasse fallen lassen. Mir dreht sich der Magen um, und ich entdecke den gleichen entsetzten Ausdruck auf allen Gesichtern, als ich mich umsehe. Handys. Armbanduhren. Schmuck. In Stoffen hält sich Zauberei nur ein paar Stunden, aber in Leder sehr viel länger, also könnten es auch Schuhe oder Gürtel sein. Stifte – Andrew hat einen wunderschönen Platinfüller, den er überall mit hinnimmt. Tablets. Laptops? Oh Mann, haben wir das Büro verlassen, weil es nicht mehr sicher war, und das Leck mit hierhergebracht?

»Beruhigt euch«, sagt Percy. »Unsere Geräte sind geprüft worden, als wir das Büro verlassen haben, erinnert ihr euch nicht?«

»Was ist mit persönlichen Besitztümern?«, knurrt Gideon, der sich beschützend hinter meinen Stuhl gestellt hat. Ich fühle mich sofort besser.

»Die sehe ich mir jetzt an«, sagt er, denn, stimmt ja. Percy kann mithilfe der Magie versteckte Zauberei entdecken. Gott sei Dank ist er in unserem Team! »Taschen ausleeren, bitte.«

Alle beeilen sich, seiner Bitte Folge zu leisten. Es ist so was von gruselig, sich vorzustellen, dass uns jemand beobachtet oder zuhört. Oder noch schlimmer, dass sie planen, mich zu kidnappen, um weitere Experimente an mir durchzuführen.

»Ich bin jetzt ein echter Shifter«, erkläre ich laut und deutlich. »Null menschliche DNA.«

Alle sehen mich komisch an.

»Was denn? Ich möchte nur deutlich machen, dass die Resultate des Experiments verschwunden sind, also gibt es keinen Grund mehr für Operationen am lebenden Objekt oder für anale Untersuchungen.«

Andrew hustet. »Ach ja? Keinen Grund für anale Untersuchungen?«

Mein Gesicht wird ganz heiß, wahrscheinlich bin ich rot wie eine Tomate, aber ich tue so, als hätte ich keine

Ahnung, was er meint, und bemühe mich, Gideon nicht anzusehen, der gerade amüsiert geschnaubt hat, der Schuft.

»Genau«, sagt Lily, bemüht, den Hausfrieden zu wahren, »es ist ganz klar, dass es keinen Grund für Vivisektion oder andere Dinge gibt.«

»Also für andere Dinge findet sich doch immer ein Grund«, murmelt Aidan verschmitzt. Einerseits möchte ich ihm gerne eine runterhauen, andererseits scheue ich davor zurück, den Spezies-Anführer zu ohrfeigen.

Manche Dinge waren einfacher, als ich noch ein Mensch war.

Percy hat jetzt alle unsere persönlichen Gegenstände methodisch untersucht. »Sieht so aus, als wäre alles sauber. Sam, hast du heute irgendetwas nach Hause mitgenommen?«

»Äh …« Ich sehe mich um. »Mein Handy.« Ich deute darauf. »Und ich kann meine Schuhe holen. In der Hosentasche hatte ich nichts.« Mit einem Blick zu Gideon frage ich: »Habt ihr noch etwas von meinen Sachen mitgenommen?«

Er schüttelt den Kopf. »Nein, nur dich. Wir haben sogar deine Schlüssel auf dem Schreibtisch gelassen.«

»Die habe ich zu Sams anderen Sachen gepackt«, wirft Elinor ein. »Aber das wurde alles gescannt, als wir das Gebäude verlassen haben.«

»Das Handy ist in Ordnung«, sagt Percy.

Ich sause los und hole meine Schuhe, und ein paar Minuten später sinken wir alle erleichtert in unsere Sessel.

»Für den Moment sind wir also sicher«, stellt Lily fest. »Aber wir müssen davon ausgehen, dass wir es im Büro nicht waren.«

Alle sehen mich an. Ich habe das Gefühl, dass ich gleich spucken muss.

»Sam bleibt ab jetzt nicht mehr alleine«, ordnet Percy an, und in seiner Stimme ist ein stählerner Unterton, den ich nicht gewohnt bin. »Türen und Fenster bleiben grundsätzlich verschlossen.«

»Das wird ihn nicht vor Gestaltwandlern schützen«, bemerkt David und reibt sich die Stirn. »Ich kann eine Art Sicherheitsbarriere einrichten – etwas, das auf jeden reagieren wird, der böse Absichten hat. Aber das ist ein komplizierter Zauber und wird etwas dauern.«

»Wie lange?«

Er zieht eine Grimasse. »Ein paar Tage. Weniger, wenn mir jemand helfen könnte, aber ...« Er zuckt hilflos die Achseln.

»... wir wissen im Moment nicht, wem wir vertrauen können«, führt Elinor seinen Gedanken zu Ende.

Panik macht sich breit. »Was meinst du? Soll das heißen, gar niemandem?« Das kann doch nicht stimmen. Die Leute, mit denen wir zusammenarbeiten, haben alle strenge Sicherheits-Checks durchlaufen. Sie haben sich dem Schutz und dem Dienst der Community verschrieben.

»Sam.« Gideon drückt meine Schulter und geht neben mir in die Hocke. »Im Moment wissen wir nur, dass es irgendwo im Büro ein Leck gibt. Jemand hat das System gehackt, und jemand hat ein oder mehrere Abhörgeräte installiert. Percy kann zwar mit der Magie die Loyalität und die Absichten jeder einzelnen Person überprüfen, aber das ist zeitaufwendig und wird ihn sehr erschöpfen. Im Moment können wir nur den Leuten in diesem Raum trauen und dem Sicherheitschef und seinem Team, von denen gerade das Büro nach Abhörgeräten durchsucht wird.«

»Und Alistair?« Ich klammere mich verzweifelt an den letzten emotionalen Strohhalm.

Gideon zögert, aber Percy sagt: »Alistair ist in Ordnung. Ich brauche noch nicht mal die Magie zu bemühen – seine Besorgnis und sein Beschützerinstinkt in Bezug auf Sam sind so stark, dass ich sie sehen kann.«

Ich sinke erleichtert in mich zusammen.

»Äh, Sam«, sagt Gideon. »Hast du eigentlich von Alistair gehört, seit er gegangen ist?«

»Nein, ich …« Die Panik ist zurück, und ich grabsche nach meinem Handy. »Keine Nachricht von ihm.«

»Moment mal, was ist denn mit Alistair?«, fragt Elinor.

»Schick ihm eine Nachricht«, befiehlt Gideon. »Benutz euren komischen Code, zur Sicherheit.« Ich schreibe sorgfältig eine Nachricht über Angeln und Einkäufe und versuche, ruhig genug zu bleiben, um mich an den Code zu erinnern. Gideon erklärt in der Zwischenzeit den anderen, was damit gemeint ist.

Ich schicke die Nachricht ab. Dann starre ich das Display an und bete, dass er gleich zurückschreibt. »Soll ich vielleicht lieber anrufen?«

»Nein«, antworten sechs Stimmen im Chor.

»Beim Sprechen macht man leichter Fehler«, fügt Andrew hinzu. »Außerdem ist der Tonfall sehr verräterisch. Lass mal sehen, was er antwortet, dann können wir immer noch entscheiden, ob du anrufen solltest.«

Er steht auf und holt den Karton mit meinem neuen Handy, das ich während des Umräumens auf den Küchentresen gelegt hatte.

»Lass uns das einrichten, während wir warten«, schlägt er vor. »David, können wir einen Panik-Button reinschmuggeln?«

»Klar«, sagt David und geht zu ihm hinüber. Ich starre immer noch das Display an. Gideon sitzt auf der Sessellehne und schaut mir über die Schulter, und ich lehne mich an ihn. Seine solide Wärme beruhigt mich.

Auf dem Display beginnen drei Punkte zu tanzen.

»Er schreibt etwas!«

Elinor drängt sich von der anderen Seite an mich, und wir beobachten den kleinen Bildschirm, während sich Schweigen breitmacht.

Kann heute leider nicht für dich einkaufen gehen. Keine Fische gefangen. Jim hat den falschen Köder genommen.

»Scheiße!«

»Was soll das heißen?«, fragt Elinor verwirrt. »Also selbst wenn du nichts gesagt hättest, wüsste ich, dass es nicht wirklich ums Angeln gehen kann. Alistair hasst Angeln.«

»Es bedeutet, dass Jim und er in Schwierigkeiten sind. Das mit den Einkäufen heißt, dass ihnen jemand folgt. Glaube ich.«

»Du glaubst?«, fragt Aidan ungläubig. »Wozu benutzt ihr denn einen Code, wenn du dich nicht daran erinnern kannst?«

»Es ist kein offizieller Code«, rechtfertige ich mich. »Und keiner von uns war nüchtern, als wir ihn uns ausgedacht haben. Wir benutzen ihn meistens nur zum Spaß.«

»Warte mal.« David kommt aus der Küche. »Alistair glaubt, dass er verfolgt wird? Warum sollten sie ihm folgen, wenn sie sich für unseren Fall interessieren?«

»Vielleicht tun sie das ja gar nicht«, sagt Gideon, aber er klingt unsicher.

»Es kann nicht Sam sein, oder?«, fragt Lily. »Dass sie Alistair folgen, um an Sam ranzukommen, meine ich. Selbst wenn sie wissen, dass sie befreundet sind – diese Leute hatten Zugang zum System. Sams Adresse steht da drin.«

Ich zucke zusammen.

»Deine Adresse ist nicht da drin?«, rät sie. »Wie hast du das denn hingekriegt?«

»Alte Gewohnheit«, murmele ich. »Von früher, als ich auf der Flucht war. Die Adresse ist die der nächsten Postfiliale.«

»Ein Postfach?«

»Nein, einfach die Adresse der Post.«

Percy schüttelt den Kopf. »Das hat sicher steuerliche Konsequenzen«, murmelt er, dann fügt er hinzu: »Nicht so wichtig. Es kann demnach sein, dass sie Alistair folgen, um dich zu finden, das heißt also, dass sie etwas über dich wissen. Es ist nur unklar, was.«

»Was soll ich Alistair sagen? Können wir ihm helfen?«

»Wenn du mit eurem Code in der Lage bist, ihn zu lotsen, können Gideon und ich uns mit ihm treffen und ihm und diesem Jim unter die Arme greifen«, sagt Andrew. Ich sehe zu Gideon auf, der nickt.

»Wir bringen Jim an einen sicheren Ort und Alistair hierher, ohne dass uns jemand folgt«, versichert er mir. »Um diese verdammte Sache aufzuklären, brauchen wir alle Mann an Deck.«

»Okay, einen Moment.« Ich konzentriere mich aufs Nachrichtenschreiben. Der schwierigste Teil ist der mit der Örtlichkeit, und ich will sichergehen, dass ich es nicht vermurkse.

»Ich arbeite inzwischen weiter an den Signaturen von heute«, schlägt David vor. »Wir müssen feststellen, wer dahintersteckt, um herauszubekommen, was sie genau vorhaben.«

Alistair schreibt mir fast sofort zurück. »Er will sich im Cineplex an der Eastside Mall im Kino sechs treffen.«

»Gute Wahl«, lobt Andrew. »Das ist ein Riesenladen mit drei oder vier Eingängen. Gideon, bist du so weit?«

»Klar.« Gideon gibt mir einen Kuss auf den Scheitel, dann steht er auf und geht zur Tür, als hätte er nicht gerade eine scharfe Handgranate in den Raum geworfen – im übertragenen Sinne natürlich.

Andrew läuft ihm schmunzelnd hinterher, aber Elinor quiekt: »Was zum Henker war das denn?«

Die Tür fällt hinter den beiden zu.

Alle anderen drehen sich zu mir.

Ich werde knallrot und zucke die Achseln. »Gar nichts.« So viel zur Diskretion. Ich meine, mir war schon klar, dass er deswegen sauer war, obwohl ich immer noch keine Ahnung habe, warum genau. Aber dass er mich so den Wölfen zum Fraß vorwerfen würde, um dann einfach abzuhauen, hätte ich nicht gedacht.

»Entschuldige bitte«, sagt Lily langsam. »Hast du gerade gesagt, es hat nichts zu bedeuten, dass Gideon Bailey sich liebevoll von dir verabschiedet hat? Dir ist vielleicht nicht bewusst, dass Gideon Bailey nie liebevoll ist, und damit meine ich wirklich nie.« Sie lächelt breit. »Ich bin ziemlich sicher, dass das nicht gar nichts war. Ich würde sogar so weit gehen, zu sagen, dass das durchaus etwas war.«

»Ich hab dich wirklich lieb, aber ich werde dir wehtun, wenn du nicht die Klappe hältst«, erwidere ich. »Ich kann das jetzt. Ich habe supercoole Shifter-Tricks drauf.«

Sie lacht nur.

»Hör auf, das Thema zu wechseln«, sagt David und setzt sich vor mich auf den Couchtisch. »Läuft da was zwischen dir und Gideon?«

Ich werfe Percy einen verzweifelten Blick zu. »Wir sollten jetzt wirklich wieder an die Arbeit gehen.«

»Sicher«, stimmt er zu. »Sobald du uns erzählt hast, was da läuft.« Er lächelt milde wie immer, aber in seinen Augen blitzt der Schalk.

Ich seufze. »Also gut. Gideon und ich hatten Sex. Ich habe ihn gebeten, diskret zu sein, und das hat ihn aus irgendwelchen Gründen verärgert. Und jetzt hat er es mir heimgezahlt, indem er es euch allen auf die Nase gebunden hat.«

»Du hast ihn um Diskretion gebeten?«

»Und du weißt nicht, warum er sauer ist?«

»Oh, du kleines Unschuldslamm.« Das war Elinor. Sie tätschelt meinen Arm. »Du hast seine Gefühle verletzt. Ich weiß, das ist schwer zu glauben, denn es gibt viele Leute, die beschwören würden, dass Gideon überhaupt keine Gefühle hat – aber so ist es.«

Ich habe … was?

Ich schaue von einem zum anderen. Auf ihren Gesichtern lese ich Nachsicht und Mitgefühl.

»Aber wir hatten doch schon geklärt, dass es keine einmalige Sache bleiben wird.« Mein Gesicht glüht. »Ich habe nur gesagt, dass ich keine Lust habe, dass im Büro über mich getratscht wird. Wieso sollte ihn das kränken?«

Aidan lacht. »Ohne Gideon besonders gut zu kennen, würde ich denken, dass es ihm egal ist, ob getratscht wird, weil er dich *mag*.«

Weil er mich *mag*? Also, *mag* mag?

Wow.

Lily grinst immer noch. »Oh, ich freue mich so für dich! Gideon kommt vielleicht ein bisschen kratzbürstig rüber, aber er ist so ein guter Kerl. Und ehrlich gesagt weiß ich gar nicht, wieso ihr euch wundert. Er ist schon seit Wochen viel netter zu dir als zu irgendwem sonst.«

David macht ein überraschtes und gleichzeitig zustimmendes Geräusch. »Du hast recht. Es ist natürlich ein bisschen schwer zu sagen, weil Gideons Vorstellung von Freundlichkeit nicht der anderer Leute entspricht – aber ich wette, wenn das alles nicht passiert wäre, hätten wir eine klassische Büroromanze blühen und gedeihen sehen.«

Ich schüttle den Kopf. »Ich … darüber muss ich erst mal nachdenken. Und mit Gideon reden, nehme ich an.« Denn wenn er an mehr interessiert ist als an Sex und Freundschaft …

Ich unterdrücke meine freudige Erregung. Mir war gar nicht klar, dass ich mehr als Sex und Freundschaft will.

»Okay«, sagt Percy abschließend. »Jetzt gehen wir wieder an die Arbeit. Wir können weiter über Sam und Gideon tratschen, wenn die entführten Paare wieder sicher zu Hause sind.«

*

Nach etwa fünfundzwanzig Minuten, in denen wir uns nach und nach durch die ganzen Daten gearbeitet haben, auf der Suche nach Mustern oder Dingen, die wir übersehen haben, oder irgendetwas, das uns einen Hinweis gibt, wonach wir überhaupt suchen, wo sie sind und was sie eigentlich im Schilde führen, sagt David plötzlich: »Fuck, ja!«

Elinor verschluckt sich an ihrem Kaffee, hustet und würgt und schnappt nach Luft. Ich will ja nicht rachsüchtig sein oder so, aber ich bin wirklich froh, dass dieses Mal nicht ich es bin. Ich klopfe ihr auf den Rücken, bis sie fast wieder normal atmet. Vorwerfen kann ich ihr die Reaktion nicht – David flucht nämlich so gut wie nie. Wenn er es tut, erregt es Aufsehen.

»Hast du etwas gefunden?«, fragt Percy, springt auf und stellt sich hinter David.

»Ja, ich habe drei Namen von Zauberern, die den Zauber bei Sam …«

Lily jubelt und springt auch auf, um zu sehen, was er gefunden hat, und Aidan setzt an, etwas zu fragen, aber David bringt sie alle mit einer Geste zum Schweigen.

»… *und* sie sind alle prominente Unterstützer der Coalition for Community Advancement.«

»Die unsere Hauptverdächtigen in diesem Fall sind.« Mir wird plötzlich schwindelig bei dem Gedanken, dass wir einen Durchbruch haben, und ich muss mich anlehnen.

»Genau. Ich habe es außerdem geschafft, ein paar Infos zur Absicht hinter dem Zauber herauszuziehen. Es ist wirklich faszinierend – komplett abartig –, und es läuft einem eiskalt den Rücken runter. Aber es ist erstklassige Arbeit.«

»Bevor du uns einen schnellen Überblick gibst«, unterbricht Percy. »Reicht das, was du gefunden hast, aus, um eine Razzia sämtlicher CCA-Einrichtungen zu rechtfertigen?«

David nickt. »Ja.«

In der Community braucht man dazu keinen Durchsuchungsbefehl wie in der Menschenwelt – die Autorität des Luzifers reicht normalerweise. Aber manche dieser Kulte haben extrem vermögende und mächtige Mitglieder, die sehr geschickt ein Riesentheater machen können, wenn man sie zu oft unter die Lupe nimmt. Normalerweise wartet man daher, bis es einen wirklich guten Grund und eine gehörige Menge Beweise gibt. Percy muss sich keine Gedanken um seine Wiederwahl machen, aber er braucht die wohlhabenden Community-Mitglieder, damit sie Stiftungen und Wohltätigkeitsprojekte für die weniger Wohlhabenden unterstützen.

»Okay.« Percy zieht sein Handy heraus und tippt kurz etwas ein, bestätigt es mit einem Daumenabdruck, dann wendet er sich wieder uns zu. »Befehl erteilt. Die Teams bereiten sich vor, und wir werden zu ihnen stoßen. Aber vorher will ich einen kurzen Überblick haben.«

Oh mein Gott, oh wow, oh Scheiße, heute werden *Razzien* veranstaltet! Vielleicht finden wir wirklich die entführten Paare!

»Es wurde in vitro gemacht«, fängt David an, den Blick unverwandt auf mich gerichtet. »Tut mir leid, Sam. Soweit ich sehen kann, hat es mit relativ simplen Zaubern angefangen, die sich mit dir entwickelt haben. So war es möglich, dass sie sich so eng mit dir verbunden haben. Aus unserer eigenen Fruchtbarkeitsforschung wissen wir, dass der Fötus anfangs noch menschliche DNA behält, wenn ein Mitglied der Community und ein Mensch sich fortpflanzen. Das ändert sich nach und nach im Verlauf des zweiten Trimesters, und im dritten Trimester ist dann keine mehr übrig.«

»So sorgt die Magie dafür, dass die Community-Spezies weiter bestehen?«, frage ich, obwohl ich das eigentlich weiß.

David nickt. »Genau. Die Zauber, mit denen du belegt wurdest, sind unglaublich komplex, und sie scheinen die menschliche DNA … gefangen genommen zu haben, um es salopp auszudrücken, bevor die Magie sie entfernen konnte. Ganz klar ist mir das nicht, weil wir selbst nicht genau wissen, wie die Magie das eigentlich macht – wir wissen nicht, ob die menschliche DNA durch Community-

Gene ersetzt oder nur modifiziert wird. Die CCA scheint mehr darüber zu wissen als wir, was bedeutet …« Er bricht ab und schaut Percy an.

»Dass sie weitere Experimente an Föten vorgenommen haben«, schlussfolgert der Luzifer ernst.

David breitet die Hände aus. »Es ist nur eine Vermutung, aber ich kann mir nicht vorstellen, woher sie ihr Wissen sonst nehmen sollten. Unsere Informationen gehen auf nichtinvasive Forschung zurück. Um mehr herauszufinden, hätte man zwischen der dreizehnten und der achtundzwanzigsten Schwangerschaftswoche Proben von den Föten nehmen und Experimente daran vornehmen müssen. Das haben wir nie gemacht, denn es ist ein Risiko für die Schwangerschaft.«

Lily seufzt und schüttelt den Kopf. »Okay. Also hat die CCA möglicherweise entdeckt, was die Magie tut, um sicherzustellen, dass Babys nicht als Menschen geboren werden, und sie haben das Wissen dazu genutzt, um in den Prozess einzugreifen?«

»Soweit ich sehen kann, ja. Anstatt die menschliche DNA zu entfernen oder auszutauschen, wird sie vom Zauber eingefangen und als eine Art Tarnung benutzt – aber auch nicht wirklich. Vielleicht mehr wie eine Art Blocker? Sams Gestaltwandler-DNA wurde zwangsweise inaktiv gemacht, und er wirkte komplett menschlich.«

»Aber zu welchem Zweck?«, fragt Aidan nach. »Dass die CCA sich für die Beherrschung der Menschen durch die Community starkmacht, ist bekannt. Was haben sie denn davon, dass sie unsere Babys in Menschen verwandeln?«

»Ich kann nicht ganz sicher sein, bis die Resultate der Proben von Dr. Sims da sind, aber meine Vermutung ist, dass Sams Fruchtbarkeit, während er als Mensch erschien, sich auf menschlichem Niveau bewegt hat. Trotz seiner unterdrückten Shifter-DNA hätte sich diese Menschlichkeit an die nächste Generation vererbt. Oder zumindest war das der Plan.«

Ich blinzle. »Moment mal. Soll das heißen, dass mein Nachwuchs, sollte ich denn irgendwie welchen gezeugt haben, während ich dachte, dass ich ein Mensch bin, auch menschlich gewesen wäre, selbst wenn die Mutter ein Mitglied der Community gewesen wäre?«

»Ich denke, das wollten sie erreichen. Ob sie erfolgreich waren, weiß ich nicht.«

Aidan schüttelt den Kopf. »Vielleicht bin ich ein bisschen langsam, aber das ergibt für mich überhaupt keinen Sinn. Warum Menschen züchten, wenn sie sie eigentlich ausrotten wollen?«

»Das muss ein langfristiger Plan sein«, antwortet David seufzend. »Wie gesagt, ich kann nur vermuten, aber ich schätze, dass das, was sie mit Sam gemacht haben, nur die erste Phase war. Phase zwei wäre gewesen, Proben von Sam und anderen, die Teil des Programms waren, zu nehmen und den Zauber weiter zu verfeinern, sodass er sich nicht auf alle Teile der DNA auswirkt, sondern nur auf die Fruchtbarkeit. Das wäre passiert, während sie darauf warteten, dass die Testobjekte – entschuldige bitte, Sam – geschlechtsreif geworden wären. Proben von der nächsten Generation hätten gezeigt, ob der Zauber erfolgreich menschliche Kinder produziert hätte. Ich vermute, das war so, was bedeutet ...«

»Scheiße«, unterbricht Aidan mit aufgerissenen Augen.

David nickt. »Genau. Diese Massenentführungen sind dazu gedacht, zu sehen, ob die neueren Zauber sich nur auf die Fruchtbarkeit beschränken. Das könnten sie innerhalb von zwölf Monaten testen, obwohl ich, wenn ich das Experiment durchführen würde, bis zur Pubertät warten würde, um sagen zu können, ob es erfolgreich war oder nicht.«

Mir schwirrt der Kopf, während ich versuche, das alles zu begreifen. Ich weiß nicht besonders viel über Biologie, aber ich hätte nicht gedacht, dass DNA und Gene so funktionieren. Ich gehe mal davon aus, dass die Magie und Zauberei hier eine gewaltige Rolle spielen, richtig?

»Also hat die CCA theoretisch in zwölf Monaten Community-DNA entwickelt, die die gleiche Fruchtbarkeitsrate hat wie die menschliche«, stellt Lily fest.

»Theoretisch«, stimmt David zu. »Es sei denn, meine Schätzungen sind komplett daneben.«

»Wäre es denn möglich, dass sie diese DNA dann auch bei Erwachsenen … welches Wort benutzt man da? Anwenden? Um ihre Fruchtbarkeit zu erhöhen?«

»Auch hier, theoretisch ja. Sobald sie wissen, wie die fruchtbarere DNA der einzelnen Spezies aussieht, könnten sie einen Zauber entwickeln, der diese Veränderungen bei Erwachsenen ermöglicht. Genauso, wie wir Zauber entwickeln konnten, die Zellen verändern, die chronische oder genetische Erkrankungen enthalten.«

Lily reibt sich den Nasenrücken. »Also könnten sie die Leute damit anlocken, dass sie ihnen erhöhte Fruchtbarkeit vor die Nase halten wie eine Karotte?«

»Ich bin so verwirrt«, muss ich zugeben. »Ich weiß ja, dass es falsch ist, was sie tun. Aber größere Fruchtbarkeit ist doch alles in allem keine schlechte Sache, oder?«

Percy lächelt traurig. »Man muss bedenken, dass unsere Lebensspanne länger ist als die der Menschen. Wir sind auch schwieriger zu töten, denn wir heilen schneller und sind weniger anfällig für lebensbedrohliche Krankheiten. Wenn man die Lebensspanne mit einrechnet und dann die Fruchtbarkeitsraten vergleicht, sind wir im Grunde genommen genauso fruchtbar wie Menschen. Jedenfalls, wenn wir uns innerhalb unserer eigenen Spezies fortpflanzen. Bei Interspezies-Babys ist es ein bisschen schwieriger. Aber trotz ihres langen Lebens wollen die Leute am liebsten alles sofort haben, und Babys ganz besonders. Oder sie wollen ihre

Kinder schneller nacheinander bekommen. Das Konzept der erhöhten Fruchtbarkeit wird also für sehr viele Leute sehr attraktiv sein.«

»Aber damit werden auch die Bevölkerungszahlen der Community steigen.« Das klingt zwar für sich genommen nicht so schlecht, aber in der Dynamik der Welt würde sich einiges ändern, wenn die Menschen plötzlich in der Unterzahl wären. Die CCA könnte potenziell ihr Ziel erreichen, ganz ohne das offen zu sagen oder auch nur das Wort »Mensch« in den Mund zu nehmen. Sie müssten einfach nur an den Kinderwunsch der Community appellieren.

»Aber wir wissen nicht, wie die Magie darauf reagieren wird«, gibt Percy zu bedenken. »Es gibt einen Grund für das gegenwärtige Verhältnis der Bevölkerungszahlen. Die Magie hat uns geschützt, als es so aussah, dass die Menschen uns auslöschen würden. Wenn das im gegenteiligen Fall auch so ist, könnte es sein, dass sie sich wieder einschaltet, und das Ergebnis würde uns vielleicht nicht gefallen.«

»Wie kompliziert das alles ist«, murre ich. »Ich habe das Gefühl, wir versuchen, ein Puzzle ohne Vorlage zu machen.«

»Nun.« Percy steht auf, und wir tun es ihm nach. »Hoffentlich werden wir nach den Razzien klarer sehen. Sam, es tut mir leid, aber du musst hierbleiben, und jemand bleibt bei dir.«

Ich seufze. Überrascht bin ich nicht wirklich. Ich hatte sowieso nicht damit gerechnet, selber an einer Razzia teilnehmen zu dürfen – dafür habe ich gar nicht die Ausbildung. Aber wenn alles laufen würde wie sonst, wäre ich in der Kontrollzentrale. Da ich aber jetzt eine potenzielle Zielscheibe auf dem Rücken trage … Ich gebe mich geschlagen. »In Ordnung. Aber extra hierbleiben muss deswegen niemand.«

»Da bin ich anderer Meinung«, sagt Percy mit einem strengen Blick. Er ist sonst so freundlich, dass es einfach ist, zu vergessen, dass er buchstäblich die Welt regiert und mit der existenziellen Magie umgehen kann. Und dann zieht er plötzlich seine Autorität aus dem Ärmel, und ich werde ruckzuck daran erinnert.

»Ich sehe das genau wie Percy«, meint Aidan. »Selbst wenn wir mal außer Acht lassen, dass du wohl eines der ersten Testobjekte der CCA bist und sie dich wahrscheinlich gerne wieder einkassieren würden: Du hast in den letzten vierundzwanzig Stunden eine Menge erlebt. Es kann gut sein, dass du noch verspätete Reaktionen auf die erzwungene Verwandlung zu erwarten hast. Es wäre dumm, dich alleine zu lassen.«

Ein Rundblick zeigt lauter verständnisvolle Gesichter, die zustimmend nicken. Ich zucke die Achseln. »Eure Entscheidung.«

»Ich bleibe«, meldet sich Lily freiwillig. Lächelnd fügt sie hinzu: »Sam und ich halten hier die Stellung. Vergesst nur nicht, uns Updates zu geben.«

»In regelmäßigen Abständen«, ergänze ich. »Lasst uns nicht die ganze Nacht hier zappeln.«

»Geht in Ordnung«, verspricht David. Er hält mein neues Handy hoch. »Hier, tausch einfach deine SIM-Karte und benutze das. Ich habe einen Panik-Button eingerichtet. Du drückst dreimal in schneller Folge hier drauf …« Er deutet auf den Home-Button. »Dann bekommen wir alle eine Panik-Warnung von dir, und das GPS wird automatisch aktiviert, sodass wir dich finden können.«

»Wenn jemand ihn entführt, ist es zwar unwahrscheinlich, dass er sein Handy mitnehmen darf«, wendet Elinor stirnrunzelnd ein. »Aber es ist ein Anfang.«

»Wir sind Ermittler, Elinor«, sagt David, der schon mit einem Fuß aus der Tür ist, trocken. Ich lasse mich in meinen Sessel sinken und umklammere mein neues Telefon. »Wenn der Panik-Button betätigt wird, wissen wir, wo er war, als er ihn gedrückt hat. Wir werden ihn finden. Ich rufe Gideon an und sage ihm und Andrew Bescheid, dass sie Alistair holen und sich mit uns treffen sollen.«

»Seid vorsichtig«, warnt Percy, während er ihm nach draußen folgt. »Wir wissen immer noch nicht, ob unsere Telefon-Verschlüsselung noch funktioniert. Passt auf euch auf, Lily und Sam. Wir melden uns.«

Alle verabschieden sich und lassen Lily und mich in der plötzlich sehr leer wirkenden Wohnung zurück.

Kapitel 13

Es vergehen fast drei Stunden, bis Lilys Handy klingelt.

Drei. Stunden.

Zu sagen, dass ich angespannt bin, wäre, als würde man den Pazifischen Ozean eine Pfütze nennen. Ich meine, ich verstehe das schon, erst mussten sie sich vorbereiten und dann die Razzien durchführen. Sie hatten eben keine Zeit, uns Schritt für Schritt auf dem Laufenden zu halten. Aber jetzt mal ehrlich, wäre eine kleine SMS von unterwegs so schwierig gewesen?

Oh Mann.

Jedenfalls hat Lily das Gespräch im Sekundenbruchteil angenommen, noch bevor ich es geschafft habe, mich von der Decke zu kratzen. Meine Shifter-Instinkte müssen sicher noch etwas verfeinert werden, denn sie hat wesentlich schneller reagiert als ich.

Sie antwortet nur mit »Hmhm« und gelegentlichem »Ja«, hält aber den Blickkontakt mit mir und lächelt und nickt. Ich entspanne mich etwas und erwarte ungeduldig das Ende des Gesprächs.

»Alles gut«, sagt sie schließlich. »Razzien auf drei Grundstücken waren erfolgreich. Sie haben die entführten Paare gefunden. Die letzten Zahlen fehlen noch, aber Andrew sagt, es sieht so aus, als ob alle dabei wären. Sie haben auch eine Menge Verhaftungen vorgenommen und haufenweise Forschungsmaterial und -unterlagen beschlagnahmt.«

Ich sinke in meinem Sessel zusammen, während das letzte bisschen Stress meinen Körper verlässt. »Gut. Okay. Das ist ja super. Hat er gesagt, ob an den Paaren herumexperimentiert wurde?«

Sie zieht eine Grimasse. »Das wissen sie leider noch nicht. Alle Paare mussten Blut- und Gewebeproben abgeben und wurden mehrfach untersucht, aber keiner hat ihnen gesagt, worum es geht, also wissen sie gar nichts. Wir hoffen, dass die Verhöre und die beschlagnahmten Unterlagen uns klarer sehen lassen.«

Ich nicke und lasse die Information auf mich wirken. Das Ding mit der Zauberei ist, dass sie Operationen ersetzen kann. Ich habe vergessen, David zu fragen, ob die genetischen Veränderungen auch ohne OP vorgenommen worden sein könnten.

Dann wird mir plötzlich bewusst: »Ich muss mal.« Das Adrenalin lässt nach, und mein Körper nimmt wieder seine normalen Funktionen auf. »Gleich wieder da. Haben sie schon gesagt, ob sie hierher zurückkommen?« Ich bin bereits unterwegs zur Tür und versuche, nicht die Beine zusammenzupressen. Das wäre ja so was von uncool. Lily und ich stehen uns wirklich nahe, aber sie würde mich nie vergessen lassen, wenn ich von einem Fuß auf den anderen trippeln würde wie ein Kind.

Natürlich würde sie es mich auch nie vergessen lassen, wenn ich mir in die Hose machen sollte.

»Ist noch nicht klar. Andrew sagt, sie sind noch auf dem Gelände beschäftigt und beaufsichtigen den Abtransport des Beweismaterials.«

»Ach so.« Ich gebe es auf, nach Würde zu streben, und sause ins Bad. Lilys Gelächter hallt mir durch den Flur nach.

Ich habe mein Geschäft erledigt und wasche mir die Hände, als meine Haut zu prickeln beginnt. Meine innere Energie steigt an die Oberfläche, und meine Katze schiebt und drängt sich nach außen. Ein Nebeneffekt der erzwungenen Verwandlung? Oh je, verwandle ich mich gleich spontan? Ich muss hier raus – die Tür ist zu, und Lily kommt mich sicher irgendwann suchen, aber ich habe wirklich wenig Lust darauf, dass die Leute später sagen: »Erinnerst du dich noch, als Sam sich spontan verwandelt hat und im Bad gefangen war?«

Ich drehe den Wasserhahn zu und trockne mir die Hände ab, dann öffne ich die Tür. Erst als ich schon auf der Hälfte des Flurs bin, fällt mir auf, dass ich im Wohnzimmer nicht nur Lily rieche.

Fremde.

In meiner Wohnung.

Scheiße.

Was mache ich jetzt? Ist Lily okay? Ich muss sichergehen, aber … ich bin ziemlich sicher, dass ich drei verschiedene Fremde rieche. Möglicherweise sogar mehr. Es sind diverse Gerüche in der Wohnung, weil vorhin so viele Leute hier waren, und ich bin noch nicht ganz sattelfest beim Auseinanderhalten.

Gegen drei Angreifer wäre ich vollkommen machtlos. Ehrlich gesagt könnte ich auch gegen einen einzigen kaum etwas ausrichten. Aber ich muss Lily helfen.

Und ich kann definitiv nicht mehr lange wie angewurzelt hier im Flur rumstehen. Wenn ich sie riechen kann, können sie mich auch riechen. Der einzige Vorteil ist, dass sowieso die ganze Wohnung nach mir riecht – vielleicht haben sie also noch nicht mitgekriegt, dass ich nicht mehr im Bad, sondern im Flur bin …

Oder dass ich überhaupt zu Hause bin? Könnten die Restgerüche der anderen sie abgelenkt haben? Hat Lily ihnen vielleicht gesagt, dass ich mit den anderen gegangen bin? Vielleicht sind sie keine Shifter und können mich gar nicht riechen? Wie unterscheiden die anderen Spezies einander? Warum habe ich noch nie danach gefragt?

Mist. Ich weiß nicht, was ich tun soll. Ich wollte, Gideon wäre hier. Ich wollte, sie würden alle zurückkommen und uns retten. Mir dreht sich der Magen um.

Oh, ich Idiot! Der Panik-Button. Wo ist denn mein Handy? Ist es … hab ich es auf dem Couchtisch oder in der Küche gelassen? Ich habe es mitgenommen, als ich mir vorhin Wasser geholt habe, weil ich nicht außer Reichweite sein wollte, wenn es klingelt.

Ich höre eine Bewegung aus dem Wohnzimmer.

Scheiße.

Scheiße!

Denk nach, Sammy. Ich spüre ein Rinnsal von Schweiß die Wirbelsäule herunterlaufen.

Ich hatte es in der Hand, als ich wieder an die Arbeit gegangen bin. Ich habe alle zwei Sekunden aufs Display geschaut.

Die gedämpften Bewegungen werden zu Schritten, unglaublich leicht, aber mit meinen neuen Sinnen gut zu hören.

Oh Mann. Mein Gehirn will nicht funktionieren.

Ich saß neben dem Laptop. Ich habe ständig drauf geschaut. Also ist es wahrscheinlich immer noch …

Nein. Ich habe es in die Tasche gesteckt, damit ich spüre, wenn es vibriert, um nicht dauernd aufs Display glotzen zu müssen.

Ich krame in der Hosentasche und Tatsache, da ist es. Panik vernebelt mir das Gehirn. Mir wird schwindelig, und Adrenalin schießt durch meinen Körper, als sich die Schritte nähern.

Ich versuche gar nicht, das Handy aus der Tasche zu ziehen, sondern taste nach dem Home-Button. Dreimal draufdrücken, hat David gesagt. In schneller Folge.

Ich fühle eine kurze, plötzliche Vibration in meiner Hand. Ich bete, dass das bedeutet, dass es geklappt hat, und nicht, dass ich meinen Code neu eingeben muss.

Das Licht am Ende des Flurs verdunkelt sich.

Jetzt ist es zu spät, mir über den Panik-Button den Kopf zu zerbrechen.

Ich kratze jedes bisschen Mut in mir zusammen und laufe los, auf die Gestalt zu.

Ich muss nachsehen, ob es Lily gut geht. Vielleicht lenkt meine Attacke sie ab und wir können zusammen abhauen.

Die Gestalt gibt ein überraschtes Geräusch von sich, dann renne ich mit meinem ganzen Gewicht und dem Schwung meines Anlaufs in sie rein. Das bedeutet nicht viel, denn der Typ ist riesig – ein Dämon oder ein Höllenhund wahrscheinlich. Ich habe keine Zeit, seinen Geruch zu analysieren. Er war aber nicht auf mich gefasst und stolpert ein paar Schritte zurück, sodass ich an ihm vorbei ins Wohnzimmer gelangen kann.

Wo ich stocksteif stehen bleibe.

Es sind nicht drei.

Es sind fünf.

Und Lily kann auf keinen Fall abhauen, denn sie liegt gefesselt und geknebelt auf dem Boden, die Augen geschlossen, und blutet am Kopf.

Oh Gott. Oh Gott!

Was mache ich jetzt?

Eine Entscheidung treffen.

Sie kommen schon auf mich zu, als ich mich auf dem Absatz umdrehe und zur Schiebetür am Balkon sause. Ich bin im dritten Stock, aber Katzen fallen doch immer auf die Füße, richtig?

Ich hoffe es, denn ich kann es auf keinen Fall mit fünf von ihnen aufnehmen, aber ich kann mich verstecken, die anderen holen und Lily befreien. Vielleicht kann ich sogar Lily helfen, noch bevor die anderen hier sind.

Ich ignoriere geflissentlich, dass ich keine Ahnung habe, wo ich mich verstecken soll. Das werde ich sehen, wenn ich ihnen entwischt bin. Ich schiebe die Tür auf und rette mich auf den Balkon.

Noch zwei Schritte, dann aufs Geländer springen. Hoffen, dass die Instinkte des Gestaltwandlers übernehmen, denn als Mensch würde ich das niemals schaffen. Soll ich mich verwandeln? Habe ich Zeit dafür?

Noch ein Schritt …

Eine Hand packt mich am Hemdkragen.

Nein.

Ich reiße mich los und stolpere vorwärts, aber dann werde ich am Arm gepackt und bekomme einen Schlag an die Schläfe, von dem meine Ohren klingeln.

Blinzelnd versuche ich, mich wieder loszureißen. Ich bin so nah dran. Ich muss nur freikommen.

Ich schlucke die Tränen der Frustration und winde mich im eisernen Griff meines Gegners, während ich zuschaue, wie das Balkongeländer sich weiter und weiter von mir entfernt. Der Scheißkerl zieht mich wieder in die Wohnung, und ein anderer Typ – auch riesig, aber ein Inkubus – schließt die Schiebetür und den Riegel, was meinen Fluchtplan um ein paar weitere Sekunden komplizierter macht.

Ich werde zur Couch gezerrt und darauf geworfen. Meine neuen Reflexe erlauben mir eine halbwegs graziöse Landung, dann springe ich wieder auf.

Der Arsch wirft mich erneut auf die Couch. »Stillhalten.« Er klingt wütend, aber das bin ich auch, und ich bin im Sekundenbruchteil wieder aufgesprungen und funkele ihn an. Soll er mich doch noch mal schubsen.

Die Rückhand, die mich zu Boden wirft, habe ich nicht kommen sehen. Ich bleibe liegen, meine Wange brennt, und mein Auge fühlt sich an, als würde es gleich platzen. Wieder habe ich ein Klingeln in den Ohren und kann keinen klaren Gedanken fassen.

Schon werde ich wieder gepackt und hochgezogen. Ich schwanke leicht, mir ist schwindelig, aber ich schaffe es, weder zu spucken noch umzufallen. Dann werde ich erneut auf die Couch gesetzt.

»Machen Sie, was wir sagen, dann tut's nicht so weh.«

Ich schlucke den bitteren Geschmack hinunter, mache mir aber nicht die Mühe, zu antworten. Mein Blick fällt auf Lily, die – hoffentlich – immer noch bewusstlos ist. Noch nie habe ich einer Frau so konzentriert auf die Brust gestarrt, aber zum Glück kann ich nach einer Weile eine schwache Bewegung erkennen. Sie atmet noch. Damit gebe ich mich vorerst zufrieden.

Einer der anderen Eindringlinge nähert sich mir, und ich blicke auf, gegen den Schwindel blinzelnd.

Es ist, als hätte mich gerade noch mal jemand umgehauen.

Ich beuge mich vor und übergebe mich. Ich bin so überwältigt, dass mir der Teppich egal ist und auch, dass ich meine Füße mit erwischt habe.

Denn diesen Mann kenne ich.

Er ist nur nicht der, für den ich ihn immer gehalten habe.

Der deutlich erkennbare Geruch des Zauberers übertüncht den Gestank des Erbrochenen, und im nächsten Augenblick packt er mich an den Haaren und reißt meinen Kopf nach hinten.

»Hallo, Sam.«

Mein Kinderarzt.

Scheiße.

Kapitel 14

Noch nicht mal einen ganzen Tag habe ich meine Shifter-Sinne, und schon ist es eine Qual, sie zu verlieren. Bevor wir die Wohnung verlassen haben, wurden mir die Augen verbunden und Nasen- und Ohrenstöpsel in Shifter-Stärke eingesetzt. Dann haben sie mir zu allem Überfluss auch noch eine Tüte über den Kopf gestülpt. Ich kann nicht sehen, nicht hören, riechen … und ich bin kurz davor, durchzudrehen. Alles fühlt sich völlig surreal an, jede Bewegung bis ins Äußerste übertrieben – und wenn ich nicht die feste Unterlage hätte, auf der ich liege, würde ich zweifellos den Verstand verlieren.

Jedes Mal, wenn der Mangel an Sinneseindrücken von Augen, Ohren und Nase mich zu überwältigen droht, kämpfe ich die Panik nieder, indem ich mich auf die harte, leicht vibrierende Fläche unter mir konzentriere. Ich glaube, ich bin hinten in einem Lieferwagen oder Truck. Vielleicht in einem Geländewagen? Wir sind in Bewegung, aber ich kann nicht sagen, wie lange wir schon unterwegs sind oder wo wir hinfahren. Die Zeit dehnt sich wie Kaugummi. Wie lange soll das noch dauern?

Ich zwinge mich, trotz der stickigen Tüte tief ein- und auszuatmen, dann fange ich an, langsam im Kopf zu zählen.

Eins …

Zwei …

Drei …

Vier …

Fünf …

Bei zehn habe ich mich etwas beruhigt. Also, nicht falsch verstehen. Ich habe immer noch eine Heidenangst, aber ich kann wieder denken. Die Panik schaltet nicht mehr meine Vernunft aus.

Ich muss mich nur auf die harte Unterlage konzentrieren, auf der ich liege, und auf den Pulsschlag in meinem schmerzenden Gesicht.

Okay. Nachdenken.

Meine Hände und Füße sind gefesselt, aber anders als Lily bin ich nicht geknebelt. Wahrscheinlich, weil ein Knebel bei jemandem, der schon Nasenstöpsel trägt, zum Erstickungstod führen würde. Bevor wir die Wohnung verlassen haben, haben sie gedroht, Lily umzubringen, wenn ich auch nur einen Laut von mir gebe. Da all meine Nachbarn Menschen sind und mir sowieso nicht helfen könnten, war ich nicht bereit, ihr oder Lilys Leben aufs Spiel zu setzen. Stattdessen habe ich mich darauf konzentriert, möglichst schlurfend zu laufen, um mit meinen vollgekotzten Füßen Geruchsspuren für die anderen zu hinterlassen. Jetzt sind meine Füße zerkratzt, aber das macht nichts. Anhand der Geruchsmarkierungen und der Verkehrsüberwachungskameras an meiner Straße, auf die Percy Zugriff hat, wird das Team bestimmt erkennen, wo wir in den Lieferwagen gesteckt wurden. So können sie das Fahrzeug schneller finden.

Das hoffe ich jedenfalls.

Denn leider haben sie mich abgetastet und mir das Handy abgenommen. Ich habe es zuletzt auf dem Couchtisch neben dem von Lily liegen sehen, auf dem ein Anruf von Gideon aufgeleuchtet hat. Unsere Kidnapper haben kurz überlegt, mich rangehen zu lassen, um zu sagen, dass Lily im Bad ist, aber dann entschieden, dass mir nicht zu trauen ist und dass es harmloser wäre, den Anruf nicht anzunehmen.

Natürlich konnten sie nicht wissen, dass ich den Notruf geschickt habe. Dass Lily unter diesen Umständen nicht abgenommen hat, ist alles andere als harmlos.

Also … Team alarmiert. Geruchsmarke hinterlassen. Lily ist am Leben. Panik ist eingedämmt. Ich kann nichts weiter tun, bis wir am Ziel sind.

Ich gebe mir große Mühe, nicht darüber nachzudenken, dass Dr. Tish ein Zauberer ist. Es ist nur eine Vermutung, aber ich gehe davon aus, dass er einer von denen ist, die für den DNA-verändernden Zauber verantwortlich waren. Ich wollte, ich hätte David nach ihren Namen gefragt, als er sagte, dass er sie herausgefunden hatte.

Nicht, dass es jetzt noch eine Rolle spielt.

Wichtiger ist, wie viel Informationen sie haben. Offensichtlich ist ihnen klar, dass ich kein Mensch mehr bin. Aber wissen sie auch, was wir alles wissen? Oder haben wir es geschafft, das vor ihnen geheim zu halten?

Und was hat Dr. Tish mit mir vor? Wenn jetzt Phase zwei ihres Plans umgesetzt werden soll, wozu brauchen sie dann noch ein Testobjekt aus Phase eins?

Ich bin immer noch am Überlegen, wie ich sie am besten hinhalten kann, bis die anderen uns gefunden haben, als ich spüre, wie wir langsamer werden. Dadurch wird mir klar, dass wir eine ganze Weile mit gleicher Geschwindigkeit gefahren sind, ohne zu bremsen oder zu beschleunigen. Wir sind offenbar schon länger außerhalb der Stadt. Wenn ich mich doch vorhin nicht so von der Panik hätte überwältigen lassen – wenn ich mehr Zeitgefühl gehabt hätte, könnte ich jetzt raten, in welche Richtung wir gefahren sind.

Zu spät.

Das Fahrzeug wird langsamer und kommt schließlich zum Stehen. Ich habe das Gefühl, in meinem Bauch scharfkantige Schmetterlinge zu spüren. Wieder atme ich tief die stickige Luft in der Tüte ein. Jetzt muss ich auf alles gefasst sein.

Das Fahrzeug schaukelt leicht, und ich ertappe mich beim verzweifelten Versuch, irgendetwas zu erspüren. Aber die einzige Vorwarnung ist die kalte Luft an meinen nackten Füßen, dann werde ich auch schon hochgehievt und herausgezerrt.

Unter meinen Füßen spüre ich Erde, kein Straßenpflaster oder Schotter. Erde, Steine und Stöckchen. Auch das ist ein Anzeichen für einen ländlichen Ort. Dann Holzboden unter den Füßen. Ich werde nach oben geschleift – Treppen? – und dann … Beton. Oder Steinboden.

Und es zieht sich endlos.

Die Panik droht wieder hochzusteigen, aber ich zwinge sie nieder.

Nein. Zählen.

Ich muss versuchen, die Distanz zwischen dem Eingang und dem Ort, an den ich gebracht werde, zu schätzen, also fange ich an zu zählen, während ich mich den Schritten der Kidnapper anpasse, die mich anschubsen und mitschleifen. Bin ich froh, dass sie mich nicht tragen, denn so habe ich wenigstens einen Kontakt zu etwas Festem, auch wenn meine Füße von dem ständigen Stolpern ziemlich in Mitleidenschaft gezogen werden.

Endlich, *endlich* werde ich zu Boden geworfen. Ich falle seitlich aufs Gesicht, und wieder flammt der Schmerz auf. Ich liege da, die raue, kalte Oberfläche unter mir wie ein Magnet, der Stein und meine Wange der einzige Kontakt zur Realität. Im nächsten Moment zerrt mich jemand in eine sitzende Position hoch und reißt mir die Tüte vom Kopf. Kühle Luft dringt an mein Gesicht, und ich atme sie keuchend und zitternd ein. Bis zu diesem Moment war mir gar nicht bewusst, wie stickig und muffig es unter der Tüte eigentlich war.

Jetzt werden Ohren- und Nasenstöpsel grob entfernt. Meine Sinne sind mit einem Mal wieder in Betrieb, und ich bin nahezu überwältigt von den Eindrücken, die auf mich einströmen. Es ist fast schon schmerzhaft und trotzdem überaus willkommen – diesem Schmerz stelle ich mich gerne. Ich bemühe mich, die Eindrücke zu ordnen – eine Stimme, die Befehle gibt, andere, die antworten … das leise Summen einer Maschine. Eine Klimaanlage? Ich kann riechen, dass Lily und noch mindestens drei weitere Personen in meiner Nähe sind. Dr. Tish ist dabei und ein anderer, der in meiner Wohnung war. Unter allem liegt der beißende Geruch von Desinfektionsmittel.

Plötzlich wird mir die Augenbinde abgerissen, und ich kneife die Augen gegen das helle Licht zusammen.

»Ich habe das Licht gedämpft«, sagt Dr. Tish. »Öffne die Augen.«

Ich erwäge ganz kurz, nicht zu gehorchen, aber es ist auch für meine Zwecke gut, wenn ich sehe, wo ich bin – und ich kann nach Lilys Befinden schauen. Also mache ich vorsichtig ein Auge auf, prüfe die Helligkeit, und da es sich nicht so anfühlt, als ob meine Netzhaut versengt wird, öffne ich auch das zweite und sehe mich schnell um. Es sieht so aus, als wären wir in einem Büro, das auch als Labor fungiert. Es gibt einen Untersuchungstisch, eine Regalwand voller Reagenzgläser und Petrischalen, einige medizinisch aussehende Gerätschaften, einen langen Stahltresen, einen Schreibtisch mit Computer und eine kleine Sitzgruppe. An der Tür stehen zwei Dämonen Wache – einer davon der Arsch, der mich vorhin geschlagen hat.

Und Lily. Sie liegt auf der Seite, ein paar Schritte von mir entfernt. Ihre Augen sind offen und ihr Blick wach. Sie ist gefesselt und geknebelt, aber sie scheint klar bei Bewusstsein.

Da bin ich wirklich erleichtert. Sie lebt. Lily wird wissen, was zu tun ist.

»Es war eine große Überraschung, als ich Nachricht vom neuen Mitglied im Ermittlerteam des Luzifers bekam«, bemerkt Dr. Tish, und ich richte meine Aufmerksamkeit auf ihn. Er sieht kaum anders aus als damals vor fünfundzwanzig Jahren, was Sinn ergibt, da er offensichtlich ein Zauberer ist. »Wie ist denn mein ehemaliger Patient, der als Teenager einen so tragischen Tod gestorben ist, zu einem Job bei der Regierung gekommen? Noch dazu als Mensch?« Er sieht mich mit einem extrem beängstigenden Funkeln in den Augen an. »Wobei – du bist inzwischen gar kein Mensch mehr, Sam, oder?«

Okay, das ist eine offensichtliche Tatsache und nicht zu verheimlichen. Ich weiß vielleicht nicht, wie Zauberer die Spezies auseinanderhalten, aber dass sie es können, ist mir klar. Ich schüttle den Kopf, zucke zusammen, weil das eine Schmerzwelle nach sich zieht – durch meinen Nacken, meine Schultern und bis in meine nach wie vor gefesselten Arme hinunter. »Nein«, krächze ich durch meinen trockenen Hals. Ich unterbreche mich, huste und versuche, mich zu räuspern.

»Erzähl mir, was passiert ist, Sam.« Dr. Tish lehnt sich an seinen Schreibtisch, Neugierde im Blick. »Hast du dich plötzlich verwandelt? Oder kam das nach und nach? Wie alt warst du, als es passierte?«

Er weiß also nicht Bescheid. Welche Informationen sie auch haben, sie wissen nicht, was wir während der letzten … wie viele Tage waren das eigentlich, verdammt noch mal? Nur der eine? Zwei?

Egal. Wichtig ist jetzt, wie ich mir das zunutze machen kann.

»Nach und nach«, stottere ich also, während meine Gedanken rasen. Shit, Shit, Shit. Ich wollte, ich wüsste, was mit den anderen Testobjekten passiert ist. Was, wenn das ein Test ist? Was, wenn ich bei einer Lüge ertappt werde? Ich muss bei der Wahrheit bleiben, soweit es geht.

Und ein paar Grenzen austesten.

Ich setze mich auf, so gerade wie möglich, und ignoriere meine protestierenden Muskeln. »Ich sage gar nichts, bevor Sie mir nicht ein paar Fragen beantworten«, erkläre ich. Mein Widerstand wird durch meine heisere Stimme und die Tatsache, dass ich auf dem Boden sitze und immer noch an Händen und Füßen gefesselt bin, etwas abgeschwächt. Aber hey – irgendwo muss man ja anfangen.

Wieder schiebe ich die Angst beiseite.

»Ich will wissen, was mit mir passiert ist. Wissen Sie, warum ich so geworden bin?« Da. Soll er doch denken, dass ich nichts von dem Zauber weiß und dass wir komplett im Dunkeln tappen, was seine Aktivitäten vor vierzig Jahren betrifft.

Er kneift die Augen zusammen. »Ich stelle hier die Fragen. Du antwortest.«

Ich mache den Mund zu und schiebe trotzig das Kinn vor.

Einen langen Moment starrt er mich an. Dann dreht er sich zu den Wachen und befiehlt: »Tötet sie.«

Ich reiße die Augen auf, und Panik explodiert in mir, während der Arsch vortritt und ein gefährlich aussehendes Messer aus der Scheide an seiner Seite zieht. »Nein!« Nein. Lily darf nicht sterben. »Nein, lasst sie in Ruhe!«

Der Arsch zuckt noch nicht mal, geht zu Lily hinüber, zerrt sie an den Haaren hoch und setzt ihr das Messer an die Kehle. Sie windet sich in seinem Griff, und das Messer ritzt ihre Haut ein. Als ich das Blut sehe, bekomme ich einen halben Nervenzusammenbruch. »Nein! Ich sage alles, lasst sie in Ruhe!«, schreie ich, während ich verzweifelt versuche, zu ihr zu gelangen.

»Warte«, sagt Dr. Tish. Ich bin nicht ganz sicher, aber so wie er mich fixiert, glaube ich nicht, dass er mich auch nur eine Sekunde aus den Augen gelassen hat.

Der Arsch hält inne.

»Sam, bist du jetzt bereit, mir zu sagen, was ich wissen will?«

»Ja«, antworte ich sofort. Er blufft vielleicht, aber ich kann Lilys Leben nicht aufs Spiel setzen. Insbesondere, da ich nicht die Absicht habe, ihm die Wahrheit zu sagen.

Verdammt, wo bleiben nur die anderen? Haben sie uns verfolgt? War die Geruchsspur, die ich hinterlassen habe, als Ausgangspunkt ausreichend? Oh bitte, bitte, lass sie schon in der Nähe sein.

Er nickt, dann bedeutet er dem Arsch mit einer Geste, Lily loszulassen. Er lässt sie fallen und geht wieder auf seinen Posten neben der Tür. Ich wälze mich in ihre Richtung, so schnell ich kann, aber sie schüttelt den Kopf. Die Schramme an ihrem Hals scheint nicht allzu stark zu bluten.

»Es tut mir leid«, flüstere ich. Ich bin nicht so nah bei ihr, dass sie mich sicher hören kann, aber ihr Blick wird etwas wärmer, und sie schüttelt wieder den Kopf, also vermute ich, sie versteht, was ich vorhabe.

»Sam«, sagt Dr. Tish scharf, und ich wende ihm wieder meine Aufmerksamkeit zu. »Du sagtest, nach und nach.«

Ich schlucke. »Ja. Äh, also zuerst wurden meine Sinne schärfer.« Das klingt plausibel, oder? Und es passt zu dem, was mit mir passiert ist, als wir angefangen haben, den Zauber rückgängig zu machen. »Es ist so allmählich geschehen, dass ich es erst nicht gemerkt habe. Aber dann war ich einmal bei der Arbeit und habe gehört …« Verdammt, was könnte ich denn gehört haben? »Äh, ich habe jemanden gehört, der zu einem Meeting zu spät dran war und den Flur entlanggerannt ist. Da wurde mir klar, dass ich ihn eigentlich gar nicht hätte hören sollen. Denn an sich war es nicht zu hören.«

»Und dann?«, fragt er weiter. »Moment. Das muss ich aufnehmen.« Er geht um den Tisch herum, öffnet eine

Schublade, nimmt ein kleines Aufnahmegerät heraus und tippt aufs Display. Schnell rattert er seinen Namen, das Datum, meinen Namen und ein Aktenzeichen herunter (dieser Dreckskerl. Ich bin doch kein Aktenzeichen!), dann fasst er zusammen, was ich gerade erzählt habe. »Ist das so richtig, Sam?«

Ich versuche, mich zu erinnern, ob ich irgendetwas anderes erzählt habe. »Äh, ja.«

Er lehnt sich in seinem Schreibtischstuhl zurück und legt das Aufnahmegerät auf den Tisch. »Sprich weiter.«

Ich atme tief durch. »Ja, und als mir klar geworden ist, dass ich besser höre als alle anderen, habe ich angefangen, darüber nachzudenken. Ich habe gemerkt, dass mein Geruchssinn und meine Augen auch besser waren. Das mit meinen Augen war am schwierigsten festzustellen, denn es betrifft hauptsächlich das Sehen im Dunkeln, und ich bin nicht so oft an Orten, wo es komplett dunkel ist.«

»Wie alt warst du, als das alles angefangen hat?«

Oh, verdammt. Jetzt kommt der schwierige Teil. Entweder bin ich eine Ausnahme. Oder bei den anderen haben sich die Zauber nicht aufgelöst. Oder ich bin kurz davor, aufzufliegen.

Sinken oder schwimmen.

»Ich … bin nicht ganz sicher, wann es angefangen hat«, sage ich zögernd. »Ich war, äh, dreiunddreißig, als ich es gemerkt habe.« Das war lange vor meinem ersten Gespräch bei Harold, aber es passt gut zum Rest der Geschichte, die ich mir gerade ausgedacht habe.

Falls er mir das abkauft.

Er nickt. »Dreiunddreißig? Vielleicht kam die Veränderung mit der bevorstehenden zweiten Pubertät?« Er zieht einen Block und einen Stift hervor und notiert sich etwas. »Das könnte für die Effizienz des gegenwärtigen Projektes wichtig sein – vielleicht eine entscheidende Phase!« Er scheint laut zu überlegen, aber ich bekomme den Eindruck, dass sich die anderen Testobjekte nicht so entwickelt haben wie ich. »Was passierte dann?«

Ich konzentriere mich wieder. Ich bin jetzt auf etwas sichererem Terrain, dank meiner Arbeit in den letzten fünf Jahren. »Dann sind andere Dinge passiert. Ab und zu hatte ich Gedächtnislücken. Anfangs nur, wenn ich zu Hause war. Aber dann ist es einmal draußen auf dem Balkon passiert, als ich dabei war, meine Pflanzen zu gießen.« Hier bediene ich mich bei einem Fall meines früheren Teams, bei dem sich ein Teenagermädchen, das keine Ahnung hatte, dass es ein Shifter war, spontan verwandelt hatte. Ihre alleinerziehende Mutter arbeitete in der Spätschicht, sodass sie sich selten am Nachmittag oder Abend sahen. Keine von ihnen wusste, dass der One-Night-Stand, der zur Schwangerschaft geführt hatte, nicht mit einem Menschen stattgefunden hatte. Wir wurden angerufen, als ein gegenüber wohnender Sukkubus beobachtete, wie das Mädchen sich vor seinen Augen verwandelte. Da wurde ihm klar, dass Mutter und Tochter nicht nur einfach ausgesprochen zurückhaltend waren, sondern keine Ahnung hatten, dass sie zur Community gehörten. »Am nächsten Tag bekam ich Besuch vom CSG, und sie haben mir erklärt, dass ich mich verwandelt hatte und was ich war.«

»Und natürlich haben sie dich mit offenen Armen aufgenommen.« Sein Sarkasmus ist schneidend, und ich frage mich, was eigentlich sein Problem ist – abgesehen davon, dass er ein psychopathisches Arschloch ist, versteht sich.

Ich versuche, die Achseln zu zucken, aber meine Muskeln machen das nicht mit, also nicke ich stattdessen.

»Hmmm. Als du angefangen hast, dich zu verwandeln, hast du da irgendwelche Rückschritte gehabt? Phasen, in denen du dich nicht verwandeln konntest oder dich wieder wie ein Mensch gefühlt hast?«

»Nein«, antworte ich ehrlich. Er braucht nicht zu wissen, wie kurz der Zeitraum ist, um den es geht. »Wissen Sie, was mit mir passiert ist? Denn niemand beim CSG konnte es mir sagen. Hatte ich vielleicht eine Kinderkrankheit? Sind Sie darum so oft bei uns gewesen und haben Blutproben genommen?« Ich möchte Lily deutlich machen, wer er ist. Sie ist schlau genug, eins und eins zusammenzuzählen, aber eine Bestätigung ist bestimmt hilfreich.

Dr. Tish sieht mich lange an und trommelt mit den Fingern auf der Schreibtischoberfläche. Das wird er bedauern, wenn er sich später die Aufnahme anhört. Er scheint über meine Fragen nachzudenken. Schließlich lächelt er und beugt sich mit aneinandergehaltenen Fingerspitzen vor. Er sieht aus wie das Klischee eines jeden Superbösewichts in jedem schlechten Film, der je gedreht wurde.

»Du warst nicht krank«, sagt er dann. »Es sei denn, du würdest es als Krankheit betrachten, eine menschliche Mutter zu haben. Das kann man sicher so sehen. Aber am Ende hat es uns den Durchbruch erlaubt.«

Ich versuche so zu tun, als wüsste ich nicht, wovon er redet, auch wenn sich mir bei der Erwähnung meiner Mutter – wer auch immer sie war – der Magen umdreht. »Was … was meinen Sie? Ich hatte mir schon gedacht, dass meine Eltern nicht meine leiblichen Eltern sein können, denn keiner von ihnen konnte sich verwandeln, aber … meine Mutter war ein Mensch? Ich dachte, ich bin vielleicht gestohlen worden … « Ich breche ab, bevor ich zu viel verrate.

Er winkt ab und beugt sich wieder vor. »Nicht gestohlen. Bei gestohlenen Kindern gibt es immer viel zu viel Theater. Wir haben dich gekauft.«

Ich schnappe nach Luft. Es ist, als hätte ich einen Schlag ins Gesicht bekommen. Ich weiß nicht, was schlimmer ist – die Menschen, von denen ich dachte, dass sie meine Eltern waren, oder zu wissen, dass meine leiblichen Eltern mich *verkauft* haben.

Lily macht ein leises Geräusch, und in ihrem Blick liegt Mitleid. Dr. Tish dagegen scheint meine Bestürzung nicht zu bemerken. Er redet immer noch.

»… also haben wir eine Reihe Menschenfrauen angeworben und ihnen eine Liste von ausgewählten Männern aus der Community gegeben, aus denen sie aussuchen konnten. Diese Männer hatten alle ausgezeichnetes Blut und erstrebenswerte genetische Merkmale … was mich zu meiner nächsten Frage bringt. Kannst du dich auch teilweise verwandeln?«

Ich blinzle. »Ich … äh … ich hab's nie versucht.« Das ist nicht gelogen. Ich bin etwas verstört davon, dass mein Vater, wer auch immer er war, wegen seiner genetischen Merkmale ausgewählt wurde. Außerdem – bedeutet das, dass er gar nicht von mir weiß?

Ist es lächerlich, dass ich dabei einen Funken Hoffnung verspüre?

Dr. Tish nickt und macht eine weitere Notiz. »Das müssen wir noch ausprobieren. Jedenfalls hatten die Frauen über die nächsten drei Jahre eine zweiundachtzigprozentige Erfolgsrate bei der Empfängnis. Sobald sie schwanger waren, wurden sie in eine sichere Einrichtung gebracht, wo die wirkliche Arbeit begann.« Er klingt jetzt fast schon begeistert, und ich habe das Gefühl, dass mir ein langer, prahlerischer Monolog bevorsteht, der sein Genie in den Mittelpunkt stellt. Das ist normalerweise nichts, was mir Freude machen würde, aber wenn wir dadurch die Informationen bekommen, die wir brauchen, und Zeit gewinnen, bis die anderen da sind, kann ich damit leben.

»Das verstehe ich nicht«, sage ich und versuche, so verwirrt wie möglich zu klingen. »Wenn mein Vater ein Gestaltwandler war, hätte ich dann nicht auch als Gestaltwandler auf die Welt kommen müssen?«

»Das ist ja das Geniale an unserem Programm«, schwärmt er. »Du *hättest* als Gestaltwandler geboren werden müssen, aber unser Zauber im Mutterleib hat deine Gestaltwandler-Seite inaktiv gemacht, sodass die menschliche Seite dominieren konnte.«

Da scheint mir etwas nicht ganz zu stimmen, aber ich habe jetzt keine Zeit, darüber nachzudenken. Er schwärmt von der Genialität seiner Zauberkunst und wie die Zukunft der Community für immer verändert wurde und dass die Menschen schon bald lernen werden, sich den ihnen Überlegenen zu beugen. Das scheint unsere Theorie zu bestätigen, dass es hier um die Weltherrschaft geht. Ich muss ihn wieder aufs Thema zurückbringen.

»Moment mal … es gibt also noch mehr Leute wie mich?« Kann es sein, dass sie nach so vielen Jahre immer noch in Gefangenschaft leben?

»Keiner war je so wie du, Sam«, sagt er ohne jeglichen sexuellen Unterton, und trotzdem fühle ich mich beschmutzt und missbraucht. »Es gab dreiundsiebzig Testobjekte, die modifiziert wurden und ihr erstes Jahr überlebt haben. Sie wurden bei ausgewählten menschlichen Paaren untergebracht, wo sie bis zu ihrer Volljährigkeit aufwuchsen. Einer ist bei einem Autounfall gestorben, einer war anfällig für menschliche Krankheiten und musste frühzeitig aus dem Verkehr gezogen werden, und einen haben wir beinahe verloren, als das menschliche Paar versuchte, mit ihm zu fliehen, weil sie zu sehr an ihm hingen.« Sein kaltes Lächeln sagt deutlich, was mit ihnen passiert ist. »Und dann du, Sam. Du bist weggelaufen. Die Leute, bei denen wir dich untergebracht hatten, wollten uns weismachen, dass du entführt wurdest, aber mit der richtigen Motivation sind sie mit der Wahrheit herausgerückt. Und dann haben wir deinen Totenschein gefunden.« Er schüttelt den Kopf. »Das war ein schwerer Schlag. Du warst nur eine Handvoll Jahre vor der nächsten Phase.«

Ich muss schlucken. Niemals hätte ich gedacht, dass ich mal froh darüber sein würde, dass der Mann, der mich aufgezogen hat, ein fanatischer Schwulenhasser war. »Was wäre denn die nächste Phase gewesen?«

Er zuckt die Achseln. »Ein weiterer Zuchtzyklus. Wir mussten überprüfen, ob sich der in deiner DNA verankerte Zauber auf die nächste Generation vererbt.« Ein irres Lächeln erstrahlt auf seinem Gesicht. »Das war der Fall. Die letzten Testobjekte aus dieser Phase haben vergangenes Jahr ihre Volljährigkeit erreicht – und sie waren immer noch Menschen.« Sein Gesichtsausdruck wechselt plötzlich von glücklich zu finster – es sieht sehr befremdlich aus. »Wenn ich geahnt hätte, dass die Möglichkeit besteht, dass der Zauber später nachlässt, hätte ich darauf bestanden, die Objekte für weitere Tests am Leben zu lassen.« Mir läuft es eiskalt den Rücken hinunter, aber er trommelt schon wieder mit den Fingern auf die Tischplatte. »Ich frage mich, ob die zweite Generation ebenfalls ein Fehlschlag gewesen wäre oder ob die natürliche Reproduktion des genetischen Musters das verhindern wird.« Er sieht wieder mich an. »Hast du als Mensch Kinder gezeugt?«

Ich unterdrücke den Brechreiz, den ich bei dem Gedanken an Experimente an Kindern, die ich gar nicht habe, verspüre, und schüttle den Kopf. »Nein. Ich bin, äh, schwul, also ist das für mich nicht ganz so einfach.«

»Ach ja?« Er klingt überrascht. »Bist du deswegen von zu Hause weggelaufen? Das haben wir nie herausbekommen.«

»Ja. Ich bin also der … Einzige, der von der ursprünglichen Gruppe noch übrig ist?«

»Du bist der Einzige, der aus allen früheren Phasen des Experiments noch übrig ist«, antwortet er offen, wieder mit diesem eiskalten Lächeln. »Wir konnten nicht riskieren, dass es bekannt wird, also wurden alle Teilnehmer und Objekte eliminiert, nachdem sie ihren Beitrag geleistet hatten.«

Wie beiläufig er über den Massenmord an Hunderten von Leuten spricht – den biologischen Müttern, den Zieheltern und natürlich den Versuchsobjekten der beiden Runden des Experiments. Die Panik, die ich mühsam unterdrückt habe, droht, mich wieder zu überwältigen. Er hat keinen Grund, uns am Leben zu lassen, außer vielleicht, noch weitere Experimente an mir vorzunehmen. Es ist ganz klar, dass es nicht geplant war, dass der Zauber sich von alleine auflöst, also kann es sein, dass meine Existenz als Shifter so etwas wie ein As im Ärmel ist.

Irgendwie. Wenn ich nur klar *denken* könnte, um zu überlegen, wie.

Wo zum Teufel bleibt mein Team?

»Dass du gegenwärtig nicht mehr menschlich bist, ist etwas bedenklich. Wir müssen ein paar Tests machen, um festzustellen, ob noch etwas von deiner menschlichen DNA übrig ist, und genau nachzuvollziehen, was mit dem Zauber passiert ist. Als ich dich das letzte Mal untersucht habe, hatte er sich so erfolgreich mit dir verbunden, dass du ganz und gar menschlich warst.«

Tests. Okay. Tests dauern. Genau das, was ich auch brauche. »Was sind das für Tests? Blut?« Ich versuche wieder, das Ganze zu verzögern und so viel Information aus ihm herauszuholen wie möglich.

»Blut, Hautzellen und Sperma, für den Anfang. Je nach den Ergebnissen könnten noch andere folgen.«

»Das, äh … wenn ich die Proben freiwillig abgebe, wäre es vielleicht möglich, dass Sie mich und Lily losbinden? Meine Arme und Beine sind ziemlich taub.«

Er steht auf und geht zu einem der medizintechnischen Geräte hinüber und mir wird klar, dass ich einen Fehler gemacht habe. »Keine Sorge, Sam. Du hast mir alles gesagt, was ich wissen wollte. Es gibt keinen Grund mehr, dich weiter bei Bewusstsein zu lassen.« Er nimmt eine kleine Ampulle und eine Spritze zur Hand. »Wir haben die Erfahrung gemacht, dass die Versuchsobjekte wesentlich kooperativer sind, wenn sie nicht bei Bewusstsein sind.« Diese absurde Aussage begleitet er mit einem kleinen Lachen, aber ich bin viel zu verängstigt, um mich zu ekeln. Wenn er mich ausknockt, bin ich komplett verwundbar. Ich kann weder Lily noch mir selber helfen, wenn ich betäubt bin.

Ich fange an, mich gegen die Fesseln zu wehren, in einem verzweifelten Versuch … irgendwas zu tun. Dr. Tish schlendert auf mich zu. »Halt ihn fest«, befiehlt er, und der Arsch verlässt wieder seinen Posten an der Tür, um mich auf den Betonboden zu pressen. Da meine Extremitäten gefesselt und so gut wie taub sind, bleibt mir nichts übrig, als ihn zu bitten, mich nicht unter Drogen zu setzen.

Ich habe keinen Erfolg.

Dr. Tish spritzt den Inhalt der Ampulle in meinen Hals und richtet sich auf. »Bitte sehr, Sam. Es wirkt ganz schnell.« Er dreht sich wieder um und geht an seinen Schreibtisch, dann sagt er: »Tötet sie.«

Ich schreie so laut und so heftig auf, dass meine Stimme sich überschlägt, aber ich fühle mich schon benebelt, und mein Blick ist getrübt.

Das Letzte, was ich sehe, bevor alles dunkel wird, ist, wie Lilys Blut spritzt.

Kapitel 15

Mein Geruchssinn ist das Erste, was wiederkommt, als ich langsam wieder das Bewusstsein erlange. In dem Raum, in dem ich mich aufhalte, riecht es nach Desinfektionsmittel, Zauberer und Höllenhund.

Und ein Mensch ist auch da.

Als Nächstes kehrt mein Gehör zurück. Das schwache Summen von Elektronik. Weit entfernte Schreie. Unregelmäßige Atemzüge. Nicht meine.

Ich öffne die Augen und starre an die leere, komplett unscheinbare Decke.

Und die Erinnerung überfällt mich.

Lily.

In meiner Brust zieht sich alles zusammen, so fest, dass ich keine Luft mehr bekomme. Oh Gott, Lily. Meine Augen füllen sich mit Tränen, die mir seitlich am Gesicht herunter in meine Haare laufen. Ich schluchze einmal laut auf und atme zittrig ein, kneife die Augen zusammen und versuche, mich zusammenzunehmen.

Später wird noch Zeit zum Trauern sein. Jetzt muss ich hier raus.

Und dafür sorgen, dass Tish und der Arsch von Wachmann sich vor Gericht verantworten müssen.

Ich zwinge mich dazu, gleichmäßig zu atmen, dann öffne ich die Augen wieder und drehe den Kopf zur Seite. Es ist auf jeden Fall noch jemand im Raum, aber entweder ist die Person zu sehr mit ihrem eigenen Trauma beschäftigt, um zu bemerken, dass ich wach bin, oder will mir Zeit geben, mich zu fassen. Da meine Nase mir sagt, dass es sich um einen Menschen handelt, nehme ich an, es ist Option eins.

Ich liege falsch.

Mein Blick fällt auf einen jungen Mann, der ein paar Meter entfernt auf einem Drehstuhl sitzt. Der Drehstuhl steht buchstäblich mitten im Raum – es gibt keinen Schreibtisch oder Tisch in der Nähe. Er sitzt nur da und sieht mich unverwandt an. Nervös sieht er aus, aber das hätte ich auch anhand seines stockenden Atems und des veränderten Geruchs sagen können.

»Hallo«, krächze ich. Ich versuche, mich zu räuspern, hebe dabei automatisch die Hand vor den Mund und stelle fest, dass ich nicht mehr gefesselt bin. Ich liege auf einem Untersuchungstisch, aber meine Hände und Füße sind frei. Mein Kopf dreht sich, als ich mich langsam aufsetze und vorsichtig die Füße über den Rand der Liege baumeln lasse. Dann wende ich mich wieder dem Menschen zu – na, so was, wann habe ich denn angefangen, sie so zu sehen? Er rollt vorsichtig auf seinem Stuhl nach hinten.

»Ähm, hi«, versuche ich es noch mal. Ich weiß nicht, wer er ist und warum er hier ist, aber ich bezweifle, dass die CCA menschliche Mitglieder hat, also ist es sehr wahrscheinlich, dass auch er ein Gefangener oder ein Opfer ist. Und er sieht mich an, als hätte er Angst vor mir.

»Hi«, antwortet er schließlich. »Möchtest du etwas … Wasser?«

Das wäre wirklich toll, aber ich zögere, etwas zu mir zu nehmen, das mir ein Fremder gibt. Ganz besonders jetzt, an diesem Ort.

»Ich hole mir selbst welches. Muss mir sowieso die Beine vertreten. Ähm, wo …?« Er zeigt auf ein Waschbecken in der Ecke. »Danke.«

Langsam stehe ich auf und setze die Füße auf den Boden. Ich halte mich am Untersuchungstisch fest, bis ich sicher bin, dass meine Beine mir nicht wegknicken werden. Meine Füße tun weh. Ehrlich gesagt tut mir alles weh. Einschließlich der Hoden. Du meine Güte, was haben die mit mir gemacht, während ich ausgeknockt war?

Den Gedanken schiebe ich erst mal beiseite, dann mache ich mich vorsichtig auf den Weg zum Waschbecken. An der Wand befindet sich ein Becherspender, und ich ziehe einen Plastikbecher heraus. Diesen Leuten ist die Umwelt offensichtlich völlig gleichgültig – ganz schön dämlich, wenn man bedenkt, wie alt sie werden. Ich fülle etwas Wasser in den Becher und trinke langsam. Dann drehe ich mich um, lehne mich gegen das Waschbecken und mustere den Menschen. Er steht jetzt neben seinem Stuhl und zappelt etwas nervös.

Ich trinke aus, setze den Becher ab und sage: »Ich bin Sam.« Er zuckt zusammen.

»Noah«, antwortet er dann.

Ich nicke und überlege, was ich als Nächstes sagen soll. Ich höre immer noch Geschrei und gehe schwer davon aus, dass das ein gutes Zeichen für mich ist, aber das werde ich erst dann genau wissen, wenn ich nachgesehen habe. Wird Noah versuchen, mich aufzuhalten? Ist er so etwas wie eine Wache? Sollten Wachen nicht bewaffnet sein?

»Was machst du hier, Noah?«

Er zappelt noch mehr, und sein Blick huscht nervös hin und her. »Ich … ich kann hier nicht raus.«

Ich blinzle. Was meint er … ist da so eine Art biometrisches Schloss an der Tür? Er ist auch ein Gefangener? Ich schaue zur Tür, aber es sieht nicht so aus, als wäre da überhaupt ein Schloss.

Er folgt meinem Blick, dann schüttelt er den Kopf. »Nein, ich meine den Hauptausgang. Es sind immer Wachen da, und ich habe keine Ahnung, wie ich an ihnen vorbeikommen soll.«

Ach so. Das ergibt tatsächlich Sinn. Es ist nur … »Wer bist du, und warum bist du überhaupt hier?«

Er wird rot. »Ich … sie haben Tests an mir und ein paar anderen durchgeführt. Ich weiß nicht, warum. Eines Tages bin ich aus der Schule nach Hause gekommen, und meine Eltern waren am Packen, und da waren solche Typen. Sie haben mich mitgenommen, und ich bin hier aufgewacht.«

»Und dann haben sie Versuche gemacht.«

Er nickt. »Mein Arzt ist hier. Sie haben eine Menge Tests gemacht, und dann mussten wir auf dem Laufband laufen und Zeug einatmen und lauter so komischen Scheiß. Dann ist eines Tages der Laborassistent gekommen und hat angefangen, uns Spritzen zu geben. Sonst waren sie sehr pingelig mit so was – nur im Labor und nur, wenn wir am Tisch angeschnallt waren. Aber er kam einfach rein, hat gesagt, dass wir unsere Ärmel hochschieben sollen, und hat angefangen. Erst hat er meine drei Mitbewohner gespritzt, und dann wollte er mich drannehmen, aber jemand hat auf dem Flur geschrien, und er und die Wache sind rausgegangen, um nachzusehen, und dann ist einer von meinen Mitbewohnern zusammengeklappt. Die anderen beiden eine Sekunde später auch, und ich habe Schiss bekommen, denn normalerweise war das nicht so, also hab ich auch so getan, als ob ich zusammenbreche.«

Moment. »Du hast so getan … als wärst du ohnmächtig?« Ich bin ziemlich sicher, dass ich weiß, was gleich kommt, aber ich will ja nicht falsch liegen und dem Jungen Angst machen.

Er nickt. »Das dachte ich jedenfalls. Aber dann hat sich rausgestellt, dass ich so getan habe, als wäre ich eine Leiche, denn alle anderen waren tot.« Seine Stimme zittert ein bisschen.

»Und der Laborassistent hat keinen Verdacht geschöpft? Er hat nur dreien eine Spritze gegeben, und der vierte ist wie von Zauberhand auch gestorben?«

Noah zuckt die Achseln. »Er war immer ziemlich verpeilt. Die Ärzte haben ihm oft deswegen die Meinung gesagt.«

Ich schüttle den Kopf, denn ich dachte immer, dass ich echt Glück hatte, als ich von zu Hause weggerannt bin, aber dieser Junge toppt ja alles. »Und was dann?«

Er schüttelt sich. »Sie haben uns zum Verbrennungsofen gebracht. Es ist nicht besonders weit, aber sie wollten erst alle runterbringen, bevor sie uns reinschichten, also …« Wieder schüttelt er sich, und sein Gesichtsausdruck ändert sich. »Ich hab mich weggeschlichen, bevor sie zurückkamen.«

»Und seitdem versteckst du dich?« Ich kann selber hören, wie ungläubig ich klinge.

»Ich komme ja nicht *raus*«, wiederholt er und stampft mit dem Fuß auf. »Das ist ein Riesenladen hier, und außerdem nur halb voll. Solange ich auf der Hut bin und alle paar Tage woanders hingehe, bemerken sie mich nicht.«

»Und sie riechen dich nicht?« Zu spät merke ich, dass er mich vielleicht nicht versteht, und es folgt ein kurzer Moment der Panik. Ich will nämlich nicht derjenige sein, der es ihm erklärt, aber er schüttelt den Kopf.

»Ich habe sie sagen hören, dass es hier immer noch nach Menschen stinkt, aber dann schieben sie es auf den Luftfilter.« Er sieht mich abwartend an. »Bist du einer von ihnen? Ich kenne nämlich keinen anderen Menschen, der von dem Geruchsdings weiß.«

Mist. »Ähm, ich bin keiner von ihnen. Ich bin auch kein Mensch, aber das war ich früher. Besser gesagt, ich dachte, dass ich ein Mensch bin. Und das war ich auch irgendwie, aber … es ist kompliziert. Was du wissen musst, ist, dass das hier keine Menschen-gegen-die-Bösen-Situation ist.

Im Gegenteil: Die Guten, die nicht alle menschlich sind, kämpfen gegen Böse.« Das Geschrei wird lauter, so laut, dass er es wahrscheinlich auch hören kann. »Weißt du, was da draußen los ist?« Ich deute in Richtung Geschrei.

»Darum bin ich hier. Die Laborassistentin sollte dich eigentlich sediert halten, aber als der Alarm losging, haben die Wachen sie in den Panikraum evakuiert, bevor sie dir die nächste Dosis geben konnte. Sie wollten dich an sich auch mitnehmen, aber sie sagte, dass sie alle Proben genommen hat, die sie braucht, und dass deine Freunde, wenn sie dich denn unbedingt haben wollen und es bis hierher schaffen, dich gerne behalten können.« Er sieht mich an, und seine grünen Augen verdunkeln sich. »Vielleicht überlegt sie es sich noch anders. Die Ärzte stehen nicht besonders drauf, wenn ihre Anordnungen nicht exakt befolgt werden. Ich hatte das Gefühl, dass ich hier am sichersten aufgehoben bin.«

Mein Herz klopft, als er meine »Freunde« erwähnt. Endlich. »Wenn wir es hier rausschaffen, nehme ich dich mit«, verspreche ich ihm. Erstens ist es richtig so, und zweitens weiß er wahrscheinlich einiges, das nützlich für uns sein kann. Schließlich treibt er sich schon – wie lange eigentlich? Ein Jahr? – hier herum. »Wir sollten sie suchen gehen.« Ich laufe in Richtung Tür.

Noah schnaubt durch die Nase. »Bist du irre? Die Wachen versuchen immer noch, sie aufzuhalten. Wenn du dich blicken lässt, nehmen die Wachen dich einfach als Geisel.«

Oh. Stimmt. »Guter Hinweis.«

»Wir müssen warten, bis sich das Getöse gelegt hat, dann husche ich raus und schaue nach, wer gesiegt hat. Wenn es deine Leute sind, hole ich dich, damit mich deine Freunde nicht sofort umlegen, wenn sie mich sehen. Wenn nicht, hole ich dich, und wir verstecken uns zusammen.«

Ich muss grinsen. Es fühlt sich komisch an auf meinem Gesicht, unter diesen Umständen. »Meine Leute werden siegen.« Percy und die existenzielle Magie werden schon dafür sorgen.

Es sei denn … die Magie möchte gerne, dass die Welt sich in die andere Richtung entwickelt?

Nein. In der Vergangenheit hat die Magie immer versucht, die Menschheit und die Community auszubalancieren. Das hier würde das Gleichgewicht zerstören, also muss ich davon ausgehen, dass die Magie auf unserer Seite ist. Schließlich existiert unsere Seite in diesem Konflikt nur, weil wir versuchen, das Mandat, das die Magie vergeben hat, aufrechtzuerhalten. Wenn das hier ihren Wünschen zuwiderlaufen würde, wäre Percy nicht mehr der Luzifer.

Noah wirft mir einen zweifelnden Blick zu, und dann gehen die Lichter aus.

»Mist«, zische ich. Meine Augen stellen sich dank meiner neuen Sinne schnell auf die Dunkelheit ein, und ich laufe zu Noah und packe ihn am Arm. Er zuckt zusammen. »Ich bin's bloß«, sage ich leise. »Wir müssen uns verstecken, nur für alle Fälle.« Ich ziehe ihn zur frei stehenden Arbeitsinsel. Das ist zwar ein echt mieses Versteck, aber auch das Einzige in diesem Raum, was funktionieren könnte. Er stolpert hinter mir her und kauert sich zusammen, als ich es ihm sage, und presst sich an die Seite der Schränke. Ich konzentriere mich aufs Atmen, nehme Gerüche wahr und ordne sie zu. Wenn – falls – die Tür aufgeht, muss ich wissen, ob es Freund oder Feind ist, und wenn es der Feind ist, schauen sie hoffentlich nur kurz rein, denken, dass der Raum leer ist, und ziehen weiter.

Wenn ich allein wäre, würde ich nicht darauf wetten, aber Noah scheint irgendwie das Glück auf seiner Seite zu haben.

Der Radau draußen hat sich etwas gelegt. Ob das an der Dunkelheit liegt? Oder heißt es, dass jemand gesiegt hat?

Dann geht das Licht wieder an. Noah will aufstehen, aber ich packe ihn und ziehe ihn wieder herunter. Das Geschrei hat nicht wieder eingesetzt, also gehe ich davon aus, dass der Kampf vorbei ist. Und wir wissen nicht, wer ihn gewonnen hat. Ich mag zwar Selbstvertrauen haben, aber blöd bin ich nicht.

Jedenfalls nicht immer.

Wir hocken noch eine gefühlte Ewigkeit da, bis meine Muskeln sich zu verkrampfen beginnen und die Spannung mich fast umbringt. Also … etwa zehn Minuten? Und dann höre ich etwas, bei dem mir das Herz aufgeht.

»Sam!«

Es ist noch nicht deutlich zu hören, weil es von sehr weit her kommt und durch mindestens eine Tür gedämpft ist, aber mein Name ist deutlich zu verstehen, genau wie die Stimme, die ihn gerufen hat.

Rhythmisches Türenschlagen ist zu hören, immer wieder unterbrochen von »Gesichert!«, und mir wird klar, dass sie alle Räume durchgehen und mich suchen … und vermutlich die letzten paar Bösewichte.

»Sam!«

Ich stehe auf und ziehe Noah hinter mir her. »Komm«, sage ich. »Wir sind außer Gefahr. Nur keine plötzlichen Bewegungen, bis sie sicher sind, dass wir es sind.« Unfälle passieren schließlich.

»Sicher?«, fragt er zweifelnd, dann zuckt er zusammen und starrt zur Tür.

»Sam!«

Jetzt sind sie so nah, dass auch Noah sie hören kann. »Ganz sicher.« Wir gehen zur Tür, aber ich zögere. Ich will nicht unbedingt versehentlich von einem Zauber oder einer Kugel getroffen werden, nur weil ich jemanden erschreckt habe.

»Gideon?«, rufe ich laut.

Draußen bewegt sich nichts mehr.

»Sam?« Gideons Stimme klingt auf einmal ganz anders. »Sam!«

»Ich komme raus. Bitte nicht auf mich schießen oder so!« Ich habe schon nach dem Türknauf gegriffen, als schnelle Schritte auf dem Flur zu hören sind, und als wir aus dem Labor heraustreten, sehe ich Gideon auf mich zurennen, gefolgt von bewaffneten Sicherheitsbeamten. Ich setze mich in seine Richtung in Trab, aber so lädiert wie ich bin, ist es mehr ein hinkendes Taumeln, als dass ich wirklich renne.

Aber das macht es nicht weniger beglückend, als wir uns erreichen und er mich so fest in die Arme nimmt, dass ich buchstäblich quieken muss.

»Alles okay bei dir?« Ich habe mein Gesicht an seinem Hals vergraben, und er murmelt mir direkt ins Ohr. Ich nicke, dann zwinge ich mich dazu, mich von ihm zu lösen, um zu antworten.

»Ja. Sie haben ein paar Proben genommen und mich sediert, aber …« Ich breche ab, und meine Augen füllen sich mit Tränen. »Lily.«

Er kneift die Augen zu und beißt die Zähne zusammen. »Wir wissen es schon. Wir … wir wissen es.« Er öffnet die Augen und lässt mich los, legt aber einen Arm um mich. Mit dem anderen reibt er sich übers Gesicht. »Percy … Lily und er kennen sich schon sehr lange. Und durch die Magie hat er Fähigkeiten, die sonst keiner hat.«

Oh Gott. Armer Percy. »Wie geht es ihm?«

Gideon schüttelt den Kopf und lächelt traurig. »Nicht gut. Ich glaube aber, er wird sich ein bisschen besser fühlen, wenn er dich sieht.«

»Sir?«

Gideon schaut über meine Schulter, und ich drehe mich in seinen Armen. Eine Sicherheitskraft hat Noah in Gewahrsam.

»Oh, hey, lassen Sie ihn los«, sage ich sofort. »Das ist ein Mensch.« Sowie die Worte aus meinem Mund sind, fühle ich mich wie ein Idiot, und der Bewaffnete sieht mich an, als ob er das Gleiche denkt. Er ist ein Inkubus, und ich weiß zwar immer noch nicht genau, wie sie die Spezies auseinanderhalten, aber dass sie es können, ist klar. »Ich meine, er ist auf unserer Seite.« Das hoffe ich wenigstens. Es sei denn, das wäre ein ganz ausgeklügelter Plan, uns einen Spion unterzujubeln. Aber er ist ein Menschenjunge. Er würde sowieso niemals Zugang zu geheimen Unterlagen bekommen.

Gideon zieht mich enger an sich. Ich bin so was von froh, dass er da ist. »Wer ist das?«

»Er ...«

»Kann für sich selbst sprechen, danke auch«, unterbricht Noah scharf und versucht, sich aus dem Griff des Bewaffneten loszureißen. Er wird niemals freikommen, aber er fühlt sich sicher besser, wenn er es versucht hat. »Ich bin Noah Cage.«

»Das ist Gideon Bailey«, sage ich im Versuch, zu vermitteln. »Noah wurde vor einer Weile hierhergebracht und Experimenten unterzogen. Seither versucht er, hier rauszukommen. Es ist eine ziemlich spannende Geschichte, aber bestimmt möchte er sie lieber nur einmal erzählen.«

»Ja, aber bevor ich das mache: Wisst ihr von dem Panikraum? Da findet ihr jetzt bestimmt so einige Leute.«

Ich drehe mich, sodass ich Gideon ansehen kann. Sein Gesichtsausdruck verfinstert sich, und ich ahne bereits, was kommt.

»Den haben wir schon gefunden und alle mitgenommen, die da drin waren«, sagt er. »Aber einige der hochrangigen Forscher sind durch einen Tunnel geflohen.«

Ich frage gar nicht erst nach, denn ich weiß genau, dass Tish einer davon war. »Warum sind sie nicht alle abgehauen?«

»Sie hatten nur ein Fahrzeug am anderen Ende. Ein paar haben die Flucht durch den Wald riskiert, aber die kriegen wir. Und der Rest dachte wohl, sie hätten bessere Chancen, wenn sie bleiben, wo sie sind.«

»Es ist also noch nicht vorbei.« Ich will einfach nur ins Bett und mir die Decke über den Kopf ziehen.

»Doch, vorläufig schon. Na, komm. Die anderen wollen dich bestimmt sehen, und wir haben viel zu besprechen.«

Kapitel 16

DREI MONATE SPÄTER

Jedes Mal, wenn ich ins Büro komme und Lilys leeren Schreibtisch sehe, ist es wie ein Schlag in die Magengrube. Wir haben ihn wochenlang unverändert gelassen, aber dann wollte ihre Familie ihre persönlichen Sachen abholen, und die Security saß uns im Nacken. Anscheinend mussten sie ihre Akte schließen und archivieren – was das Abstoßendste ist, was ich je gehört habe. Lily ist *keine* Akte, die ins Archiv gehört. Also haben wir einen Nachmittag lang den Schreibtisch durchgesehen und zusammengepackt. Damals dachte ich, es würde einfacher werden, nachdem das erledigt ist, aber das war es nicht.

Heute allerdings ... heute wird es noch schwieriger. Percy möchte, dass wir einen Nachfolger bestimmen. Ich kann nicht Ersatzmann sagen, denn Lily wird niemals ersetzt werden können, und mir wird schon schlecht bei dem Gedanken. Aber wir brauchen Unterstützung. Nach wie vor halten uns die Nachwirkungen des CCA-Debakels in Atem: Wir müssen die ganzen Informationen sichten, die wir von ihren Servern und Laboren sichergestellt haben, und mithilfe der Informationen weitere Niederlassungen und Mitglieder, die der ersten Razzienwelle entgangen sind, ausfindig machen. Hinzu kommt das Tagesgeschäft – trotz des gerade spektakulär gescheiterten Versuchs, den Luzifer zu stürzen, gibt es immer wieder solche Aktionen. In ein paar Minuten soll eine Besprechung stattfinden, bei der wir die kurze Liste der Kandidaten durchgehen werden. Jeder von uns hat drei geeignete Personen nominiert, mit denen er oder sie schon zusammengearbeitet hat. Das war für mich am schwierigsten, denn meine Erfahrung beim CSG beschränkt sich auf fünf Jahre hier in der Zentrale, im Gegensatz zu allen anderen, bei denen es eher fünfzig Jahre oder … sehr viel mehr sind.

Gideon tritt hinter mich und gibt mir einen Kuss in den Nacken, bevor er zu seinem Schreibtisch geht. Diskretes Verhalten liegt ihm einfach nicht besonders, was mich betrifft. Im Gegenteil, er hat seine Hände – und seinen Mund – bei jeder Gelegenheit überall auf mir, und zwar ganz egal, wo wir uns gerade befinden. Teilweise, weil er mich unwiderstehlich findet, aber auch, weil er besitzergreifend und eifersüchtig ist und es mag, den anderen zu zeigen, dass ich ihm »gehöre«. Wir hatten einen Riesenkrach, als er das so ausgedrückt hat, und ich habe ihn rausgeworfen und einen ganzen Tag nicht mit ihm gesprochen – na gut, es waren eher zehn Stunden – und ihm anschließend einen Vortrag gehalten, von dem ich selber zugeben muss, dass er langatmig war. Danach hat er es nicht mehr so genannt, aber ich sehe ja sein zufriedenes Schmunzeln, wenn er mich in der Öffentlichkeit liebkost. Da ich das selbst auch genieße, lasse ich es ihm durchgehen.

Anfangs dachte ich, es würde bei der Arbeit problematisch werden, wenn alle wissen, dass wir zusammen sind. Aber niemand hat es kommentiert, und alle gehen ganz selbstverständlich mit unserer Beziehung um. Ich habe mich schon gefragt, ob Gideon sein übliches finsteres, bedrohliches Ich zum Einsatz gebracht hat, um ihnen einzuschärfen, dass sie ja nichts dagegen sagen sollen.

Wie dem auch sei. Für mich ist es okay, und ich weiß genau, dass Percy etwas gesagt hätte, wenn es wirklich ein

Problem wäre. In letzter Zeit ist er extrem beschäftigt, denn es gibt so einige aufgeregte Community-Mitglieder zu beruhigen. Die Nachricht von den Razzien hat sich herumgesprochen, aber sie wurde sorgfältig zensiert. Wir können es nicht brauchen, dass jemand auf die Idee kommt, es würde bald eine supercoole Fruchtbarkeitsbehandlung geben, und anfängt, zu recherchieren. Die Geschichte ist zugegebenermaßen ziemlich unplausibel, und nur die Tatsache, dass extrem viele Community-Paare entführt und in den CCA-Einrichtungen aufgefunden wurden, verhindert die allgemeine Empörung. In der Einrichtung, in die ich gebracht wurde, hatten wir das Glück, Dr. Tishs persönliche Aufzeichnungen zu finden. Dort wurden die meisten Experimente durchgeführt; anscheinend hat er hauptsächlich dort gelebt und gearbeitet. Zumindest können wir uns damit trösten, dass er sich ein neues Versteck suchen muss. Er hat seine Experimente sehr ausführlich dokumentiert, also wissen wir jetzt, dass es der CCA nicht darum ging, die Menschen zu beherrschen oder auszulöschen; ihr Ziel war die Versklavung der Menschheit. Ein klarer Beweis dafür, dass es bei allen Spezies echte Arschgeigen gibt. Was aber noch erschreckender und darüber hinaus bescheuert ist: Keine Spezies behält ihre jetzige physische Form für immer. Wenn die CCA erfolgreich gewesen wäre, könnte es also sehr gut sein, dass sie selbst in ihrer nächsten Inkarnation als Menschen wiedergeboren worden wären, nur um dann von ihrem eigenen System versklavt zu werden.

Ganz schön kurz gedacht, wenn Sie mich fragen.

Tish, die beiden anderen Zauberer, mit denen er den Zauber erschaffen hat, und ein weiterer hochrangiger Forscher konnten leider entkommen. Das Arschloch, das ihnen geholfen hat, mich zu entführen, hat anscheinend das Fluchtfahrzeug gefahren. Unsere Leute haben sie schon quer durch das halbe Land verfolgt, und ich bin sicher, dass sie früher oder später gefasst werden. Viele Unterschlupfmöglichkeiten haben sie nicht mehr, da wir mit den sichergestellten Unterlagen alle Einrichtungen und Verstecke der CCA aufspüren konnten. Noah hat uns beim Ausfindigmachen dieser Orte sehr geholfen, denn er hat zahlreiche Gespräche belauscht, während er sich auf dem Gelände der Forschungszentrale versteckt gehalten hat.

Nach einer ausführlichen Nachbesprechung und nachdem Percy bestätigt hat, dass Noah gute Absichten hat, haben wir ihm eine Wohnung besorgt und ihn gefragt, was er als Nächstes vorhat. Sein früheres Leben liegt in Schutt und Asche: Seine Eltern, die nicht seine leiblichen Eltern waren, sind geflohen, nachdem sie ihn an die CCA ausgeliefert und das Geld einkassiert hatten; er hat zwei Jahre keine Verbindung zu seinen alten Freunden gehabt, und er hat in dieser Zeit Dinge erlebt, die ihn zweifeln lassen, ob er sich noch mit ihnen verstehen würde; und – was für ihn am allerschlimmsten war – er hat die Studienplätze, die ihm damals angeboten worden waren, verloren. Einerseits würde er gerne wieder in das Leben zurückkehren, das er sich aufgebaut hatte, inklusive akademischem Abschluss. Andererseits weiß er nicht, ob dieses Leben noch zu ihm passen würde.

Also hat er erst mal ein Praktikum beim CSG für sich ausgehandelt und bildet sich über die Community weiter, während er über die nächsten Schritte nachdenkt. Ich habe ihn ein bisschen unter meine Fittiche genommen. Immerhin ist es noch nicht allzu lange her, dass ich ein Mensch war, der sich in Sachen Community fortbilden musste. Und ich weiß ein, zwei Dinge darüber, wie es ist, sein altes Leben hinter sich zu lassen, inklusive Eltern, die keine waren.

Tja, apropos Eltern. In Tishs Aufzeichnungen standen auch die Namen meiner leiblichen Eltern. Meine Mutter war ein Mensch und war angeworben worden, an dem

Projekt teilzunehmen. Sie wurde kurz nach meiner Geburt von der CCA ermordet, genau wie alle anderen, die davon wussten und die Einrichtungen gesehen hatten. Ich bin nicht sicher, ob es ein großer Verlust ist, sie nicht kennengelernt zu haben. Sie wurde dafür bezahlt, meinen Vater zu verführen und ein Kind von ihm auszutragen, das sie anschließend abzuliefern hatte. Es steht wortwörtlich so in dem Vertrag, den sie unterschrieben hat. Sie wurde auf meinen Vater angesetzt und sollte eine Beziehung mit ihm initiieren (so hat es Tish formuliert). Sie haben ein paar Monate zusammengelebt, bevor sie schwanger wurde und zur CCA abgehauen ist.

Mein Vater dagegen … Aidan hat sich für mich erkundigt, und er scheint kein schlechter Kerl zu sein. Tish hat ihn ausgewählt, weil es in seiner Familie eine genetische Disposition zur partiellen Verwandlung gibt. Das hat sich bei mir definitiv durchgesetzt, und es ist inzwischen eine meiner Lieblingsbeschäftigungen. Ich mache es fast genauso gerne wie Gideons Sixpack abzulecken. Mein Vater war damals Single, hat aber vor etwa zehn Jahren geheiratet. Ich bin nicht sicher, ob ich ihn treffen will oder nicht. Es ist noch nicht mal klar, ob er von meiner Existenz weiß – Tishs Unterlagen besagen, dass meine Mutter ihn verlassen hat, ohne ihm von der Schwangerschaft zu erzählen. Aber wie ich neulich erst in einer sehr peinlichen und unvergesslichen Situation gelernt habe, riecht man als Shifter Schwangerschaften sehr früh. Also wusste er es vielleicht und hat darauf gewartet, dass sie es ihm sagt. Ob er traurig war, dass sie gegangen ist, oder nach ihr gesucht hat, werde ich nur erfahren, wenn ich ihn frage. Gideon und die anderen haben mir aber angeboten, diskrete Nachforschungen anzustellen.

Ich glaube, ich bin einfach noch nicht bereit, es herauszufinden.

Aber ich habe ja noch Zeit. Meine Lebensspanne ist jetzt viel länger, als ich je für möglich gehalten hätte.

»Sam, bist du so weit?«

Ich erwache aus meinen Tagträumen und zwinge mich, David anzulächeln. »Ja, klar. Ich komme.«

Im Konferenzraum verteilt Percy Ordner mit den Profilen der Bewerber, die in die letzte Runde gekommen sind. »Wir gehen die am besten mal der Reihe nach durch – eine kurze Zusammenfassung, Fragen von eurer Seite – und am Ende diskutieren wir, wer am besten passen würde.«

Ich höre nur mit halbem Ohr zu, denn ich fange schon an, die Profile durchzusehen. Das dritte lässt mich stutzen. »Entschuldigung? Wer hat denn Alistair nominiert?« Ich schaue in die Runde.

»Ich«, sagt David, und im selben Moment hebt Andrew die Hand, und Elinor sagt ebenfalls: »Ich.«

»Eigentlich alle außer dir, Sam. Das hat mich etwas gewundert.« Percy hebt eine Augenbraue.

»Du hast ihn nicht vorgeschlagen?«, fragt Gideon und legt den Arm auf die Rücklehne meines Stuhles.

»Ist das wahr? Warum habt ihr mir das nicht gesagt?« Daran gedacht hatte ich natürlich. Ich hätte es gerne getan, denn Alistair hat genug Erfahrung, und es wäre toll, wieder mit ihm zusammenzuarbeiten – aber es schien mir einfach nicht richtig, meinen besten Freund zu nominieren.

Überhaupt: Ich funkele Elinor an. »Gibt es denn keine Regel, dass man seinen Cousin nicht nominieren darf?«

Sie zuckt die Achseln. »Nicht wirklich. Letztendlich müssen wir uns alle einig sein. Er war einer der Kandidaten, die ich ausgesucht habe. Er hat es durch Percys Auswahlverfahren geschafft, und Leute, die nicht geeignet sind, wählen wir sowieso gar nicht erst aus. Wozu also eine solche Regel?«

Irgendetwas stimmt an ihrem Argument ganz und gar nicht, aber ich komme gerade nicht darauf, was, also schaue ich sie einfach nur böse an.

»Was ist denn das Problem, Sam?« Gideon nimmt meine Hand und drückt sie. Dann mustert er mich aufmerksam.

Oh Mann. Ich zucke die Achseln. »Es gibt kein Problem. Es ist nur … jetzt ist es irgendwie komisch. Ich muss versuchen, unbefangen zu sein, obwohl ich nichts lieber will, als für meinen besten Freund zu stimmen.«

»In Ordnung. Lasst uns doch schon mal die Kandidaten durchgehen, während Sam mit seinem Dilemma kämpft.«

Manchmal ist es wirklich ätzend, der Jüngste und Neueste im Team zu sein, und obendrein das Produkt eines genetischen Experiments. Alle haben sie ihren Spaß mit mir. Ich hasse das.

Unter dem Tisch streichelt Gideon meinen Oberschenkel.

Na gut, gegen diese Art von Spaß habe ich nichts.

*

Am Ende ist die Entscheidung viel schwieriger, als wir angenommen hatten – und das ganz abgesehen von der emotionalen Last, die der Verlust von Lily bedeutet. Die sechs Spitzenkandidaten sind alle herausragend, und wir brauchen buchstäblich mehrere Stunden, um sie gegeneinander abzuwägen. Letztendlich entscheiden wir uns dann für Alistair. Den Ausschlag gibt seine bereits existierende Verbindung zu uns, denn er und die beiden anderen, die infrage kommen, waren genau gleich gut, was Stärken und berufliche Erfolge betrifft. Was Alistair den Vorzug gibt, ist seine Beziehung zu mir und Elinor und die Tatsache, dass er Teil des Teams war, das mich befreit hat.

Also stimmen wir alle für Alistair und hoffen, dass er den Job annimmt. Wenn nicht, müssen wir zwischen den anderen beiden wählen. Ich bin aber ziemlich sicher, dass er zusagen wird. Es ist eine super Beförderung, und er mag uns. Außerdem muss er dann nicht mehr jeden Tag vor Vivienne kuschen. Harold wusste genau, was er tat, als er sie zur Office Managerin ernannt hat.

»Wir sollten es ihm gleich mitteilen«, sagt Andrew mit angewidertem Blick auf die ganzen Zettel mit Für und Wider. »Dann haben wir es hinter uns, und wenn er Nein sagen sollte, bleiben wir einfach hier, bis wir fertig sind.«

»Er wird nicht Nein sagen«, ist Elinor sich sicher. »Aber ich bin auch dafür, ihm sofort Bescheid zu sagen.«

Percy zieht das Handy heraus und fragt in die Runde: »Jemand dagegen?«

»Nein«, sagt David, und Gideon schüttelt den Kopf. Ich zucke die Achseln.

»Dann machen wir eine kurze Toilettenpause, und ich rufe ihn hier hoch.«

Als Alistair sich das Angebot anhört, ist er nicht der exzentrische, spielerisch flirtende, lustige Alistair, der mein bester Freund ist, sondern ganz professioneller Agent – scharfsinnig, skeptisch und definitiv wie für den Job gemacht. Wie erwartet, sagt er zu.

»Willkommen an Bord.« Percys Lächeln ist breit und ein bisschen traurig zugleich. Es ist schwer, nicht das Gefühl zu haben, dass wir nur hier sitzen, weil Lily tot ist.

»Ich bin überrascht, dass ihr mich fragt«, gibt Alistair zu. »Natürlich begeistert, und es ist eine Ehre, aber es wundert mich doch. Ich hätte nicht gedacht, dass ihr neben Ellie noch einen zweiten Höllenhund wollen würdet.«

Ich stöhne, denn aus irgendwelchen Gründen wird mir das erst jetzt bewusst.

»Wir werden euch beide streng im Auge behalten«, warnt David ihn im Spaß, aber ich sehe ihm an, dass auch er nicht daran gedacht hatte.

»Wir werden uns benehmen«, verspricht Elinor. »Meistens jedenfalls. Und Sam ist natürlich Experte im Bändigen von Höllenhunden.«

»Auch wenn er eine Katze ist«, stimmt Alistair zu und duckt sich weg, als ich mit einem Stift nach ihm werfe. Genau wie früher, als ich noch Office Manager bei meinem alten Team war.

Sieht so aus, als würde die gute alte Zeit mit einer aufregenden Zukunft zusammentreffen. Entweder wird es toll, oder ich brauche einen Tanklaster voller Wandelbräu.

*

Ein paar Stunden später verlassen wir das Büro. Ich nehme Gideons Hand und schmiege mich an ihn. Könnte sein, dass er nicht der Einzige in dieser Beziehung ist, der auf Körperkontakt steht. »Wohin heute? Zu dir oder zu mir?«

Mein erster Besuch bei Gideon fand im Anschluss an meine Befreiung aus dem Bunker-Labor-Komplex statt. Er hatte sich geweigert, mich nach Hause zu lassen, mit der Begründung, dass meine Wohnung als Tatort zu betrachten sei, mit dem die Spurensicherung noch nicht fertig war. Außerdem befürchtete er, dass sie negative Erinnerungen bei mir hervorrufen würde. Und darüber hinaus sei sein Haus viel sicherer. Damals hatte ich ihm das durchgehen lassen, denn ich war so müde und traurig, dass mir alles ziemlich egal war. Außerdem war ich natürlich neugierig auf sein Zuhause. Ich hatte angenommen, dass alles super organisiert sein würde. Schließlich muss er immer alles alphabetisch ordnen, wenn er sich konzentrieren will.

Da lag ich aber falsch.

Zu Hause baut Gideon mit Legosteinen, wenn er nachdenken muss. Er hat buchstäblich Hunderte von Sets, die sich in einem extra dafür gedachten Raum befinden. Seine eigenen Besitztümer sortiert er schon lange nicht mehr, also sind seine Küchenschränke das reinste Chaos – alles ist wahllos übereinandergestapelt. Seine Klamotten sind nicht nur nicht nach Farbschema geordnet – nein, er wirft alles über einen Stuhl oder stopft die Sachen in seine Kommodenschubladen. Wie er es schafft, nicht völlig zerknittert auszusehen, habe ich bisher nicht herausbekommen. Meine beste Theorie ist, dass er seine Sachen so lange drohend anknurrt, bis die Falten sich vor lauter Angst von alleine glätten.

Alles in allem ist sein Haus größer als meine Wohnung, schöner und außerdem näher zur Arbeit, was ziemlich überraschend ist, da ich ja schon in der Nähe wohne. Wir sind mal hier, mal dort – nachdem Gideon darauf bestanden hatte, die Reinigung und die Einrichtung der Sicherheitsmaßnahmen zu überwachen, und meine Wohnung schließlich wieder freigegeben hatte.

»Zu mir«, murmelt er so nah an meinem Gesicht, dass ich seinen Atem auf der Haut spüre. Mich überläuft ein unkontrollierbarer Schauer. Ich stecke nach wie vor mitten in der zweiten Pubertät, und Gideon *liebt* es, wie leicht erregbar mich das macht. Er lässt keine Gelegenheit aus, mich »in aller Unschuld« ganz aus dem Häuschen zu bringen. »Ich muss dir was zeigen.«

»Ja, das kann ich mir vorstellen.«

Er lacht laut auf und erschreckt damit ein paar Leute, die auch auf den Fahrstuhl warten. Einige schleichen sich weg, und zwei von ihnen schieben sich schützend vor die anderen. Gideon lacht im Büro nicht viel, wie Sie sich sicher vorstellen können.

»Schon gut«, beruhige ich sie. »Er musste nur gerade daran denken, wie er einem Verdächtigen die Finger abgerissen hat.« Ich tätschele seine Brust mit meiner freien Hand. »Es amüsiert ihn so, sich an die Schreie zu erinnern.«

Die Hälfte der Leute entscheidet sich, die Treppe zu nehmen.

»War das unbedingt notwendig?«, fragt er vorwurfsvoll. »Du versuchst mich doch immer dazu zu bringen, freundlicher zu sein.«

»Ich weiß, ich habe auch ein ganz schlechtes Gewissen. Aber so haben wir wenigstens mehr Platz im Fahrstuhl. Das verstehst du nicht, weil du groß bist. Aber ich bin auf der Höhe deiner Achselhöhlen und auch denen deiner Riesenkumpane. Und ich möchte lieber nicht die Nase da drin haben, weil der Fahrstuhl zu voll ist.«

Darüber schmunzelt er immer noch, als wir auf die Straße treten. Es ist ein schöner Abend, und ich genieße es, dass wir zu Fuß gehen können. Dadurch haben wir eine klare Trennung zwischen Arbeit und Zuhause, ohne dass wir im Verkehr stecken oder uns in einen Bus oder Zug quetschen müssen – Achselhöhlen, Sie erinnern sich? Und jetzt, da ich ein Shifter bin, kann ich eine ganz neue Vielfalt von Sinneseindrücken genießen. Wussten Sie schon, dass man Autos am Geruch ihrer Abgase unterscheiden kann? Aidan hat es mir beigebracht, bevor er nach Irland zurückgekehrt ist, und Alistair hat meine Fortschritte begleitet. Ich kann inzwischen verlässlich die Marken auseinanderhalten, wenn ich auch noch Schwierigkeiten mit den einzelnen Modellen habe. Mein Geruchssinn und meine Fähigkeit, zu ordnen und identifizieren, was ich rieche, haben sich enorm verbessert. Aidan hat mir eine Reihe einfacher Übungen aufgegeben – Autos sind eine davon –, bis er wieder zurückkommen und mich weiter unterrichten kann. Wir haben darüber gesprochen, dass ich die örtlichen Clans besuchen und mir von ihnen helfen lassen soll, aber dazu bin ich noch nicht bereit. Schließlich bin ich ein Außenseiter – eine erwachsene Katze, die sich vor Kurzem zum ersten Mal verwandelt hat. Und die sehr wenig Ahnung von den Gebräuchen in den Clans hat und noch lernt, wozu ihr Körper eigentlich in der Lage ist.

Aidan und Alistair haben mir beide versichert, dass es in Ordnung ist, mir Zeit zu lassen. Das ist wahrscheinlich das Einzige, worüber die beiden sich je einig waren. Alistair ist immer noch sauer wegen der erzwungenen Verwandlung, obwohl ich ihm schon eine Million Mal versichert habe, dass ich absolut einverstanden war.

Ich bleibe stehen, um die Pflanzkübel vor Gideons Townhouse zu bewundern. Ich habe ihn mal gefragt, wie er es geschafft hat, seine Blumen so groß und gesund werden zu lassen, und er hat trocken gesagt: »Ich beauftrage einen Profi-Gärtner.«

Gideon schließt auf, und ich lasse die Blumen Blumen sein und folge ihm.

»Möchtest du was trinken?«, frage ich auf dem Weg in die Küche. »Ich dachte, wir machen Pasta, ich könnte also eine Flasche Roten öffnen, wenn du kein Wandelbräu möchtest.«

»Gleich«, sagt er, nimmt mich am Ellbogen und zieht mich in die andere Richtung. »Du musst dir was ansehen.«

»Ach ja …?« Ich kann nicht sagen, dass ich etwas dagegen hätte. Zweite Pubertät, schon vergessen? Und es ist bereits fast zehn Stunden her, dass ich ihn in den Fingern hatte. Aber dann geht er auf dem Treppenabsatz nach rechts. »Moment mal …« Stirnrunzelnd folge ich ihm, weg vom Schlafzimmer. »Du willst mir also wirklich etwas zeigen? Das war gar keine Anmache?« Ich schwanke zwischen Enttäuschung und Neugierde.

Genau genommen fühle ich beides.

Wir gehen am Gästezimmer, auch Lego-Höhle genannt, vorbei, dann bleiben wir vor dem zweiten Gästezimmer stehen. Soviel ich weiß, wird es als Gästezimmer oder Stauraum genutzt, denn das kleine Arbeitszimmer ist unten, und im zweiten Stock hat er eine ganze Gäste-Suite.

Genau. Dreistöckig. Ich sagte ja schon, dass er mehr Platz hat als ich.

Dann stößt er die Tür auf, und mir bleibt die Luft weg – denn da drin ist mein eigenes Wohnzimmer, exakt nachgebaut, wenn auch auf etwas kleinerem Raum als bei mir.

Ich spüre, wie meine Augen schmal werden. »Gideon, du hast doch nicht etwa *meine Sachen hierhergebracht*?« Manchmal vergisst er, dass es im Leben so etwas gibt wie Grenzen. Schon klar, er wurde in eine privilegierte Familie hineingeboren und hat sich zu einem sexy, intelligenten Badass entwickelt, also ist er es gewohnt, so gut wie immer alles zu bekommen, was er will – außer von mir.

»Ja, aber das bringe ich alles wieder zurück. Ich wollte nur etwas verdeutlichen.«

Ich bekomme Kopfschmerzen. Auf so eine Idee kann nur Gideon kommen. Wer sonst würde ein Umzugsunternehmen beauftragen und den gesamten Inhalt meines Wohnzimmers hierherbringen lassen, um mir etwas zu demonstrieren? »Okay …?«

»Du solltest bei mir einziehen.«

Ka-Bumm.

Ich wusste schon, dass das kommt. Es hat auch seine Berechtigung – wir sind sowieso immer zusammen. Ich will für immer mit ihm zusammenbleiben. Ihm geht es genauso. Zwei Wohnungen zu unterhalten ist eigentlich Unsinn.

Trotzdem ist es ein Schock.

»Das könnte dein Zimmer sein. Du könntest damit machen, was du willst, und wenn du mal sauer auf mich bist oder deine Ruhe brauchst, dann könntest du dich hierhin zurückziehen. Das wäre dein Reich. Unantastbar. Ich kann es nicht leiden, wenn du nach Hause gehst, auch wenn es nur für ein paar Stunden ist. Ich will, dass du immer hier bist. Oder wenn du lieber woanders wohnen willst, suchen wir uns etwas Neues. Wir könnten auch deine Wohnung nehmen, wenn es dir lieber wäre.« Ich muss über den Zweifel in seiner Stimme lachen. Er lächelt auch, aber sieht mich durchdringend an.

Nach einer Weile strecke ich mich, um ihm einen Kuss zu geben. »Überzeug mich«, murmele ich, und sein Lächeln nimmt eine dämonische Form an. Er schiebt mich rückwärts in Richtung Couch – meine Couch, auf der wir schon so oft geknutscht haben, und drückt mich darauf hinunter. Als ich mich auf die Seite lege und die Hand nach ihm ausstrecke, schüttelt er den Kopf.

»Setz dich hin.« Er lässt sich auf die Knie sinken.

Ooooh. Als ich das sehe, wird mein Schwanz sofort steinhart, denn Gideons Blowjobs sind absolut unübertroffen. Ich setze mich auf, öffne die Hose und schäle mich aus meinen Klamotten, ohne ein Hehl daraus zu machen, wie scharf ich bin. Gideon lacht leise, dann packt er mich an den Hüften und bringt mich in die Position, in der er mich haben will.

Ich bin schon nach dem ersten Lecken »überredet«, aber ich werde den Teufel tun, ihn zu unterbrechen, wenn er so konzentriert bei der Sache ist. Sein heißer, feuchter Mund ist der Himmel auf Erden, und wie er mich ansieht, während er mich tief in die Kehle nimmt, lässt sämtliche Nervenenden in meinem Körper prickeln. Ich atme tief ein und versuche, an tote Käfer oder schimmligen Käse zu denken, aber es hat keinen Sinn – Gideon weiß seinen Mund einfach zu gut zu gebrauchen. Außerdem kann ich unmöglich wegschauen – es ist der schärfste Anblick, den ich mir vorstellen kann.

Aber ich will nicht ohne ihn kommen.

Ich schlucke ein Stöhnen hinunter, als er mit der Zunge über die empfindliche Stelle gleich unterhalb der Eichel fährt, dann löse ich meinen eisernen Griff um die Couchpolster und beginne, seine Hörner zu streicheln.

Er zuckt leicht zusammen. Dass ich das machen würde, konnte er sich schon denken, denn ich tue nichts lieber, wenn wir Sex haben. Er reagiert jedes Mal, als würde ich seinen Schwanz streicheln.

Wir lieben es beide, miteinander zu konkurrieren, und geben uns alle Mühe, den anderen zuerst zum Kommen zu bringen – er mit seiner fantastischen Zunge an meinem Schwanz, ich mit den Fingern an seinen Hörnern. Es ist nicht wirklich ein Zufall, dass wir beide gleichzeitig aufgeben. Die Erlösung schießt heiß durch alle Muskeln in unseren Körpern.

Als mein Gehirn wieder online geht, liege ich auf Gideon ausgestreckt. Er muss mich wohl so hingelegt haben, denn ich kann mich an nichts erinnern. Sanft fährt er mit der Hand meinen Rücken rauf und runter. Es ist eine dieser beiläufigen, geistesabwesenden Berührungen, die intimer sind als der Sex selbst.

Ich kann mir keinen Ort vorstellen, an dem ich jetzt lieber wäre.

»Zusammenziehen hört sich sehr toll an«, murmele ich mit einem Kuss auf seine Brust.

Er hält beim Streicheln inne. »Wirklich?«

Ich stütze mich auf und schaue zu ihm hinunter. Sein üblicher, finsterer Gesichtsausdruck ist weicher, wenn wir nur zu zweit sind, selbst wenn er nicht wirklich lächelt. Ich mag diesen Ausdruck so sehr. Und ich liebe dieses missmutige, brummige Gesicht.

»Ich liebe dich.« Das habe ich noch nie zu irgendjemandem gesagt, und doch ist es das Natürlichste auf der Welt.

Auf seinem Gesicht breitet sich ein so wunderschönes Lächeln aus, dass ich es am liebsten fotografieren würde, und im nächsten Augenblick hat er sich aufgesetzt und mich dabei fast auf den Boden fallen lassen. Aber er umschlingt mich mit seinen starken Armen und vergräbt das Gesicht an meinem Hals. »Ich liebe dich so sehr.«

Das muss der wunderbarste Augenblick aller Zeiten …

»Hey, Sam! Gideon? Seid ihr zu Hause?«

Prompt lässt Gideon mich los, die Miene finster wie eh und je. »Ich bringe ihn um.«

Seufzend gebe ich ihm noch einen Kuss, löse mich von ihm und stehe auf. »Kleinen Moment, Alistair!«, rufe ich, dann sage ich zu Gideon: »Du kannst meinen besten Freund nicht umbringen. Das ist mein Job. Wir müssen nur die Sicherheitszauber upgraden, weil du jetzt einen Shifter zum Freund hast. Die Zauber, die Leute mit bösen Absichten zurückhalten, funktionieren nun mal nicht bei denen, die dich wirklich mögen und normalerweise auch willkommen sind.«

Während ich mich wieder anziehe, lässt sich Gideon auf die Couch zurückfallen und starrt an die Decke. »Mein Leben war so viel besser, als ich Freunde hatte, denen es nie im Leben eingefallen wäre, ungebeten das Haus zu betreten. Daran bist nur du schuld.«

Auf dem Weg zur Tür werfe ich ihm einen Luftkuss zu. Meine Freunde mögen vielleicht nervig sein. Aber sie zu haben ist es allemal wert, dass ich manchmal schuld sein muss.

Du möchtest weiterlesen?

Die Geschichte von Noah und Andrew findest du in »Vampire sind die besseren Liebhaber«.

S. E. Harmon
»Spuken für Anfänger«

ISBN: 978-3-96698-705-9

Auch als E-Book erhältlich!

Special Agent Rain Christiansen galt jahrelang als FBI-Vorzeigeagent. Doch dann wird ihm ein Zwischenfall zum Verhängnis: Wegen einer klitzekleinen paranormalen Erscheinung halten ihn plötzlich alle für komplett durchgeknallt. Sein Boss bietet Rain eine letzte Chance, seinen guten Ruf wiederherzustellen: Er schickt ihn nach Brickell Bay. Dort soll er der örtlichen Polizei bei einem Cold Case helfen und bloß kein Wort über Geister verlieren. Rain ist fest entschlossen, genau das zu tun – bis er feststellt, dass der Polizist, den er unterstützen soll, ausgerechnet sein Ex Danny McKenna ist. Und der steckt in seinen Ermittlungen im Fall der verschwundenen Schülerin Amy Greene fest. Alle Spuren führen in eine Sackgasse. Dass Rains alte Liebe für Danny wieder aufflammt und ihm bei der Suche nach Amy immer wieder Geister in die Quere kommen, macht die Sache auch nicht gerade leichter …

AE Wasp
»Pros & Cons: Steele«

ISBN: 978-3-96698-382-2

Auch als E-Book erhältlich!

Fünf Aufträge. Fünf Chancen auf Wiedergutmachung.
Eins ist sicher: Diese Männer sind keine Engel.

Wer hätte gedacht, dass man von einem Toten erpresst werden kann? Wir jedenfalls nicht. Wir – das sind ein Hacker, ein Dieb, ein Hochstapler, ein Schlägertyp und ein beurlaubter FBI-Agent.

Die Abmachung ist einfach: Wir erledigen unsere Aufträge, und Charlies Anwältin löscht dafür das belastende Material, mit dem er uns selbst nach seinem Tod noch in der Hand hat. Der erste Auftrag erfordert Muskelkraft – und damit fällt er an mich. Ich bin Steele Alvarez, ehemaliger Special Forces Close Protection Specialist, oder kurz gesagt: Bodyguard für nicht ganz so nette Kerle.

Meine Aufgabe: einen scheinbar unangreifbaren Senator mit einer Vorliebe fürs Verprügeln von männlichen Prostituierten aus dem Verkehr ziehen. Doch dann lerne ich das jüngste Opfer von Senator Harlan kennen – Breck Pfeiffer, den attraktiven Escort-Boy mit dem Herzen aus Gold und der Seele eines Kämpfers.

Um Breck zu beschützen, würde ich sogar über Leichen gehen. Er will den Senator jedoch nicht tot sehen, er will Rache. Dafür werde ich jede Hilfe brauchen, die ich kriegen kann.

Ob es uns gefällt oder nicht, dieser Auftrag erfordert Teamarbeit.

AJ Sherwood
»Ein Schuss kommt selten allein«

ISBN: 978-3-96698-381-5

Auch als E-Book erhältlich!

Ein Medium ohne Partner. Ein Student in Schwierigkeiten. Ein Schütze auf freiem Fuß.

Ich bin Jonathan Bane, lizenziertes Medium, und arbeite als Berater für die Polizei. Regelmäßig helfe ich den Ordnungshütern dabei, böse Jungs hinter Gitter zu bringen, daher mögen mich Kriminelle nicht besonders. Ob mit dem Messer, den Fäusten oder einer Waffe – immer wieder werde ich angegriffen. Das Blöde dabei: Meine übernatürlichen Fähigkeiten machen aus allen elektronischen Geräten im Nu Schrott, daher ist Hilfeholen für mich nicht immer einfach. Aber zumindest wird mein Leben so nicht langweilig.

Ich brauche einen Anker, so heißen die Partner für Leute wie mich, aber ich habe die Hoffnung längst aufgegeben – bis Donovan Havili durch die Tür tritt.

Donovan sieht aus wie ein Gangster und hat die Seele eines Superhelden. Für mich strahlt er so hell wie eine Supernova. Er bringt definitiv die richtige Einstellung und die passenden Fähigkeiten für diesen verrückten Job mit. Womöglich ergreift er aber auch gleich wieder die Flucht, denn wir müssen den Fall mit dem chinesischen Austauschstudenten aufklären, der zu Unrecht eines Verbrechens beschuldigt wird, und dann wird – mal wieder – auf mich geschossen.

Doch in Donovan Havili hat die kriminelle Welt ihren Meister gefunden. Und ich vielleicht, aber nur vielleicht, einen Partner – beruflich wie privat.